O K

L'ultime prophétie

RACHEL LEE

L'ultime prophétie

LUNA

Titre original :
SHADOWS OF DESTINY
publié par Luna®

Traduction de l'américain par FATIMA KHALLOUK

Luna® est une marque déposée par le groupe Harlequin

83/85 boulevard Vincent Auriol 75646 PARIS CEDEX 13.
ISBN 978-2-2808-3385-1 — ISSN 1775-6480

Whitewater
Fleuve Adasen
Fleuve Tolora
Fleuve Yaffee
Lorense
Derda
GRAND BASSIN
DE L'ADASEN
Sedestano
Fleuve Aremnos
Plateau d'Ardusa
(plaine de verre)
Fleuve Panthea
Mer d'Enalon
Montagnes
de Panthos
Arderon
Bozandar
BASSIN DE L'ADASEN

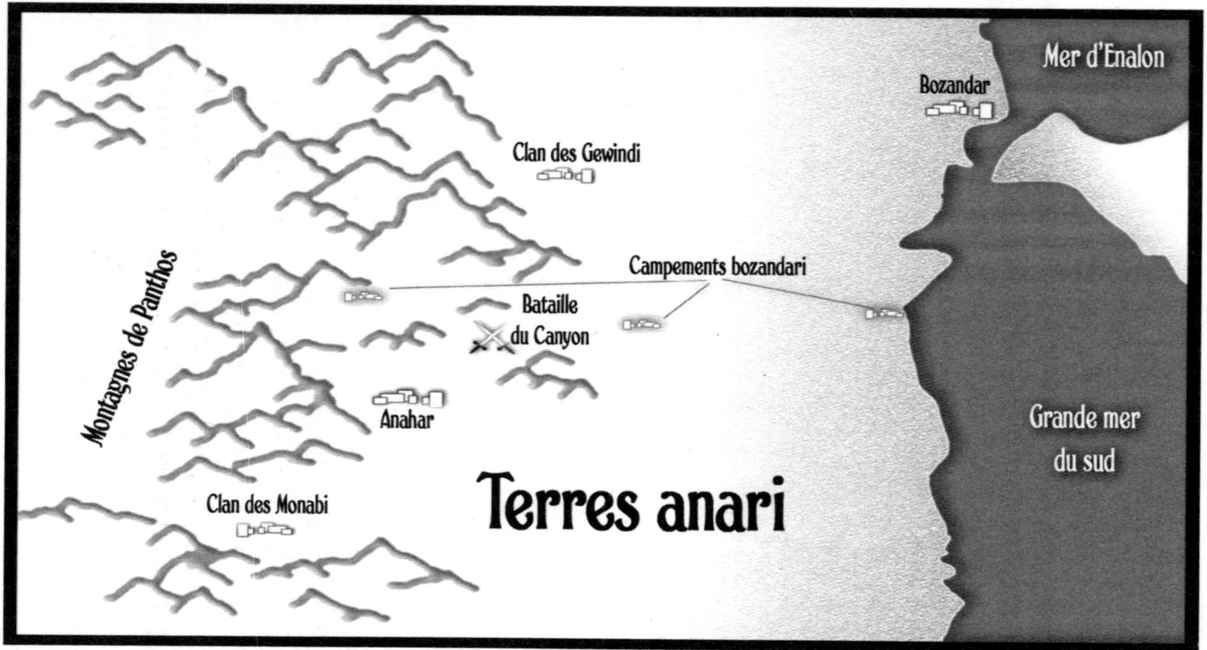
Mer d'Enalon
Bozandar
Clan des Gewindi
Campements bozandari
Bataille
du Canyon
Montagnes de Panthos
Anahar
Grande mer
du sud
Terres anari
Clan des Monabi

1.

— Et vous faites le serment d'être toujours fidèles l'un à l'autre, dit la prêtresse d'une voix sereine.

— Et nous faisons le serment d'être toujours fidèles l'un à l'autre, répétèrent Tom Downey et Sara Deepwell.

— Que la grâce des dieux vous accompagne. Vous ne faites désormais qu'un devant cette assemblée, devant les dieux, dans ce monde et tous ceux que vous visiterez à l'avenir.

Tom et Sara échangèrent un baiser. Cilla Monabi sentit la joie immense qui submergeait sa sœur idluin en cette minute, et elle partageait ce bonheur. Hélas, ces moments heureux ne dureraient guère. Le regard de Sara croisa brièvement le sien, et elle hocha la tête. Elle en avait conscience, elle aussi, songea Cilla.

Mais pour ce soir au moins, tous festoieraient.

Les pierres d'Anahar ne chantaient pas la joie de ces instants, bien que Cilla perçût le contentement des dieux tandis qu'elle traversait le temple. L'union d'un amour précieux venait d'avoir lieu et malgré la guerre et la haine maléfique d'Ardred, cet amour méritait d'être célébré.

La place du marché, située devant le temple, avait tout l'air d'avoir été parée pour un mariage en grande pompe car, à l'issue d'une bataille qui avait coûté la vie à tant des leurs, les Anari ne rêvaient que d'une bonne occasion de porter leurs plus beaux atours, de cuisiner leurs plats les plus fins, de chanter et de danser à la belle étoile. Cilla trouva Ratha à l'écart de la foule : son visage sombre, aux reflets presque bleus, était figé, son regard noir impossible à interpréter.

— Viens danser avec moi, mon cousin, dit-elle.

— Je ne peux pas, répondit-il doucement, presque honteusement.

Cilla posa la main sur son bras vigoureux et festonné de cicatrices.

— Regarde autour de toi, Ratha. Les hommes et les femmes du clan des Monabi dansent. Giri faisait partie de leur famille, tout comme il était l'un des miens.

— Il était mon frère, dit Ratha. Nous avions traversé tant d'épreuves côte à côte. Je ne puis être entier sans lui.

Ils avaient beaucoup souffert, Cilla ne l'ignorait pas. Ratha et Giri Monabi avaient été trahis par le frère de Cilla, capturés par les marchands d'esclaves de Bozandar et vendus aux enchères. Ils n'avaient retrouvé la liberté que grâce à Maître Archer Blackcloak.

Leurs souffrances ne s'étaient pas arrêtées là. Aux côtés d'Archer, ils avaient dû mener une vie de guerriers.

Lorsqu'ils rentrèrent enfin à Anahar, au début de l'hiver, ce fut pour tuer l'homme qui les avait trahis et commander la révolte des Anari.

Ratha avait expié le meurtre du frère de Cilla ; elle-même avait assisté à son acte, entendu les aveux de son frère et décrété que justice avait été rendue. Elle en avait le droit en sa qualité de prêtresse et de juge anari. Mais Ratha avait dû se retirer dans le désert afin de purifier son âme et, à son retour, il était un homme nouveau. Il demeurait un guerrier mais n'était plus assoiffé de sang. Il avait espéré que Giri, à son tour, trouverait la paix. Malheureusement, pensa Cilla, Ratha avait vu son frère tomber au cours de la bataille féroce du défilé, dont l'issue avait été la défaite des envahisseurs bozandari.

Et il n'était plus comme avant depuis.

— Danse avec moi, insista-t-elle calmement. Danse avec moi comme l'aurait fait Giri, le cœur en fête et une blague aux lèvres. C'est ce qui était magique chez ton frère, Ratha. Ne laisse pas cette magie mourir avec lui.

Il avança d'un air figé mais avança tout de même. Cilla le prit par la main et l'entraîna vers les danseurs.

Tess Birdsong tentait, elle aussi, de convaincre un homme de prendre part aux festivités. A l'instar de Ratha, Archer Blackcloak paraissait incapable de trouver la moindre joie au fond de son cœur. Un sentiment de culpabilité pesait sur lui telle une chape de plomb et Tess savait pertinemment que ni elle, ni un mariage ne pouvaient l'effacer. Et pourtant, d'une manière ou d'une autre, elle le devait.

Elle n'était plus la femme terrifiée, hagarde et perdue qui s'était réveillée au milieu d'un bain de sang, il y avait de nombreux mois de cela. Mais elle avait dû payer un prix élevé en échange de cette prise de conscience. Le destin l'avait choisie malgré elle et elle était tout aussi prisonnière de ses caprices qu'un esclave anari l'était au milieu d'un marché bozandari.

Cependant, elle ignorait toujours sa véritable identité. L'amnésie qui la frappait avait effacé une bonne partie de sa mémoire et même si le temple d'Anahar lui avait révélé des éléments de son passé, il n'avait pas comblé tous les blancs.

Ce soir, elle avait fait un effort particulier pour son apparence : ses cheveux blonds étaient plus longs que le jour où elle s'était réveillée, la mémoire aussi vide que celle d'un nouveau-né, et elle y avait tressé les rubans bleus et les breloques dorées que Cilla lui avait prêtés. Elle portait une robe bleue plutôt que sa tenue blanche habituelle, une robe qui avait été cousue pour elle à partir d'une étoffe délicate et brillante qui avait appartenu à l'armée de Bozandar. Un long ruban doré ceignait sa poitrine, son buste et sa taille. Elle arborait également de fines chaussures dorées.

Elle était vêtue comme une reine, songea-t-elle, pour une occasion heureuse sur laquelle planait l'ombre de la mort.

Car la mort reviendrait. Elle le savait au plus profond

de son être. Bien trop de vies avaient été fauchées déjà et un mal bien trop grand demeurait.

Elle évita de toucher les murs du temple. Ce soir, elle n'avait pas besoin qu'il lui livrât ses secrets et elle craignait que les pierres le fissent si elle les effleurait.

Une fois à l'extérieur, elle parcourut la foule des yeux, à la recherche d'Archer. Il semblait toujours à part, différent, même auprès de ses compagnons les plus proches. Elle ne fut donc guère surprise de le trouver à l'écart de la fête, dans un coin sombre de la place. Il était appuyé contre un bâtiment aux couleurs de l'arc-en-ciel, les bras croisés sur son large torse. De toutes les personnes présentes ce soir-là, Archer était le seul à porter du noir. Seul endeuillé au sein de la liesse, il savait mieux que quiconque ce qui les attendait.

Ses yeux gris observaient, attentifs, les danseurs, les jongleurs et les musiciens. Il alla jusqu'à sourire lorsque Tom et Sara sortirent du temple, mariés enfin.

Mais ce sourire était un sourire de façade.

Le cœur serré par cette affliction, Tess se fraya un chemin dans la foule afin de le rejoindre. Elle prit sa main à la peau hâlée et balafrée.

Il baissa les yeux quand elle lui serra doucement la main.

— Une belle soirée pour un mariage, dit-il.

— Certes, mais vous ne semblez guère joyeux. Venez, dansez avec moi. Ayez le cœur plus léger, quelques heures seulement.

— Le vôtre est-il plus léger, ma dame ?

Après un court instant, elle baissa les yeux devant son regard perçant.

— Nous savons tous ce qui s'est produit, Archer, murmura-t-elle. Ses mots étaient à peine audibles dans la musique et les rires. Et nous savons tous ce qui nous attend, ajouta-t-elle.

— Je doute fort que quiconque sache ce qui nous attend. Ce sera bien pire que ce que nous avons traversé jusqu'ici.

— Oui-da. Je fais des rêves, des rêves terribles... Son expression s'assombrit mais elle le regarda ensuite avec un sourire déterminé. Quel que soit cet avenir, quelle que soit la menace qui plane sur nous, les dieux ont décidé que nous devions vivre. Alors, profitons de cette soirée.

Après un bref silence, il hocha la tête et l'accompagna au centre de la place. Tess n'avait aucun souvenir d'avoir dansé un jour mais, avec l'aide d'Archer, elle maîtrisa vite quelques pas simples et tourbillonna dans ses bras parmi un cercle de danseurs qui entourait un cercle intérieur allant dans le sens opposé.

Il était impossible d'éprouver de la tristesse alors que ses pieds et son corps dansaient au rythme d'une musique aussi gaie. Archer finit par se dérider et ses pas se firent plus vifs. Tess permit au voile obscur qui ceignait son cœur de se déchirer et se laissa aller à rire librement.

En dépit de ce que l'avenir pouvait leur réserver, la vie leur avait accordé un répit et elle sentait qu'ils auraient tort, profondément tort, de ne pas savourer ces rares moments de félicité.

*
* *

L'officier supérieur Tuzza, le commandant des troupes bozandaris, entendait la clameur de la fête depuis le centre de la vallée. Ses hommes et lui y étaient prisonniers, derrière des barrières, sous la surveillance de gardes anari. Ils avaient essuyé une défaite contre les Anari trois semaines auparavant et pansaient toujours leurs blessures.

L'officier Tuzza avait été convié au mariage mais avait décliné cette dignité. Ses hommes n'étaient pas encore prêts à accepter ce qu'il était sur le point de leur demander et il n'avait pas voulu les mettre en colère en assistant au mariage en tant qu'invité d'honneur. Il ne pouvait se permettre de perdre l'autorité qu'il avait sur eux.

En dépit du temps qui s'était écoulé depuis la défaite, il n'avait pas trouvé le moyen d'aborder le sujet. Nombre de ses hommes, non, la plupart d'entre eux, considéraient les Anari comme une race d'esclaves. Leur objectif était d'écraser une révolte contre l'Empire de Bozandar.

Comment les convaincrait-il qu'il existait un mal plus grand et une cause plus noble ? Qu'ils devaient à présent y prêter allégeance, mais qu'ils ne trahiraient pas ainsi leurs familles et leur peuple ?

Tuzza était loin d'être stupide. Sa vive intelligence, bien plus que ses hautes relations, l'avait élevé à son rang actuel. Il appartenait à la famille de l'empereur, certes. Mais il n'était pas le seul. Seuls ses exploits lui avaient permis de se tenir derrière le souverain, lors d'occasions importantes, et de le conseiller sans intermédiaire.

Il serait suspecté de sottise et de traîtrise quand ses intentions seraient connues. L'un ou l'autre de ces soupçons suffirait à ses hommes pour se retourner contre lui.

Les yeux fermés, il écouta les sons qui provenaient de la fête et s'appuya contre le dossier de sa chaise, fouillant son esprit à la recherche des mots justes.

Ses hommes avaient évidemment constaté les nombreuses guérisons qu'avaient réalisées les magiciennes idluins. Maints blessés graves avaient bénéficié du pouvoir des Idluins… dont lui-même. D'aucuns s'étaient étonnés de voir les Idluins prêtes à soigner leurs ennemis, après qu'elles avaient combattu si férocement aux côtés des Anari.

Peut-être devrait-il commencer par là. Leur parler des Idluins et du Seigneur Annuvil, celui qui avait été le Premier Prince, le fils aîné du Premier Roi, bien avant que les Bozandari et même les Anari n'apparussent à la surface de la terre. Peut-être devrait-il leur rappeler les histoires anciennes et les prophéties presque oubliées qui avaient annoncé les événements présents.

Bien sûr, s'il n'avait pas vu les Idluins et leurs pouvoirs de ses propres yeux, s'il n'avait pas vu Dame Tess mener les troupes à la bataille, puis mettre fin au conflit d'une seule parole… Tuzza lui-même n'aurait peut-être pas cru l'homme sombre qui était venu le voir et lui avait dit qu'il était Annuvil.

Les Premiers Nés Immortels avaient disparu depuis

longtemps, depuis des siècles, si bien qu'il était difficile de croire que l'un d'eux avait survécu. Deux, en réalité, selon le Seigneur Annuvil.

Mais Tuzza ne pouvait se voiler la face. Il avait bien vu ce qu'il avait vu et n'était encore en vie que grâce à cela.

Oui, les temps présents avaient été prédits. L'issue n'était pas écrite mais le retour des Idluins et du Premier Roi était contenu dans plus d'une prophétie. Il était gravé dans chaque âme vivante, chaque montagne et fleuve, chaque rocher et arbre, chaque oiseau, ours, serpent et loup des neiges. Il avait été décidé par les dieux eux-mêmes et Tuzza n'était pas assez fou pour remettre en cause une telle destinée.

Sa mère le lui avait enseigné depuis sa plus tendre enfance. Sa mère, ainsi que la vieille femme anari. Toutes deux se tenaient à son chevet et lui racontaient des histoires lorsque la fièvre le clouait au lit. Ces deux mêmes femmes avaient soigné les plaies de ses chutes, avaient veillé à ce que ses draps soient propres et à ce que son oreiller fleurât bon le frais. Il était aujourd'hui incapable de distinguer les souvenirs de sa mère et ceux de la vieille femme anari et ne se rappelait pas laquelle des deux avait fait telle ou telle chose.

Elles lui avaient appris à respecter les traditions et, parfois, quand elle était certaine que nul ne l'entendait, la femme anari lui avait parlé dans la langue ancienne. Quelques bribes de ces mots lui revinrent et bien qu'il ne connût pas leur signification, il éprouva une fois encore un sentiment d'émerveillement, de contact avec la vie, avec la lumière, avec les dieux mêmes — ces sensations qui l'avaient accompagné par le passé.

Mais autrefois, cet émerveillement avait été léger et brillant, n'avait été que chant et lumière. Aujourd'hui, il était mêlé de noirceur. Son cœur était empli de peur, de chagrin et d'un incommensurable sentiment de deuil envers les hommes qui étaient morts sous son commandement et ceux qui mourraient encore dans la guerre future.

Tuzza mènerait au combat les mêmes hommes qui arboraient aujourd'hui des mines lugubres sous les yeux de leurs gardes anari. Il les conduirait vers la bataille aux côtés de l'hôte des Anari et contre l'hôte des Bozandari.

Et d'autres hommes mourraient de sa main.

2.

Ils dansèrent jusqu'à l'épuisement de leurs corps, si ce n'était de leurs esprits. Archer et Tess finirent par quitter les convives et s'éloignèrent dans la nuit calme, au delà de la ville d'Anahar. Les étoiles semblaient d'une impitoyable froideur et, hors de la chaleur des murs d'Anahar, le vent était cinglant.

Cet hiver étrange, qui avait, plus au nord, provoqué la faim et la mort de tant d'hommes et de femmes, touchait aujourd'hui les contrées habituellement chaudes où vivaient les Anari. Jamais il n'avait neigé à Anahar, mais Tess soupçonnait que cet état de fait était sur le point de changer.

— Son souffle continue de régner sur la terre, murmura Archer. Il écarta les pans de son manteau et attira Tess contre lui. Savez-vous déjà combien d'Idluins il a corrompues ?

Tess secoua la tête. Elle lui était reconnaissante de la chaleur qu'il partageait avec elle.

— A part les deux que j'ai déjà perçues, je ne peux pas encore me prononcer formellement.

Elle leva la main à sa gorge et effleura le petit sac

de pierres colorées qu'elle portait autour du cou. Chacune des pierres appartenait à l'une des douze Idluins actuelles. En les prenant dans ses mains, elle était capable de réunir le pouvoir de ses sœurs ou de communiquer avec elles. Mais certaines demeuraient hors de portée. Deux pierres représentaient, elle en était sûre, des Idluins tombées entre les griffes d'Ardred ; le sort ou l'identité des autres restaient un mystère pour elle.

— Je suis navrée, reprit-elle. Si je connaissais les autres Idluins, ce serait plus facile. Pour l'instant, je n'ai rencontré que Cilla et Sara. Je ne peux en atteindre que quelques-unes. Peut-être n'ont-elles pas encore découvert leurs pouvoirs.

— En effet. Beaucoup croient que les Idluins ont disparu depuis longtemps de ce monde. Pourquoi certaines Idluins ne se trouveraient-elles pas parmi les sceptiques ?

Il soupira. Une rafale de vent souleva son manteau et un souffle glacé s'engouffra à l'intérieur. Tess frissonna.

— Je crains, dit-il, qu'Ardred ne contrôle plus de deux de vos sœurs. L'hiver qu'il nous inflige est un signe évident de l'essor de son pouvoir.

— Je le crains également.

— Avec l'empire de Bozandar entre nous et les contrées du nord, il est impossible de savoir combien d'entre elles ses grands ordonnateurs et lui ont attirées à eux. Nous aurons besoin de Tuzza pour déchirer le voile et en apprendre plus.

— Je sais.

— Une armée de réserve devrait bientôt quitter Bozandar, à la recherche des troupes de Tuzza. La bataille sera effroyable. Or Tuzza n'a toujours pas trouvé le moyen de persuader ses hommes de combattre aux côtés des Anari contre le mal, d'autant plus qu'il leur faudra sans doute affronter leurs frères d'armes.

— Il est essentiel que nous obtenions la coopération de Bozandar.

— Oui-da. Il la regarda, une expression énigmatique sur le visage. Je suis prêt à entendre toute suggestion que vous auriez à ce sujet.

Elle comprit alors qu'il lui faisait enfin confiance. Jusque-là, elle avait toujours eu la sensation qu'il avait des doutes sur ses véritables intentions. Elle ne pouvait le lui reprocher. Après tout, elle était incapable de se souvenir de quoi que ce fût avant ce terrible jour d'automne où elle s'était réveillée au milieu d'une caravane massacrée, ignorant jusqu'à son propre nom.

Elle se demandait parfois elle-même si elle pouvait se faire confiance. Elle percevait ponctuellement la présence de l'Ennemi, le Seigneur Ardred, telle une ombre obscure dans son esprit — et qui cherchait, cherchait sans cesse à obtenir quelque chose d'elle. Mais elle n'avait plus senti sa présence terrifiante et sournoise depuis un certain temps et elle en était soulagée.

— Je voudrais avoir une suggestion à vous faire, dit-elle. Je ne crois pas qu'il sera facile pour quiconque, même pour l'orateur le plus habile, de convaincre ces soldats de trahir les leurs.

Elle perçut, plus qu'elle ne vit, son hochement de tête.

— Et pourtant, dit-il au bout d'un moment, ils ne deviendront pas des traîtres mais des sauveurs. Ils sauveront l'ensemble de l'humanité.

— Alors, allez les voir et dites-leur qui vous êtes en réalité. Cela a fonctionné avec Tuzza.

Archer soupira.

— Combien croiront que j'aie pu vivre si longtemps, caché parmi eux ?

— J'ai du mal à le croire moi-même. Etait-ce aussi terrible que je l'imagine ?

— Une véritable malédiction. J'aurais accueilli la mort avec gratitude à maintes reprises. Mais le châtiment est juste. Mes actes ont conduit les Premiers Nés à leur perte. Pourquoi ne devrais-je pas errer à travers le monde, étranger parmi les étrangers, pour le reste de l'éternité ?

— Vos actes n'étaient pas les seuls répréhensibles.

Elle lui fit face dans le vent violent.

— Ce n'est parce que vous avez une conscience que vous êtes le seul responsable. J'ai examiné le passé à travers mes rêves et les légendes anciennes et ce que j'y ai vu m'indique que les responsabilités étaient diverses. Malgré vos dires, Annuvil, vous n'êtes pas le seul coupable.

— Sans doute pas. Mais quelle importance ? J'ai survécu pour vivre cette époque et ces événements. Si je m'acquitte de ma dette et fais ce que l'on attend de moi cette fois, peut-être les dieux me libéreront-ils.

Elle pencha la tête en arrière afin de mieux voir son visage.

— Vous désirez votre propre mort ? Etes-vous sûr que ce vœu soit approprié pour un homme qui doit prendre notre tête dans la guerre contre Ardred ?

A sa grande surprise, il éclata de rire.

— Il existe bien des façons de libérer un homme. Peut-être serais-je enfin libre de devenir mortel. Ou autre chose. Comment le saurais-je ? Les intentions des dieux sont toujours obscures.

— Je commence à le comprendre également.

Elle avait été heureuse de l'entendre rire, bien qu'elle ne puisse lui reprocher son amertume face à son sort. Elle ne pouvait imaginer à quel point ces siècles de solitude avaient été horribles pour lui.

— Il est étonnant…, hasarda-t-elle, que ces années ne vous aient pas rendu fou.

— Cela fut parfois le cas. Par chance, je me souviens à peine de ces épisodes. Ils sont flous dans mon esprit et j'ai perdu toute notion du temps. J'ai parfois vécu telle une bête dans les bois, je crois.

— Je suis désolée. Désolée et admirative car je n'aurais jamais pu survivre à pareilles épreuves. Comment avez-vous pu continuer ?

— On m'avait promis, dit-il avec lenteur, qu'un jour, ma Thériel me serait rendue.

Elle recula légèrement. Pour une raison qu'elle refusait d'énoncer, elle se sentait… blessée.

— Qui vous a fait cette promesse ?

— Elanor. Elle m'est apparue après... après la destruction de Dederand. Elle m'a promis que si je la servais bien, je reverrais ma femme. Je me suis accroché à cette promesse.

— Etes-vous certain de pouvoir faire confiance à Elanor ? Ou à n'importe quel dieu ?

Il secoua la tête.

— Non. Je reconnais volontiers que non. Leurs desseins ne sont pas les nôtres. Mais... c'est tout ce que j'ai. Mon cœur est mort avec Thériel et il ne me reste que cet espoir. Je dois y croire.

— Je vois.

Elle lui tourna le dos et le manteau noir retomba, laissant le vent la glacer jusqu'aux os. Elle tendit les bras comme pour embrasser la nuit hivernale. Un flocon de neige, le premier qui fût jamais tombé dans cette vallée de mémoire d'homme, voleta et atterrit sur l'un de ses doigts.

— J'ignore qui je suis, dit-elle en regardant le flocon fondre sur sa peau. Je ne sais pas d'où je viens. Je n'ai pas de promesses pour me soutenir. Mais je suis pourtant ici et je fais mon devoir.

— Alors, peut-être votre fardeau est-il de loin le plus lourd.

Elle se retourna brusquement.

— Que veulent-ils dire lorsqu'ils m'appellent la Dame Filandière ?

— Il est dit qu'un jour, une Idluin viendra et sera capable de plier la réalité selon sa volonté.

— Et ils croient que je suis celle-là ?

— Vous avez brandi l'épée de la Filandière sur le champ de bataille.

— N'importe qui aurait pu le faire.

— Jamais comme vous l'avez fait.

Elle ferma les yeux, se souvenant du moment où Tom avait placé l'épée dans sa main et lui avait dit ce qu'elle représentait. Tout était ensuite très flou. Elle avait peu de souvenirs de la bataille qui avait suivi et n'en savait que ce qu'on lui avait raconté : elle avait commandé une unité d'hommes contre une attaque par le flanc de l'ennemi et les avait tous menés à la victoire. Et plus tard, d'un seul mot, elle avait fait cesser les combats.

Une peur immense la saisit.

— Qu'est-ce que tout cela veut dire ? Qu'attend-t-on de moi ?

— Je l'ignore.

— Les prophéties. Si la Dame Filandière y est évoquée, elles doivent aussi contenir une explication, des indices !

— N'avez-vous pas compris à ce stade à quel point les prophéties ressemblent davantage à des énigmes qu'à des prédictions ? Je ne puis vous dire ce que vous devez faire. Je ne puis vous dire non plus comment le faire. Vous devez avoir foi, ma dame, que le jour venu, vous saurez.

— La foi, toujours la foi.

— Je sais.

Il regarda derrière elle, là où des feux de camp éclairaient la prison.

— Eux aussi doivent trouver le moyen de croire.

Car la foi, je pense, est la seule chose qui puisse nous sauver des ruses d'Ardred.

Elle se détourna et regarda elle aussi au loin, songeant aux hommes assis autour de ces feux, pris de désespoir et peut-être encore amers face à la défaite, un sentiment qu'aucun Bozandari n'avait encore éprouvé.

— Oui-da, dit-elle, le cœur lourd et plein d'appréhension. Ils doivent eux aussi avoir foi. Cela sera sans doute la chose la plus difficile au monde.

Cette nuit-là, dans ses rêves, le loup des neiges lui apparut de nouveau, comme il l'avait fait à deux reprises dans la réalité. Il hurla, un hurlement de douleur et de chagrin qui lui donna la chair de poule, puis parut lui faire signe de le suivre.

Au milieu des brumes de son rêve, elle lui emboîta le pas. Comme dans tout rêve, elle ne se demanda jamais pourquoi elle le suivait, ni ce que le loup voulait. Elle n'éprouva pas la moindre crainte.

La brume se dissipa peu à peu et elle put discerner les bois qu'ils traversaient. Le loup se trouvait juste devant elle, ralentissant son pas agile et allongé chaque fois que c'était nécessaire pour lui permettre de le rattraper.

Ils arrivèrent enfin dans une clairière. Au-dessus de leurs têtes, le ciel était constellé d'étoiles. Puis, autour d'elle, Tess entendit des murmures. Elle n'en saisissait pas le sens mais comprit qu'elle se trouvait au centre d'une sorte d'assemblée invisible.

Jusque-là, elle n'avait rien ressenti ; mais, peu à peu, son malaise grandit. Elle avait l'impression d'être jugée. Si le loup resta auprès d'elle, sa présence ne la réconfortait guère. Elle songea à fuir cette clairière hantée et à cet instant précis, les voix se turent.

Une femme sortit de l'ombre, le visage dissimulé par une capuche.

— Beaucoup de tes sœurs sont parties avant toi, dit-elle doucement. Jamais notre fardeau ne fut comparable à celui qui t'incombe. Mais chacune d'entre nous, à sa manière, a préparé la voie qui t'attend en priant. Nous ne pouvons pas te dire ce qui va se passer car il s'agit du jeu des dieux et nous sommes liées par leurs règles. Mais nous serons à tes côtés, petite sœur. Si tu entends un murmure dans l'air, écoute nos voix. La seule chose qui nous sépare est un voile et ce voile peut être déchiré.

Avant que Tess pût l'interroger, la femme avait disparu. Pendant une seconde ou deux, elle continua d'entendre le murmure serein de sa voix.

Puis elle se retrouva seule dans la clairière avec le loup des neiges.

Il frotta son museau humide et froid contre sa main. Elle cligna des yeux…

Et poussa un cri de surprise. Car elle n'était plus du tout dans la clairière et il ne faisait plus nuit.

L'aube perçait au-dessus des montagnes à l'est, les couronnant de rouge, de rose et d'orange, même si le soleil n'était pas encore visible à l'horizon.

Et elle n'était plus dans son lit. Elle se tenait à

mi-chemin entre Anahar et la prison qui abritait les soldats bozandaris.

L'air froid du matin lui piquait les joues ; elle avait pourtant étonnamment chaud. Elle baissa les yeux et vit qu'elle portait ses beaux vêtements de laine blanche et ses bottes, ainsi qu'un manteau sur les épaules. S'était-elle vêtue pendant son sommeil ?

Un bruit derrière elle la fit sursauter et, se retournant, elle fut surprise de constater que le loup était toujours là.

Que se passait-il ? Rêvait-elle toujours ? S'était-elle réveillée dans un autre monde ? Cette Idluin disparue depuis longtemps lui avait-elle vraiment parlé ?

Ou était-elle simplement en train de perdre l'esprit ?

Le loup s'approcha et fourra sa grosse tête duveteuse sous sa main. Elle le gratta instinctivement derrière les oreilles et s'émerveilla de la douceur soyeuse de sa fourrure.

Elle avait dû avoir une crise de somnambulisme, se dit-elle. Par chance, elle s'était habillée avant de sortir d'Anahar car sans cela, elle serait morte de froid à cette heure.

Elle était sur le point de faire demi-tour pour rejoindre la ville lorsque le loup rejeta la tête en arrière et hurla. Ce son était magnifique, musical même.

L'appel reçut une réponse. Tess frémit en entendant les hurlements d'autres loups au sein des arbres étranges et robustes du désert vert des contrées anaris. Ils étaient les plus sinistres, les plus lugubres qu'elle avait jamais entendus. Il devait y avoir des dizaines de loups.

Puis ils sortirent du couvert des arbres, sans cesser de hurler, en une harmonie qui donnait l'impression d'entendre des dizaines d'animaux. Or ils n'étaient que sept, tous aussi blancs que celui qui se tenait à ses côtés.

Elle aurait dû être terrifiée. Elle aurait dû s'enfuir. Elle aurait dû recourir à ses pouvoirs afin de se protéger. Au lieu de cela, elle ne bougea pas d'un pouce tandis que la meute de loups se précipitait vers elle, leurs yeux jaunes brillants, une sorte de sourire sur les babines, comme s'ils retrouvaient leur foyer.

Une fois près d'elle, ils cessèrent de hurler et se mirent à gémir en tournant autour de ses jambes, la reniflant comme s'ils cherchaient à la connaître. Puis, comme mus par un ordre silencieux, les sept loups s'assirent et la regardèrent.

Elle parla, ne sachant que faire d'autre.

— Que voulez-vous ?

La seule réponse qu'elle reçut vint du chef de la meute. Il quitta sa place et se mit à tirer sa robe.

Il l'entraînait doucement.

Vers la prison.

Les autres suivirent. Qu'est-ce que tout cela signifiait ?

Ras Lutte, ancien lieutenant de l'armée bozandari, approcha de son souverain d'un pas lent, comme s'il espérait passer inaperçu. Il avait des nouvelles à délivrer — tel était son devoir. Il connaissait bien, trop bien, cette expression austère sur le visage de l'homme assis sur le trône, un visage qui paraissait marqué par les dieux eux-mêmes. Il n'en avait plus arboré d'autre depuis des mois, semblait-il.

Mais il demeurait étonnamment beau avec son teint clair, ses cheveux d'or et ses yeux bleus. D'après Lutte et d'autres, il aurait pu être l'enfant des dieux : jamais l'on n'avait vu homme si beau et si charismatique…

Avant que cette humeur sombre ne s'empare de de lui.

Bah ! au moins, personne n'était-il mort à cause de ces silences lugubres.

— Mon seigneur, dit enfin Lutte, après avoir posé le poing droit sur son cœur et s'être incliné. J'espère ne pas vous déranger mais la femme a parlé.

Le monarque leva lentement la tête, comme s'il avait besoin de toutes ses forces afin d'en soulever le poids. Lutte n'en fut pas certain mais crut voir des larmes dans ses yeux. Il baissa immédiatement les siens et fixa le sol. Il n'avait pas le droit de voir un tel spectacle.

— Qu'y a-t-il, lieutenant ? demanda le souverain.

Chaque mot paraissait provenir d'une grotte profonde.

— La Dame Filandière commande aux loups, mon seigneur. Bientôt, nous dit la femme, l'hôte de l'Ennemi se mettra en marche.

L'homme ferma les yeux un instant puis hocha la tête.

— Comme le prédit la prophétie.

Lutte ne savait pas grand-chose des prophéties et y prêtait moins de foi encore. Il hésitait même à se fier à la femme prisonnière dans sa chambre ; elle n'était que l'ombre d'un être humain, mangeait et buvait à peine, le corps aussi desséché que les cadavres que Lutte avait eu l'occasion de voir.

Il était un homme de science, expert en mathématiques — la science et les mathématiques de la guerre. Né dans une grande famille bozandari, formé par l'Académie Militaire, il avait fait ses preuves sur le champ de bataille et au cours d'une demi-douzaine de campagnes. Son exil, imposé à la suite d'une liaison avec l'épouse d'un supérieur, n'avait changé en rien son caractère. On pouvait renvoyer un soldat de l'armée mais l'armée demeurait à jamais dans le cœur d'un soldat. Aujourd'hui, il avait trouvé une autre armée et avait entrepris de faire d'une bande désorganisée de hors-la-loi et d'exilés une arme efficace et bien huilée, prête à le servir.

Non, pas à le servir, lui, mais à servir la volonté de son souverain. Et cette volonté était guidée par la prophétie et les marmonnements de cette femme. Des bases bien peu solides sur lesquelles fonder une campagne militaire, songea Lutte. Mais l'académie lui avait enseigné la loyauté et malgré ses réticences personnelles, sa fidélité lui était une source de fierté.

Il répéta les paroles de la femme comme s'il s'agissait

de celles d'un espion accompli, non pas, donc, parce qu'il lui faisait confiance ou croyait en ses radotages, mais parce que c'était son devoir.

— Si elle dit vrai, ajouta Lutte, alors nos agents à Bozandar doivent être au travail. Bozandar est certainement capable d'écraser ces esclaves et de mettre fin à la rébellion.

— Bozandar ne sera pas notre allié, dit le souverain. A la fin, il s'agira de nous et de nous seuls. De moi. Car je suis le seul à pouvoir tuer mon frère.

Encore son frère, pensa Lutte. Comme si tous n'étaient que des pions au milieu de cette lutte fratricide. Il avait entendu les rumeurs selon lesquelles son souverain était en réalité le deuxième fils du Premier Roi mais il n'y croyait pas. Les enfants des Premiers Nés étaient morts depuis longtemps, s'ils avaient jamais existé. Lutte n'avait besoin ni du Bien ni du Mal pour agir. Le mal qui résidait dans le cœur des hommes suffisait à affliger le monde. Et seul le bien dans leur cœur pouvait soulager ses souffrances. Le reste ? Des histoires, des légendes et des mythes, contés afin de fortifier les plus faibles face aux épreuves de la vie, et les rendre obéissants.

— Autre chose ? s'enquit le monarque.

— Non, mon seigneur.

— Alors retire-toi. Occupe-toi de tes chiffres et de tes dessins géométriques. Et prie pour que jamais tu ne te tiennes sur un champ de bataille où les lignes droites se font courbes et deux et deux ne font plus quatre.

Il n'a pas pu lire mes pensées, se dit Lutte en s'inclinant et en tournant les talons. Son visage avait trahi son scepticisme et le souverain connaissait sa réputation. Rien de plus.

Quel dommage, songea Ardred en regardant Lutte s'éloigner, qu'un jeune esprit aussi talentueux ne maîtrise pas le plus essentiel de tous les savoirs : les chiffres des dieux et la géométrie de l'âme.

Lutte était un bon soldat mais un piètre conseiller. Ce qui lui manquait serait fort utile à Ardred. Car aucun homme ne peut combattre son frère le cœur léger, quel qu'ait été leur passé. Ardred avait autrefois assiégé Annuvil. Aujourd'hui, Annuvil viendrait assiéger Ardred.

Lutte croyait connaître le danger qui naît lorsque deux hommes aiment la même femme, tel ayant été le crime qui l'avait forcé à l'exil. Mais il ne savait rien.

Ardred devait tuer son frère. Le monde ne pourrait être réuni que si Annuvil mourait. Gloire et véritable pouvoir ne pourraient revenir qu'à ce prix.

Et tout cela pour l'amour d'une seule femme.

Thériel.

3.

L'agitation commença aux abords de l'enceinte des prisonniers bozandari. Des cris de surprise, vite étouffés, et des mouvements se propagèrent peu à peu à travers le camp. Tuzza posa sa plume et sortit de sa tente, à l'affût de la moindre menace. Il n'en perçut aucune et se dirigea vers l'attroupement qui se formait près de la barrière est.

— C'est impossible ! murmura un homme.

— Ils ne s'aventureraient jamais si loin au sud, dit un autre soldat.

— Mes yeux me jouent des tours car je les vois se prosterner devant elle !

Tuzza se fraya un chemin dans la foule, jusqu'à voir de lui-même le spectacle qui provoquait un tel émoi parmi ses hommes. Il en demeura bouche bée.

Dame Tess se tenait devant eux, un demi-cercle de loups des neiges derrière elle ; silencieux, les bêtes la fixaient comme si elle était leur chef. L'une d'elles, néanmoins, se tenait à ses côtés, et parcourut les soldats de son regard doré, jusqu'à trouver Tuzza.

Ce dernier frémit, prenant conscience du caractère surnaturel de la créature.

C'était donc vrai.

Sans réfléchir, Tuzza posa un genou à terre et s'inclina. Il n'eut pas besoin de parler car ses hommes demeuraient des soldats, malgré leur situation actuelle. Ils s'agenouillèrent à leur tour.

— Levez-vous, commandant Tuzza, dit la femme d'une voix calme mais ferme.

Elle posa une main sur la tête du loup debout à ses côtés.

— Levez-vous et faites place à votre souveraine et à sa cour.

— Ecartez-vous ! ordonna Tuzza.

Certains, que leur bonne fortune avait placés en arrière-garde durant les batailles et qui n'avaient pas eu recours aux pouvoirs de guérisseuse de Dame Tess, grommelèrent. Mais ils n'étaient guère nombreux et les regards de leurs camarades les firent taire.

— Mettez-vous en rang !

Même les plus réticents retrouvèrent à ces ordres les habitudes nées d'années d'entraînement et de pratique. Ils se tinrent bientôt en rangs si droits et serrés qu'ils auraient pu être dessinés par un géomètre.

Tuzza se tourna vers Dame Tess.

— Mes hommes sont prêts, ma dame. Nous sommes à votre service.

— Très bien, dit Tess en se dirigeant vers eux à grands pas, donnant l'impression de glisser sur le sol.

Les loups étaient sur ses talons. Quand elle s'arrêta

devant le premier rang de la formation, ils prirent de nouveau place autour d'elle. Lorsqu'elle parla, sa voix était claire et forte et retentissait au plus profond de l'âme, songea Tuzza.

— Je suis celle qu'évoquent les prophéties.

Bien qu'elle détestât ces paroles et leur portée, elle savait qu'elle disait vrai. Elle ne pouvait plus échapper à son destin.

— Vous pouvez choisir de croire ou de ne pas croire. Mais ne pas croire vous conduira à votre perte car vous décideriez d'ignorer ce que vous voyez à présent de vos propres yeux. Le commandant Tuzza a choisi de me servir. Quelle est votre décision ?

Le silence se prolongea un long moment. Tuzza avança et se rangea aux côtés de Dame Tess. Peut-être pourrait-il maintenant apaiser la révolte qui grondait parmi ses hommes et faire de nouveau d'eux une véritable armée ? Il parla calmement, élevant la voix afin de se faire entendre de tous.

— L'époque dont nous avons entendu parler durant notre enfance, l'époque dont nous pensions qu'elle n'existait que dans des contes destinés à nous divertir, est arrivée. Si nous pourrions avoir à combattre nos frères, notre but n'est pas la chute de Bozandar mais son salut. Ralliez-vous à moi, compagnons d'armes, pour le bien de vos familles, pour l'avenir de vos enfants encore à naître. Si nous ne nous dressons pas aujourd'hui contre l'Ennemi, nous subirons le sort des Premiers Nés et disparaîtrons tous à jamais.

Il vit ses hommes hésiter. Cependant, à l'extérieur de la prison, les gardes anaris s'étaient mis à genoux, témoignant de leur allégeance envers Dame Tess. Les loups se mirent à pousser des cris si lugubres qu'ils eussent donné la chair de poule à n'importe qui, même au plus brave des hommes.

Dame Tess les fit taire d'un seul geste de la main, dissipant par là même les doutes de nombre de soldats.

— Courageux soldats de Bozandar, dit-elle, décidez-vous maintenant. Votre avenir tout entier dépend de cet instant.

Une vague d'émoi traversa les rangs des prisonniers et lorsque le calme revint, tous étaient à genoux.

Dame Tess ouvrit les bras et leva le visage vers le ciel. S'ils avaient pu la voir, les hommes auraient constaté que ce visage brillait d'une lueur bleu pâle — une aura qui enveloppait aussi les loups à ses pieds. La neige se mit soudain à tomber ; la lumière rougeoyante du jour naissant la faisait ressembler à du sang. Des nuages gris tournoyaient au-dessus de leurs têtes, teintés de rouge.

— Il provoque cette neige, dit-elle. Il cherche à vous détruire en vous faisant mourir de froid et de faim. Il tuerait sans hésiter vos frères et laisserait vos sœurs sans enfants. Il frapperait au cœur de votre existence en pervertissant le temps. Je ne le laisserai pas faire.

Elle leva une main, parut saisir quelque chose dans l'air et le tordre. Un vent se leva brusquement, si fort qu'il fit plier plusieurs hommes. Il repoussa également les nuages, tant et si bien que le ciel fut bientôt clair et dégagé.

Elle baissa le bras et regarda les hommes à genoux devant elle.

— Relevez-vous. Vous avez fait un choix sage en ce jour. Je veillerai aussi vite que possible à ce que vous soyez mieux logés. Puisse Elanor vous bénir, vous et les vôtres.

Puis elle tourna les talons et sortit du campement, toujours escortée par les loups.

Dans l'enceinte de la prison, les murmures et les disputes se poursuivirent tout au long de la journée. Certains refusaient de croire ce qu'ils avaient vu. Mais la plupart étaient désormais convaincus et finirent par faire taire les réticences.

Les plus enthousiastes étaient ceux qui avaient vu Tess sur le champ de bataille, ou qui avaient bénéficié de ses pouvoirs de guérison et de ceux de ses sœurs.

Une telle magie avait disparu depuis longtemps de ce monde, considérée par tous comme faisant partie de légendes stupides. Aujourd'hui, ceux qui l'avaient observée de leurs propres yeux ne pouvaient nier l'authenticité de ces histoires.

Tuzza préféra rester à l'écart sous sa tente, alors que les discussions faisaient rage dehors. Ses hommes avaient choisi de prêter allégeance à la souveraine et il ne doutait pas qu'ils respecteraient leur serment. L'honneur était une valeur suprême de l'armée bozandari ; ces hommes ne reviendraient pas sur leur parole.

Néanmoins ils pouvaient débattre de ce qu'ils avaient vu et du sens à accorder aux événements.

En fin de journée, comme le soleil se couchait et que le campement commençait à se préparer à une nouvelle nuit froide, Archer Blackcloak, l'homme qui n'était autre qu'Annuvil, vint parler à Tuzza.

La première chose que ce dernier remarqua fut que Maître Archer, comme celui-ci préférait être appelé, paraissait plus grand que la dernière fois qu'ils s'étaient vus. Comme si le fait d'assumer le fardeau de sa destinée et sa véritable identité avait fait grandir Archer au propre comme au figuré. Son visage était toujours aussi profondément marqué par l'inquiétude et le chagrin, mais ces rides ne faisaient qu'accentuer l'impression de force qu'il dégageait.

Tuzza lui offrit du vin et les deux hommes s'installèrent devant une table de camp de bois, une carte de Bozandar sous les yeux.

— Ainsi, dit Archer, Dame Tess est venue vous voir ce matin ?

— Oui-da. En compagnie de huit loups des neiges.

Archer esquissa un sourire.

— Cet événement n'a pas dû passer inaperçu.

— J'ignore ce qui a le plus étonné : les loups ou le fait que Dame Tess ait arrêté la neige et écarté les nuages.

Tuzza, qui se considérait comme un homme difficilement impressionnable, paraissait toutefois admiratif en évoquant l'exploit de Dame Tess.

Archer hocha la tête et sirota son vin.

— Elle est très surprenante, en effet. Mais elle ignore encore tout ce dont elle est capable.

— Un pouvoir incontrôlé ?

— Parfois. Pour une raison mystérieuse, les dieux l'ont privée de toute mémoire lorsqu'ils l'ont ramenée à moi et à mes amis. Quels qu'aient été ses pouvoirs autrefois, elle a tout oublié. Elle ne sait que ce qu'elle apprend au jour le jour.

— Alors, elle a déjà appris beaucoup.

Archer opina.

— Certes, si l'on considère le peu de temps qu'elle a eu.

— J'ai entendu les gardes anari l'appeler la Dame Filandière. Font-ils référence à la prophétie ?

Le regard d'Archer s'éclaira.

— Qu'en penses-tu, Tuzza ? A-t-elle éloigné une tempête de neige d'un seul geste ?

Tuzza soupira.

— Je l'ai vu de mes propres yeux. La Dame Filandière… Jamais je n'aurais cru assister à pareille chose.

— Peu y croyaient. Je ne crains pas de dire que vivre les temps prédits par la prophétie n'apportera que peu de joie à la plupart d'entre nous.

— Non. Des jours difficiles se préparent.

— Les plus durs que nous ayons jamais connus. Nous serons soumis à de terribles épreuves. Terribles… Archer croisa le regard de Tuzza et le soutint un instant. Tout ce que nous avons, mon frère, c'est notre confiance l'un en l'autre. Je ne puis vous dire à quel point elle sera essentielle.

— Vous m'appelez votre frère ?

— Oui-da, car tu es sur le point de partager mon fardeau. Et ce sera loin d'être une voie facile.

— J'en suis honoré, mon seigneur.

— Tu me parleras d'honneur lorsque nous aurons traversé ce tunnel et que nous nous trouverons de l'autre côté.

Archer soupira à son tour.

— Je savais depuis des siècles que cette heure approchait ; or, je ne suis pas plus prêt à l'affronter que je ne l'étais par le passé. Et je suis chagriné de voir que d'autres doivent la connaître ; si j'avais choisi d'agir différemment jadis, cette heure ne serait jamais venue.

— Et je ne serais pas né. Je n'aurais pas vu mes enfants atteindre l'âge adulte.

Archer sourit faiblement.

— Tu es très positif.

— Il faut l'être pour commander une armée.

— Tu dis vrai.

Ils se turent quelques minutes, dégustant leur vin dans un silence empreint d'une camaraderie grandissante.

Le premier à rompre ce silence fut Archer.

— Fais-tu confiance à tes hommes ?

— Sans nul doute. Nous accordons une grande valeur à l'honneur.

Archer acquiesça puis se pencha plus près.

— Surveille-les tout de même, mon frère. L'Ennemi est capable de contrôler les esprits des hommes. Avez-vous entendu parler des grands ordonnateurs ?

— Oui-da, mais je n'en ai jamais rencontré.

— Tu en verras, avant la fin de tout ceci. Il exerce son influence sur les hommes puis plie leur volonté à la sienne. Il peut même occuper leur corps, s'il le souhaite. Comme s'ils ne faisaient qu'un seul esprit. Il est étrange de les voir agir de concert. C'est ainsi qu'il contrôle ses armées.

L'effroi se lut sur les traits de Tuzza. Il but une longue gorgée de vin.

— C'est inquiétant.

— En effet. Une fois qu'il les contrôle, ils perdent toute crainte de la mort. Il est impardonnable d'agir ainsi mais c'est bien ce qu'il fait et tu dois t'y préparer. Tu dois même t'attendre à ce qu'il exerce son pouvoir sur certains de tes hommes. Il essaiera certainement de le faire.

— Comment puis-je l'en empêcher ?

— Je l'ignore. Mais si cela arrivait... le sang des Idluins porte un jugement impitoyable. Sois méfiant et dis à tes hommes de l'être. Et sache une chose. Si tes hommes sont réticents à l'idée de combattre d'autres Bozandari, ceux qu'il contrôle n'hésiteront pas à faucher les tiens tels des épis de blé.

Après quelques minutes de réflexions visiblement sombres, Tuzza remplit de nouveau leurs coupes de vin.

— Dans ce cas, mon seigneur et frère, ce soir, nous devons profiter des fruits de la terre et des dons des dieux, car nous ne savons pas quand notre heure viendra.

Archer leva son verre à ses paroles.

— Il nous faut savoir ce qui se passe au nord de Bozandar. Depuis le début de la rébellion, tes troupes nous ont empêchés d'envoyer des éclaireurs dans cette direction. Si tu peux obtenir des informations d'une manière ou d'une autre, je t'en serai reconnaissant. Il n'est jamais sage d'aller à la rencontre d'un ennemi en ignorant tout de lui.

Tuzza hocha la tête.

— Je trouverai un moyen.

— Je suis sûr qu'une armée marche sur nous afin de vous secourir. Réfléchis, Tuzza. Je ne voudrais pas que des vies soient inutilement ravies. Nous devons trouver un moyen d'empêcher cette bataille et de les convaincre de se rallier à nous.

— Ce sera encore plus difficile qu'aujourd'hui.

— Oui-da. Je connais la fierté de l'armée bozandari. Et, que tu le croies ou non, les Anari sont tout aussi têtus. J'aimerais éviter un massacre, si c'est possible. Nous aurons besoin de tous les hommes valides afin de combattre le Mal.

Tuzza esquissa un sourire narquois.

— Apparemment, nous aurons également besoin de certaines Idluins.

— Oui-da. Car il a corrompu l'esprit de deux d'entre elles au moins et peut-être plus.

— Il faut combattre le feu par le feu.

— C'est triste à dire. Je ne corromprais jamais ces femmes de quelque façon que soit, si j'avais le choix.

Tuzza soupira.

— Je crois qu'elles ne le seront pas, mon seigneur.

Elles verront ce qu'elles ne devraient pas voir et accompliront des actes regrettables mais elles comprendront pourquoi ces choix étaient inévitables, comme le comprend tout bon soldat.

— J'espère que tu dis vrai. Les trois qui sont parmi nous semblent parfois drapées d'une pureté intouchable. Je crains qu'elles ne résistent pas à cette épreuve.

— La guerre implique un lourd tribut. Mais peut-être Dame Tess voudra-t-elle bien m'accompagner à la rencontre de l'armée de Bozandar ? Si elle pouvait refaire ce qu'elle a réalisé aujourd'hui, ma tâche en serait facilitée.

Archer fronça les sourcils.

— Tu n'iras pas seul, Tuzza. Je refuse de te voir accusé de trahison et mis aux fers par les tiens. Tu n'es pas un traître et nous avons besoin de toi.

— La trahison est dans les yeux de celui qui regarde, Maître Archer. Mon empereur ne verra pas mes actes autrement que comme une trahison.

— Alors, nous devrons l'éclairer lui aussi.

Tuzza faillit éclater de rire.

— Il n'est pas homme à se laisser convaincre aisément.

— Sans doute n'a-t-il jamais été en présence d'une Idluin.

— Sans doute pas en présence de la Dame Filandière.

L'expression d'Archer se fit plus grave.

— Il faut la protéger à tout prix, Tuzza. Ardred ne reculera devant rien pour la capturer. Que la prophétie ait prédit son apparition ne garantit pas sa sécurité.

A ce stade, l'avenir n'est plus écrit, y compris pour le plus talentueux des prophètes.

Tuzza hocha la tête d'un air lugubre.

— Je comprends, mon seigneur.

— Demain, je t'emmènerai à Anahar afin que tu rencontres mon lieutenant, Ratha. Il est temps de tisser des liens entre nous et ils devront être aussi solides que l'acier si nous voulons résister au combat qui nous attend.

— Ce ne sera pas chose aisée.

— Rien ne sera facile. Ceux qui manquent de courage feraient bien de fuir dès maintenant.

— Ce campement n'abrite aucun couard, mon seigneur.

— Le mien non plus. Mais nous en verrons, tout comme nous verrons des ennemis plus forts que tu ne peux le concevoir.

— J'ai vu ce que Dame Tess pouvait accomplir, Seigneur Annuvil. Croyez-moi, je suis capable de l'imaginer.

4.

Nous devrions écouter, songea Cilla, un sourire malicieux sur son visage hâlé, en croisant le regard de Tess.

Sans aucun doute, approuva Tess en la regardant à son tour. Elle était encore parfois surprise de la facilité avec laquelle ses sœurs idluins et elle-même communiquaient par la pensée. Elle se rappela la première fois où elle avait constaté cette faculté, le jour de l'union de Sara et de Tom.

Hum ! Cilla et Tess se tournèrent immédiatement vers la fenêtre où se tenait Sara. Celle-ci les considérait d'un air faussement sévère. *Puis-je avoir un peu d'intimité, s'il vous plaît ?*

Cilla posa une main sur sa bouche, retenant un rire. *Mais ma chère sœur, tu es notre seul espoir !*

Trouvez-vous un homme à vous, répondit Sara. Elle secoua la tête puis leur fit un clin d'œil.

— J'essaie, fit Cilla. Crois-moi, j'essaie.

Tess éclata de rire cette fois et entraîna Cilla à l'écart.

— Viens, ma sœur. Allons nous promener et laissons cette chère Sara profiter de son tout nouvel époux.

— Bien sûr, dit Cilla. Je ne faisais que plaisanter.

— Et c'était bien drôle, repartit Tess. Mais son sourire s'effaça vite. Comme les hommes sont allés discuter de leurs affaires, peut-être devrions-nous en profiter pour parfaire notre savoir.

Elles se dirigèrent vers le temple d'un pas lent, comme si elles regrettaient de quitter cette ambiance festive pour reprendre le dur travail qui les attendait. La visite de Tess au campement bozandari avait ressemblé à une visite royale, presque à un rêve. Les loups des neiges avaient disparu dans les collines d'Anahar et à présent, même en compagnie de Cilla, elle se sentait très seule, alors qu'elle était sur le point d'affronter les dieux.

— As-tu des nouvelles de Ratha ? s'enquit Tess.

— Il ne parle plus, dit Cilla. Je tâche de lui faire entendre qu'il n'est pas responsable de la mort de Giri, qu'il ne doit pas souffrir en silence, mais il refuse d'écouter.

— Les Anari croient-ils en la vie après la mort ?

Malgré tout le temps qu'elle avait passé dans le temple d'Anahar, Tess ne savait pas grand-chose de leurs croyances.

— Oui. En quelque sorte. Giri est de l'autre côté du voile maintenant, dans le jardin des dieux, mais sa vie là-bas — si on peut l'appeler ainsi — ne ressemble en rien à la vie ici-bas. Ceux qui traversent le voile deviennent à la fois tout et rien, unis et uniques. Ils sont capables de percevoir les pensées des autres, un peu comme nous autres Idluins.

Tess hocha la tête, des souvenirs vagues traversant son esprit, aussi légers qu'impossibles à atteindre.

— Tu ne te souviens pas des croyances de ton peuple ?

— Non. Bien que mon cœur me souffle qu'elles n'étaient pas bien différentes des vôtres.

Cilla sourit.

— Pourquoi as-tu posé la question ?

— Nous ne pleurons pas ceux qui sont partis, dit Tess. Ils ne souffrent plus, leurs luttes sont terminées. Nous ne devrions pas être tristes pour eux : la vie qu'ils mènent au-delà — quelle qu'elle soit — est meilleure que celle qu'ils ont pu connaître sur cette terre. Non, nous ne sommes malheureux que pour nous-mêmes car la disparition de ceux que nous aimons laisse un vide dans nos vies.

— C'est aussi ce qu'on nous enseigne. C'est comme si un morceau de chair nous était arraché. Nous ne souffrons pas de la douleur de cette partie de nous-mêmes. Nous souffrons à cause de ce qui reste, une chair à vif, ouverte et déchirée. Tant que le corps n'a pas réparé la blessure, la douleur demeure. Mais la plaie n'est jamais totalement refermée car la cicatrice ne remplacera jamais la chair qui a disparu.

— Tout à fait, dit Tess en serrant la main de sa sœur.

— Tu veux dire que Ratha a besoin de temps afin que le vide laissé par la mort de Giri laisse place à une cicatrice.

Tess opina.

— Et tant qu'il ne l'aura pas fait, ma chère sœur, il sera trop malheureux pour percevoir ton amour pour lui. Ou celui qu'il ressent pour toi.

— Ne me donne pas de faux espoirs, répliqua Cilla un peu sèchement. Puis, après un silence, elle ajouta : Pardonnez-moi, ma dame. Je n'avais pas l'intention de vous parler ainsi.

— Il n'y a rien à pardonner. Et je ne suis pas ta dame, mais ta sœur. Assez de gens me présentent leurs hommages !

Cilla hocha la tête.

— Oui, ma sœur.

— Et il ne s'agit pas de faux espoirs. Ne te fie pas à ce que tu vois sur le visage de Ratha aujourd'hui, ni à ses paroles. Il n'est pas en mesure de te regarder, de t'entendre ou de te parler. Seul son chagrin te regarde, t'entend et te parle. Le chagrin est incapable d'amour. Mais Ratha, oui.

Tess soupira, puis baissa les yeux au sol, admirant les pavés aux couleurs de l'arc-en-ciel sous ses pieds, s'efforçant en vain de se rappeler le chant que les pierres d'Anahar avaient entonné afin de convoquer les Anari. Ce chant avait paru lui ouvrir l'âme, l'emplir d'un sentiment de crainte mêlée d'admiration qui lui avait fait du bien, contrairement à la peur qu'elle avait ressentie lors de son réveil amnésique.

— Le chagrin est un sentiment impitoyable, Cilla. Il s'empare de nous tel un animal vorace et il est difficile d'échapper à ses griffes. Nous avons tant de mal à accepter que l'être que nous aimions est perdu pour nous à jamais. Ce serait plus facile pour Ratha si Giri était parti pour un long voyage sans avoir l'intention de revenir. Au moins saurait-il alors que son frère est toujours en vie quelque part dans ce monde et qu'un jour, il pourrait entendre de nouveau sa voix. Un tel espoir n'existe plus désormais. Mais il finira par l'accepter et il reviendra alors vers toi.

Cilla serra la main de Tess dans la sienne.

— Je prie pour que tu dises vrai, ma sœur. Car mon cœur bondit de joie autant qu'il est déchiré quand je le vois. Je l'ai longtemps admiré, enfant, lorsque je me cachais parmi les rochers pour le regarder jouer. Il était perdu à mes yeux pendant plus longtemps encore, après sa capture. Enfin, il est revenu, et j'ai eu le sentiment d'avoir retrouvé une partie de mon âme. Hélas, à présent…

— Il est parti de nouveau. Pour un temps. Pour un temps seulement, ma sœur. Tu t'es montrée patiente toutes ces années. Ne perds pas cette patience maintenant.

— Ecoutez-vous ! Quelle tristesse, quel chagrin !

Tess et Cilla se retournèrent et virent Sara courir à leur rencontre. Son visage rayonnait de bonheur.

— Pourquoi n'es-tu pas dans ta chambre avec ton époux ? demanda Tess.

Sara émit un gloussement.

— Il semblerait que les hommes manquent… d'endurance.

Cilla leva la main pour l'arrêter.

— Tu as réclamé de l'intimité, si je me souviens

bien ? Et maintenant, tu vas nous raconter ce que nous aurions pu entendre nous-mêmes ?

Sara secoua la tête.

— Non. Je ne dirai pas un mot de plus. Mais une femme ne peut pas vivre uniquement dans les bras de son mari. Pas moi, en tout cas. J'ai besoin de passer du temps avec mes sœurs. Alors, ne m'en voulez pas de ma présence ni si je dois vous quitter. Tom ne dormira pas toute la journée et je serai là lorsqu'il se réveillera.

— J'en suis sûre, dit Tess en riant. Elle se tourna vers Cilla. Viens vite, allons au temple pendant qu'il dort car les… envies de Sara… risquent de la rappeler avant qu'elle ait pu apprendre quoi que ce soit.

— D'une certaine façon, dit Cilla, je crois qu'elle en apprend déjà beaucoup. Mais il ne s'agit pas du savoir des Idluins.

Sara sourit.

— Avec des sœurs telles que vous, une mariée n'a guère besoin d'une belle-mère. Les dieux auront peut-être plus de tact.

— Il s'agirait là d'une vraie surprise, marmonna Tess.

Au fond d'elle-même, elle sentit un sentiment de colère se réveiller — à l'idée que le bonheur de sa sœur fût assombri, à l'idée de la souffrance de tous, à cause du passé mais aussi de l'avenir.

Personne, se dit-elle en pressant le pas vers le temple, ne devrait souffrir du fait d'événements à venir. Or ce chagrin, semblait-il, faisait partie du destin des Idluins.

⁂

— Le jeune prophète émerge, dit Erkiah en souriant à la vue de Tom. Bien que, à présent que tu es un homme marié, je suppose que le terme « jeune » ne s'applique plus à toi. Dis-moi, Tom, pourquoi n'es-tu pas dans les bras de ta nouvelle épouse ?

Tom rougit derrière le masque de cuir qui lui recouvrait les yeux, ne laissant que quelques trous minuscules pour lui permettre de voir. Depuis que Tess l'avait guéri des blessures qu'il avait reçues au cours d'une embuscade bozandari sur la route d'Anahar, ses iris étaient devenus si pâles qu'il ne pouvait plus supporter la lumière vive. Le bandeau que Tess avait eu l'idée de lui fabriquer l'empêchait d'être totalement aveugle.

— J'ai fait semblant de dormir. Je l'aime plus que tout mais nous avons été si occupés à préparer le mariage ces derniers jours… et mes études me manquaient.

Erkiah leva une main apaisante.

— Ne t'excuse pas, mon ami, ni auprès de moi ni auprès d'elle. Visiblement, elle n'a pas attendu longtemps avant d'aller rejoindre ses sœurs au temple pour y poursuivre sa propre tâche. En d'autres temps, des amants se seraient émus à une telle idée. Mais vous savez tous les deux que beaucoup reste à faire en peu de temps. Ce qui est dommage, c'est que vous n'ayez pu en parler ouvertement l'un à l'autre.

— Je crains de ne pas être encore habitué au mariage. Et Sara non plus, je présume.

— Je prie pour que vous ayez le temps de vous y

habituer, dit Erkiah, le visage empreint de tristesse. En dépit de tout ce que nous avons traversé, le pire reste à venir.

— Et la force de Maître Archer faillira, dit Tom.

Erkiah hocha la tête.

— Malheureusement, oui. Ainsi le dit la prophétie. Il nous incombe de découvrir comment et quand, et de nous tenir prêts à lui venir en aide.

— Montrez-moi ces prophéties, je vous prie, dit Tom en se dirigeant vers les étagères où Erkiah rangeait ses parchemins. Rien de ce que nous aurons appris ensemble n'aura d'importance si nous nous trompons sur ce point.

— Tu dis vrai. Si ma mémoire est bonne, ce texte se trouve sur la seconde étagère, c'est le troisième à partir de la droite.

— Si la mémoire vous faisait jamais défaut, repartit Tom en se saisissant du parchemin, les dieux eux-mêmes trembleraient de peur.

— Tu m'accordes bien trop de crédit, dit Erkiah en riant. Je ne suis qu'un homme. En tant que tel, je puis me tromper.

— Pas sur les sujets essentiels.

Tom le regarda puis déroula le parchemin.

— *Eshkaron Treysahrans.* Votre mémoire ne vous fait pas défaut.

Erkiah hocha la tête et regarda son disciple étaler le texte ancien sur la table et placer des bougeoirs dans les coins.

Il frissonna.

— Si seulement j'avais oublié. C'est un texte que

je n'ai pas lu depuis ma jeunesse. Il m'a tellement effrayé que je ne l'ai plus jamais touché, si ce n'est pour le mettre dans mes bagages et le sortir à mon arrivée ici.

Tom l'observa gravement. Ce n'était pas là l'Erkiah qu'il avait appris à connaître, sans cesse désireux d'apprendre.

— Je vous demanderais bien pourquoi ce texte vous a effrayé mais je connais déjà la réponse : vous me direz de le lire.

— C'est vrai. Bien qu'on ne puisse guère parler ici de prophétie.

— Bien sûr que non, répliqua Tom en souriant. Je ne faisais que répéter ce que vous dites toujours.

— La vraie magie serait de me dire pourquoi je prononce les mêmes paroles chaque fois.

Tom secoua la tête.

— Non, il n'est pas nécessaire d'être prophète pour cela. Si je me contente de retenir tout ce que vous dites, je ne pourrai jamais être davantage qu'un pâle reflet de vous-même dans le miroir du temps. Vous voudriez que je sois plus que cela et c'est pourquoi vous me forcez à lire les textes moi-même et à vous lancer des défis.

Erkiah sourit faiblement.

— J'aurais aimé te rencontrer à une époque plus heureuse, mon fils. Cette joute verbale aurait pu durer des heures et nous y aurions pris plaisir. Hélas, nous ne pouvons nous permettre ce luxe.

— Un jour, dit Tom fermement. Un jour.

*
* *

Eshkaron Treysahrans était le texte prophétique le plus difficile mais Tom s'acharna à le déchiffrer avec une détermination qu'Erkiah jugea aussi admirable que glaçante. Bien que le nom de son auteur eût disparu au fil des siècles, Erkiah considérait ce texte comme l'une des plus anciennes prophéties et celle qui avait subi le moins d'interventions de la part des scribes, principalement parce que rares étaient ceux qui avaient choisi de la transcrire. L'exemplaire qu'il possédait était peut-être unique. Il doutait en tout cas qu'il en existât plus d'une demi-douzaine.

Le titre — La Mort des Dieux — n'était guère éloquent. Contrairement aux titres de la plupart des prophéties, celui-ci semblait avoir été choisi par l'auteur lui-même et ce dernier n'avait guère éclairé le lecteur. En réalité, il paraissait avoir voulu l'éviter à tout prix.

Le texte était divisé en trois chapitres. Le premier contenait une série d'énigmes sans réponses et même, aux yeux d'Erkiah, sans fil directeur. Le deuxième était une chronologie partielle, débutant par « la mort du dernier des Premiers » et se terminant par « la naissance du premier des Derniers », sans que le contexte permît d'identifier ces êtres. Les quelques érudits qui avaient annoté cette partie avaient rendu les choses plus confuses encore : certaines interprétations parlaient des dieux eux-mêmes, d'autres des Premiers Nés ou des Idluins, ou même, pour les plus récentes, de l'aristocratie bozandari.

C'était le troisième chapitre — « Aneshtreah » ou

« Avertissements » — qui avait tant effaré Erkiah des années auparavant. Tel un maître sévère s'adressant à un jeune disciple récalcitrant, le texte contenait une série de mises en garde, toutes plus sinistres les unes que les autres. Le message principal parlait de confiance ou plutôt de soupçons. L'auteur commençait par ces mots :

Ne te fie pas à ta mère.

Elle t'a enfanté dans la douleur, élevé malgré les épreuves,

Grande est sa rancœur, bien qu'elle soit cachée.

Ne te fie pas à ton père,

Car il t'a d'abord donné la vie puis t'a nourri enfin,

Et plus grande est sa colère à la fin du voyage.

Le texte se poursuivait ainsi, conseillant au lecteur de ne se fier ni aux hommes, ni aux animaux, ni aux amis, ni aux ennemis, ni aux épouses ou aux enfants, ni aux maîtres ou aux serviteurs, ni aux dieux ni aux prêtres. Il disséquait froidement chaque relation, ne laissant place ni à l'honneur, ni à l'engagement ou même à l'amour. La dernière strophe bannissait tout espoir :

Ne te fie pas à l'Ombre,

Car l'ombre disparaît en présence de la lumière,

Et le Brun doit capituler devant le Blond sur le champ de bataille.

Ne te fie pas à la Lumière,

Car Il brandit une dague qui ira droit au cœur,

Et son âme est accoutumée à une cruauté sans bornes.

— Par les dieux, murmura Tom en reculant. Son visage était d'une pâleur mortelle. C'est impossible.

— C'est ce que j'ai pensé autrefois, mon ami, dit Erkiah. Et pourtant, c'est écrit.

— Ai-je bien compris ? Maître Archer est l'Ombre et l'Ennemi la Lumière ?

— Selon les légendes, Ardred avait les cheveux les plus clairs. Et tu ne dois guère être surpris qu'Archer soit appelé l'Ombre. Ses cheveux, son visage — la manière dont il a survolé ce monde toutes ces années, sans être vu…

Tom secoua lentement la tête.

— Mais si c'est vrai, Archer nous abandonnera.

Erkiah acquiesça.

Les traits de Tom se durcirent tandis qu'il complétait sa pensée :

— Et notre avenir dépend d'Ardred.

5.

Le temple paraît agité, songea Tess. Toute la joie qu'elle avait perçue la veille dans ses murs avait disparu, laissant la place à un atroce sentiment de perte. Elle évita la statue d'Elanor, espérant qu'une autre figure, une autre gracieuse représentation de pierre, lui parlerait cette fois. Mais les pierres étaient silencieuses ; le chagrin qui émanait d'elles menaçait d'écraser le cœur de Tess sous son poids. Le temple semblait avoir choisi ce moment afin de pleurer la perte des Anari morts au combat.

— C'est douloureux, dit doucement Tess.

— Oui-da, dit Sara, les larmes aux yeux. Pourquoi doit-il en être ainsi ? Ne pouvons-nous pas connaître la joie ? Pourquoi a-t-elle quitté ce monde ?

— Peut-être le monde n'a-t-il jamais été joyeux, dit Cilla. Peut-être devons-nous la ramener par un acte de volonté.

Tess secoua la tête. La colère montait en elle, devant la manière dont la mort la pourchassait depuis des mois. Cette colère semblait naître du chagrin qu'elle percevait dans les pierres qui l'entouraient. Elle avait été placée sur ce chemin par des forces qu'elle ne comprenait pas, poussée en avant et fortifiée par la mort de sa propre mère, projetée dans un jeu dont les règles et les objectifs étaient inconnus et impossibles à connaître et où le sang versé, la tristesse et l'horreur constituaient les seules certitudes. Sans oublier la mort, la mort, toujours la mort.

Ses mâchoires lui faisaient mal à force de les serrer afin de lutter contre la rage qui la submergeait. Elle ne put se contenir davantage et posa la main sur la statue d'Elanor, en un geste non pas de prière mais d'accusation.

— Quel dieu misérable, demanda Tess froidement, créerait un monde empli de souffrances et de malheur et ferait reposer sur ses frêles enfants la lourde tâche de susciter joie et espoir ?

— Aucun, mon enfant.

La voix la traversa tel un souffle de vent glacé et, l'espace d'un instant, Tess faillit retirer sa main. Puis, prête à tenir tête, elle posa l'autre main sur la statue.

— Alors, interviens, dit-elle avec une détermination qui la surprit elle-même. Nous vivons des heures fatidiques et nos cœurs sont trop agités pour supporter davantage d'énigmes. Nous sommes lasses de tes jeux. Montre-toi !

Avec un craquement sinistre, le temple fut soudain baigné d'une lumière si intense que Tess dut détourner les yeux. La présence d'Elanor emplit la pièce, faisant dresser les cheveux sur la nuque de la jeune femme et battre son cœur plus vite.

— Tu as brandi l'épée de la Filandière mais n'ose pas me défier !

— J'ose et te défierai ! cria Tess. Regarde ma sœur en larmes ; alors qu'elle devrait se trouver dans les bras de l'homme qu'elle aime, elle est venue ici afin d'en apprendre davantage pour la suite de nos épreuves ! Regarde mon autre sœur, le cœur empli d'amour et de peine pour un homme qui ne peut pas aimer à cause du fléau de la guerre. Regarde-nous et dis-nous que nous n'avons pas souffert et pleuré sur ce chemin que tu as choisi pour nous ! Regarde-nous et dis-nous que nous ne méritons pas le plus petit répit !

— Méritantes ? cria Elanor à son tour. Si vous l'étiez, auriez-vous réduit le monde en pièces autrefois ? Créé une race trop faible pour se défendre et protéger ses enfants de l'esclavage ? Auriez-vous capitulé pour vous mettre au service du Chaos ? Tu oses me parler de mérite ? « J'ose et te défierai », dis-tu ? Eh bien, ose me défier !

— Tess, dit Sara précipitamment en prenant la main de sa sœur. Ne la tente pas.

— Non ! s'exclama Tess en la repoussant. Je le dois ! Nous avons vu nos frères et nos sœurs mourir pendant trop longtemps, nos espoirs réduits à néant. Trop longtemps nous avons reculé devant les dieux, pour les voir nous abandonner à la colère des nôtres. Cela ne peut continuer ! Non, je le refuse ! Je te l'ordonne, montre-toi !

— Tu me l'ordonnes ?

— Oui, hurla Tess afin de couvrir les grondements qui s'élevaient dans le temple. Je te l'ordonne !

En un instant, l'air se raréfia. La lumière tournoya et se concentra, tout en devenant plus intense à chaque seconde qui passait. Puis elle prit l'apparence d'un loup des neiges étincelant.

— C'est impossible, dit Sara, atterrée.

— Et pourtant, si, répliqua le loup. Ses yeux couleur ambre brillaient de colère. Ose me parler d'ordres à présent, Dame Filandière. Ose me dire que je ne t'ai pas accompagnée, que je n'ai pas vu ce que tu as vu, souffert ce que tu as souffert et bien plus, bien plus que tu ne le sauras jamais ? Dis-moi que mes sœurs et moi ne vous avons pas secouru durant vos heures de détresse, depuis votre première bataille contre les sbires de Glassidor, au cours des combats dans ces montagnes, jusqu'à vos prières ce matin. Dis-moi que vous avez dû faire face à toutes ces épreuves seules. Dis-moi que je ne vous ai point guidées jusqu'à ce jour. Et ce n'est qu'alors que j'obéirai à tes ordres.

Tess, secouée au plus profond d'elle-même, tomba à genoux. La rage et la colère provoquées par le danger et la peur se muèrent en sanglots convulsifs.

— Je ne savais pas. Je ne savais pas.

Le loup s'approcha et posa son museau contre ses joues, essuyant ses larmes de sa langue délicate.

— La foi se trouve quand on ne sait pas, mon enfant. Seuls la foi et le courage pourront te soutenir durant les épreuves à venir. Jamais tu ne les aurais trouvés en toi si tu avais su.

Tess hocha la tête, emplie à la fois de honte et d'angoisse. Epuisée, elle sentit les mains de ses sœurs se poser sur ses épaules. Le loup s'assit à ses côtés, impassible.

— Tu ne dois parler de cela à personne, dit-il. Seules les Idluins peuvent connaître ce secret car elles sont les seules à pouvoir le croire. Vous devez retrouver vos sœurs, celles que l'Ennemi n'a pas encore capturées. Vous les reconnaîtrez lorsqu'elles me verront.

— Resteras-tu avec nous ? demanda Tess.

Le loup sourit.

— Nous venons de mondes différents, mon enfant. Je ne peux pas plus rester avec vous que le vent. Je — nous — vous accompagnerons comme nous l'avons toujours fait.

— J'espère ne plus jamais voir une peau de loup des neiges, murmura Sara en se souvenant des trappeurs des montagnes, près de son Whitewater natal.

— Nous leur pardonnons car ils ne savent pas, dit le loup à Sara. Ne dites rien. Jamais.

Le loup disparut comme s'il n'était jamais venu. Le seul indice de sa présence était un poil blanc comme neige sur la statue d'Elanor. Tess, comme mue par une force inconnue, le prit entre ses doigts tremblants et le serra dans le petit sac de pierres idluins.

Elle se releva ensuite péniblement et prit un moment pour se ressaisir.

— Venez, mes sœurs. Nous avons du travail. Et un espoir, à présent.

— Mille trois cent soixante, déclara Tuzza, s'adressant à Archer assis de l'autre côté de la table. Divisés en douze compagnies de cent vingt hommes, assez pour former un régiment. Voilà le nombre d'hommes prêts à combattre dont je dispose. Et peut-être quatre cents de plus si nous attendons un mois. Quant aux autres...

Tuzza soupira. Il avait conduit six mille hommes vers les terres anari. Plus de la moitié gisaient à présent dans des tombes anonymes le long du chemin, victimes de maladies, de la faim, des raids anari incessants et de la bataille finale dans le défilé. Il avait participé au pire désastre de l'histoire de l'Empire bozandari.

Comme s'il avait lu dans ses pensées, Archer répondit :

— Malgré tout, tes hommes sont encore prêts à te suivre.

Tuzza secoua la tête.

— Ils font preuve de loyauté envers la Dame Filandière à cause des miracles auxquels ils ont assisté. Ils sont loyaux envers un officier supérieur —quel qu'il soit — à cause de leur entraînement. Mais je ne me fais aucune illusion quant à leur loyauté envers ma personne, Maître Archer. La fidélité que je pus leur inspirer autrefois a disparu au cours de notre voyage jusqu'ici.

— La loyauté est un sentiment inconstant, dit Archer. Seul notre Ennemi peut compter sur une loyauté absolue et uniquement parce que sa magie fait plier la volonté de ses sujets. Un être humain ne peut exiger pareille chose.

— Vous dites vrai, dit Tuzza.

— Et qu'en est-il de tes officiers ? s'enquit Archer. Se fient-ils toujours à ton jugement ?

— Les rares qui ont survécu, oui, quoiqu'ils m'inquiètent aussi. Parmi mes meilleurs officiers — ceux qu'inspiraient les actes et non les paroles —, bien trop sont tombés avec leurs hommes. Et parmi ceux qui restent, nombre sont venus me réclamer une promotion. Ils font étalage de leur sang noble, de leurs prétendus exploits, et disent du mal de leurs camarades.

— Ces hommes-là ne sont pas dignes de commander.

— Je ne le sais que trop. Mais j'ai trop peu d'officiers déjà.

— Tes hommes refuseraient de servir sous les ordres d'officiers anaris. Ce n'était ni une question ni une critique mais une simple affirmation.

— En effet.

Archer réfléchit un moment à ce dilemme. Il fit mine de parler à deux reprises, faisant sursauter Tuzza dans sa chaise, mais finissait par secouer la tête et replongeait dans ses pensées. Tuzza le comprenait : il avait passé lui-même de longues heures à soupeser la même question.

Archer s'exprima enfin.

— Nous avons déjà décidé que tes hommes établiraient un nouveau campement, près des Anari.

— Oui-da. J'examinerai les lieux possibles cet après-midi et dessinerai des plans.

— Non. Ou plutôt, utilise cette occasion afin de mettre à l'épreuve et de choisir tes futurs officiers.

Contente-toi pour cela de réunir les hommes et de leur donner des instructions. Les chefs apparaîtront d'eux-mêmes.

— Très bien, dit Tuzza, en souriant peu à peu. Je verrai qui parle, qui agit et qui est capable de donner des ordres, qui dira « suivez-moi » et qui les hommes suivront.

— Et repère ceux qui demanderont l'aide des Anari. En ces heures fatidiques, nous avons besoin de compter les uns sur les autres.

Tuzza soupira.

— Cela risque d'être un problème pour certains. J'ai besoin de meneurs, Maître Archer, et non d'hommes qui ne seront que les marionnettes des Anari.

— Certes. Et tu ne dois pas en exiger moins. Mais il ne suffit pas d'être un meneur pour s'enquérir où trouver de l'eau ou du bois et des pierres pour une construction. Certains Anari ne vous font toujours pas confiance et risquent de vous induire volontairement en erreur. Tu dois disposer d'hommes capables de discernement et susceptibles de demander de l'aide sans offenser les Anari les plus réticents.

Tuzza saisissait la vérité des propos d'Archer.

— La campagne à venir ne ressemblera en rien à celles que les Bozandari ont menées jusqu'ici. Nous n'avons jamais combattu aux côtés d'un allié. Nous n'en avons jamais eu besoin.

— Ce n'est plus le cas aujourd'hui. Cette guerre requiert des chefs capables d'agir de concert avec leurs frères anari.

Tuzza soupira de nouveau. Le commandement

revenait depuis longtemps aux Bozandari de lignée noble ou bénéficiant de protections. Il était lui-même un petit aristocrate et avait profité du système qu'il se voyait maintenant forcé de réformer.

— Certains de mes hommes résisteront et se refuseront à tout changement qui ne reconnaisse pas leur lignée. Ils risquent de nourrir des rancœurs encore plus fortes envers ceux dont le rang ne sera pas contesté.

— Comme le tien ? demanda Archer.

— Précisément. Donner des instructions à mes hommes et les juger ensuite ne me satisfait pas. Je dois être mis à l'épreuve moi aussi.

— Eh bien, fais-le. Je ne doute pas que tu réussisses. Tu retrouveras peut-être ainsi ta confiance en toi.

Tuzza secoua la tête.

— Nul test ne pourra effacer le fardeau que je porte, Maître Archer. Mais il n'y pas d'autre moyen de faire mes preuves auprès d'eux. Et je le dois.

Lorsque Archer quitta la tente de Tuzza, les problèmes de la guerre à venir pesaient lourdement sur son cœur. Elle serait plus terrible encore que les épreuves qu'ils avaient traversées jusque-là. Non seulement Tuzza devait trouver des officiers prêts à travailler avec les Anari mais Archer devait convaincre ces derniers de faire de même avec les Bozandari. Cette tâche promettait d'être difficile, d'autant plus que l'un de ses principaux lieutenants — son compagnon de longue date, Ratha Monabi — était toujours rongé par la colère et le chagrin après la mort de son frère Giri. Pis encore, Ratha avait vu Giri mourir sous ses yeux, des mains de Tuzza.

Archer se dirigeait du reste vers la maison de Ratha, retournant cent fois dans son esprit la question de savoir comment aborder le sujet d'une collaboration entre les hommes de Tuzza et ceux de Ratha. Celui-ci avait dû entendre parler des événements provoqués par Tess ce matin, lors de sa visite au campement bozandari. La ville tout entière ne parlait que de cela et les réactions n'étaient pas toutes positives. Trop d'Anari avaient vu les leurs réduits à l'esclavage ou tués par les Bozandari pour pardonner si aisément.

Le ralliement de Ratha permettrait d'en décider beaucoup, Archer le savait. Il ne pouvait compter sur une visite surprise de Tess à l'aube afin de persuader Ratha, comme elle l'avait fait pour les Bozandari. Il devait le faire lui-même, d'homme à homme, d'ami à ami.

6.

— Vous ne pouvez exiger de moi pareille chose ! tonna Ratha, perdant dans sa colère sa déférence habituelle vis-à-vis d'Archer. Il a tué mon frère !

Archer l'écouta en silence, sans réagir. Ratha s'était retiré à l'écart du monde pour le *telzehten* — la période de deuil rituelle des Anari — et n'avait assisté au mariage que parce que la coutume l'exigeait. Le reste du temps, il avait été confiné sous une petite tente plantée au pied des collines, à l'extérieur de la partie d'Anahar réservée au clan des Monabi. Là, il passait son temps les yeux rivés sur l'armure déchirée et abîmée de Giri. Ce comportement n'était pas inhabituel parmi les Anari. La longévité de ce peuple l'avait peu accoutumé à la compagnie de la mort et par conséquent, une période de communion avec l'âme d'un disparu était jugée non seulement normale mais honorable.

C'était sous la tente de Giri, plantée sur un terrain escarpé et balayé par le vent, que les deux hommes se tenaient à présent, face à face, en ennemis plutôt qu'en amis de longue date. Le vent froid de cet étrange hiver était si vif qu'il menaçait de les clouer au sol. Ni l'un ni l'autre ne céda d'un pouce et seul Archer se laissa aller à penser à quel point Anahar aurait dû être agréable à cette époque de l'année... sans les machinations d'Ardred, celui qu'on appelait le Seigneur du Chaos.

Ratha était incapable de toute pensée rationnelle. Le chagrin submergeait son esprit et son âme, l'empêchant de voir le mal qu'ils devaient tous affronter, ne laissant qu'une coquille vide déchirée par la douleur et la rage.

Néanmoins, la colère de Ratha fut incapable de résister au regard impassible d'Archer. Etouffant un juron dans sa barbe, il sortit brusquement de la tente et ne s'arrêta pas avant d'arriver au bord d'un ravin. Il jeta une pierre dans le vide d'un coup de pied. Le vent couvrit bientôt le bruit de la chute.

Archer avait suivi Ratha et cette fois, il parla.

— Ton frère était mon ami lui aussi. S'il est mort de l'épée de Tuzza, en réalité, sa fin était entre les mains de l'Ennemi qui nous poursuit tous, l'Ennemi qui a provoqué cette guerre. Vas-tu négliger les tiens et laisser ta colère se tromper de cible ?

— Me tromper ? cria Ratha en faisant volte-face. Mon peuple est réduit en esclavage par les Bozandari depuis des générations. Voulez-vous que je l'oublie ?

— Tu ne peux l'oublier. Jamais je ne te le demanderai.

— Que voulez-vous alors ? Contrairement à vous, je ne suis qu'un simple mortel, un mortel qui a perdu une moitié de lui-même à cause de celui à qui vous me demandez de faire confiance, que vous voulez que j'accompagne avec une armée de mes hommes afin de combattre d'autres Bozandari.

— Oui-da, tu dis vrai. Si tu tiens à accuser quelqu'un, blâme-moi. Ma race et moi avons créé ton peuple et cet acte de démesure a semé les graines de sa servitude. Blâme-moi, Ratha, car je suis plus responsable de la mort de Giri que Tuzza ne pourra jamais l'être.

Ratha rejeta la tête en arrière, comme s'il avait été giflé. Lorsqu'il parla enfin, sa voix était rauque, comme brisée.

— Vous nous avez sauvés, Giri et moi, de l'esclavage. Vous avez fait de nous vos amis et compagnons de route. Comment pourrais-je l'oublier ?

— On le dirait pourtant, puisque tu parais résolu à oublier l'Ennemi qui nous menace. Comme tu sembles déterminé à oublier que nous ne pouvons pas gagner cette guerre seuls.

Ratha poussa un grondement où l'angoisse le disputait à la colère. L'écho lui répondit. Le jeune Anari parut sur le point de jeter une autre pierre dans le ravin mais il se ravisa, comme s'il se rappelait soudain le lien étroit qui unissait son peuple et la pierre. Les Anari, et les Anari seuls, étaient capables d'entendre les voix de la roche. D'où leur grand respect pour elle, qu'ils considéraient comme un véritable être vivant. Jeter une pierre d'un coup de pied comme il l'avait fait tantôt était un péché pour les siens.

Il tomba donc à genoux et ramassa l'une des grosses

pierres qui gisaient sur le sol rocailleux, probablement après un éboulement. Il la porta à son visage, tout près de son oreille, et ferma les yeux. Des larmes coulaient sur son visage sombre, et l'une d'elles tomba sur la pierre.

— Je suis désolé, murmura-t-il.

La pierre qu'il tenait à la main réagit en brillant doucement.

Archer s'agenouilla près de lui.

— Vois-tu ce que je veux te dire, Ratha ? Le deuil est indispensable mais il ne faut pas oublier qui nous sommes et ce que nous devons aux survivants.

Les yeux noirs de Ratha s'ouvrirent lentement. Ils étaient baignés de larmes.

— Vous le savez mieux que quiconque, mon seigneur, dit-il.

— J'ai eu à ma disposition de longues années pour l'apprendre. Toi, non. Reste ici le temps de ton deuil. Je ne puis te le refuser et ne m'attends pas à moins de la part d'un homme dont j'ai vu le lien fort avec son frère. Mais ensuite, tu devras revenir parmi nous. Les jours d'accalmie nous sont désormais comptés. Bozandar a déjà dû envoyer des soldats à la recherche de l'armée de Tuzza. Tuzza enverra des éclaireurs afin de savoir combien de temps il nous reste. Peu, je crois.

Ratha acquiesça tout en reposant la pierre avec douceur. Elle brillait toujours, comme ramenée à la vie par son contact. Il la caressa du bout des doigts, puis leva la tête vers Archer.

— Je reviendrai, dit-il. Bientôt.

— C'est tout ce que je puis te demander.

— Restez avec moi, maître Archer. Comme vous l'avez dit, vous partagiez ce lien avec Giri. Les Anari ne partagent le deuil qu'avec leur famille et je n'en ai aucune, à part vous.

— Je voudrais pouvoir rester, mon frère. Mais l'Ennemi ne me donne pas le temps de pleurer les morts. Il reste tant à faire — et que je suis seul à pouvoir faire.

— Je comprends…

— Mais je ne suis pas ta seule famille. Ta cousine, Cilla, pleure également Giri et souffre pour toi. Je ne lui ai pas posé la question mais je suis certain qu'elle serait honorée et rassurée si elle pouvait partager ton deuil.

— Elle a d'autres desseins. Des desseins qui concernent mon cœur.

— Oui-da. Je ne te dirai pas le contraire. Mais j'ai d'autres desseins également : utiliser ton esprit et ton habileté à commander. Et pourtant, tu es prêt à partager ce deuil avec moi et non avec elle. Ses desseins t'effrayeraient-ils davantage ?

Ratha sourit.

— Oui, Maître Archer. La bataille que vous me demandez m'est familière. Celle qu'elle exige de moi…

— Je ne puis nier la vérité de ces propos, mon frère, dit Archer en souriant à son tour. Le risque est plus grand : il ne s'agit pas seulement de perdre la vie. Peut-être est-il préférable d'attendre que tu sois guéri avant de l'affronter.

— Je vous rejoindrai vite, mon seigneur. Dites à Cilla que je ne puis revenir que lorsque je serai entier. Elle comprendra.

— C'est entendu, mon frère, je le lui dirai.

Archer se leva et descendit prudemment vers sa monture. Il n'avait pas eu le courage de dire à Ratha que le chagrin ne disparaissait jamais, qu'il ne faisait que s'estomper.

Il se sentit soudain accablé par le poids de ses propres responsabilités. Puis il se redressa, refusant de se laisser aller. Le désespoir était un luxe qu'aucun d'entre eux ne pouvait se permettre.

Les trois Idluins marchaient lentement, en cercle, autour de la chambre centrale du temple. La pièce abritait les statues de douze femmes, probablement les premières Idluins ; les Idluins actuelles les regardaient attentivement, comme si elles pouvaient leur dire d'une façon ou d'une autre où se trouvaient leurs sœurs manquantes.

Tess avait évité cette salle depuis que, lors de leur première visite, ses sœurs et elle avaient découvert l'horreur de la destruction de Dederand par les premières Idluins. Elles s'étaient plutôt concentrées sur l'antichambre, là où se trouvaient les statues des divinités. Sara avait émis l'hypothèse qu'Elanor leur avait révélé tout ce qu'elle voulait leur dévoiler et elle avait proposé de passer à cette pièce. Le temple d'Anahar était un être vivant de pierre et cette salle était son cœur.

— Certaines de nos sœurs doivent être parmi les Bozandari, dit Sara avec une pointe de dégoût.

Les Bozandari n' étaient guère aimés par les temps qui couraient.

— Evidemment, répondit Tess. Mais pour le moment, nous ne pouvons pas les atteindre. Il nous est impossible d'aller à Bozandar.

— Vous deux pourriez vous y rendre, dit Cilla. Vous passeriez inaperçues à Bozandar.

— Sans doute, répliqua Tess. Mais que ferions-nous ? Du porte-à-porte, en demandant si une Idluin vit là ? Je ne crois pas.

Elle tendit la main et effleura la pierre froide et colorée du mur du temple.

— Si seulement Anahar pouvait chanter pour elles aussi, les appelant à elle comme elle a appelé les Anari...

Elle se tut. Une idée venait de lui venir à l'esprit.

— Les pierres ! s'écrièrent Cilla et Sara en chœur.

— Oui ! répondit Tess en sortant en hâte le petit sac de cuir qu'elle portait constamment autour du cou.

Elle gagna le centre de la pièce et déversa les petites pierres sur le sol.

— Nous savons que deux d'entre elles sont sous l'influence de l'Ennemi.

— Celles-ci, dit Sara.

Elle les montra du doigt. Les deux pierres se mirent à rouler, s'éloignant des autres et se dirigeant vers deux des statues. L'une d'elles était de la couleur du béryl, la deuxième était un quartz jaune.

Les trois jeunes femmes fixèrent, dubitatives, les dix pierres restantes. Cilla retira l'opale, qui était la pierre de Tess, puis le saphir, celle de Sara, et enfin l'émeraude, la sienne. Il restait donc l'améthyste, le rubis, la cornaline, la topaze, le grenat, le jade et la turquoise. Celles-ci se mirent aussi à rouler sur le sol, mues par une force invisible.

— Devrions-nous vraiment faire ceci ? demanda Sara à voix basse. Nous ne savons pas combien d'entre elles sont sous le joug d'Ardred.

— Nous ne voudrions pas non plus qu'Ardred sache que nous les appelons, souligna Tess. Bien que je doute que nous puissions l'éviter. Il a des Idluins à son service.

— Nous en connaissons au moins deux, dit Cilla en indiquant les deux pierres qui avaient commencé à rouler vers leurs statues, avant de s'arrêter en cours de route et de s'immobiliser l'une à côté de l'autre.

Quant aux autres, elles s'étaient dispersées à travers la pièce. Cilla poursuivit :

— Les Idluins qui sont avec Ardred sauront malgré tout que nous tramons quelque chose. Comment ne le sauraient-elles pas ? Nous sommes liées les unes aux autres par un lien étroit, même s'il est mystérieux.

— Et celles qui ignorent totalement leur identité d'Idluin pourraient ne même pas comprendre ce lien, dit Sara.

Tess fixait les pierres en silence. Le silence se prolongea.

— Il y a une énigme à résoudre ici, dit-elle enfin.

Elle posa sa pierre sur le sol.

— Faites de même, mes sœurs.

Les trois pierres roulèrent alors l'une vers l'autre, jusqu'à former un petit groupe à part.

Tess fronça les sourcils.

— Un peu comme si elles imitaient nos situations réelles. Comme si elles dessinaient une sorte de carte.

Tess se surprit à penser à une époque lointaine, lorsqu'elle ne vivait pas dans ce monde, et à des apprentissages qu'elle avait faits alors, sur la manière de se repérer dans la nature avec une grande économie de moyens. Elle ne parvint pas à reconstituer ses souvenirs précisément mais sentait qu'ils pourraient l'aider à résoudre le mystère présent.

— S'il s'agit d'une carte, les repères sont inexistants, dit Sara en examinant le sol. Elle montra leurs trois pierres. Nous savons que nous sommes là, mais où par rapport aux autres ?

— Nous devons trouver Ardred, dit Tess. Cela nous aidera à nous orienter et nous aurons peut-être même une échelle.

Cilla la regarda bizarrement.

— Tu évoques des choses que je ne connais pas, ma sœur.

— Et dont je me souviens à peine moi-même, dit Tess. Je suis furieuse de voir que mon propre passé doive peser ainsi sur notre destin, quand il se trouve derrière un voile obscur et m'est pratiquement inconnu.

— Pas entièrement, cependant, dit Sara. Tu as parlé de… d'orientation et d'échelle. Que veux-tu dire ?

Tess ferma les yeux un instant, espérant que ce passé lui reviendrait clairement à la mémoire. En vain. Le brouillard demeurait impénétrable. Et pourtant, elle avait prononcé ces deux mots et connaissait leur sens.

— Une carte doit nous donner direction et distance, répondit-elle. Si nous connaissons l'orientation de la carte, nous saurons dans quelle direction nous diriger. Et grâce à l'échelle, il est possible de déterminer le nombre de jours de voyage jusqu'à destination.

Tess désigna les trois pierres qui les représentaient, puis un groupe de quatre autres pierres, moins serrées.

— Si nous avons bien une carte sous les yeux, quatre de nos sœurs vivent les unes près des autres, là. Mais nous ne savons pas dans quelle direction ni à quelle distance elles peuvent se trouver.

— Tu disais que si nous trouvions Ardred, nous le saurions, dit Cilla en montrant le béryl et le quartz jaune. Tu crois que ces deux-là sont avec lui ?

— Le contraire m'étonnerait, dit Tess. Il s'appuie sur le pouvoir des Idluins. Il doit donc les garder près de lui, elles sont sa protection.

— Mais il ne peut avoir tous ces pouvoirs avec deux Idluins seulement, dit Sara.

— Non, approuva Tess. Il ne peut pas. Le grand ordonnateur Glassidor n'avait que peu d'influence, comparée à celle de l'Ennemi. L'Ennemi pourrait atteindre ses autres Idluins par l'intermédiaire des deux qu'il retient prisonnières.

Les trois jeunes femmes considérèrent les pierres dispersées, en quête d'un indice qui les aiderait à s'orienter. Tess se mit à marcher autour d'elles, les examinant sous différents angles, dans l'espoir qu'elles lui parleraient d'une façon ou d'une autre.

— Tout ce qu'il nous faut, dit-elle lentement, c'est un deuxième point de repère. Si nous découvrions où l'une de ces Idluins se trouvait par rapport à nous, la carte deviendrait limpide.

Cilla pointa du doigt vers le sol.

— Ces quatre-là sont proches. Elles doivent être dans une grande ville ? Bozandar, peut-être ?

— Peut-être, répondit Sara. Mais elles peuvent avoir été rapprochées par celui que nous combattons.

— Oui, c'est ce qui m'inquiète, dit Tess. Mais elles se sont peut-être trouvées comme nous, par hasard, en découvrant leur destin.

— Malgré tout, dit Cilla, elles doivent être de familles différentes, comme nous. Quatre femmes, au même endroit… Sans doute dans une ville qui rassemble des peuples divers. Comme Bozandar.

— En effet, dit Tess. Elles sont probablement à Bozandar ou dans les alentours. Mais nous devons accepter que l'une d'elles au moins se trouve sous la coupe de l'Ennemi. Il ne pourrait pas commander aux volontés des Bozandari sans son pouvoir.

— Oui-da, fit Sara. Et peut-être les contrôle-t-il toutes les quatre.

Tess hocha la tête.

— Nous devons avancer avec une grande prudence. Mais la prudence n'est-elle pas notre devise depuis le début ?

— Je n'aime pas trop l'idée d'aller à Bozandar, dit Cilla. Mais je ne vois pas d'autre solution.

Tess opina. *Je ne vois pas d'autre solution.* Cette phrase pesait sur sa vie depuis trop longtemps.

7.

Tuzza était autant surpris des progrès rapides de la construction du campement de son armée que de voir quels hommes s'étaient distingués chemin faisant. Certains étaient des officiers chevronnés qui avaient accepté de suivre son exemple en participant à ses côtés aux tâches manuelles et en sollicitant l'aide des Anari. Mais les autres étaient des soldats dont il n'aurait jamais su le nom s'ils n'avaient pas brillé au cours de cet exercice.

L'un d'eux se tenait devant lui en cet instant. Denza Grundan n'était qu'un simple fantassin, un conscrit qui accomplissait la deuxième période de son service militaire. Tous les rapports le décrivaient comme un soldat capable et courageux, habile et respecté par ses camarades d'unité. Il était également pour un quart anari.

Au vu de son histoire personnelle, apparente sur les traits très sombres de son visage, ses qualités n'en ressortaient que davantage.

Le supérieur de Grundan lui-même s'était mis en retrait au cours de la semaine qui venait de s'écouler, laissant volontiers ce dernier organiser les quartiers non seulement de son unité mais de la compagnie tout entière. Cette attitude avait semblé raisonnable à Tuzza, avant qu'il ne fît appeler l'officier en vain et qu'il le découvre finalement sous sa tente, ivre. Cet incident, ajouté à la mauvaise réputation de l'officier auprès de ses hommes et de ses pairs, avait rendu la décision présente de Tuzza plus facile. C'était la première étape idéale en vue de restaurer son autorité.

Tuzza, debout devant ses hommes, leur parla d'une voix qui aurait porté aux quatre coins du camp, si la compagnie tout entière n'était déjà devant lui, en formation.

— Soldat Denza Grundan, vous avez excellé dans les tâches qui vous ont été assignées, démontrant une force de caractère, une humilité et une attention aux besoins de vos hommes qui sont dans la plus grande tradition des légions de Bozandar. C'est pourquoi je vous élève aujourd'hui au rang d'officier de cette légion. Acceptez-vous l'honneur qui vous est fait en prononçant le serment ?

— Oui-da, mon commandant, dit Grundan en posant un genou à terre et en présentant son épée à Tuzza.

Si cette cérémonie s'était déroulée en d'autres circonstances, Tuzza aurait demandé à Grundan de prêter allégeance à l'empereur. Mais il avait réécrit le serment afin de l'adapter à la situation présente.

— Jurez-vous sur votre vie de servir vos hommes dans la loyauté et l'honneur, d'obéir aux ordres licites de vos supérieurs, de vous dévouer corps et âme à votre devoir, de respecter et de porter fièrement la noble histoire et les traditions des légionnaires bozandaris et de nos frères anaris ?

— Oui-da, mon commandant, répéta Grundan. Je le jure sur mon honneur et sur ma vie.

Tuzza sourit.

— Alors, relève-toi, officier Grundan, afin de recevoir l'insigne de ta compagnie.

Grundan se leva et pivota élégamment sur lui-même. Il remit son épée dans son fourreau et tendit les mains afin de recevoir l'étendard de la compagnie qu'il commanderait désormais. Ce n'était plus la flamme immaculée qu'ils avaient apportée de Bozandar des mois auparavant. A l'instar de l'étendard de la légion de Tuzza, l'étoffe avait été déchirée et souillée par la campagne militaire, à l'exception du symbole éclatant du loup des neiges, cousu par un des soldats. Tuzza en eut les larmes aux yeux. Cet étendard était le reflet des épreuves que ses hommes avaient traversées, de leur défaite et de leurs espoirs de rédemption, nourris par leur allégeance nouvelle envers la Dame Filandière.

Grundan brandit l'étendard et le leva au-dessus de sa tête. Son geste fut accueilli par les cris de joie de ses hommes. En d'autres temps, en d'autres lieux, cette cérémonie n'aurait été qu'une simple formalité, une passation de pouvoirs banale dont nul ne se serait souvenu. Mais ici et maintenant, elle représentait bien davantage. Le début d'une nouvelle tradition, un symbole d'espoir pour ceux que leur talent et leur engagement conduiraient à combattre dans l'honneur et un avertissement à l'intention de ceux qui comptaient sur le népotisme afin de leur garantir un statut social.

— Pour le loup des neiges ! cria Grundan.

— Pour le loup des neiges ! lui firent écho ses hommes.

La nouvelle de la promotion de Grundan se répandit rapidement et les jours suivants, au cours de ses visites dans d'autres unités, Tuzza constata que toutes avaient ajouté un loup des neiges — le compagnon de la Dame Filandière selon la prophétie — à leur étendard.

— Tes hommes se sont donné le surnom de Loups des Neiges, dit Jenah Gewindi, qui accompagnait Tuzza.

Jenah, avec Ratha et Giri Monabi, avait été l'un des trois principaux lieutenants d'Archer au cours de la campagne contre l'armée de Tuzza. Giri était tombé au cours de la bataille du défilé tandis que Ratha observait encore le deuil. Jenah était donc pour l'heure le seul commandant anari en mesure de coopérer avec les officiers bozandari. Sur les ordres d'Archer, il avait passé les deux derniers jours à visiter le campement bozandari avec Tuzza, collaborant à l'entraînement des hommes et à la désignation de nouveaux officiers lorsque cela s'avérait nécessaire.

— En effet, répondit Tuzza. Tout a commencé par le serment de l'un des tiens. On m'a dit depuis que l'officier Grundan et deux de ses hommes avaient décidé eux-mêmes d'ajouter le loup des neiges à leur étendard. Cela m'a aidé à rallier mes troupes et à les souder autour d'une nouvelle identité.

Jenah hocha la tête.

— C'est important, commandant. Les Anari parlent à présent de faire de même.

— Tes hommes accepteraient d'adopter l'étendard d'une légion bozandari ? fit Tuzza, incrédule.

— Peut-être. Peut-être partageons-nous déjà un symbole et une allégeance à une force qui dépasse nos deux peuples. C'est ce que j'ai dit chaque fois qu'on m'a demandé mon avis sur la question.

— Une réponse très diplomate, dit Tuzza en souriant.

— La formation d'une alliance exige de la diplomatie, répliqua Jenah en haussant légèrement les épaules. Mon peuple n'est pas plus enthousiaste que le tien à l'idée de combattre côte à côte. Mais cette association est indispensable et il incombe à des hommes comme nous de la rendre possible.

— Combien êtes-vous ? Nous ne l'avons jamais su précisément pendant la campagne.

— Nous n'avons jamais été plus de cinq mille hommes en armes et encore moins nombreux à la fin.

Tuzza fronça les sourcils.

— Nous avons donc, en tout, à peine une légion.

— Sans doute. Mais même si nous étions trois fois plus nombreux, nous ne pourrions toujours pas compter sur une supériorité numérique. Cela dit, notre faiblesse pourrait devenir une force.

— Comment est-ce possible ?

Jenah sourit.

— Réfléchis à la façon dont votre empereur réagirait si trois légions quittaient Anahar pour marcher sur Bozandar.

— Une véritable invasion, dit Tuzza en hochant la tête. La bataille serait la seule possibilité à leurs yeux.

— Tout à fait. Mais une légion incomplète, composée de Bozandari et d'Anari marchant côte à côte, pourrait avoir des airs de délégation pacifique.

— Espérons-le. Mes hommes n'ont pas la moindre envie de tuer leurs frères d'armes. Quel que soit leur engagement vis-à-vis de la Dame Filandière, abattre leurs épées sur des hommes qu'ils connaissent et avec lesquels ils ont combattu par le passé serait très difficile.

— Oui-da, dit Jenah. Les Anari réagiraient de même. Non, notre force ne sera pas numérique mais résidera dans les pouvoirs des Idluins et peut-être dans ta propre éloquence.

Tuzza regarda Jenah.

— Si notre avenir dépend de mes talents d'orateur, je crains que nous ne soyons plus en danger que je ne le pensais.

— Chacun apportera ce qu'il peut à la bataille, dit Jenah. A savoir si cela suffira… cela dépend de forces qui nous dépassent largement.

Tess était assise au bord d'un ruisseau glacé, les pieds nus. Elle avait eu besoin de s'échapper, de trouver calme et intimité, et s'était réfugiée dans la montagne. Elle dominait les beautés d'Anahar et ne risquait donc pas de se perdre ; mais la marche lui avait fait mal aux pieds, ses bottes n'étant guère faites pour cela. Elle avait gardé les pieds dans l'eau aussi longtemps qu'elle avait pu supporter le froid.

Elle regarda sa cheville et remarqua une nouvelle fois le tatouage de la rose blanche, aussi frais que s'il avait été fait l'année précédente ou celle d'avant. Comment savait-elle une chose pareille sur les tatouages ?

Elle ferma les yeux, à la recherche de ce savoir perdu, mais comme chaque fois qu'elle avait tenté de se souvenir du passé, des portes semblaient se fermer plus hermétiquement encore dans son esprit. Un petit soupir lui échappa et et le souffle de la brise la fit frissonner. Elle devrait remettre ses bottes avant de se retrouver gelée de la tête aux pieds...

Or, au lieu de cela, elle examina de nouveau le tatouage, convaincue au plus profond d'elle-même, sans savoir pourquoi, qu'il ne s'agissait pas simplement d'une décoration esthétique. C'était un indice sur son passé, sur son identité. Peut-être parlait-il même de son destin.

Elle sortit à contrecœur une main de l'abri de son manteau et l'effleura. Elle ne perçut aucune réaction. Il ne ressemblait à rien d'autre qu'à une jolie petite fantaisie.

Il était néanmoins le seul lien avec son passé. Le tatouage et le souvenir qu'elle avait d'avoir tenu sa mère mourante dans ses bras, un souvenir que lui avait rendu Elanor. Un souvenir douloureux, qui ne lui révélait presque rien, alors qu'elle avait un besoin désespéré d'apprendre quelque chose.

Si elle était manipulée par les dieux, ce qui semblait être le cas, alors pourquoi devait-elle agir dans l'ignorance la plus complète ? Pourquoi ne lui permettait-on pas de découvrir davantage d'éléments véritablement utiles ?

Ses propres pouvoirs, qui s'étaient manifestés peu à peu, la terrifiaient. Si elle était capable de tant de choses, il serait préférable pour le bien de tous qu'elle sût comment contrôler ces incroyables talents. Or, elle avait découvert sa puissance en des heures tragiques et autant qu'elle pût le dire à ce stade, elle n'avait que peu d'influence sur ses actions, hormis sur ses pouvoirs de guérison.

Elle retira sa main et étudia le tatouage pendant quelques instants encore puis soupira de nouveau et enfila ses bottes de cuir blanc.

Pour quelque raison mystérieuse, presque tous les vêtements portables qu'elle possédait — ceux que lui avait donnés Sara il y avait longtemps à l'auberge de Whitewater — étaient blancs. Quand elle avait prié le cordonnier de lui faire une nouvelle paire de bottes, il les avait faites en cuir blanc. Elle était certaine de ne pas avoir précisé la couleur. Et il en allait de même pour tous les vêtements qu'elle avait demandés.

Un petit sourire se dessina sur ses lèvres. Seule la robe qu'elle avait portée au mariage avait été d'une autre couleur, mais elle n'avait plus de raison de la mettre depuis. Il existait une sorte de conspiration silencieuse, l'obligeant à porter une seule couleur, celle des loups des neiges, de la Dame Blanche, de la Dame Filandière.

Une fois chaussés, ses pieds étaient si engourdis qu'elle ne sentit plus le petit frottement de ses bottes neuves et put reprendre sa marche. Elle rebroussa chemin vers Anahar. Le calme et la solitude lui avaient permis de se détendre, un luxe qui lui était pratiquement inconnu. Durant ce bref répit, elle avait cessé de s'inquiéter de trouver plus d'informations au temple, elle avait échappé à des conseils de guerre et à la cacophonie permanente de la foule rassemblée dans la ville pour la guerre à venir.

Un fragment de musique lui revint en tête, lui rappelant le jour où Anahar avait chanté. Les pierres de la ville aux couleurs de l'arc-en-ciel avaient brillé de l'intérieur au rythme de la musique, envoyant un appel à tous les Anari, un appel audible si l'on se trouvait à proximité et qui touchait le cœur si l'on était trop loin, selon la tradition anari.

Et les Anari étaient venus de toutes parts, abandonnant tout afin de répondre à l'appel. Ils avaient formé une armée qui avait battu les troupes de Tuzza.

Tess se demanda si Anahar rechanterait bientôt. N'étaient-ils pas sur le point de partir en campagne, cette fois vers Bozandar ?

Le frisson qui la parcourut soudain ne devait rien au froid. Elle n'arrivait pas à croire que ce qui restait de cette armée anari, même alliée aux survivants des troupes de Tuzza, pourrait résister à la puissance de Bozandar, ni même à une seule légion d'hommes frais de l'Empire.

Toutefois, ils devaient tenter leur chance. Leurs vies n'étaient pas seules en jeu. Leurs responsabilités étaient graves — et de plus en plus lourdes à chaque pas qui les rapprochait de la ville.

La musique résonna encore dans son esprit, comme si elle essayait de lui dire quelque chose. Mais avant que Tess eût pu saisir le sens de ce message, elle s'était tue.

Sans doute Anahar l'appelait-elle, lui disait-elle qu'il était temps. Dès que cette pensée lui vint, elle comprit que ce n'était pas Anahar qui l'appelait. Non, c'était autre chose, une force bien plus sombre qu'Anahar le serait jamais, même dans le silence de la nuit la plus noire.

Oui, Tess. Tu viendras. Mais pas pour eux. Tu viendras pour moi !

Tess écarta la voix de toutes ses forces, la chassant de son esprit, et se mit à courir vers Anahar. Que lui importaient quelques ampoules aux pieds. Elle savait qu'elle n'avait pas la force de résister à cette attaque seule. Elle avait besoin de ses sœurs.

Maintenant.

Archer cherchait Tess afin de l'entretenir du départ de l'armée. Elle était, qu'elle le sût ou non, le seul élément unissant les deux groupes qui s'apprêtaient à marcher sur Bozandar. Lui-même, bien qu'il fût le fils aîné du Roi Premier Né, était incapable de rassembler ces hommes comme seule la présence de Dame Tess semblait le faire.

Il ne lui en voulait pas pour cela, même s'il s'interrogeait toujours sur ses origines. Ayant autrefois entendu son nom utilisé comme cri de ralliement et ayant vu ce qui avait suivi, il ne voulait plus jamais l'entendre prononcé de pareille manière…

Il aperçut soudain Tess. Elle sortait en courant des bois à l'entrée de la ville. Il s'inquiéta de la voir ainsi et éperonna sa monture afin de la rejoindre.

Arrivé à sa hauteur, il vit la terreur sur son visage. Il glissa à terre et s'approcha d'elle, la recouvrant de son manteau et se tenant aux aguets, la main sur le fourreau de son épée.

— Etes-vous poursuivie ? Quelqu'un vous a-t-il fait du mal ?

— Non, non…

Il se détendit légèrement et la sentit frissonner.

— C'est lui, murmura-t-elle d'une voix rauque. C'est lui.

— Lui ?

Il savait, dans le fond de son cœur, de qui elle voulait parler, mais refusait de l'accepter.

— Lui, chuchota-t-elle de nouveau, comme si elle craignait de prononcer son nom. Je sens sa présence. Dans mes pensées, son contact est si froid… plus froid que la glace même. Il me veut, moi.

Il l'enveloppa aussitôt de ses deux bras, comme s'il avait pu la protéger de cet assaut. Comme si quiconque en était capable.

— Tess, dit-il. Tess…

Il ne put en dire davantage. Il ignorait comment une Idluin pouvait lutter contre une telle attaque de son esprit. Il n'avait aucune idée de la manière dont il pouvait la protéger. Il ne pouvait que lui parler et la serrer dans ses bras.

Elle frémit, sous l'effet du froid ou d'un effort immense.

— Il sait, dit-elle d'une voix tremblante.

— Que sait-il ?

— Il sait que vous êtes ici. Que nous arrivons. Et il me veut, moi.

Il n'hésita qu'un instant puis la souleva aisément et la déposa sur sa selle. Il monta derrière elle et battit les flancs de la bête.

— Conduisez-moi vers mes sœurs, le supplia Tess. Il veut toutes les Idluins ! Et aucune d'entre nous ne peut lui résister seule.

J'aurais pu le mettre hors d'état de nuire, songea Archer amèrement tandis que sa monture couvrait la distance qui les séparait d'Anahar au grand galop. Il avait eu d'innombrables occasions de s'occuper d'Ardred, au cours de leur enfance ou de leur jeunesse, avant que le mal n'eût pris racine dans son esprit et n'eût transformé son frère en ennemi mortel. Il avait manqué toutes ces occasions. *J'aurais pu mais, cette fois, je le ferai.*

8.

Que pouvait-il lui dire ? Ratha regarda Cilla. Elle était avec lui depuis deux jours, et elle n'avait pas prononcé un seul mot depuis leur bref salut à son arrivée. Il n'avait rien dit non plus. La première étape du deuil devait se dérouler dans le silence, exception faite des prières traditionnelles. Or ils avaient achevé cette période et étaient censés à présent célébrer la vie bien remplie du disparu. Et même si Ratha savait que son frère avait bien vécu, il savait également qu'à la fin de ses jours, une horrible soif de sang l'avait dévoré.

Pis encore, Ratha n'était pas sans savoir que lui aussi avait été la proie de cette soif de vengeance avant sa retraite dans le désert et qu'il était aujourd'hui dangereusement près d'y succomber de nouveau. Parler ouvertement de ces choses risquait de le précipiter dans le puits béant qui menaçait de l'engloutir. Et pourtant, il avait conscience de devoir affronter ses démons tôt ou tard, seul ou non.

Il avait la bouche sèche ; les inquiétudes qu'il avait le plus besoin de partager étaient celles dont il ne devait pas parler. Néanmoins, en tant membre de la famille le plus proche de Giri, il lui incombait de parler le premier. Le silence finit par devenir insupportable et il prit une profonde inspiration.

— Giri était un homme d'honneur.

— Oui-da, mon cousin, dit Cilla à voix basse.

— Il risqua plus d'une fois sa vie pour ceux qu'il aimait et il donna sa vie pour la liberté des Anari, poursuivit Ratha.

Cilla hocha la tête.

— Il ne s'est épargné aucun effort.

— Il n'a pas même épargné son âme, ajouta Ratha, les larmes aux yeux. J'ai prié les dieux afin qu'Ils lui pardonnent ce qu'il était devenu.

— Il s'était endurci, dit Cilla avec douceur. La guerre est une entreprise cruelle, mon cousin.

— Certes. Peut-être que si les Anari y avaient été mieux préparés…

— Je crains que personne ne puisse véritablement y être préparé. Ou personne ne devrait l'être, peut-être. J'ai peur qu'un peuple fait pour la guerre ne soit trop horrible à imaginer.

— Sans doute.

Cilla attendit un instant avant d'ajouter :

— Giri était un homme joyeux.

— Oh oui ! s'exclama Ratha. Et les histoires qu'il racontait… Je ne puis les répéter en présence d'une femme, pas même si elle est ma cousine.

Cilla sourit.

— J'en suis sûre. Il n'y avait rien qui ne puisse être

sujet de plaisanterie pour Giri, y compris ces choses qui font rougir la plupart d'entre nous.

Ratha ferma les yeux, se souvenant des longues journées de chevauchée en compagnie d'Archer, durant lesquelles Giri et lui avaient souvent tué le temps avec force plaisanteries et chansons.

— Il aimait l'histoire de cette femme qui, un jour, récoltait le blé dans un champ lorsqu'elle tomba sur une vipère rouge du désert. La femme demanda à la vipère : « Pourquoi as-tu ces crochets et un venin mortel ? » La vipère répondit : « Ils ne me servent qu'à me défendre ou à tuer les proies dont je me nourris. » La femme, peu convaincue, rétorqua : « Jamais je n'utiliserais du venin pour me défendre ! » La vipère se contenta de sourire. « Pourquoi mens-tu ainsi, femme ? Car j'ai entendu la manière dont tu parles à ton mari ! »

Cilla éclata de rire, un rire de bon cœur qui parut libérer Ratha. Il riait et pleurait en même temps, faisant écho au rire de Cilla. Mais son rire à lui se poursuivit longtemps après que Cilla se fut tue car il se rappelait les fois où Giri et lui s'étaient ligués pour faire rougir et pouffer Archer lui-même.

Ratha pouvait saluer la mémoire de ce Giri-là. Le frère qui, en dépit de journées longues et fatigantes, aurait pu faire rire un martyr sur son bûcher. Le frère qui avait dissimulé des cailloux dans les bottes d'Archer, si minuscules et si habilement placés qu'à chaque pas, ils chatouillaient Archer entre les orteils.

Archer avait mis une demi-journée à déloger tous les cailloux et trois jours de plus à préparer sa vengeance : il avait soigneusement cousu des orties dans les braies de Giri, faisant sautiller et hurler ce dernier jusqu'au moment où il put trouver et appliquer une plante apaisante sur sa peau.

Ratha avait ri avec Archer de la mésaventure de son frère ; ce n'était là que la juste punition du tour qu'il avait joué.

Il raconta ces anecdotes à Cilla, et d'autres encore, et le rire de la jeune femme retentit à plusieurs reprises dans la montagne. Les pierres elles-mêmes parurent réagir en luisant légèrement, comme si elles approuvaient ce qui se passait. Cilla rapporta à Giri comment l'une des ses cousines, ravie bien qu'insatisfaite, avait reçu le premier baiser maladroit de Giri. Son récit, sans nul doute embelli, provoqua un tel fou rire chez Ratha qu'il se tint les côtes.

— Giri était une bénédiction pour nous tous, dit-il dès qu'il put reprendre son souffle.

— Oui, il l'était. Et il n'est devenu ce qu'il est devenu, cher cousin, que parce qu'il n'a jamais fait les choses à moitié.

— En effet. Quel qu'il ait été, à tout moment, il vivait la vie pleinement. Et s'il a vécu la guerre de la même manière, je prie pour que la méchanceté n'en ait pas été la cause mais cette volonté de vivre totalement chaque jour de sa vie.

Cilla s'approcha de lui et lui prit la main.

— Si nous le voyons ainsi, mon cousin, comment un dieu juste et miséricordieux ne pourrait-il pas faire de même ?

Ratha ne retira pas sa main. Ce simple contact

contenait le début de quelque chose qu'il n'aurait jamais imaginé possible il y avait seulement quelques jours : il sentit le début de sa guérison.

— Il me manquera toujours, répondit-il.

— A moi aussi. Mais il vit dans nos cœurs et dans nos mémoires. Et j'ose ajouter avec certitude qu'il continue de vivre au-delà du voile et qu'il est peut-être même en train de préparer de mauvais tours aux dieux.

— Si c'est vrai, alors j'ai pitié d'eux.

— Viens manger avec moi, mon cousin. Tu as jeûné suffisamment.

La sérénité de sa voix, la douceur de son contact, le rire qu'ils avaient partagé et plus encore, le fait qu'elle l'eût accompagné durant son deuil, tout cela avait dissipé l'angoisse qui avait envahi son âme depuis le moment où il avait vu Giri tomber sur le champ de bataille, songea Ratha. Faire retraite seul était une décision honorable. Mais revenir vers son peuple, vers son devoir n'était pas moins honorable, d'autant plus en ces heures décisives.

— Oui, ma cousine. Rentrons à Anahar et allons manger. Le devoir nous attend tous les deux et il nous faut tout y sacrifier ; mais avant cela, festoyons à la mémoire de Giri.

— J'ai attendu ces paroles pendant longtemps, dit Cilla en se levant en même temps que lui.

— Et d'autres mots que je ne puis pas encore dire, ajouta Ratha, un sourire malicieux sur les lèvres.

— Ne te moque pas, mon cousin ! se récria Cilla

en souriant aussi. Démonte la tente avant que je ne te déchire le cœur !

Ratha rit et ils prirent le chemin d'Anahar.

Son chagrin n'avait pas totalement disparu mais il avait commencé son deuil et il avait le cœur plus léger.

Il était désolant, se dit Tess, d'arracher une nouvelle fois Sara des bras de son mari, mais elle n'avait pas le choix. *Viens*, cria-t-elle à sa sœur par la pensée. *Viens au temple et amène Cilla !*

La réponse ne vint pas en paroles ; Tess sentit la surprise de Sara, suivie d'un sentiment de peur. Sara lui dit enfin : *Cilla est dans les montagnes avec Ratha.*

Alors appelle-la tout de suite !

Archer galopait à travers les rues d'Anahar, malgré l'interdiction de chevaucher à cette allure dans la ville. Des étincelles jaillissaient des sabots du cheval frappant les pavés. Les passants se dispersèrent sur leur passage et, les reconnaissant, furent pris de peur devant une telle hâte.

Archer s'arrêta enfin brutalement sur la place devant le temple.

— Je vais aller chercher vos sœurs, dit-il en glissant à terre et en aidant Tess à descendre.

— J'ai déjà appelé Sara. Elle dit que Cilla se

trouve toujours avec Ratha. Elle va lui demander de venir.

— Cilla retrouvera son chemin rapidement.

Archer la regarda longuement dans les yeux tout en lui serrant le bras.

— Luttez de toutes vos forces, ma dame. Je vais quérir toute l'aide que je pourrai trouver.

Tess ne trouva aucun réconfort à l'intérieur du temple — mais un tel sentiment lui était inconnu depuis qu'elle s'était réveillée seule dans cette contrée. Le temple lui-même ne lui avait jamais procuré que chagrin et mises en garde sur sa destinée.

Malgré tout, elle se dit que les premières Idluins qui avaient ordonné et dirigé la construction de ce lieu avaient dû songer à se protéger aussi bien qu'à l'enseignement. Elle chercha donc le centre, le cœur de l'édifice. Puis elle s'assit sur le sol de pierre et attendit.

Elle ignorait si la peur et la colère l'avaient repoussée ou si le temple lui fournissait un abri spirituel mais Tess ne sentait plus la présence insidieuse et glacée dans son esprit, ni les notes de musique qui l'avaient annoncée.

Elle ferma les yeux. Elle était gelée à cause du temps passé dehors ; fort heureusement, l'hiver paraissait incapable de se frayer un chemin jusqu'ici. La musique, songea-t-elle. La musique. Etait-ce pour l'ensorceler ? Ouvrir une voie vers son esprit ? Ou pour une autre raison ?

La musique était en tout cas magnifique. Aussi belle que le chant d'Anahar. Archer n'avait-il pas dit que son frère avait été un beau jeune homme blond et qu'il s'était servi de cette beauté pour diviser ?

Elle tournait en rond, incapable de se concentrer sur une pensée précise, comme si elle craignait qu'en ralentissant, elle ne permît à l'Ennemi de se frayer un chemin jusqu'à elle. Où était Sara ? Et pourquoi n'arrivait-elle pas à se réchauffer, quand elle était emmitouflée entièrement dans son manteau ?

Elle pensa à faire un feu, songea à quel point elle aimerait se tenir près des flammes. Elle crut les voir et comme par magie, elle sentit leur chaleur brûler ses joues froides.

Ses yeux s'ouvrirent et elle eut un petit cri. Devant elle, sur le sol de pierre, sans aucun bois pour l'alimenter, un feu brûlait vivement. N'avait-elle donc besoin que de visualiser une chose pour l'obtenir ? Cette pensée l'horrifiait.

Elle vit alors que Sara se tenait de l'autre côté des flammes. Combien de temps avait-elle été distraite ? Mais était-ce bien Sara, en chair et en os ?

Craignant d'être victime de son imagination, elle ouvrit la bouche afin d'appeler Sara — lorsqu'un chant se fit entendre tout autour d'elle. Tess leva la tête et vit soudain les mères des clans, toutes les mères, en cercle autour du feu et des deux Idluins. Leurs mains étaient jointes comme pour former un anneau indestructible et elles entonnèrent une prière ancienne, prononçant des mots que Tess ne comprenait pas.

Sara lui sourit.

— Cilla arrive. Elle sera bientôt là. Archer a dit que l'Ennemi t'attaquait.

Tess hocha la tête vigoureusement. Elle était engourdie comme si elle était là depuis des heures et non depuis quelques minutes. Elle avait dû s'endormir... ou être absente quelque temps. Dans un lieu dont elle ne se souvenait pas. Elle avait perdu trop de temps.

Elle fut prise de panique. Perdait-elle encore la mémoire ? Allait-elle oublier les mois passés comme elle avait oublié sa vie précédente ? Une terreur immense la tenailla.

Comment pouvait-elle avancer si elle ne pouvait se fier à sa mémoire ?

Sara lui parla en pensée. *Il t'attaque en cet instant, ma sœur. Il cherche à te faire douter de toi-même.*

Il y réussit, songea Tess.

Si tu doutes de toi, tu seras une proie facile pour lui. Cherche où est ta force.

Quelle force ? Elle avait froid, elle avait peur et se sentait si seule — aussi seule et effrayée que le jour où elle s'était réveillée au milieu de la caravane massacrée.

Mais elle ne sentait pas sa présence dans son esprit. Une bonne chose — s'il y avait une chose dont elle était certaine, c'était que l'Ennemi ne pouvait résider en elle sans qu'elle s'en avisât. Sa présence était trop étrangère pour passer inaperçue et aussi reconnaissable qu'une empreinte digitale.

Une empreinte digitale ? D'où lui venait ce terme ?

Elle craignit un instant de fondre en larmes inutiles.

Que le poids de ces souvenirs oubliés et celui des choses à venir était donc lourd !

Mais elle se redressa et écarta ces idées noires. Ces dernières ne pouvaient que le servir, lui, se dit-elle avec colère.

Un murmure traversa la pièce et le cercle des mères s'ouvrit, laissant entrer Cilla. Son visage était rougi par le froid et le vent et elle portait un plateau de nourriture.

— Je suis désolée d'avoir été retardée, ma sœur, mais la tradition exigeait que Ratha et moi festoyions en l'honneur de Giri, dit-elle en posant le plateau entre Sara et Tess.

Elle serra l'épaule de cette dernière.

— J'ai mangé rapidement et vous ai apporté le reste. Restaure-toi et repose-toi, ma sœur. Tu es en sécurité, maintenant.

Tess parcourut du regard le cercle de femmes âgées, puis ses deux sœurs, et comprit enfin.

Elle n'était pas seule.

9.

Archer rejoignit Jenah et Tuzza sous la grande tente qui servait de quartier général provisoire pour les deux armées. Elle avait été installée en terrain neutre entre les deux camps, en un lieu où personne n'avait jusque-là vu l'intérêt de bâtir quoi que ce soit, d'autant plus que le départ était imminent. Entreprendre des travaux en vue d'un campement et de bâtiments pour les Bozandari visait à donner un but et un sentiment de stabilité aux anciens prisonniers et à établir des liens entre eux et les Anari.

Les problèmes avaient été peu nombreux jusque-là. Le fait que les Anari avaient commencé à arborer des bannières où figurait un loup des neiges avait grandement contribué à améliorer les relations. Tout autant que les dons étonnants des tailleurs de pierre anari, qui avaient aidé leurs anciens ennemis à construire le campement.

Cependant, le véritable danger était tout proche, et il ne serait pas aussi aisément combattu. Les hommes de Tuzza supporteraient-ils d'affronter une autre légion bozandari, si cela s'avérait nécessaire ?

Nul ne pouvait répondre formellement à cette question, si l'on faisait abstraction des serments. Tous les soldats avaient prêté allégeance à Tess mais cela ne signifiait pas forcément qu'ils tueraient leurs propres frères d'armes.

Chaque jour qui passait trouvait Tuzza plus inquiet au sujet des difficultés qui les attendaient. Jenah éprouvait la même appréhension et avait souvent cette vision de cauchemar dans laquelle les troupes bozandari déposaient les armes devant leurs camarades, laissant les Anari se faire massacrer ou emmener comme esclaves. Les deux hommes étaient d'un naturel méfiant mais une amitié semblait se renforcer de jour en jour entre eux.

Archer était profondément conscient des tensions, bien qu'il ne les évoquât que rarement.

— Le temps, avait-il dit à Jenah comme à Tuzza. Nous avons besoin de temps. Tout ceci est nouveau pour nos peuples. Nous devons les accompagner sur ce chemin aussi longtemps que nous le pourrons.

Mais ce soir, alors qu'il se tenait à l'entrée de la tente aux côtés de Tuzza et de Jenah, il remarqua que les officiers anari et bozandari ne se mélangeaient pas, comme si un mur invisible les séparait. Denza Grundan, le soldat au sang anari qui avait été récemment promu officier, se trouvait au milieu, tel un pont joignant deux rives. Archer fut soulagé de constater que ni un camp ni l'autre ne paraissait dérangé par sa présence si près d'eux.

Une fois tout le monde installé, Tuzza avança d'un pas et leva une main.

— Le temps est venu. Nous avons reçu des informations des éclaireurs anari et bozandari.

Il se tut un instant, comme s'il voulait mesurer la portée de ses mots. Puis, il poursuivit en choisissant soigneusement ceux-ci :

— Je vais m'exprimer autrement. Nos éclaireurs nous ont rapporté des informations.

Des hochements de tête saluèrent la formule, prenant note de la distinction ainsi faite. Mais les visages demeuraient impénétrables.

— Une légion est entrée sur les terres anari, probablement pour venir à notre rescousse, ajouta Tuzza en faisant un signe de tête en direction des officiers bozandari. Nous devons aller à leur rencontre mais il faut à tout prix que cette rencontre soit pacifique.

Des murmures d'approbation accueillirent cette remarque parmi les officiers à la peau claire mais les Anari ne réagirent pas.

Jenah avança à son tour et regarda droit dans les yeux ses compatriotes anaris.

— Cela vaut pour nous aussi. Nous devons nous faire de nouveaux alliés et non des ennemis. Nous sommes tous face à un danger bien plus grand que les problèmes que nous avons eus par le passé. Cette menace concerne le monde entier, comme le Seigneur Annuvil pourra vous le dire.

— Annuvil…, chuchotèrent ceux parmi les Bozandari qui ignoraient encore la véritable identité d'Archer.

Les Anari, qui le savaient depuis longtemps, restèrent impassibles. Archer ne dit rien. Debout, les bras croisés, il se contenta de baisser la tête, les yeux fixés sur le sol.

— Où est la dame ? C'est à elle que nous avons juré fidélité, finit par crier quelqu'un.

Archer leva la tête.

— Elle est au temple, dit-il d'une voix grave. L'Ennemi s'est attaqué à elle. Ses sœurs idluins montent la garde à ses côtés, ainsi que les mères de clan.

Un silence pesant suivit ces paroles et les hommes s'agitèrent nerveusement.

Archer pencha la tête sur le côté et parcourut les visages devant lui de son regard gris.

— Je regrette, dit-il, que les choses aient tourné ainsi. Et pourtant, aussi noires que soient les heures à venir, aucun d'entre vous ne serait jamais venu au monde si nous, Premiers Nés, n'avions commis autant d'erreurs. Tirez les leçons de nos péchés. Ne les répétez pas.

Après quelques murmures, le calme revint et Tuzza s'exprima de nouveau.

— D'après les étendards que nos éclaireurs ont observés, il s'agit des hommes de mon cousin Alezzi. C'est un homme bon et je l'aime beaucoup. Si ce n'était que pour cette raison, il nous faudrait nous efforcer d'éviter un affrontement. Je lui parlerai.

Un officier bozandari s'adressa à lui.

— Etes-vous certain de pouvoir le convaincre de se rallier à nous, commandant ?

— Je le dois, répondit simplement Tuzza. Je le dois. Il ne nous reste que demain pour achever notre entraînement et encore, pas toute la journée. Nous ne voulons pas nous battre mais il le faudra lorsque nous tomberons sur les troupes d'Ardred, si ce n'est avant. Les Anari et les Bozandari doivent être capables de combattre côte à côte ou sinon son armée nous écrasera.

— Et ce ne sera pas évident, continua Jenah — comme il avait été convenu qu'il le ferait. Nous autres Anari préférons agir de nuit. Cela a semé la confusion parmi vous, ce qui a compensé notre infériorité numérique.

— Les Anari n'ont jamais disposé d'une légion, même contre nous. Et la colonne qui nous a harcelés durant notre marche comptait moins de mille hommes, ajouta Tuzza.

Des murmures surpris s'élevèrent parmi les officiers bozandari mais Tuzza les fit taire d'un geste de la main.

— C'est la vérité. La colonne nous a attirés vers ce défilé, là où nous ne pouvions pas déployer tout à fait nos forces et où nous étions obligés d'attaquer frontalement une défense bien préparée.

Le souvenir de cette débâcle amère assombrit les visages. Archer vit ce que cette réaction pouvait rapidement provoquer : la rancœur envers les Anari qui les avaient battus et le commandant qui les avait menés à la défaite.

— Rappelez-vous que les Anari bénéficiaient de nombreux avantages sur vous au cours de cette campagne, dit Archer.

— En effet, renchérit Jenah. Les Idluins nous aidaient à communiquer et nous combattions sur notre propre terrain, au milieu des collines et montagnes rocheuses. Il ne nous était pas difficile de trouver un terrain favorable, alors que les choix du commandant Tuzza étaient limités quant à son itinéraire. Bien que nous ayons encore des Idluins avec nous, l'Ennemi aussi. Et nous ne nous battrons plus sur les terres anari mais dans les vastes plaines du désert de Deder. Ce que nous avons réussi à faire avant ne sera pas possible une deuxième fois.

Ces mots parurent radoucir quelque peu les Bozandari.

— Notre stratégie est également différente, poursuivit Tuzza. L'approche des Anari est mieux adaptée à l'attaque. Ils manœuvrent plus vite que nous mais se fatiguent également plus vite. Notre tactique est plus stable quand il s'agit de se défendre et même si nous sommes moins mobiles en attaque, nous pouvons tenir plus longtemps.

— Ainsi, dit Jenah, nos exercices viseront à tirer profit de nos différences. Nous travaillerons ensemble, comme le marteau et l'enclume. Les Bozandari, plus stables et plus résistants, joueront le rôle de l'enclume. La mobilité des Anari servira de marteau.

— N'est-ce pas le rôle de la cavalerie ? demanda Grundan.

— Oui-da, officier, dit Tuzza, si nous en avions une. Ce qui n'est pas le cas. Les quelques chevaux dont nous disposons doivent servir d'animaux de bât. Mais nos frères anari sont capables de se déplacer aussi vite à pied qu'une cavalerie.

Il montra la carte qu'ils utiliseraient à l'entraînement.

— Les Bozandari doivent clouer l'ennemi sur place et exercer une pression constante afin d'épuiser ses forces peu à peu. Les Anari frapperont par-derrière et l'amèneront sur nous. C'est la meilleure façon d'exploiter nos atouts respectifs.

— Ce plan de bataille exige une grande coordination, dit Archer en voyant le doute apparaître sur les traits des officiers des deux camps. Les Anari doivent se fier à la force et à la ténacité des Bozandari dans leur rôle d'enclume. Quant aux Bozandari, ils devront attendre patiemment que les Anari frappent au bon moment et suffisamment pour ébranler l'ennemi avant que la pression de ce dernier ne devienne insupportable.

— Et nous devons nous entraîner à attaquer au crépuscule, dit Jenah, plutôt qu'à l'aube. Les Bozandari se déploieront et avanceront vers l'ennemi juste avant la tombée de la nuit, ce qui permettra aux Anari d'entrer en scène dans l'obscurité.

Tuzza leva de nouveau la main pour faire taire les voix qui s'élevaient parmi ses officiers.

— Je suis tout à fait conscient du fait que nous sommes habitués à combattre de jour, quand nos hommes sont plus reposés. Il nous faut changer nos habitudes et nous arrêter en chemin afin de reconstituer nos forces. Ce ne sera pas facile mais nous aurons le temps de nous y faire sur la route de Bozandar.

— De cette façon, conclut Archer, nous frapperons l'ennemi lorsqu'il sera fatigué, prêt à dresser le camp pour la nuit et à préparer le dîner. Nous préservons ainsi les plus grands avantages de nos traditions et en créons une nouvelle.

Archer leva sa chope, imité aussitôt par Tuzza et Jenah. Leurs officiers suivirent leur exemple.

— Aux loups des neiges ! dit Archer.

— Aux loups des neiges ! répliquèrent les hommes.

Ras Lutte observait ses hommes à l'entraînement avec une consternation grandissante. L'armée du Seigneur Ardred — un ramassis de brigands, de voleurs et de rebelles — était plus disparate qu'aucune légion qu'il avait jamais affrontée au service de Bozandar. Ardred contrôlait leurs esprits mais Lutte savait que même ainsi, ils ne survivraient pas sur le champ de bataille face à des troupes bien entraînées, fussent-elles en petit nombre. Cela avait été avéré à Lorense, lorsque des douzaines d'hommes au service de Lantav Glassidor étaient tombés sous les coups du frère d'Ardred et de deux esclaves anari.

Lutte aurait préféré de loin une véritable armée, composée d'hommes entraînés, disciplinés, qui se serreraient les coudes et accompliraient leur devoir dans les pires conditions. Mais il était bien plus difficile pour Ardred de faire plier la volonté d'êtres dotés d'un tel caractère.

Par conséquent, Lutte se retrouvait à la tête de ce qui était à peine plus qu'une bande de hors-la-loi. Ses officiers étaient un groupe hétéroclite, une poignée de Bozandari tombés en disgrâce comme lui et quant au reste, des hommes forts mais cruels, prêts à tuer leurs rivaux et à tenir leurs hommes par la terreur. Pareils hommes aimaient donner des ordres mais n'étaient guère faits pour en recevoir.

Pis encore, ces hommes étaient ceux qui subissaient le moins l'influence de la magie des Idluins qu'Ardred retenait prisonnières. Il ne restait à Lutte qu'à espérer qu'il pourrait leur indiquer la direction où se trouvait l'ennemi, les appâter par la perspective d'un butin et ensuite les lâcher telle une meute de chiens sauvages et affamés.

Vraiment, il pouvait compter sur les doigts d'une main les officiers qui rassembleraient leurs hommes en cas de défaite ou après le pillage d'un campement ennemi et formeraient une unité cohérente prête à retourner au combat. Lutte avait beaucoup de soldats sous ses ordres car nombreux étaient ceux qui refusaient le joug de Bozandar — ou de tout autre. Mais des soldats sans chefs n'étaient que des grains de sable prêts à être écrasés et dispersés aux quatre vents sur le champ de bataille.

Les choix de Lutte étaient donc restreints. Il ne pouvait espérer mener des manœuvres complexes. Il pourrait utiliser ses unités une fois et les considérer ensuite comme perdues, telles les flèches d'un archer. Il garderait à l'arrière les quelques unités les plus fiables, à la fois pour sauvegarder son principal atout et pour servir de rempart contre celles qui tenteraient de fuir.

Cette bataille, décida-t-il, ressemblerait à cela :

une main qui pousserait devant elle des tas de sable, les officiers les plus capables représentant les doigts et les autres une masse qu'il écraserait contre la cible voulue. Un peu de sable glisserait forcément entre les doigts et Lutte savait qu'il devait en tenir compte. Une fois que le sable aurait usé les lignes ennemies, les doigts frapperaient les coups décisifs.

Ces tactiques étaient très éloignées des manœuvres élégantes et précises qu'il avait apprises à l'Académie Militaire. Non, il s'agissait ni plus ni moins d'appliquer la force brutale. Il devrait compter sur Ardred et ses sorcières afin de s'occuper de l'esprit de l'armée, et sur ses propres observations et son sens de l'enchaînement pour transformer un gourdin grossier en dague qui transpercerait le cœur de l'ennemi.

Ce n'était pas là la meilleure manière de faire la guerre. Lutte ne croyait guère ses hommes en mesure de résister à un assaut résolu de légions bozandari et encore moins de mener une riposte à même de lui offrir le sceptre impérial que son seigneur lui avait promis. Pour cela, il faudrait que les Bozandari soient divisés, disséminés, déchirés, et que leurs officiers soient dressés les uns contre les autres.

Il existait certes des rivalités nombreuses, à la fois au sein de la cour impériale et parmi les officiers. Attiser ces divisions était une tâche qui incombait aux espions et aux sbires d'Ardred à Bozandar. S'ils réussissaient, Lutte serait, lui, à la hauteur sur le champ de bataille.

Et il deviendrait l'empereur de Bozandar.

10.

Ratha enroula l'épée de Giri dans le sac de couchage qui avait appartenu à celui-ci, puis la fourra dans son propre paquetage. Il n'aurait su dire pourquoi, excepté que cette épée représentait son dernier lien avec son frère. Il sentit soudain une présence derrière lui et se retourna. Tom se tenait dans l'entrée de la tente.

— Bon retour parmi nous, dit Tom doucement.

— Toutes mes félicitations au jeune marié, répondit Ratha. Désolé de n'avoir pu prendre part davantage aux festivités.

Tom tendit la main et Ratha la saisit.

— Tu n'as rien à te faire pardonner, mon ami. Sara et moi avons été honorés de te voir interrompre ton deuil afin d'assister au mariage. Cilla et elle sont toujours avec Tess au temple. Archer et Jenah préparent les manœuvres de demain et Erkiah semble avoir besoin d'un peu plus de repos chaque jour.

— Tu es donc venu me voir.

— Je serais venu de toute façon. J'ai le sentiment que nous pouvons apprendre beaucoup l'un de l'autre.

Ratha sourit.

— Je suis loin d'être un prophète, Tom Downey.

— Sans doute pas. Mais tu peux être bien plus. Tu peux devenir prêtre.

Ratha resta silencieux un instant puis éclata de rire.

— A moins que je n'aie considérablement changé depuis la dernière fois que je me suis déshabillé, je n'ai pas tout à fait les attributs qu'il faut pour rejoindre les rangs de la prêtrise. Ou aurais-tu oublié que les prêtres anari sont tous des femmes ?

— Non. Mais tous les prêtres ne servent pas au temple. Vos femmes, bénies soient-elles, en savent moins sur la guerre que toi. En ces temps difficiles, le sort des Anari, le sort du monde même, est entre les mains de nos guerriers. Mais la guerre finira par s'achever, mon ami. Et ensuite ?

— Si nous la perdons, rien, rétorqua Ratha.

Tom opina.

— Oui-da, mais si nous l'emportons ? Ne faut-il pas qu'interviennent des personnes capables de faire revenir la paix dans des cœurs endurcis par la guerre ? Qui pourra se mêler à des hommes qui auront versé le sang, qui auront connu la colère et la peur, et les guider vers les rivages du pardon et de l'espoir ? Tes hommes t'ont suivi sur le champ de bataille, Ratha Monabi. D'autres le feront bientôt. Pourquoi ne les mènerais-tu pas vers la paix ?

Ratha secoua la tête.

— Ce fardeau serait trop lourd à porter pour qui que ce soit, mon ami.

— Oui. Ce n'est pas la responsabilité d'un guerrier

mais celle d'un prêtre. Mais des hommes qui auront combattu aux côtés d'un guerrier se tourneront-ils vers un prêtre qui n'aura pas vécu leurs souffrances et l'horreur de la guerre, qui n'aura pas vu les visages de ceux qu'il tuait en pleine nuit ? Non, mon ami. Ils ne le pourraient pas. Ils n'auront foi qu'en l'un des leurs.

Ratha comprit la vérité des paroles de Tom, tout en doutant de sa capacité à répondre à son attente. Cette guerre ne durerait pas, ne pouvait pas durer éternellement. Et si les dieux leur accordaient la victoire, ses hommes et lui devraient rentrer chez eux, retrouver les pierres de leur clan, la beauté et la joie des choses simples de l'existence. Il leur faudrait traverser les épreuves quotidiennes en époux et en pères aimants et non avec le cœur dur des guerriers. Ils devraient émerger de la chape de plomb de la guerre et revoir le soleil de la paix.

Etait-il capable de les guider sur cette voie ? Comment pourrait-il lui-même échapper à cette noirceur et devenir un homme de paix, quand il n'avait jamais connu la vie paisible d'un foyer, qu'il n'avait ni femme ni enfants et qu'il n'avait jamais semé, travaillé les champs et récolté le fruit de ce travail ? C'était comme si Tom demandait à un aveugle d'enseigner la couleur à des êtres qui avaient fait le choix de l'exclure de leur vie.

— Je ne suis pas celui que tu cherches, dit Ratha. Fais plutôt appel à Jenah. Lui au moins a toujours vécu parmi les Anari.

— Si cette guerre s'était achevée dans le défilé,

peut-être, repartit Tom. Car cette bataille-là était celle de Jenah, la bataille des Anari pour se libérer du joug de leurs maîtres et vivre en hommes libres. Mais la guerre qui se prépare représente bien plus que cela. C'est l'affrontement de deux frères, Annuvil et Ardred. Les Anari te feront confiance car tu voyages aux côtés d'Annuvil depuis plus longtemps que n'importe lequel d'entre nous. Tu dois devenir le prêtre de la paix, mon ami. Si tu refusais, je crains que les Anari ne puissent plus jamais être les mêmes.

— Ce n'est pas assez que de le vouloir. Je doute d'en être capable.

— Un seul homme peut autant qu'un groupe. Et le pouvoir d'un groupe peut être celui d'un seul homme. Commence par un seul homme, mon ami. Commence par toi-même.

Lorsque Tess sortit du temple le lendemain matin, le soleil brillait dans l'air glacé. Entourée de ses sœurs et des mères de clan, elle éprouva une légèreté qu'elle n'avait pas ressentie depuis longtemps. Passer la nuit avec ses anges gardiens paraissait l'avoir sortie du tunnel obscur où elle s'enfonçait peu à peu depuis son affrontement avec Elanor.

La lumière du jour lui parut particulièrement claire et vive et l'éblouit après la pénombre du temple. Elle avait le sentiment de voir la beauté d'Anahar pour la première fois. Tout avait l'air propre, presque purifié, comme après une grosse averse.

Mais il n'avait pas plu.

Elle leva les yeux vers le ciel sans nuages. Quelque chose avait changé. Si l'obscurité avait quitté son être, elle semblait également avoir déserté cette partie du monde.

C'est alors seulement qu'elle mesura à quel point Ardred l'avait assombrie.

Elle se tourna vers les mères de clan rangées derrière elle. Leurs visages sombres et marqués par l'âge trahissaient la fatigue de la nuit passée mais aussi une sorte de joie.

— Merci, leur dit-elle. Merci à toutes.

Elles s'inclinèrent. Puis, comme elles se redressaient, Jahila, la plus jeune, s'adressa à Tess.

— Nous vous avons attendu si longtemps, ma dame. Vos responsabilités sont nombreuses et bien lourdes et nous vous aiderons volontiers, bien que modestement, à les assumer.

Tess s'inclina à son tour mais le rouge de l'embarras lui monta aux joues. Malgré tout ce qui s'était passé, elle n'arrivait pas à croire qu'elle pût être, même pour moitié, ce que ces gens pensaient d'elle. Elle n'était certainement pas leur sauveur !

— Je ne suis, dit-elle avec douceur, qu'une femme semblable à chacune d'entre vous. J'espère être à la hauteur des espoirs que vous avez placés en moi.

Elle s'éloigna, suivie de Cilla et de Sara. Les mères de clan sortirent des clochettes de dessous leurs robes et les agitèrent. Une musique presque surnaturelle accompagna le départ des trois Idluins.

— Tu n'as jamais eu l'air aussi bien, Tess, fit remarquer Cilla. Je n'ai guère aimé la mine que tu avais à mon arrivée au temple hier.

— Moi non plus, approuva Sara.

Tess sourit pour la première fois depuis le mariage.

— Quelque chose a changé. Ne le sentez-vous pas ? Anahar est débarrassée de sa présence, comme purifiée.

Ses sœurs se turent, fermant les yeux comme pour mieux se concentrer sur ce qui les entourait. Puis elles sourirent et prirent chacune Tess par le bras.

— Même si ce n'est que pour un court laps de temps, je compte en profiter, dit Sara. Car demain, les armées partiront en campagne et nous avec elles.

— Et notre plus grande tâche au départ, ajouta Cilla d'une voix emplie d'appréhension, sera de maintenir la paix parmi les soldats.

— Nous y parviendrons, répondit Tess — sans forcer, ce qui l'étonna, son optimisme —, nous y parviendrons.

Ce soir-là, Cilla et Sara disparurent en compagnie de Ratha et de Tom. Tess s'installa dans les jardins du clan des Gewindi, emmitouflée dans son manteau, pour admirer, fascinée, les étoiles dans le ciel. Il y en avait tant, plus qu'on n'en pouvait compter au cours d'une vie humaine, songea-t-elle. Elles brillaient d'une lumière vive dans l'air froid, éclairant les branches nues des arbres d'une lueur argentée. La lune était invisible mais la beauté des étoiles lui suffisait.

D'ordinaire, à cette époque de l'année, lui avait raconté Cilla, ce jardin était magnifique, fleuri et ombragé par des arbres au feuillage luxuriant. Mais cet hiver étrange avait bruni les feuilles et les fleurs, dont certaines étaient mortes à présent.

Mais, en cette nuit de veille, Tess ne voulait pas y penser. Elle ne voulait que lever la tête et admirer une splendeur que l'Ennemi ne pouvait souiller.

La lumière pâle des étoiles lui sembla l'envahir et l'éclairer de l'intérieur. Elle sentit qu'une métamorphose s'opérait en elle, une transformation qui avait débuté avec le cercle protecteur que les mères de clan avait créé autour d'elle la nuit passée. Cette sensation était agréable et elle s'y abandonna.

Puis elle se prit à penser aux dieux. Combien étaient-ils ? Neuf ? Douze ? Pour une raison mystérieuse, elle n'arriva pas à se souvenir de la comptine enfantine qu'elle avait entendue quelques mois auparavant et qui les citait tous.

Bah, leur nombre importait peu, se dit-elle. Ce qui comptait, c'était que, si Elanor l'aidait, elle, alors un autre dieu devait venir en aide à Ardred.

Ils n'étaient que les jouets des dieux. Le mot était bien choisi. Entraînés dans une partie obscure, tels de simples pions sur un échiquier. Sans doute une façon pour les dieux de se divertir, d'échapper à une éternité qui serait autrement d'un abominable ennui. Peut-être les hommes étaient-ils des marionnettes dans une sorte de rapport de forces.

Hélas, comment de simples mortels sauraient-ils jamais la vérité ? Tout ce qu'ils savaient, c'était que la survie de ce monde et du Bien dépendait de l'issue des batailles qui seraient livrées au cours des prochaines semaines. Les dieux auraient toujours la possibilité de créer un autre monde afin de s'amuser. Choix impossible pour les habitants de celui-ci.

Elle poussa un petit soupir mais sa bonne humeur ne faillit pas. Le changement qui avait lieu au plus profond d'elle-même lui donnait d'un sentiment de plénitude, d'espoir, et elle voulait s'y raccrocher à tout prix.

Un bruit l'alerta et elle se tourna vivement vers sa gauche. Archer approchait, vêtu de la tête aux pieds de sa tenue noire habituelle. Il avait l'air fatigué et très inquiet.

— Ma dame, dit-il en avançant d'un pas léger et rapide. Comment allez-vous ?

— Bien mieux, répondit-elle en souriant, ravie de voir qu'un sourire apparaissait en retour sur ses traits burinés. Je suis en paix, en tout cas pour l'heure.

— J'en suis heureux. Il s'assit près d'elle sur le banc de pierre. N'avez-vous pas froid ?

— Le froid ne peut rien contre moi ce soir. Rien ne peut m'abattre. Si seulement cet état pouvait durer !

— C'est le vœu de chacun d'entre nous. Savez-vous que nous partons demain ?

— Oui-da. Ainsi débute une autre étape d'un voyage qui promettait d'être court à notre départ de Whitewater, quand nous ne poursuivions que quelques voleurs ayant massacré une caravane. Aviez-vous deviné ce qui nous attendait ?

— Je ne suis pas un tel devin. Mais chaque pas nous rapprochait de ce moment.

— Oui. Elle pencha la tête en arrière et regarda les nues. Ont-elles beaucoup changé depuis votre jeunesse ?

— Quoi ?

— Les étoiles.

Il contempla le ciel.

— Un peu. Les constellations se sont déplacées lentement — mais seule une personne qui les étudie le remarquerait.

— Ou une personne qui a vécu aussi longtemps que vous.

— Oui.

— Je suis désolée que votre vie ait été aussi difficile.

Il se tourna vers elle.

— Je l'ai mérité. Peut-être puis-je à présent rembourser ma dette.

Mue par un élan soudain, elle lui prit la main et la pressa.

— Je suis sûre que vous l'avez déjà remboursée au centuple.

— J'en doute.

Il secoua la tête vivement et lui serra la main.

— Vous profitiez d'un rare répit, alors parlons de choses plus agréables. Je ne veux pas ternir votre humeur joyeuse, ma dame. Demain nous apportera son lot de problèmes.

— En effet.

Une nouvelle fois, elle leva la tête vers les étoiles.

— Je réfléchissais, Archer, et il me semble que les dieux s'ennuieraient si nous étions parfaits. Je crois que cela les amuse de se jouer de nous et qu'un élément du jeu consiste à nous amener à faire des erreurs.

— Vous avez probablement raison.

Elle lui jeta un bref regard et sourit.

— Seulement probablement ?

Il rit.

— Cela paraît logique d'après notre raisonnement humain, mais qui sait ce que pensent les dieux ?

— Peut-être en savons-nous plus que nous le pensons. Vous étiez fait pour l'immortalité. Comment pouvez-vous croire que vous êtes si différents d'eux ? Vous avez même contribué à la création des Anari.

— C'est ce qui provoqua la destruction du monde, lui rappela-t-il. Ce péché était impardonnable aux yeux des dieux.

— Peut-être ont-ils favorisé ce péché.

Il la dévisagea.

— Que voulez-vous dire ?

— Vous aviez guerroyé et vouliez créer une race d'hommes qui ne connaîtraient jamais la guerre. Au lieu de cela, vous avez créé une race qui fut réduite à l'esclavage, jusqu'au jour où ils apprirent à combattre. Et les Anari ne seront libres qu'après avoir traversé les horreurs de la guerre.

— Etes-vous en train de dire que les dieux pensent que la guerre est une bonne chose ?

Elle secoua la tête.

— Non. Mais je crois qu'ils détestent la perfection.

11.

Ratha se mit à la recherche de Cilla bien avant le lever du jour. Tous, ou presque, dormaient encore. Il n'arrivait pas à dormir et elle non plus, visiblement, car il la trouva dans les jardins du clan des Monabi, enveloppée de son manteau et de couvertures épaisses. Il s'assit près d'elle sur un banc et fixa la végétation, tuée en pleine croissance par le gel.

— C'est le début, dit-il.

— Oui-da. Elle soupira et s'appuya contre lui ; il ne s'écarta pas. J'espère que nos enfants ne connaîtront pas pareilles heures.

Il la serra contre lui brièvement et rit.

— Tu vas un peu vite pour moi, ma cousine. Tu nous vois avoir des enfants alors que nous n'avons pas encore échangé un seul baiser.

Elle rit à son tour.

— Je parlais en général, cher cousin, pas de nous. Bien que je ne puisse pas dire que je n'y ai pas souvent pensé.

Ratha sourit.

— Je voudrais que nous puissions ne rêver qu'à cela, ma cousine.

Cilla hocha la tête.

— Mais sans ce rêve, comment aurions-nous le courage de continuer ? Sans espérer l'aube, comment supporterions-nous la nuit ?

— Tu as raison, comme toujours, dit Ratha avec un clin d'œil malicieux. Il semblerait que je doive m'habituer à avoir tort.

— Eh, répondit Cilla, le monde est ainsi fait : les hommes doivent apprendre à avoir tort en présence de leurs femmes. Ce destin vous a été assigné par les dieux.

Ratha eut un petit rire.

— Les dieux sont décidément bien cruels.

— Oh, cette cruauté-là est bien douce, cher cousin…

— Contrairement à celle qui nous attend.

— Oui. Et nous devons œuvrer pour un monde meilleur, pour tous les enfants.

— Une tâche noble.

— Hélas, il est bien dommage que nous devions procéder de cette façon.

Ratha opina.

— Le prix à payer sera élevé.

— Je suis convaincue, mon cousin, que le prix à payer pour protéger ce que nous aimons est toujours élevé. Si tel n'était pas le cas, nous n'y tiendrions pas autant. Ce que nous conquerrons par le sang sera plus précieux encore.

— Tu parles comme Tom Downey…

— Je suis prêtresse, dit Cilla, pas prophète.

— Et je ne suis ni l'un ni l'autre mais plutôt un guerrier. Or, Tom dit que je dois devenir prêtre.

Devant sa surprise, il ajouta rapidement :

— Il dit que tous les prêtres ne servent pas nécessairement au temple et que je dois me tenir prêt à guider mes hommes vers la paix, tout comme je les mène aujourd'hui vers la guerre.

— Il dit vrai, repartit Cilla.

Ratha secoua la tête, dubitatif.

— Comment le pourrais-je, Cilla Monabi ? Comme pourrais-je apaiser le cœur d'hommes qui ont connu la guerre et les ramener vers leurs foyers, alors que je n'ai moi-même connu que luttes et batailles toute ma vie ?

Cilla parut réfléchir à ces paroles un long moment avant de répondre.

— Sais-tu ce qu'on ressent à embrasser une femme ?

— Non, répondit Ratha.

Cilla s'approcha de lui et posa ses lèvres sur les siennes. Ratha lutta contre sa nervosité et la laissa faire un instant. C'était loin d'être désagréable…

Puis la jeune femme s'écarta et le regarda dans les yeux.

— Maintenant, cher cousin, tu connais autre chose que les luttes et les batailles.

Ratha se rembrunit à ces mots.

— Un baiser ne peut faire de moi un guide vers la paix.

— En voudrais-tu un autre ?

Le désir et la gêne se livrèrent bataille dans l'esprit de Ratha.

— Non… Je veux dire, oui, mais…

— Mais ?

Son visage touchait presque le sien et elle ne le quittait pas du regard.

— Je ne sais pas si…

Elle l'embrassa de nouveau, brièvement, puis prit son visage dans ses mains.

— Ratha Monabi, pardon si tu as l'impression que je me joue de toi. C'est vrai, dans une certaine mesure. Et faux, en même temps. Car si j'ai très envie de t'embrasser, c'est surtout parce que tes lèvres ont l'effet de la rosée sur mon cœur et attisent le désir en moi. Mais je veux également te montrer que ce que tu as connu de la vie jusqu'ici n'est pas obligatoirement tout ce que tu connaîtras jamais. Ton passé ne signifie pas que ton destin est immuable, mon cousin, il t'a seulement amené jusqu'à aujourd'hui, jusqu'à cet instant.

Elle l'embrassa une troisième fois.

— Et tu dois vivre l'instant présent, Ratha. C'est tout ce que nous avons.

Ces mots dansaient avec légèreté dans l'esprit de Ratha. Ses lèvres auraient pour elle le goût de la rosée ? Elle le désirait ? Le reste, bien que juste, n'avait pas d'importance comparé à l'éveil de son propre désir et au goût de ses lèvres à elle. Etait-ce donc ce qu'on appelait l'amour ?

— Ne dis plus rien, s'entendit-il répondre. Embrasse-moi encore, s'il te plaît.

Cette fois, toute idée de devoir ou de destin s'évanouit au doux contact de ses lèvres. Le parfum qui se dégageait d'elle, le soupir qu'elle émit, le toucher de ses doigts sur sa joue l'enivrèrent. Il la serra plus près contre lui et sentit la douceur de sa poitrine pressée contre son torse, sa taille fine, ses courbes pleines, sa chaleur l'envahir, l'emplir tout entier, comme si le monde alentour se réduisait à ces délicieuses sensations et à l'élan de son désir — le plus profond qu'il eût jamais connu.

Leurs lèvres s'ouvrirent à un moment, oh si légèrement au début, puis davantage, et leurs langues se cherchèrent en une danse gracieuse et légère. Il entendit un gémissement, sans savoir s'il venait d'elle ou de lui, car il avait la sensation qu'en cet instant, ils ne faisaient qu'un. Les doigts de Cilla serrèrent de plus près sa nuque et son corps se colla davantage au sien. La couverture les enveloppait tous les deux à présent, sans qu'il comprît comment. Lorsqu'elle s'écarta enfin pour reprendre son souffle, il vit ses yeux briller et un univers tout entier s'offrir à lui.

— Oh, oh, par les dieux, murmura-t-elle doucement.

Ratha eut un petit gémissement de regret.

— S'il te plaît…

Mais Cilla posa un doigt sur ses lèvres pour le faire taire.

— Je ne veux pas te taquiner, mon amour, dit-elle. Je voudrais plus que tout au monde rester dans tes bras et t'embrasser jusqu'à la fin des temps. Mais nous ne le pouvons pas et cela me fait plus de peine que je n'en ai jamais éprouvé.

Ratha eut les larmes aux yeux en voyant qu'elle pleurait. Elle disait vrai.

— Promets-moi, Cilla Monabi, que nous aurons un moment à nous un jour.

— Je te le promets. Je te jure la main sur le cœur que ce moment viendra pour nous.

Il vit alors dans ses yeux l'espoir ténu que la vie pouvait être synonyme de beauté. Il y vit l'espoir d'une aube nouvelle.

A des lieues de là, dans la capitale de l'empire, Bozandar, un esclave nommé Mihabi traversait discrètement les pièces d'une élégante demeure. Il était issu des quartiers des serfs situés derrière la maison mais les murailles élevées, terminées par des pics, étaient infranchissables et les portes de la cour dotées de barres et de verrous solides. Il n'aurait pu les ouvrir sans réveiller toute la maisonnée.

Cela dit, s'enfuir par l'entrée principale de la demeure serait relativement simple. La maison n'était pas encore fermée aux esclaves, malgré les quelques émeutes violentes déclenchées par certains d'entre eux depuis que la nouvelle d'une victoire de l'armée anari sur une légion bozandari s'était répandue. Ceux qui n'avaient jamais nourri le moindre espoir murmuraient à présent que la libération était proche. Mihabi en rêvait lui aussi.

Mais cette famille faisait confiance à ses esclaves.

Plus important encore peut-être, elle ne pouvait envisager de débuter la journée sans eux pour préparer le premier repas et s'occuper des enfants.

Mihabi supposait que cette famille était meilleure que d'autres, comparée à d'autres propriétaires d'esclaves. Il n'avait jamais goûté à la morsure du fouet ou au poids des chaînes autour de ses poignets. Toutefois, les Anari restaient pour elle des sous-hommes. Cette situation était intolérable, si bien traités fussent-ils. Les chaînes de la servitude pesaient sur le cœur de Mihabi et ce poids était plus lourd qu'un joug véritable.

Mihabi était né ici. Il ne connaissait de son peuple que les autres esclaves et les histoires que sa mère lui avait contées sur leur pays au sud. Et pourtant, ces récits lui avaient donné le désir d'être libre, de communier avec la pierre, de se tenir fier et droit comme seul un homme libre pouvait le faire.

Il s'arrêta dans un couloir carrelé, à l'affût du moindre bruit. Rien. Il continua d'avancer silencieusement.

La nouvelle de la défaite bozandari avait bouleversé ses maîtres et tous les Bozandari, y compris l'empereur, dont le cousin préféré commandait la légion tenue en échec par les Anari. Un tollé général avait suivi, réclamant une mission pour aller à la rescousse des troupes, et éclipsant la peur des Bozandari vis-à-vis d'esclaves agités et de plus en plus menaçants. Les mères et les épouses des soldats partis en campagne voulaient le retour de leurs hommes et l'empereur celui de son cher cousin.

Une légion avait donc été envoyée en terres anari.

D'autres légions avaient été rappelées mais pour l'heure, la capitale était relativement peu protégée.

L'agitation et la colère des esclaves s'étaient muées en complot organisé. Tous les hommes valides avaient prévu de se rassembler ce soir-là et le soulèvement débuterait à l'aube.

Mihabi se dirigea subrepticement vers la porte, guidé par une torche à l'extérieur dont la lumière filtrait à travers une fenêtre sans rideaux. Il serait bientôt libre et si cette liberté devait lui coûter la vie, tant pis.

Subitement, un bras s'empara de lui par-derrière, lui serrant la gorge. Il sentit une lame de couteau effleurer son flanc.

— Mihabi !

La voix de son maître, Ezinha.

Pour la première fois depuis qu'il avait rallié la rébellion, Mihabi fut soulagé de ne pas avoir d'arme. Il pourrait ainsi clamer son innocence et prétendre n'avoir fait que traverser la demeure.

— Maître, dit Mihabi, et ce mot ne lui avait jamais autant écorché la langue.

Ezinha le relâcha aussitôt. Le Bozandari, un homme grand et à la peau claire, était aussi visible pour l'Anari à la peau sombre que Mihabi avait dû être difficile à voir pour lui. La lame du couteau paraissait rouge à la lumière des torches mais Ezinha ne l'en menaçait plus.

Il parla enfin.

— Tu pars rejoindre les rebelles.

Mihabi voulait nier mais fut soudain incapable de mentir.

Ezinha hocha la tête.

— Je savais que ce moment viendrait. Comment peux-tu nous faire cela ? Ta mère nous a allaités tous deux et élevés comme des frères. Nous avons joué ensemble enfants. Je t'ai toujours bien traité.

— En effet. Mais je suis toujours resté un esclave.

Ezinha se raidit.

— Je t'ai aimé comme un membre de ma propre famille.

— Je ne suis pas libre pour autant.

— Je pensais que tu m'aimais aussi.

Mihabi sentit sa détermination vaciller ; son cœur se serra et des larmes lui montèrent aux yeux. Il ressentait au plus profond de son être les conséquences de ce qu'il s'apprêtait à faire. Cette perspective ne lui sembla plus aussi attirante. Il n'éprouvait que chagrin. Il répondit enfin, la voix rauque :

— Je vous ai aimé, maître.

Ezinha regarda le couteau qu'il tenait à la main puis le baissa lentement.

— Je ne ferai jamais de mal à mon frère.

Mihabi déglutit péniblement.

— Je n'ai jamais vraiment été votre frère. Si je l'avais été, j'aurais joui de la même liberté que vous. Je veux choisir ma place dans la vie, plutôt que me la voir imposer par d'autres.

Ezinha hocha la tête.

— Tu mourras là-dehors, Mihabi.

— Peut-être. Mais je mourrai libre.

Ezinha s'élança vers lui. Avant que Mihabi n'eût le temps de réagir, son maître avait tracé, à l'aide de son couteau, une entaille sur la marque de servitude qu'il portait au bras. Cette entaille signifiait qu'un esclave avait été libéré par son maître. Le sang coula de la blessure sur le sol dallé.

— Tu es libre à présent, mon frère, dit Ezinha. Fais ce que tu dois faire. Mais n'oublie pas, Mihabi. Si tu me menaces ou menaces les miens, je te traiterai comme je traite les voleurs.

— Je n'en attendrai pas moins de votre part.

— Je te demande donc de ne pas revenir ici. Pour ton bien. Car si je te revoyais, je ne pourrais te faire confiance.

Mihabi se dirigea vers la porte. Le sang coulait toujours de son bras. Puis il s'arrêta et se tourna vers son ancien maître.

— Vous ne m'avez jamais fait confiance. Votre rang vous l'interdisait. Si nous nous revoyons, que ce soit en hommes égaux. Et si nous survivons tous les deux, alors peut-être la confiance pourra naître entre nous.

Il se glissa dehors. Oui, il était libre maintenant, et la vive blessure de son bras le protégerait des patrouilles de nuit. Mais sa liberté, achetée au prix du sang, n'était que piètre consolation comparée à la tristesse qui étreignait son cœur. Que signifiait cette liberté quand il avait perdu le seul frère qu'il avait ?

Des larmes coulaient sur ses joues tandis qu'il traversait la ville. Les pleurs et le sang étaient la rançon de la liberté. Et il savait qu'il n'avait pas encore entièrement payé ce prix. Plus de larmes et plus de sang seraient versés avant que tout cela ne se terminât.

L'aube naissante n'éclairait encore que la crête des montagnes à l'est lorsque les armées ouvrirent la marche. Suivant les derniers rapports des éclaireurs, il avait été décidé que les Anari formeraient l'avant-garde afin de traverser les montagnes, puis traceraient un cercle jusqu'à atteindre l'arrière-garde de la légion bozandari. Quant aux soldats de Tuzza, ils avanceraient tout droit sur elle.

La plupart des Anari préféraient cette approche à l'idée d'avancer aux côtés des hommes de Tuzza. La confiance entre les deux groupes demeurait fragile et aucun des deux ne tenait à se retrouver en position de dépendre de l'autre.

Cette tactique, dite du « marteau et de l'enclume » selon les termes de Tuzza, était fort habile. Les Bozandari l'appliquaient depuis des générations avec succès et les Anari venaient de faire la preuve de son efficacité pour la première fois en l'utilisant contre eux.

A la tête de la colonne chevauchaient Archer, Tuzza, Jenah et les trois Idluins. Ils avaient à peine parcouru une lieue qu'Archer vit Ratha galoper vers eux. Avisant la mine détendue de ce dernier, Archer comprit que quelque chose avait changé en lui.

— Bienvenue, mon frère, dit-il. C'est bon de t'avoir de nouveau à mes côtés.

— Merci, répondit Ratha. C'est un honneur pour moi que de vous accompagner, Maître Archer.

— M'accompagner ? s'étonna Archer.

Cilla éclata de rire.

— Je crois qu'il parle de moi, Maître Archer. Bien qu'il n'avouerait jamais pareille chose.

— Mais toi, si, dit Ratha en s'efforçant de retenir un sourire.

— Evidemment ! intervint Tess en riant. Mais ne crains rien, mon ami. Tout ce qu'elle a pu nous dire était sincère et gentil.

— Et nous n'avons pas cru au reste, dit Archer.

— Qu'as-tu... ? commença à dire Ratha.

Archer posa une main sur son épaule.

— Ne t'inquiète pas, dit-il en riant. Nous nous amusons à tes dépens.

Ratha hocha la tête et rit à son tour.

— Trois baisers et il semblerait que je sois devenu le sujet de conversation de tout le campement.

— Je ne leur avais pas parlé des trois, dit Cilla.

— Heureusement ! répliqua Ratha. Ils nous auraient traînés au temple au bout de leur épée !

— Suffit, mon cousin, dit Cilla en se redressant. N'en parlons plus.

Archer se plaça de l'autre côté de Ratha, laissant Cilla prendre place à côté de celui-ci.

— Je ne veux pas être entre vous.

— Ce serait sans doute préférable, dit Tess. Ils ont l'air d'avoir besoin d'un chaperon.

— Tess ! se récria Cilla.

— Tu ne récoltes que ce que tu as semé, rétorqua celle-ci.

— Assez, fit Ratha, un peu gêné. Nous sommes une armée en campagne et non des enfants.

Archer remarqua toutefois que Ratha avait pris la main de Cilla à ces mots. Ce petit geste lui réchauffa le cœur. Il saisirait la moindre occasion de se réjouir au cours de cette marche ; il craignait que pareilles occasions fussent rares.

Tuzza était resté silencieux durant cet échange, nota-t-il également. Il paraissait n'avoir aucune envie de saluer le frère de l'homme qu'il avait tué. Archer n'en fut pas surpris mais n'en fut pas content non plus. Trop d'hommes de cette colonne avaient versé le sang de leurs camarades. Il espéra que cela ne se reproduirait plus ; hélas, il connaissait trop bien les hommes pour en jurer.

Il n'était pas plus heureux de voir que les Anari comme les Bozandari attendaient de lui qu'il apaise les rancœurs qui naîtraient inévitablement entre eux. Ses responsabilités militaires étaient déjà assez lourdes sans ce fardeau sur ses épaules. Tôt ou tard, il le savait, le désir de paix devait venir des Anari et des Bozandari eux-mêmes. Il ne pouvait l'imposer.

— Vous êtes troublé, dit Tess qui l'avait rejoint, comme si elle avait lu dans ses pensées.

— Des ennuis nous attendent, repartit Archer. Et nous avançons droit sur eux. Le rire ne peut durer dans de telles circonstances.

— Oui-da. Mais le rire nous redonne allant et courage.

— Jusqu'à un certain point. Devant les véritables épreuves, le rire ne nous aidera pas. Nous avancerons grâce à la confiance implicite de chaque homme en son voisin. Et elle n'existe pas encore.

— Non, en effet, dit Tess. Mais cela viendra.

Après un long silence, Archer serra les mâchoires et répondit :

— Il le faut. Ou nous sommes perdus.

12.

Ezinha Todar n'avait pas fermé l'œil depuis que son Mihabi avait disparu dans la nuit. Il avait d'abord tenté de dormir sur un sofa du salon de réception — en vain. Il s'était donc levé et était allé dans la cuisine afin de se préparer à manger. Idée qu'il avait dû abandonner lorsque Ialla — sa cuisinière et gouvernante — s'était réveillée et avait insisté pour le faire à sa place. D'ordinaire, il aurait considéré ce geste comme une marque de sollicitude de la part d'une femme qui vivait auprès des siens depuis près de quarante ans et l'aurait laissé vaquer sans un mot ou presque. Mais aujourd'hui, il était incapable, car il voyait les choses comme elles étaient en réalité : son esclave craignait d'avoir déçu son maître en ne se levant pas à temps pour apprêter son repas.

Il s'installa à une table dans la cuisine, cherchant les mots justes pour entamer une conversation dont il savait qu'elle mettrait Ialla mal à l'aise, au mieux, si cette dernière ne se sentait pas insultée. Faute de trouver des paroles subtiles, il opta pour la franchise.

— Ai-je été un homme bon, Ialla ?

Elle s'arrêta de battre les œufs qui constitueraient le petit déjeuner de son maître et leva les yeux vers lui.

— Vous avez été un maître honnête et juste, maître.

Elle avait de toute évidence choisi ses mots avec soin et ce simple fait était éloquent. Il réfléchit un instant puis dit :

— C'est gentil à toi de dire cela, Ialla, mais telle n'était pas ma question. Je me suis efforcé d'être un maître juste et honnête, pour toi et les tiens. Et je crois y être parvenu. Mais ai-je été un *homme* bon ?

— Je ne suis pas sûre de comprendre votre question, maître, répondit Ialla.

— Mihabi est parti cette nuit afin de rejoindre la rébellion, avoua Ezinha. Cela m'a surpris car je le considérais comme un frère. Mais je me demande maintenant si tel était vraiment le cas. Tu m'as élevé autant si ce n'est plus que ma propre mère et pourtant, tu ne me vois pas comme ton fils.

Ialla demeura silencieuse alors qu'elle versait les œufs dans un poêlon chaud, secouant l'ustensile afin de les répartir également d'un bras en apparence frêle mais en réalité d'une grande force nerveuse. Elle posa le poêlon sur le fourneau et se tourna vers lui.

— Non, maître. Vous n'êtes pas mon fils. Le temps où je pouvais vous gronder est révolu et même pendant votre jeunesse, je ne pouvais le faire que parce que votre mère vous avait confié à mes soins.

— M'aimais-tu ? demanda Ezinha, tout en se sentant humilié de poser une question aussi enfantine.

Ialla sourit.

— Bien sûr que oui. Comment en aurait-il été autrement ? Vous aviez bon cœur et bien qu'ayant tendance à faire des bêtises, vous les assumiez avec Mihabi et ses cousins plutôt que de les trahir.

— Je m'en souviens. Nous avons trop souvent abusé de ta patience, j'en ai peur.

— Pas plus que les autres enfants et moins que la plupart, dit-elle en pressant les œufs sur le plat à l'aide d'une spatule.

Elle y ajouta quelques oignons émincés et assaisonna le tout avec des morceaux de poivron frais du jardin.

— Ce n'est pas votre faute si votre mère est partie, maître.

— Oh, je le sais.

Il avait depuis longtemps surmonté le chagrin du terrible jour où sa mère avait franchi la porte de la maison sans un mot à quiconque, pour ne jamais revenir. Les rumeurs étaient allées bon train sur une supposée liaison avec un autre homme mais le père d'Ezinha n'avait jamais retrouvé la trace de son épouse ou de cet amant. Au fil du temps, Ezinha avait fini par comprendre que son père était un homme très dur. Sa mère avait dû se lasser des humeurs noires et des colères qu'Ezinha avait dû essuyer lui-même plus d'une fois. Il avait éprouvé plus de soulagement que de tristesse à la mort de son père. Il s'était juré qu'il ne lui ressemblerait pas mais ne s'était-il pas comporté comme lui en parlant aussi durement à Mihabi ?

— J'ai dit à Mihabi que si je le revoyais un jour, je le considérerais comme mon ennemi.

Ialla se figea et le regarda.

— Vous n'avez pas pu dire cela, maître.

— Il a rejoint la rébellion. Les Anari massacrent les Bozandari en pleine nuit. Comment pourrais-je douter qu'il ne me fera pas la même chose ?

Ialla ne dit rien et lui servit son petit déjeuner. Malgré ses talents de cuisinière, il put à peine toucher à la nourriture. Elle lava le poêlon et le bol pendant qu'il mangeait. Il finit par repousser son assiette.

— Parle-moi, Ialla. Non pas comme une esclave à son maître mais comme une femme sage à l'homme qu'elle a élevé.

— Tu as été stupide, Ezinha, répondit-elle sans détour. Mihabi ne te ferait pas plus de mal que moi. Es-tu un homme bon ? Veux-tu que je te dise que Mihabi, tes autres esclaves et moi te considérons comme un des nôtres ? Comment le pourrions-nous ? Nous t'appartenons. Tu as vendu le frère de Mihabi à un autre homme parce que tu n'avais pas de travail pour lui ici. Aurais-tu vendu ton propre frère ?

Le visage d'Ezinha se décomposa en se souvenant de ce jour. Il n'y avait pas accordé grande attention. Les Bozandari vendaient souvent les Anari sur le marché aux esclaves lorsqu'ils avaient plus de main-d'œuvre que nécessaire. Le fait d'avoir séparé deux frères ne lui avait pas paru plus grave que de voir deux frères bozandars choisir deux employeurs différents. Mais aujourd'hui, mis face à la réalité de ce qu'il avait fait, il comprit que cela n'avait rien à voir.

— Comment ai-je pu être aussi aveugle ?

— Tu as été élevé dans l'idée que nous étions ta propriété. Tu as pu aimer Mihabi comme un frère. Mais il n'en demeurait pas moins un Anari à tes yeux. Un esclave. Un bien que tu avais hérité de ton père, comme cette maison et ces jardins.

— Et toi, Ialla, qui as toujours été ma vraie mère...

Il se tut, la gorge serrée. Je t'ai arraché ton fils.

Ialla croisa les bras sur sa poitrine et regarda dans le vide.

— Veux-tu réellement que je réponde à tes questions ?

— Aide-moi à comprendre qui je suis, mère !

L'expression d'Ialla se radoucit. Elle caressa les cheveux d'Ezinha comme elle l'avait si souvent fait lorsqu'il était enfant.

— Très bien. Tu n'apprécieras pas mes réponses.

— Je n'apprécie déjà pas la tournure de tout ceci.

— Alors, écoute-moi. Je n'avais que vingt ans à peine quand j'ai été emmenée par des marchands d'esclaves. Ces gens sont méprisables et leur rôle l'est plus encore. Leur seul but est de s'enrichir. A l'époque de ma capture, le frère de Mihabi avait deux ans et j'étais enceinte. Ils m'ont enlevée à mon époux. J'ignore ce qu'il est devenu. Je crains qu'il n'ait été tué.

Ezinha se retint de prononcer les paroles de compassion qui lui vinrent instinctivement.

— Le jour où j'ai été vendue, ton père recherchait une nourrice car tu allais bientôt naître. Mon fils aîné était la preuve que je faisais l'affaire et il nous a donc achetés. Je ne comprends toujours pas pourquoi ton père s'est donné la peine d'acquérir un enfant si jeune et si inutile, ni pourquoi il m'a permis de le garder près de moi. J'ai appris depuis qu'une fois que le premier-né d'une nourrice a prouvé qu'elle est capable de produire assez de lait, il est tué. Mais, aussi dur qu'il ait été, ton père ne l'a pas fait. Sans doute pensait-il que je serais plus gentille avec toi s'il ne commettait pas un tel crime.

Ezinha baissa la tête.

— Mais moi, je te l'ai arraché d'une autre manière.

— Tu as fait ce que font les propriétaires d'esclaves. On m'a dit que mon fils vit toujours, bien que ce soit dans une maison où il est battu s'il fait la plus petite erreur. Je soupçonne qu'il a déjà rejoint les rebelles. Peut-être est-ce pour cette raison que Mihabi est parti.

Ezinha la dévisagea.

— Et toi, Ialla ? Les rejoindras-tu ?

— Non. Qui s'occuperait de toi et de tes enfants ?

Cette remarque lui fit l'effet d'une gifle. Il savait qu'elle disait vrai. Sa famille et lui dépendaient de leurs esclaves. Les Anari étaient omniprésents dans leur vie, bien qu'ils ne remarquassent que rarement leur présence. Mais leur absence créerait un vide immense. Rien ou presque ne pouvait fonctionner sans eux.

— C'est une leçon d'humilité pour moi, dit-il.

— C’est la revanche que prennent les esclaves : se rendre indispensables.

Ezinha resta silencieux un long moment ; les conclusions de son examen de conscience étaient loin d’être flatteuses. Il avait fermé les yeux sur ses fautes pour une seule raison : il était plus facile de ne pas y penser.

— Je ne suis pas un homme bon, dit-il enfin. Tu m’as répondu avec sincérité.

— Mais tu n’es pas entièrement mauvais, dit Ialla.

Elle tendit la main afin de prendre l’assiette qu’il avait à peine touchée mais avant qu’elle eût pu le faire, il avait saisi doucement son poignet. Il sortit son couteau de sa ceinture et traça une entaille sur sa marque d’esclave.

— Tu es libre, Ialla.

Elle regarda son bras puis Ezinha.

— Veux-tu que je m’en aille ?

Il secoua la tête, luttant pour retenir ses larmes.

— Non. La décision t’appartient de partir ou de rester. Comme cela aurait dû être depuis le début.

Elle se redressa, oubliant l’assiette pour prendre une serviette afin de panser sa blessure. Elle l’embrassa ensuite sur le front.

— Je resterai, mon fils. Je crains que tu n’aies besoin d’une mère à tes côtés dans les jours à venir.

Près d’Anahar, un faucon prenait son envol dans le ciel matinal. Les armées atteignirent l’entrée du défilé où elles s'étaient battues l'une contre l'autre si férocement quelques semaines auparavant et les colonnes furent parcourues d'un haut-le-cœur. Le souvenir du massacre, des tueries atroces et des mutilations était encore frais dans les mémoires de ces soldats, hommes et femmes.

La tension était palpable dans l'air. Pas un soldat, pas un officier qui ne fût en proie à un désir de vengeance en cet instant. Tous avaient vu leurs camarades tomber sur ce champ de bataille et nul n'aurait pu nier, en toute honnêteté, qu'il voulait se retourner contre ses anciens ennemis et les faire payer.

Les trois Idluins sentirent les premières l'atmosphère sombre qui régnait parmi les troupes et leur violence à peine larvée. Elle se hâtèrent d'en parler aux commandants.

— Soyons vigilants, dit Tess. Un incident peut éclater à tout moment.

Archer se frotta le menton.

— C'est bien ce que je craignais. Les blessures sont encore récentes et traverser ce défilé ne fera que les raviver.

— N'y a-t-il pas d'autre chemin possible ? demanda Sara.

Cilla secoua la tête.

— Pas si une armée veut sortir de la vallée.

— Alors, trouvons un moyen de séparer les deux colonnes ou de détourner l'attention des troupes.

— Ou de les maîtriser, dit Archer en regardant Tuzza et Ratha. Si nous perdons le contrôle de nos hommes maintenant, autant renoncer à la campagne car il n'y aura pas le moindre espoir de succès.

Les deux officiers acquiescèrent et éperonnèrent leurs montures afin de rejoindre leurs armées respectives.

— C'est bien notre problème, reprit Archer. Transformer deux armées en une seule.

— Ce sera plus facile quand nous aurons franchi cet endroit, fit remarquer Sara, pleine d'espoir.

— Le chemin d'ici à Bozandar est jonché de morts, même s'ils sont enterrés. Ces hommes ne l'oublieront jamais. Nous ne pouvons que leur demander de surmonter leur colère pour le bien de tous.

— Ils comprendront, dit Sara. N'ont-ils pas prêté allégeance à Tess ?

Cilla était moins optimiste.

— La moitié d'entre eux avait auparavant prêté allégeance à l'empereur de Bozandar. Je crains qu'ils ne soient en train de s'en souvenir.

Archer fureta autour de lui.

— Où est Tom ?

— Il m'a dit qu'il resterait à l'arrière un petit moment. Il n'a pas voulu me dire pourquoi. Il a peut-être eu un présage. Mais que pourrait-il faire ? répondit Sara.

— Tous savent que Tom est un prophète, dit Tess. La nouvelle s'est répandue rapidement. Sans doute peut-il faire plus que nous le pensons.

Archer croisa son regard.

— Vous aussi, ma dame.

Tess leva un sourcil, se doutant qu'elle n'aimerait guère ce qu'il était sur le point de dire.

— Ne me demandez pas d'utiliser mes pouvoirs. Je ne puis les contrôler ni garantir le résultat.

— Ils ne sont pas si incontrôlables que vous le croyez. Mais non, je ne vous demande pas cela. Je vous prie seulement de chevaucher jusqu'à cette falaise.

Il lui indiqua un promontoire d'où elle serait facile à voir par les colonnes en marche.

— Allez-y avec un porte-étendard. Qu'ils vous voient. Et ils se souviendront.

Tess goûtait peu ce type de mise en scène et encore moins si elle devait y jouer le rôle principal. Mais elle avait compris depuis longtemps que les événements la portaient autant qu'elle agissait sur eux, si ce n'était davantage. Si elle pouvait éviter des affrontements entre les soldats, alors elle le ferait.

Archer fit signe au porte-étendard le plus proche. Celui-ci tenait un drapeau qu'un trait oblique divisait en deux triangles, le rouge de Bozandar et le gris des Anari, avec au-dessus, le loup des neiges, dont les yeux dorés contemplaient le monde. Tess hocha la tête et se dirigea vers le sommet de la falaise en compagnie du porte-étendard, un jeune Anari. Elle regarda la vallée à ses pieds. Les terribles images de la bataille traversèrent son esprit. Les morts par dizaines, gisant à l'endroit où ils avaient été abattus. Les cris des Bozandari tombés dans les pièges des Anari, pièges qui avaient été transformés en fosses communes par la suite. Ils demeuraient aussi visibles que la terre fraîchement retournée.

L'ampleur de leur mission la frappa de nouveau.

— Lève l'étendard, dit-elle.

— Oui, ma dame, dit le jeune garçon.

Il planta le bâton dans le sol, le bloqua du pied, et redressa l'étendard. Tess savait ce qui lui restait à faire et en un clin d'œil ou presque, une douce brise balaya le sommet de la falaise et souleva le drapeau, l'étirant sur toute sa longueur.

— Regardez-moi, Loups des Neiges ! cria-t-elle d'une voix forte qui dévala la falaise et traversa la vallée tel un torrent. Regardez votre nouvel étendard ! Ne le trahissez pas ou le sang des Idluins vous jugera !

13.

Mihabi retrouva son frère aîné, Kelano, dans un bois sombre, au milieu d'un grand parc de la ville. D'ordinaire, les enfants bozandari y jouaient avec leurs mères ; mais le parc était pratiquement vide depuis le début de l'hiver. Ses allées sinueuses et ses recoins sombres faisaient un quartier général idéal pour les rebelles anari.

— Je suis content de te revoir, mon frère, dit Mihabi en serrant Kelano dans ses bras. Je craignais que ce jour n'arrivât jamais.

— Un bien terrible destin, dit Kelano. Un destin que les dieux nous ont épargné. Comment va mère ?

— Bien, répondit Mihabi, bien qu'elle soit restée dans la maison d'Ezinha. Je ne lui ai pas dit que je partais.

Kelano hocha la tête.

— Nous devons l'en faire sortir. Ezinha la tuera. De nombreux autres maîtres ont déjà exterminé les familles de ceux qui se sont enfuis. Comme s'ils pouvaient briser notre volonté en versant le sang de nos mères, de nos fils et de nos frères.

Mihabi réfléchit à cette éventualité. Il avait entendu parler des représailles de certains Bozandari mais bizarrement, il n'avait pas envisagé cette possibilité en décidant de partir. Ezinha ne tuerait sûrement pas la femme qui l'avait élevé ! Et pourtant, il avait bien vendu Kelano, non ?

— Tu as des doutes, dit celui-ci, paraissant lire dans ses pensées. Ne doute pas du mal dont sont capables les maîtres d'esclaves, mon frère. Tu as pu jouer avec Ezinha quand tu étais enfant mais il n'est pas meilleur que ses compatriotes. Il nous faut agir, et vite.

— Je ne peux croire qu'Ezinha tuerait mère, repartit Mihabi, imaginant le bras de son ancien maître s'abattre et une lame plonger dans la gorge de sa mère. Cette image lui semblait irréelle. Non, il ne pourrait pas la tuer.

— Il le pourrait et le fera, insista Kelano. Il est le fils de son père et son père était un homme cruel. Cruel envers sa femme et ses enfants. Pourquoi son fils ne ferait-il pas preuve de la même cruauté vis-à-vis d'une simple esclave ?

Mihabi se rappela l'avertissement sévère d'Ezinha. S'il revenait, il serait traité comme un voleur. Même si Ezinha l'avait libéré, la dureté de son regard était indéniable à ce moment-là. Sa mère était peut-être déjà morte et son corps, jeté par la porte des quartiers des esclaves, gisait sur le sol afin de servir d'avertissement brutal à ceux qui envisageaient de fuir.

Kelano soutint le regard de Mihabi, lequel finit par céder.

— Tu sais que j'ai raison, dit Kelano. Viens

vite, mon frère. Tu connais la maison et les jardins d'Ezinha mieux que quiconque. Nous devons réunir des hommes et monter un plan.

Tess avait observé l'avancée des troupes avec tristesse et avec espoir. Chaque compagnie, anari et bozandari, avait salué son étendard en passant devant elle. Mais la colère demeurait sous-jacente à la tombée de la nuit, alors que les troupes dressaient le camp au nord de la vallée. Plusieurs bagarres avaient éclaté, la plus importante à cause d'un groupe d'Anari qui avait voulu faire demi-tour afin de prier sur les tombes des disparus — les Bozandari n'ayant aucune envie de se retrouver encerclés par des Anari dans cette vallée de la mort. Les officiers avaient rapidement rétabli le calme mais la rupture paraissait néanmoins imminente.

Cilla était venue voir Tess avec le commencement d'une idée, sans savoir comment la mettre à exécution. Tess se dirigeait à présent vers la tente de Ratha, se demandant si son pouvoir de persuasion suffirait.

— Entrez, dit Ratha lorsqu'elle annonça sa présence.

— Bonjour, mon ami, dit-elle.

Ratha rangea rapidement dans son paquetage les cartes et les documents qui jonchaient le banc qui lui servait à la fois de lit et de table et l'invita à s'asseoir. Il s'installa à ses côtés. La fatigue de la journée se lisait dans ses yeux noirs.

— Que puis-je faire pour Dame Tess ?

Le caractère formel de sa question indiquait clairement qu'il se doutait de la raison de sa visite. Elle choisit d'être directe.

— Des bagarres éclatent dans le camp.

— Oui, je sais. Je ne peux pas dire que cela me surprend. Ces hommes se sont entretués dans cette même vallée il y a quelques semaines seulement. De tels souvenirs laissent une marque profonde dans les esprits, ma dame.

— Les Anari comme les Bozandari comptent sur Archer et sur moi pour rétablir la paix entre eux.

— Je ne vous envie pas cette tâche. Ma raison me dit que nous devons marcher ensemble ou risquer de perdre face à l'Ennemi. Je crois que nos deux peuples le comprennent également. Mais ici — Ratha montra sa poitrine — dans nos cœurs, certaines blessures sont encore béantes. Et le fossé qui sépare notre raison et nos sentiments est d'autant plus grand que nous sommes aujourd'hui en rang de bataille.

Ratha se tordit les mains. Tess les prit dans les siennes.

— Je suis navrée, Ratha. Malheureusement, il semblerait que les dieux ne veulent pas nous donner le temps du deuil et celui de panser nos plaies. Il nous faut rassembler cette armée très vite.

L'expression de Ratha se fit plus dure encore puis, au prix d'un effort visible, il se détendit.

— Oui-da. Que voulez-vous que je fasse ?

— Il doit y avoir un moyen pour que Tuzza et toi soyez vus en train de vous réconcilier et de mettre de côté vos rancœurs passées. Tous savent que Tuzza a tué Giri parce que celui-ci avait tué un officier qu'il appréciait grandement. Vous avez beaucoup souffert tous deux… mais comprends-moi bien, Ratha. Je ne veux pas minimiser la perte que représente Giri pour toi. Il me manque à moi aussi.

— Je vous crois. Il ferma les yeux comme pour ne plus voir le monde — ou ses souvenirs. Je le vois toujours tuer mon frère. Cette image est gravée dans mon esprit. L'épée qui s'abat, étincelante, sur sa tête…

Il frissonna, les yeux toujours clos.

— Vous n'avez pas idée de ce que vous me demandez. Je veux bien faire la paix avec n'importe qui d'autre. Mais avec Tuzza…

— Je comprends, Ratha. Crois-moi, je comprends. Nos esprits sont tous emplis des atrocités de cette bataille. Nul n'a échappé à la perte d'un être cher. Mais pour avoir un avenir, nous devons mettre de côté nos blessures. Sinon la guerre ne finira jamais.

Le regard de Tess se fit distant et elle se balança légèrement, comme si elle avait une vision.

— Peu d'entre nous savent réellement, dit-elle dans un murmure, à quel point cela peut être horrible. Bien pire que ce que tu as connu jusqu'à maintenant, Ratha.

Il la regarda fixement, tiré d'un chagrin qui le mettait en rage en même temps qu'il lui faisait mal. Un sentiment étrange s'empara de lui, comme si cette femme était un pont entre deux mondes. Comme si elle voyait dans l'au-delà.

Elle le regarda enfin, avec tristesse.

— Tu peux faire la paix avec n'importe qui, mais seule une réconciliation avec Tuzza changera les choses.

Il fut parcouru d'un frisson glacé. Des forces suprêmes régissaient le monde et ces événements, forces auxquelles il n'avait plus pensé depuis la mort de Giri. La justesse des propos de Dame Tess l'avait frappé tout autant que sa peine. Mais son combat intérieur continuait. Ce ne fut qu'au bout de quelques longues minutes qu'il put se résoudre à faire la promesse qu'elle attendait.

— Bien que l'idée me répugne, je sais devoir le faire pour le bien supérieur de tous. Donnez-moi un peu de temps, ma dame. Pour m'y préparer. J'irai ensuite voir Tuzza et nous nous mettrons d'accord.

— Merci, Ratha, dit Tess en pressant ses mains. Ces temps difficiles exigent tant de nous, mon ami. Je crains qu'à la fin, nos cœurs ne soient plus que des coquilles vides.

Elle parlait comme si elle savait, comme si elle avait vu cette fin.

Légèrement troublé et inquiet devant sa mine étrange, Ratha lui prit les mains. Elle continua à se balancer comme si elle était en prise avec une force qui la dépassait.

— Si cela arrivait, l'Ennemi gagnerait. Nous devons tenir bon. Nous serrer les coudes. Même si cela veut dire que parfois, il faudra oublier notre chagrin afin de faire ce qui est nécessaire, nous ne devons pas sacrifier nos sentiments. Les armées se battront dans les semaines à venir mais nos esprits lutteront eux aussi.

— Ces paroles sont sages, Ratha. Très sages. Nous ne tiendrons que si nous restons unis.

Il soupira.

— Je vais trouver une solution, ma dame. L'enjeu est trop grand pour laisser la haine nous commander. J'ai enterré Giri. A présent, nous devons tous enterrer nos morts.

Tess sortit de la tente de Ratha. Ses jambes se dérobaient sous elle. Elle avait eu une vision qui l'avait profondément bouleversée. Elle ignorait si elle avait vu l'avenir ou le passé mais cette vision l'avait emplie d'horreur.

Elle s'appuya contre un pieu de tente, tenta de s'éclaircir les idées. Elle avait besoin de solitude afin d'absorber ce qu'elle venait de voir mais cette solitude était dure à trouver. Ses sœurs étaient souvent avec elle et depuis que les deux armées avaient juré de servir son étendard — de la servir, elle —, où qu'elle se rendît, quelqu'un voulait lui parler.

Il était étrange de voir ces hommes blessés dans leurs âmes tenir à échanger quelques mots avec elle, souvent afin d'évoquer un disparu. Elle le comprenait mais elle ne se sentait pas à la hauteur de cette tâche. Elle était la Dame Filandière mais se sentait incapable de soigner les âmes meurtries. Le seul don qu'elle possédait était de guérir la chair et de provoquer une mort terrible.

Elle rassembla ses forces et se dirigea vers l'extérieur du camp, songeant qu'elle dénicherait sans doute un endroit pour s'isoler entre celui-ci et le cordon de sentinelles qui avait été mis en place afin de les alerter d'une éventuelle attaque.

Elle avait tort. A peine avait-elle atteint les dernières tentes qu'un groupe de Bozandari, qui avaient les premiers juré de la protéger, l'entoura. Elle fut d'autant plus surprise qu'elle se trouvait du côté anari.

— Odetta, dit-elle à leur chef.

Il s'inclina très bas.

— Je voudrais être seule.

— Nous veillerons à ce que vous le soyez, ma dame. Nous nous tiendrons assez loin pour que vous oubliiez que nous sommes là.

Il fit un geste de la main tout en parlant. Les hommes disparurent dans l'obscurité.

— Vous n'aurez qu'à nous appeler, ma dame, ajouta Odetta.

Il la salua élégamment puis disparut à son tour. Tess sourit malgré elle. Seule sans l'être vraiment. Elle ne pouvait espérer plus pour le moment, alors qu'ils ne se trouvaient plus qu'à deux jours de marche de la légion bozandari, une légion plus susceptible de les attaquer que d'engager des pourparlers. Ses éclaireurs n'étaient sans doute plus très loin et l'affrontement pouvait se produire à tout instant.

Elle trouva une pierre plate et assez haute pour faire office de siège. Ses jambes, tremblantes, furent soulagées de ce repos bienvenu ; mais l'angoisse la gagnait à présent tout entière.

Elle n'avait pas l'habitude d'avoir des visions en dehors du temple ; or celle-ci avait été exactement la même que celles qu'elle avait eues dans le lieu sacré. Malgré le fait qu'elle tenait ses yeux grands ouverts, malgré la douce lueur argentée des étoiles sur les rochers du désert, elle continuait à voir ces images atroces.

Des armes volantes qui crachaient le feu, des corps déchiquetés de telle façon qu'aucune épée n'aurait pu le faire, dans une horreur indescriptible. Un grondement, la terre qui s'ouvrait autour d'elle, des hommes, des femmes et des enfants réduits en lambeaux de chair qui étaient projetés sur ses vêtements, son visage et son âme.

Passé ou avenir ?

La solitude n'était peut-être pas une bonne idée. Aucune réponse ne lui vint, rien n'indiquait si la vision décrivait un passé oublié ou un avenir terrifiant.

Elle se leva et reprit le chemin du camp. Quelques instants plus tard, les soldats la rejoignirent. Cette fois, leur présence la réconforta.

Passé ou avenir, quelle différence ? se dit-elle en approchant des premières tentes. Cette vision faisait de toute façon partie d'elle.

Bien qu'il détestât se trouver en présence de la femme anéantie qu'il retenait prisonnière dans sa forteresse, Ardred devait parfois utiliser directement ses pouvoirs. Il entra dans la petite cellule de l'Idluin et essaya de ne pas penser à l'odeur pestilentielle qui s'en dégageait. La femme était presque un cadavre déjà mais elle semblait incapable de mourir, même si elle devait le souhaiter par-dessus tout.

Quoique, songea-t-il amèrement, peut-être craignait-elle de mourir. Les châtiments des dieux, il le savait, pouvaient être aussi diaboliques que leurs jeux. La querelle entre Elanor et Sarduk se jouait ici, dans ce monde et, en dépit de leur responsabilité, ils punissaient librement ceux qui leur déplaisaient.

Si le châtiment d'Elanor à l'encontre d'Ardred et d'Annuvil avait été impitoyable, Sarduk avait épargné à Ardred le plus dur. Et ce n'était que justice, comme l'avait toujours cru ce dernier. Après tout, c'était la création des Anari qui avait provoqué l'ire des dieux. La guerre qui avait précédé, entre Annuvil et lui, n'avait été qu'une partie de ce grand jeu divin.

Mais la création d'une nouvelle race… C'était empiéter sur les plates-bandes des dieux. Et Annuvil y avait pris part, pas lui.

Ardred pinça les lèvres en pensant à son frère aîné. Quelle folie, quelle arrogance de croire qu'un être humain pût échapper aux ruses des dieux ! La destruction du monde et l'errance éternelle d'Annuvil, telle une brebis égarée, avaient été le châtiment de cette folie, de cette présomption. Quant à Ardred, il avait été placé sous la protection de Sarduk, dans un autre monde. Il avait passé tout ce temps à apprendre à réunir les deux mondes.

Alors qu'Annuvil n'avait fait qu'attendre.

Eh bien, songea Ardred en regardant l'Idluin, le cours des événements se précipitait. La rébellion à Bozandar, qui avait dû surprendre son frère, lui qui avait voulu que les Anari fussent pacifiques à l'extrême ; une légion en route pour Anahar afin de secourir les leurs ; un empereur qui perdait peu à peu le contrôle de son empire sans le savoir encore. Un peuple affaibli par la famine et un hiver hors de saison. Un chaos général…

Il était temps qu'il réveillât ses grands ordonnateurs. L'officier stupide qu'il avait recruté afin d'entraîner son armée n'avait aucune idée des méthodes qu'il avait à sa disposition. Ardred ne tenait pas à les lui révéler encore. Pour l'heure, il semblait faible pour quiconque le regardait, faible et insignifiant.

Très bien. Parfait. Car à partir de ce chaos, le monde serait réuni.

Mais plus important encore, la Dame Filandière serait soumise. *Lui* serait soumise. Ce n'était qu'ainsi qu'il pourrait se venger de la manière dont son frère lui avait volé Thériel, des années auparavant. Dame Blanche contre Dame Blanche.

Il parla enfin à la femme qu'il était venu voir et cette fois, un sourire éclairait son visage.

14.

— Loups des Neiges, en rang ! s'écria Archer.

Sa voix résonna contre les parois du défilé rocheux ; son autorité fit trembler les cœurs et obéir les corps avec une précision née de l'entraînement. Ils étaient de retour sur le champ de bataille, les Anari le long de la face est du canyon, les Bozandari à l'ouest, en un face-à-face empli de méfiance. Entre les deux camps, les sépultures des hommes tombés au combat.

Ratha et Tuzza reçurent les saluts de leurs hommes, puis firent demi-tour et avancèrent l'un vers l'autre, au milieu des tombes. Des murmures parcoururent les rangs alors que les deux hommes s'arrêtaient à quelques mètres l'un de l'autre.

Du haut du défilé, Tess observait la scène avec une inquiétude croissante.

— Ils n'ont pas l'intention de se battre en duel ?

— Je l'ignore, ma dame, répondit Archer. Ratha est venu me voir et a demandé que les rangs soient ainsi formés. J'ai supposé que Tuzza et lui étaient parvenus à une forme d'accord.

Tess hocha la tête et s'efforça de ne plus regarder

ce qui se déroulait à ses pieds. Mais elle s'en savait incapable. Cette idée de rencontre entre Tuzza et Ratha avait été la sienne. Elle ne pouvait à présent que regarder et avoir foi dans la bonté d'âme de Ratha.

Mihabi traversait les jardins tranquilles situés à l'arrière du domaine d'Ezinha avec trois Anari. Kelano était déjà passé de l'autre côté avec trois hommes. A moins qu'Ezinha n'eût changé ses habitudes, son épouse devait avoir emmené les enfants au marché, laissant le maître de maison à ses livres de comptes. Les Anari auraient pénétré dans la demeure avant qu'il eût le temps de réagir.

Si tout allait bien.

Mihabi leva la tête et dut se protéger les yeux. Le soleil était presque à son zénith. Les cloches sonneraient bientôt, appelant les rares Bozandari qui continuaient à honorer leurs dieux à la prière de la mi-journée. Ce serait le signal.

Mihabi n'était là qu'à contrecœur. Ezinha lui avait fait une promesse et la respecterait. Il serait traité en vulgaire voleur par son ancien maître. Cette pensée le troublait plus que toute autre. Il avait vu Ezinha en colère plus d'une fois auparavant. Il l'avait vu la nuit où il avait quitté le domaine. Mais cette colère avait toujours été celle d'un frère. Une colère qui ne durait pas.

Les choses seraient différentes aujourd'hui.

Les cloches sonnèrent au loin, marquant les douze coups de midi.

Mihabi et ses trois compagnons accélérèrent le pas, silencieusement, vers la porte des cuisines. Mihabi entra puis s'arrêta net.

Ezinha était là avec Ialla.

Et il tenait un couteau à la main.

Ratha observait l'homme qui avait tué son frère. Lequel avait non seulement assassiné mais mutilé le cousin de Tuzza. Ratha n'aurait jamais imaginé son frère capable d'un crime d'une telle violence et pourtant, Giri l'avait commis. L'âme de Giri était devenue bien plus noire qu'il ne l'avait cru. Quelle qu'eût été sa rage en voyant Giri tomber sur le champ de bataille, la colère de Tuzza avait dû être bien plus grande. Ratha prit la mesure des difficultés qui avaient dû être les siennes jusque-là.

Tuzza irait-il jusqu'au bout de la tâche qu'ils s'étaient fixée ?

Ratha n'était pas sûr de le pouvoir lui-même. Il posa la main sur la garde de son épée. Tuzza fit de même. Ils sortirent leurs armes, provoquant des murmures parmi leurs hommes.

Mais Ratha ne les entendit pas. Il n'entendait plus que les battements sourds de son cœur.

— Je t'avais prévenu, Mihabi, dit Ezinha. Si tu étais revenu seul, j'aurais peut-être pu oublier notre dernière conversation. Mais revenir ainsi, armé, avec plusieurs rebelles ! Tu n'es plus à mes yeux qu'un vulgaire voleur.

— Nous venons chercher ma mère, dit Mihabi. Tu sais ce qui s'est passé dans d'autres domaines.

— Tu crois que je ferais du mal à la femme qui m'a élevé et aimé depuis ma plus tendre enfance ?

— Pourquoi pas ? intervint Kelano, qui avait traversé la maison en silence et se tenait derrière Ezinha. Tu m'as bien vendu à un homme qui s'est comporté ainsi.

Ezinha baissa la tête. A la vue du frère qu'il avait vendu et de ses cicatrices, preuve de la cruauté dont il avait été victime, il se sentit profondément bouleversé et honteux.

— Je le sais, Kelano. J'ai été stupide, même si cela n'atténue en rien les sévices dont tu as souffert. J'avais tort. Tous comprendraient que tu veuilles me tuer. Mais jette un œil sur le bras de ta mère avant de le faire.

Mihabi fut le premier à remarquer la blessure, la même que la sienne. Ezinha l'avait libérée. Mais elle était restée ici, dans sa maison.

— Mère… dit-il.

— Je suis ici chez moi, répondit-elle.

— Quelle sottise, répliqua Kelano sur un ton empli de colère et d'amertume. Pourquoi voudrais-tu rester avec l'homme qui a vendu ton fils ?

— Parce qu'il est lui aussi mon fils, dit Ialla avec fermeté. Vous êtes tous les trois mes fils et pourtant, vous vous menacez de vos dagues. Il n'y a pire chagrin pour une mère.

— Nous sommes ta chair et ton sang, dit Kelano.

— Et mon sang a été versé, dit-elle en montrant les cicatrices sur le corps de Kelano.

Elle prit le couteau d'Ezinha et le tint contre son propre poignet.

— En verser davantage guérira-t-il de vieilles blessures ? S'il en est ainsi, alors laissez-moi faire.

— Mère, non ! cria Mihabi. Tu n'as rien fait de mal !

— Vraiment ? fit-elle. J'ai élevé Ezinha et je l'ai grondé plus d'une fois lorsqu'il faisait une bêtise. Mais je n'ai rien dit lorsqu'il a commis la pire erreur de sa vie. Je n'ai pas évoqué le plus grand mal de tous : qu'un homme en possède d'autres. J'ai tu la rage qui naît lorsque des hommes sont considérés comme des objets. Je ne l'ai pas averti du danger qu'un jour — ce jour — l'acte vil qu'il pensait normal allait revenir le hanter. Comment peux-tu dire que je n'ai rien fait de mal quand j'ai failli en n'enseignant pas à mon fils ces vérités essentielles ?

Ezinha entendit ces mots à travers un voile de rancœur, de culpabilité et de chagrin.

— Tu n'aurais jamais pu parler ainsi. Mon père t'aurait battue ou pire.

— Oui-da, il l'aurait fait, dit-elle, les larmes aux yeux. Et c'est la peur qui m'a empêchée de parler tandis qu'on emmenait mon fils au marché, tel un cochon. Afin d'épargner ma vie, j'ai permis à un de mes fils de faire du mal à un autre. Quelle mère agirait de la sorte ?

— Une mère qui est aussi un être humain, répondit Mihabi d'une voix douce en baissant son arme. Une mère qui a les mêmes défauts que ses fils mais qui n'en est pas moins aimante malgré tout.

Ezinha prit son couteau des mains de Ialla et le posa sur la table.

— Mère, je ne veux plus que ton sang soit versé. Et je n'en répandrai pas non plus.

Il regarda Kelano.

— En ce qui concerne le mien, Kelano, je ne puis décider pour toi. Je te prie de m'épargner car je crois être en mesure de venir en aide aux tiens, en ces jours difficiles. Mais le choix t'appartient.

— Comment pourrais-tu nous aider ? s'enquit Kelano, le poing serré sur sa dague.

Ezinha ouvrit grand les mains.

— Tu as conduit des hommes armés dans ma maison. Ai-je appelé le prévôt de la cité ?

— Tu n'en as pas eu l'occasion, dit Kelano en plissant les yeux.

— Oh, si, mon fils, dit Ialla. Il en a eu le temps. Prends-tu ta mère pour une idiote ? J'avais entendu parler des représailles contre les familles des Anari qui ont rallié la rébellion. Je savais que tu craindrais la vengeance d'Ezinha. Je lui ai dit que vous viendriez me chercher. Nous vous avons vus pénétrer dans le domaine et attendre dans les jardins. Il savait. Je savais. Il aurait pu appeler des renforts. Mais il a choisi de ne pas le faire.

— Mais pourquoi ? demanda Mihabi.

— Où que vous vous cachiez, dit Ezinha, les

Bozandari vous trouveront. Une légion du nord est en ce moment même en route pour Bozandar afin d'écraser vos camarades. Ils n'arriveront sans doute pas avant une quinzaine de jours, mais n'oubliez pas les habitants qui descendront dans les rues, armés, et qui alerteront les gardes. Combien de temps avant qu'ils ne vous suivent jusqu'à votre cachette et vous tombent dessus, les yeux injectés de sang et le cœur empli de noirs desseins ?

Ezinha s'interrompit afin de leur laisser le temps de digérer la portée de ses paroles.

— Vous avez besoin d'un refuge. Je dispose d'un domaine ceint de hautes murailles et j'ai bonne réputation parmi les miens. Ni le prévôt ni les habitants n'oseront s'attaquer à cet endroit.

Ezinha s'approcha de Kelano et se dressa devant lui, les bras ballants et les mains ouvertes.

— Répands mon sang si tu le souhaites, Kelano, mais ne verse pas celui de ton peuple vainement. Cette maison fut autrefois la tienne. Elle peut le redevenir.

— Et comment saurais-je si tu ne cherches pas simplement à attirer mes frères ici afin de les faire massacrer ? dit Kelano.

— Parce qu'il m'en a fait le serment, repartit Ialla. Il l'a juré sous peine de *Keh-Bal*. Et je l'obligerai à respecter ce serment.

*
* *

Tuzza posa la main sur la garde de son épée et hésita. Il savait ce qu'il avait à faire mais n'arrivait pas à se résoudre pour autant à faire le premier pas.

Le visage rieur de son jeune cousin apparut devant lui, puis laissa place au cadavre mutilé qu'il était devenu la dernière fois que Tuzza l'avait vu.

L'homme qui se tenait face à lui était le frère de l'assassin de son cousin. Conformément à la coutume de *l'ahwesa,* ce crime exigeait que Ratha soit tué afin d'expier la faute de son frère. Le péché de ce dernier n'avait pas été de tuer sur le champ de bataille. Non, tuer était indissociable de toute guerre. Mais la mutilation ne l'était pas et pour ce péché, il fallait payer.

Or l'heure n'était pas au respect des anciennes coutumes et d'un code d'honneur, se rappela-t-il. Il aurait pu, d'un simple coup d'épée, venger sa famille. Ce geste aurait été si facile ! Son cœur se rebellait à l'idée d'y renoncer.

Et pourtant… Il avait pleinement conscience de la présence de son armée derrière lui, tout comme il voyait les Anari en rangs devant lui. Ratha ne trouvait pas cette épreuve plus facile et cependant, il était venu le voir afin de la lui proposer : mettre fin à leur rancœur mais aussi à celle qui séparait leurs deux armées.

Une terrible menace pesait sur le monde ; ils ne pouvaient l'oublier. Surtout pas afin de satisfaire une vengeance privée.

Il sentit l'attente de ses hommes et s'adressa à Ratha à voix basse.

— Ils s'imaginent que nous sommes sur le point de combattre à mort.

— Oui-da, répondit Ratha d'une voix grave. Et c'est à ce fantôme que nous devons tordre le cou. Je comprends ta réticence, Tuzza ; je ressens la même chose. Mais combien de temps pouvons-nous retarder ainsi l'accomplissement de notre devoir ?

— Es-tu prêt ?

— Non, répondit Ratha en fixant le sol. Je suis toujours en deuil. Et pas uniquement à cause de la mort de mon frère.

— Non ?

Ratha releva la tête.

— Mon frère et moi étions aussi proches que des jumeaux. Il était mon bras droit, une moitié de moi-même. Il n'est plus là. Mais ce qui me fait peur, c'est le lieu où il peut se trouver aujourd'hui.

Tuzza fronça les sourcils.

— Que veux-tu dire ?

— J'ai vu mon frère prendre goût à la guerre. Je sais ce qu'il a fait à ton cousin. Ma cousine Cilla jure qu'avant de mourir, Giri a reconnu ses péchés, que dans les derniers instants de sa vie, il a exprimé des regrets pour ses actes…

Tuzza hocha la tête mais veilla à conserver une expression neutre.

— … mais j'ai peur, Tuzza, acheva Ratha.

Il avait visiblement du mal à évoquer un sujet aussi personnel.

— Peur ?

— Et si Cilla s'était trompée ? S'il n'avait pas eu

le temps de se repentir de ses fautes ? Et si, au lieu de traverser le voile vers l'au-delà, il errait toujours dans ce monde, telle une ombre noire, condamné à ne jamais connaître ni la paix ni le repos ?

La nuque de Tuzza se raidit et un frisson lui parcourut l'échine.

— Les hommes qui meurent au combat traversent toujours le voile car ils ont fait preuve de courage en accomplissant leur devoir.

Ratha secoua la tête.

— Ce sont là vos croyances. Les nôtres sont différentes. Je ne puis dire qui a raison de nous deux. Mais je sais une chose : combattre pour une cause nécessaire est une chose et combattre par satisfaction personnelle, une autre. Giri était assoiffé de sang. C'était là son péché. S'en est-il repenti avant de rendre l'âme ? Je prie pour que ce soit vrai. S'il en était autrement, il ne traversera jamais le voile et je ne le reverrai jamais.

— Alors, permets-moi de te rassurer, dit Tuzza. Tu n'as pas de raison de me faire confiance et toutes les raisons de croire que je mens ; mais écoute-moi, je t'en prie. La mission de ton frère n'était point facile. Il ne pouvait risquer une attaque directe contre ma légion et ce n'était de toute façon pas le rôle qu'on lui avait assigné. Il a donc été réduit à effectuer des raids, à m'amener à suivre l'itinéraire que vous aviez choisi, à voir ses hommes mourir et à se venger comme il le pouvait. Une telle guerre ne peut produire de héros, Ratha. Elle est menée de sang-froid et avec cruauté. Elle ne produit que des hommes cruels. Les dieux en auront conscience lorsqu'ils verront ton frère. Ils sauront à quel point Giri et toi étiez proches. Ils le regarderont. Puis ils te regarderont, toi. Ils verront que les différences entre vos deux cœurs ne proviennent que de la nature des batailles que vous avez été forcés de mener. Et ils lui pardonneront.

— Quelle bénédiction si tu pouvais dire vrai, répondit Ratha.

Tuzza opina.

— Mon peuple a un dicton. Les dieux sont cléments lorsque les démons sont cruels et les dieux sont cruels lorsque les démons sont cléments. Et en ce qui concerne ton frère, Ratha, les démons ont été très cruels. Les dieux feront preuve de miséricorde à son égard.

Ratha s'efforça de retenir ses larmes.

— Nombre de personnes m'ont parlé de la vie de Giri et de sa mort. Mes amis. Ma famille. Et même ma bien-aimée cousine. Aucun n'a parlé comme tu le fais, Tuzza. Tes paroles contiennent une vérité qui me va droit au cœur.

Tuzza tendit son bras libre et posa la main sur l'épaule de Ratha.

— Paroles de guerrier à un autre guerrier, mon ami.

— Non, mon ami. D'homme à homme. Des hommes qui aspirent à la fin de la guerre.

— Oui. D'homme à homme. Faisons la paix, Ratha.

— Faisons la paix, Tuzza.

Ils rangèrent leurs épées dans leurs fourreaux et se

penchèrent afin de ramasser les deux pelles que Ratha avait posées là au cours de la nuit. Sans un mot, car les mots étaient inutiles, ils creusèrent, dans la terre fraîchement retournée, un trou d'environ la moitié de la taille d'un homme. Puis ils reposèrent les pelles et ressortirent leurs épées.

Ils approchèrent les lames de leurs fronts en un salut traditionnel très ancien.

Enfin, ils jetèrent leurs épées dans la fosse.

Ni l'un ni l'autre n'entendit les cris de surprise et les hourras qui saluèrent leur geste. Ni l'un ni l'autre n'entendit les larmes silencieuses de Tess ni l'exclamation émerveillée d'Archer à ses côtés. Un voile silencieux semblait avoir recouvert la vallée.

Ils ne perçurent que le bruit sourd du métal creusant la terre et celui de la terre recouvrant le trou. Ils ne perçurent que leurs souffles rapides. Plus tard, ils jureraient avoir entendu leurs larmes tomber sur le sol.

Leur dernier geste fut de briser le manche des deux pelles sur leurs genoux. Les épées étaient enterrées à jamais.

Tuzza envisagea d'étreindre Ratha puis se ravisa et se contenta d'un salut raide et solennel. Ratha lui rendit son salut. Ils ne prononcèrent qu'un seul mot :

— Frères.

15.

— Le malaise règne, dit Ardred à Lutte. La femme l'a vu et c'est très bien ainsi.

— Très bien ? Ce qui serait bien serait de remporter la victoire. Le malaise ne vaut rien.

Ardred sourit. Son sentiment de supériorité se lisait sur chacun de ses traits.

— Tu doutes de moi, Lutte.

L'officier fut saisi d'un frisson glacé. Il n'avait pas encore pris la pleine mesure de la puissance de son nouvel empereur mais il avait souvent l'impression que cet homme possédait des pouvoirs dont nul empereur bozandari n'aurait jamais pu se targuer.

— C'est juste que je ne comprends pas, répondit-il.

— Rien de plus normal, dit Ardred avec un sourire plus large encore. Mon plan se déroule comme prévu. La capitale de Bozandar est aux prises avec une révolte d'esclaves qui gagne peu à peu les alentours. Les Bozandari sont affaiblis ; mais la seule menace qui se dirige vers eux est le petit groupe de survivants de la bataille qui a opposé les Anari et la légion de Tuzza. La légion d'Alezzi va les écraser.

Lutte se raidit.

— Alezzi est le cousin de Tuzza.

— Crois-tu que cela aura la moindre importance à ses yeux lorsqu'il constatera que Tuzza s'est rallié aux Anari ?

Lutte connaissait assez les officiers bozandari pour être en mesure de répondre rapidement à cette question.

— Non.

— Exactement. Et Tuzza saisira probablement l'occasion de rejoindre Bozandar, quelles que soient les promesses qu'il aura faites. Ainsi, d'une manière ou d'une autre, ce maudit groupe sera éliminé. Ce sera ensuite à nous de jouer.

Lutte imagina son armée affrontant une légion bozandari et cela fut loin de lui plaire.

— Nous ne sommes pas prêts, mon seigneur.

— Vous l'êtes. Crois-tu que je ne m'appuie que sur toi ?

Lutte fut légèrement vexé. Oui, il s'était cru indispensable. Tout du moins, il avait voulu le croire. Il fit taire sa déception et son irritation.

Ardred chantonna une mélodie inconnue de Lutte, puis se redressa et joignit les mains derrière son dos.

— Ils font exactement ce que je voulais, Lutte. Mon frère paiera bientôt le prix de ses crimes.

⁂

La maison d'Ezinha s'était emplie peu à peu au cours des derniers jours. Il avait envoyé son épouse et ses enfants rendre visite à la famille de celle-ci, à quelques trente lieues de là, et ils ne reviendraient que lorsqu'il l'aurait décidé. Il avait voulu éloigner les siens des dangers de la capitale ; le grand domaine campagnard de son beau-père disposait d'une milice privée qui les protégerait tous.

Jamais il n'aurait imaginé que la menace s'aventurerait si près de sa propre demeure. Ou qu'il risquerait sa vie — et celle de ses fils — en cachant des rebelles. Mais il ne pouvait éviter de faire ce qui était juste. Il avait trop longtemps fermé les yeux sur ce qu'il aurait dû voir et il paierait bientôt le prix de cet aveuglement. A l'aune de la justice éternelle, il soupçonnait que le prix de sa dette serait très élevé.

Si le nombre d'Anari réfugiés chez lui augmenta, il remarqua que beaucoup étaient des enfants et des femmes enceintes. Les rebelles eux-mêmes semblaient hésiter à abuser de l'hospitalité d'Ezinha. Comme s'ils ne voulaient faire profiter de sa protection que ceux qui en avaient le plus besoin parmi eux.

Ils n'en avaient pas moins placé des hommes et des femmes armés afin de monter discrètement la garde. Ils ne lui faisaient pas entièrement confiance pour veiller sur leur sécurité. Du reste, il n'était pas à même de le faire. Il n'avait jamais eu de gardes à son service et n'en avait jamais éprouvé le besoin. En tant que médecin de l'empereur, il était pratiquement intouchable. C'était un homme influent et peu de Bozandari auraient songé à s'en faire un ennemi.

Mais lui agissait à présent contre son propre peuple et à tort ou à raison, cette idée le rendait mal à l'aise. Depuis le départ de Mihabi, Ezinha avait changé en profondeur sa manière de voir le monde et sa propre identité, et cette transformation continuait à lui peser. S'il avait simplement aidé ces Anari à fuir Bozandar, songea-t-il, il aurait moins le sentiment de trahir les siens. Au lieu de cela, il offrait un refuge à des gens qui pourraient avoir le projet d'en tuer d'autres.

Cette idée lui devint de plus en plus insupportable.

Troublé, il alla dans la cuisine afin de parler à Ialla et l'y trouva en compagnie de Mihabi. Ialla venait de donner des instructions à quelques femmes chargées de préparer le repas et un silence relatif régnait dans la maison à présent, car tous étaient en train de dîner. Tous sauf Ezinha, qui ne toucha pas à l'assiette que Ialla posa devant lui.

— Ma mère, dit-il enfin. Mon frère.

Ils le considérèrent tous deux, dans l'expectative.

Il posa les mains à plat sur la table et les regarda. Comme tous les hommes bozandari, il avait reçu une formation militaire et devait suivre un entraînement plusieurs fois par an ; mais en dépit des égratignures et des cicatrices, ses mains gardaient l'apparence de celles d'un guérisseur.

— Oui, mon fils ? l'encouragea Ialla.

Ezinha soupira.

— Je suis déchiré. Je ressens la profonde nécessité d'aider votre peuple à retrouver leur liberté mais si l'un de vous devait partir d'ici afin de tuer les miens… comment pourrais-je jamais me le pardonner ?

Mihabi reposa sa cuillère. Il réfléchit quelques instants puis s'adressa à Ezinha en ces termes :

— Je ressens la même chose, Ezinha. Lorsque j'ai entendu le chant d'Anahar et pris la décision de partir, j'étais empli de haine et de colère envers toi et les tiens. Mais à la lumière du jour, ma colère s'est apaisée et la haine m'a semblé disproportionnée. J'ignore si je pourrais tuer des Bozandari, et pourtant, le sang des Anari coule sur les marchés aux esclaves. Comment pourrais-je vivre sans rien faire ? Anahar nous a appelés. Mon peuple doit retrouver la liberté.

— Oui-da, je suis d'accord avec cela. Mais je voudrais trouver un moyen d'y parvenir sans que davantage de sang ne soit versé. Si je suis certain que nombre d'hommes, des deux côtés, méritent de mourir, je suis également certain que bien d'autres ne le méritent pas. Comment arrêter tout ceci ?

Ialla s'assit sur un banc face à eux.

— C'est impossible, dit-elle simplement. Les Bozandari ont réduit les Anari à l'esclavage. Nous voulons notre liberté. Certains Bozandari — et ils sont nombreux — ne veulent pas que les choses changent. Nous ne pouvons demander à votre empereur ou à vos juges de nous libérer. Ils ont déjà déclaré que tuer des esclaves en fuite était légal. Nous n'avons d'autre choix que de répandre le sang de ceux qui veulent nous garder sous le joug de l'esclavage. Et il est pure folie de vouloir qu'il en soit autrement. Les Bozandari ont créé cette situation. Si l'empereur refuse d'y mettre un terme, nous devrons le faire dans le sang.

— Mère, dit Mihabi, tu n'es pas si dure aujourd'hui que tu ne puisses voir aucune autre voie de salut ?

— Tu n'es pas si naïf, lui répondit-elle, que tu puisses croire qu'il nous suffit de déposer nos armes et de plaider notre cause afin de retrouver notre liberté ? Ezinha est un homme bon et courageux mais il ne peut parler au nom de Bozandar. Et il en a parfaitement conscience.

— Notre mère dit vrai, conclut Ezinha. Nous n'avons d'autre alternative que les armes. Le seul choix qui reste à faire est celui de notre étendard. En ce qui me concerne, je combattrai pour ma mère et pour les Anari.

L'armée des Loups des Neiges avançait en direction du nord, à travers des vallées sinueuses. Tom se surprit à garder ses distances par rapport à Archer, à l'observer avec suspicion, comme s'il attendait que ce dernier faillisse à son devoir envers eux. Mais Tess et ses sœurs, Cilla et Sara, suivaient Archer de près. Ce n'était donc qu'à la tombée de la nuit, quand ils dressaient le campement, que Tom pouvait passer du temps en compagnie de son épouse.

Et même alors, ils n'avaient guère le temps de se parler. Les blessures étaient inévitables au cours d'une telle marche. Chaque soir, les Idluins devaient soigner les blessés de la journée, ainsi que les éventuels malades. Lorsque Sara pouvait enfin venir se reposer sous leur tente, elle était épuisée et s'endormait rapidement. Tom comprenait que la situation exigeât ces sacrifices de leur part mais ce n'était pas une lune de miel idéale. Ce n'était pas non plus ce qu'il avait imaginé lorsqu'il pensait au mariage.

Il montait à présent leur tente, seul, car Sara avait rejoint Tess et Cilla. L'atmosphère parmi les soldats avait changé depuis la réconciliation de Ratha et de Tuzza dans le défilé. La méfiance avait diminué et seules quelques disputes, vite apaisées, avaient éclaté au cours des derniers jours. Cette paix aurait dû lui redonner confiance en leur cause, songea Tom. Au lieu de cela, il se sentait simplement seul.

— Sara est bien occupée.

Archer l'avait rejoint.

— Oui-da. Les Idluins ont beaucoup à faire.

— En effet, répondit Archer. Laisse-moi monter la tente, mon ami. Tes conseils m'ont manqué dernièrement.

Tom se contenta de hocher la tête, et tenta — en vain — de ne pas penser aux funestes avertissements du texte *Eshkaron Treysahrans*.

— Tu es bien silencieux, Tom.

— En effet, maître Archer.

Archer fronça les sourcils, pensif.

— T'ai-je blessé d'aucune sorte, Tom Downey ? Tu parais mal à l'aise avec moi et cela depuis notre départ d'Anahar. Si je t'ai offensé, j'ignore comment, mais je ne t'en présente pas moins mes excuses.

— Vous n'avez rien fait. C'est à moi de vous présenter des excuses.

— Excuses acceptées. Mais je te connais, tu n'agirais pas de la sorte sans raison. Je te demande, non pas en tant que souverain, mais en ami de longue date de ton père et aussi, je l'espère, le tien depuis quelques mois, de me dire ce qui te rend d'humeur si sombre, prophète.

— Vous avez été un ami fidèle pour mon père et pour moi, dit Tom en choisissant ses mots avec soin — il se rappelait qu'Erkiah lui avait recommandé de ne pas discuter de la prophétie avec quiconque. Ne craignez pas d'avoir failli à cette amitié.

— Si je n'ai pas failli sur ce point, où ai-je failli ? s'enquit Archer.

Tom leva la tête vers lui.

— Avez-vous besoin de ma bénédiction, Maître Archer ? Vous savez que vous êtes un homme plein de force et de bonté. Vous avez lutté afin de libérer les Anari et nous œuvrons aujourd'hui pour libérer le monde de la poigne de fer de votre frère. Etre de légende, vous avez traversé les temps en faisant le bien où que vous vous trouviez. Vous êtes un Premier Né et pourtant, vous venez voir aujourd'hui le modeste orphelin recueilli par un gardien que je suis afin de lui demander pardon pour des fautes que vous n'avez pas commises ?

Archer le dévisagea quelques instants, comme blessé par ses paroles. Puis il répondit :

— Oui, Tom Downey. Moi, Archer Blackcloak, moi, Annuvil, viens voir le modeste orphelin recueilli par un gardien. Car nul n'est modeste, Tom, si ce n'est celui qui croit l'être ou qui pense que les autres le considèrent ainsi. Je ne pense pas ainsi. Et toi ?

— Non, dit Tom en baissant la tête. Je suis navré, Maître Archer. Ma femme me manque et je déverse ma frustration sur vous. Désolé.

— Ne te fie pas à ton épouse, dit Archer. Car c'est l'espoir qui l'a fait te choisir, l'espoir de te transformer, et immenses sont ses regrets au cœur de la nuit.

Tom en resta bouche bée.

— Vous citez…

— *Eshkaron Treysahrans.* Il s'agit d'un poème ancien, que certains croient prophétique, même si nombre d'hommes plus sages n'y voient que les élucubrations amères d'une âme amère. Ce texte ne fait aucun cas de ton amour pour Sara, ni de son amour pour toi. Il ne parle que de la colère noire d'un homme incapable de ressentir l'once d'un espoir, ni le moindre amour ou la moindre bonté au fond de lui.

— Vous l'avez lu ?

— Toi aussi, apparemment. Et je sais maintenant pourquoi tu te sens si mal en ma présence.

— La dernière strophe.., commença Tom.

— Ne mérite pas plus de crédit que le reste. Ce sont les élucubrations amères d'une âme amère, Tom. Ni plus ni moins.

— Vous ne l'avez pas lu, dit Tom, comprenant enfin. Vous l'avez écrit.

Archer demeura silencieux un long moment puis hocha la tête.

— Oui, Tom. Je l'ai écrit à une époque où je ne voyais pas le bien dans ce monde et encore moins en moi. Je n'ai pas toujours vécu comme le raconte la légende. Je fus souvent plus misérable qu'un animal, en proie au chagrin, à la souffrance et à la honte. Ce fut au cours de ces heures noires que j'ai couché ces mots sur le parchemin. Je désire depuis longtemps retrouver tous les exemplaires de ce texte et les détruire car bien trop d'hommes ont cherché une sagesse dans ce qui n'était que le délire d'un fou.

16.

Le campement était plongé dans le calme lorsque Archer et Tom eurent terminé de monter la tente et les quelques commodités destinées à Sara.

Archer fit ensuite quelque chose qui donna la chair de poule à Tom.

Il s'agenouilla près du tas de bois et de branches prévu pour le feu. Il ne sortit pas silex et pierre pour l'allumer mais se contenta de passer la main au-dessus du foyer et de murmurer quelques mots. En un clin d'œil, des flammes vives s'élevèrent, comme si elles flambaient là depuis des heures.

Tom retint un cri de surprise. Archer jeta un regard par-dessus son épaule.

— Je me demandais simplement si j'en étais encore capable. Il semblerait que oui.

Tom s'accroupit près de lui.

— Vous possédez des pouvoirs magiques ?

— J'en avais bien d'autres, bien plus grands que celui-ci, autrefois. Après la grande guerre, ils ont disparu. Non pas qu'ils m'aient beaucoup manqué. Je suis capable de faire un feu sans m'en servir. Je puis faire bien des choses sans ces savoirs anciens. Cela faisait sans doute partie de ma punition.

— Peut-être.

— Ou peut-être le monde change-t-il aujourd'hui si bien que la magie redevient plus puissante.

— Je pensais que les Idluins seules pouvaient accomplir de telles choses

Archer soupira et s'installa en tailleur sur le sol froid du désert.

— Elles ont toujours possédé la magie la plus puissante. Mais dans les premiers temps, nombre d'entre nous disposaient de pouvoirs mineurs. Des pouvoirs qui ont contribué à nous conduire au désastre.

— Que pouvez-vous faire d'autre ?

— Je ne sais pas et je ne suis pas sûr de vouloir le savoir. Tu comprends, Tom, que si le monde change de sorte que mes pouvoirs ont commencé à réapparaître, ceux de mon frère reviendront également.

Tom frissonna une nouvelle fois.

— Quels pouvoirs possédait-il jadis ?

— As-tu jamais rencontré quelqu'un dont les paroles étaient capables de te faire croire tout ou presque ?

— Non, pas vraiment. J'ai connu des personnes dont la capacité de persuasion était grande mais elles n'auraient pu me faire perdre la raison.

— Ardred pourrait te convaincre que le ciel est vert s'il en avait le caprice.

Tom retourna cette remarque dans sa tête plusieurs fois, tentant d'en comprendre la portée.

— Et vous ? N'étiez-vous pas capable de la même chose ?

— Non. Les dieux savent que j'ai eu tout le temps d'y penser depuis : le pouvoir d'Ardred a eu sa part dans la division de notre peuple et nos cités mais je ne suis pas sûr que l'issue aurait été très différente sans lui. Les Premiers Nés étaient pétris de défauts par essence.

— Comment cela ?

La bouche d'Archer se tordit en une grimace et il prit un bâton afin d'attiser le feu. Des étincelles voletèrent vers le ciel d'un noir d'encre. Un éclair traversa soudain ce ciel, expliquant l'absence d'étoiles. De la pluie dans le désert le plus aride des terres anari ? Etonnant.

— Eh bien, dit Archer lentement, je me suis laissé entraîner dans cette guerre contre mon frère, au détriment de tout mon peuple. Certains hommes ont rallié les deux camps. N'est-ce pas là preuve de nos faiblesses ? Nous avions d'autres défauts, moins graves, mais qui n'en restaient pas moins des défauts.

— D'où la création des Anari.

— D'ou la création des Anari.

Tom fixa les flammes qui brûlaient joyeusement, essayant d'imaginer tous les événements qui avaient dû mener à cette tentative de créer une race d'hommes parfaite. Comme il devait être terrible de devoir faire la guerre à son propre frère ! Pouvait-il se représenter même une infime partie des horreurs qu'Archer avait traversées ?

Des horreurs qui ont dû le changer, murmura une petite voix dans sa tête. *Des horreurs qui l'ont conduit à écrire le texte que tu viens de lire. Ce poème n'est-il pas un aperçu de la véritable nature de l'âme de cet homme ?*

Tom fut parcouru d'un nouveau frisson, tel un souffle de vent glacé sur des feuilles mortes. Il n'était guère rassuré par la direction que prenaient ses pensées.

— Si votre frère et vous recouvrez vos pouvoirs, qu'arrivera-t-il à ceux d'entre nous qui n'en ont aucun ?

Les yeux gris d'Archer, où se reflétait étrangement la danse des flammes, se posèrent sur Tom.

— J'aimerais bien avoir une réponse à te donner, prophète. Mais je ne puis voir dans l'avenir. Si j'avais reçu le don de prophétie, aucun des fléaux qui ont affligé les Premiers Nés ne se serait produit, peut-être. En tout cas, je n'y aurais pas contribué.

Il se détourna et regarda le feu.

— Thériel..., murmura-t-il. Ma Thériel. La première Dame Blanche, à l'âme et au cœur si purs. Elle nous avait avertis. Elle m'avait averti. Elle m'a supplié de ne pas céder aux provocations de mon frère et de ne pas tenter de créer un peuple nouveau. Elle m'a demandé : « Qu'est-ce qui te fait penser que tu pourrais faire mieux que les dieux ? » Mais j'étais tellement persuadé que nous pouvions créer un monde sans guerre.

Il partit d'un rire amer.

— Vois quelle a été ma réussite. Thériel refusa de participer à la création des Anari, si ce n'est en les dotant d'une longue vie et de talents artistiques. Elle est ensuite partie en nous recommandant de retrouver nos esprits. Sa mort a provoqué la bataille finale. Et la destruction de Dederand par ses sœurs, qui ont fait de la Deuxième Cité une plaine de verre noir.

— C'est si horrible, dit Tom.

— Une horreur indicible. La mort de Thériel… Je sais que les légendes racontent que mon frère l'a tuée. C'est faux. Il l'a capturée et a cherché à la faire sienne, comme il essaie aujourd'hui de soumettre la Dame Filandière. Ma Thériel s'est donné la mort plutôt que de rompre ses vœux envers moi. Et notre fils est mort avec elle.

— Je suis tellement désolé…

Le cœur de Tom se serra en songeant à la réaction qui serait la sienne si pareille chose arrivait à Sara. Il doutait de sa capacité à demeurer sain d'esprit.

— J'ai perdu le meilleur de moi-même en perdant Thériel, reprit Archer. J'ai entendu cette phrase prononcée souvent mais elle est si vraie dans mon cas. Elle a toujours cherché par sa douceur et ses paroles à me guider sur le chemin le plus juste, vers le bien. J'aurais dû l'écouter davantage. Au lieu de cela, je suis tombé dans le piège que me tendait mon frère et je me suis laissé aller à la colère. Il lui fut ensuite facile de me provoquer et de nous mener, mes compagnons et moi, vers la guerre qu'il voulait.

— Mais pourquoi voulait-il une guerre ?

— Je ne suis certain d'avoir la réponse à cette question. Je soupçonne les dieux d'y être pour quelque chose. Notre père nous avait traités de façon équitable. Il était le roi et moi son aîné mais ils nous donna à chacun une ville et des terres. L'une s'appelait Samarand, la Première Cité ; l'autre Dederand, la Deuxième Cité ;

mais ce n'était que des noms. Mon frère désirait avoir Thériel. Peut-être est-ce la raison : il s'est senti insulté lorsque Thériel ne l'a pas choisi.

— Mais la légende ne dit-elle pas qu'elle n'avait choisi aucun de vous ?

Archer esquissa un sourire plein d'amertume.

— Notre père aurait agi en souverain bien plus sage s'il n'avait pas décidé de nous cacher, Ardred et moi, en un lieu où nous pouvions entendre la réponse de Thériel lorsqu'il lui demanda lequel de nous elle voulait épouser.

— Je me souviens des mots de la légende. Elle dit : « Si j'épouse Annuvil, Ardred le tuera, et je ne peux épouser Ardred. »

— Oui-da, elle parla bien ainsi. Ses mots sont gravés dans mon cœur comme s'ils y avaient été marqués au fer rouge. La joie qui emplit mon être ce jour-là me rendit aveugle à l'humiliation ressentie par mon frère. J'ai pesé ces mots au fil des années et ai fini par comprendre leur sagesse. Si nous ne les avions pas entendus, mon père l'aurait laissée aller et aurait cessé de faire pression sur elle afin qu'elle épousât l'un de nous. Nous aurions partagé en frères le même chagrin et nos rapports se seraient peut-être apaisés. Hélas nous l'avons entendue et savions qui elle préférait. La réconciliation, difficile auparavant, était devenue impossible.

— Mais ce différend n'aurait-il pu être réglé entre vous deux seuls ?

— Comme je te l'ai dit, nous étions pétris de faiblesses. Ardred avait rassemblé une faction prête à le soutenir. Cela lui a donné plus de poids au sein du conseil royal ; il est devenu clair que si un événement mettait fin au règne de notre père, Ardred prendrait sa succession. Je croyais m'en moquer car Samarand m'occupait déjà bien assez. Ma belle épouse pensa de même après notre mariage. Mais mon père avait constaté la soif de pouvoir d'Ardred et le jugea incapable d'assumer cette charge. A sa demande et à mon insu, une ligue fut constituée, qui m'appuya au sein du conseil. Nous nous opposâmes bientôt à de nombreux projets d'Ardred. Celui-ci persuada les habitants de Dederand que le nom de Deuxième Cité ne voulait pas simplement dire qu'il s'agissait de la deuxième ville bâtie par les Premiers Nés. Non, leur dit-il avec éloquence, ce nom signifiait qu'ils étaient considérés comme des sujets de second rang, que leur influence était moindre que celle de Samarand, que leurs aspirations valaient moins... Faut-il que je continue ? La jalousie et l'envie se sont emparées des Premiers Nés. Et nous ont menés à la guerre. Au début, les affrontements furent brefs, quelques guerriers de-ci de-là cherchant à marquer leur point de vue. Les Premiers Nés parurent ensuite y prendre goût. Ou en tout cas, développèrent une sorte d'indifférence face à l'horreur.

— J'espère que cela ne m'arrivera jamais.

— Je l'espère aussi, Tom. Car les hommes sont pires que des bêtes lorsqu'ils deviennent impitoyables à la souffrance d'autrui. La guerre germa parmi nous telle une maladie honteuse, alimentée par des jalousies et des rancœurs déraisonnables et, plus tard, par l'esprit de revanche. Et je ne fus pas meilleur que les autres.

— Je pense que vous vous sous-estimez.

Annuvil secoua la tête.

— J'ai tiré d'amères leçons du passé, Tom. Mais trop tard. Thériel avait beau nous répéter, lors des assemblées du conseil, que nous avions perdu la tête, nous avons tous fait la sourde oreille. Je crois même… je crois même que je l'ai perdue en partie alors.

Il secoua la tête comme pour écarter une pensée douloureuse.

— Je sais que je l'ai déçue. Je n'ai pas été l'homme qu'elle pensait que j'étais.

Tom, mû par une impulsion, saisit le bras d'Archer.

— Combien de fois m'avez-vous, avec les autres, empêché de me salir les mains ? Parfois, il m'arrive encore de vouloir être un guerrier — je me sens si inutile, sans rien à offrir qu'une énigme ou une prophétie de temps en temps. Mais vous ne devez pas vous considérer comme inférieur car nous avons tous fait la guerre à notre manière, n'est-ce pas ? Les combats se poursuivent aujourd'hui. Et nous avons l'occasion de redresser des torts très anciens.

— L'avenir nous le dira. Mais sois-en sûr, Tom, je ne suis pas l'homme que je devais être. Je ne suis pas sûr de pouvoir devenir cet homme, l'homme qui aurait été digne de Thériel.

Archer se leva et s'éloigna dans la nuit, juste au moment où une pluie fine commençait à tomber. Le feu siffla et crachota. Tom contempla les flammes, son bandeau de cuir rendant la lumière tolérable, et eut l'impression désagréable de voir un visage moqueur apparaître dans le feu.

Il repensa aux horribles images contenues dans le poème et, une fois de plus, se sentit mal à l'aise. Un esprit capable de créer ces images et d'éprouver un tel désespoir, une telle amertume et même pareille haine… Ce n'était pas l'Archer qu'il pensait connaître ; or c'était tout de même lui.

Il serait raisonnable, décida-t-il enfin, de rester vigilant. Il ne pouvait encore deviner à ce stade qui était le traître qu'il voyait dans ses visions troubles de l'avenir.

Ce traître pouvait être Archer.

Il plut à verse toute la nuit. Les hommes qui ne disposaient pas de tente se mirent à l'abri sous des boucliers ou tout autre abri de fortune. Il pleuvait rarement plus que quelques gouttes dans le désert et cet orage nocturne, accompagné de tonnerre et d'éclairs, inquiéta nombre d'hommes.

Le désert était sec, évidemment, mais son aridité ne put absorber une pluie aussi torrentielle, si bien que de petites flaques et de petits ruisseaux se formèrent dans tous les creux et rigoles.

Les trois Idluins se trouvaient sous la tente de Tess. Elles écoutaient la pluie battre la toile tout en tentant d'éclaircir les sentiments et les images qui envahissaient peu à peu leurs esprits.

— Je sens qu'elles tentent de nous atteindre, dit

Sara. D'autres Idluins. Je ne puis dire si elles sont corrompues ou non. Mais elles sont troublées par les événements.

— Moi aussi, dit Cilla. J'aimerais pouvoir les mettre à l'épreuve. Si nous nous alliions avec une mauvaise Idluin, nous aiderions notre ennemi.

Tess hocha la tête et versa une tisane brûlante aux herbes amères dans des chopes de grès. Ce geste lui en évoqua confusément un autre — qu'elle ne put se rappeler, comme d'habitude. Elle avait renoncé à rassembler ses souvenirs, ayant la certitude qu'Elanor ne lui dévoilerait que ceux qu'elle choisirait. Jusqu'alors, Tess resterait une marionnette entre les mains des dieux.

— Cette pluie n'est pas naturelle, dit-elle en posant la théière sur la table pliante. Le sentez-vous ? Pas plus que cet hiver.

Ses sœurs l'approuvèrent.

— Mais plus encore, poursuivit-elle en joignant les mains et en fermant les yeux, elle est... Elle se tut, l'esprit fixé sur une image étrange. Je vois quelque chose.

Elle se leva et sortit sous le déluge. Elle considéra le ciel et les éclairs, tout en tâchant de saisir ce qu'elle ressentait obscurément.

— Tess ? Ses sœurs l'avaient suivie et se tenaient à ses côtés, de plus en plus trempées. Qu'y a-t-il ?

— Je vois... Je vois...

Elle voyait en effet quelque chose, bien qu'elle ne sût pas de quoi il s'agissait au juste. Un filet doré semblait recouvrir le ciel ; il aurait dû être d'une beauté lisse mais il était noirci et tordu par endroits. Une partie d'elle-même se rebella contre cette laideur et elle tenta de l'imaginer intact, épargné par ce qui l'avait abîmé ainsi.

Car au fond de son cœur, elle savait que ces meurtrissures n'étaient pas naturelles.

— Tess ?

Elle entendit à peine ses sœurs. La partie d'elle-même qui avait soigné tant de blessures parut jaillir de son cœur vers le filet doré. Elle le fixa tandis que son pouvoir lui restaurait peu à peu sa beauté originelle.

La pluie s'arrêta. Elle ne le remarqua pas. Le ciel s'éclaircit. Ce qu'elle ne vit pas non plus. Elle ne voyait que le filet et comprit soudain qu'elle était découverte. Une obscurité se mit à se répandre à partir des bords du filet…

Un sentiment de terreur l'envahit et son pouvoir revint vers elle, cherchant à fuir cette noirceur insidieuse qui rampait vers elle.

Elle se sentit faible tout à coup et s'effondra sur le sol.

— Tess ? s'exclamèrent Sara et Cilla en la saisissant si fermement qu'elles lui firent mal. Tess ? Parle-nous !

Tess resta consciente juste assez longtemps pour dire :

— J'ai vu le temps et l'espace. J'ai vu comment il agit sur eux. Je l'ai vu venir à ma recherche.

Puis le noir total, enfin.

⁂

Archer arriva aussitôt que Cilla le prévint. Ratha et Tuzza l'accompagnaient.

— Que lui arrive-t-il ? s'enquit-il en entrant dans la tente.

Le ciel crachait de nouveau des torrents d'eau. Une rivière coulait sous la tente, menaçant de la balayer.

— Je ne sais pas au juste, dit Sara. Elle est sortie sous la pluie et s'est mise à fixer le ciel. Nous avons senti… un pouvoir émaner d'elle, différent de tout ce que nous avions connu jusque-là. Puis elle s'est effondrée.

— A-t-elle dit quelque chose ?

— Elle a parlé du temps et de l'espace et du fait qu'il venait la chercher.

Archer redressa la tête brusquement.

— Du temps et de l'espace ?

— Oui-da.

Les Idluins et les deux officiers le regardèrent. Cilla parla la première.

— Vous savez de quoi il s'agit.

Archer s'agenouilla près de Tess et lui effleura les joues.

— Allez chercher plus de couvertures. Elle est transie de froid.

Les deux femmes lui obéirent du mieux qu'elles le purent. Cette armée ne disposait pas de beaucoup de matériel.

— Archer, insista Sara, que voulait-elle dire ?

— Elle est réellement la Dame Filandière.

— La plupart d'entre nous le savait déjà.

Il leva la tête et dévisagea ses quatre compagnons. L'angoisse marquait chacun de ses traits.

— Elle a vu le temps et l'espace. La toile qui sous-tend notre monde. Qui a servi aux dieux à le bâtir.

— Et ?

— Bien sûr qu'Ardred la veut. Si elle peut manipuler le temps et l'espace, elle est aussi puissante que les dieux eux-mêmes.

Sara secoua vivement la tête.

— Elle a fait cesser l'orage et elle s'est évanouie. Elle était arrivée au bout de ses forces.

— Mais si ses forces grandissaient ? Personne ne pourrait plus l'arrêter, pas même les dieux.

Le silence régna sous la tente, exception faite du bruit de la pluie sur la toile. Archer se pencha, caressa doucement la joue de Tess, puis se releva.

— Ecoutez-moi attentivement, dit-il. Quels que soient les dangers qui nous menacent dans les jours à venir, elle ne doit jamais tomber entre les mains de l'Ennemi. Jamais.

Il regarda tour à tour ses compagnons et vit l'horreur se peindre sur leurs visages.

— Je le répète, elle ne doit jamais tomber entre ses mains. Même au prix de sa vie.

Sur ces mots, il sortit de la tente à grandes enjambées. Le petit groupe échangea des regards troublés, se demandant s'il avait raison.

Ou même si l'on pouvait lui faire confiance.

17.

Le jour se leva, clair et frais. L'air, purifié de toute poussière par la pluie, était étrangement vif et malgré une vue qui baissait avec l'âge, Tuzza distinguait les colonnes de soldats qui descendaient d'une corniche au loin. Leurs étendards au lion noir et or étaient parfaitement visibles.

— Ce sont les hommes d'Alezzi, déclara-t-il.

Ratha, Jenah et Archer se tenaient à ses côtés. Les renforts bozandari avançaient plus vite qu'ils ne l'avaient prévu. Ils n'arriveraient sur eux que dans une journée mais il n'en demeurait pas moins que les derniers préparatifs devraient être accélérés. Beaucoup trop. Mais il en était souvent ainsi en temps de guerre.

— J'avais espéré les affronter à trois lieues plus au nord, dit Jenah en montrant la carte qu'il avait posée sur le sol et lestée au moyen de quatre pierres. Il y a ici un défilé où nous aurions pu nous positionner. Hélas, ils l'ont déjà franchi.

— Alezzi l'aura vu sur sa carte, dit Tuzza. C'est un officier talentueux qu'il ne faut pas sous-estimer.

Ne vous attendez pas à le voir traverser n'importe quel défilé avec le plus gros de ses troupes en avant-garde. Il aura envoyé des éclaireurs loin devant et sur les flancs.

— Et nous ne pouvons pas utiliser de patrouilles contre lui comme avec vous, dit Jenah. Nous voulons éviter de nous battre autant que possible.

Tuzza l'approuva.

— Ses chefs de patrouille ont dû recevoir l'autorisation de mener des attaques ciblées afin d'évaluer nos forces et de déterminer nos positions. Nous devons parlementer avec lui avant que cela ne se produise.

— Tu crains que tes hommes refusent de se battre, mon frère ? demanda Ratha.

Tuzza étudia l'expression de ce dernier. Rien n'indiquait que l'officier anari parlait avec mépris ou qu'il doutait du courage des hommes de Tuzza et de leur loyauté envers lui. Il se contentait d'énoncer une vérité connue de tous : la question de savoir si les Loups des Neiges de Tuzza seraient prêts à tuer leurs frères bozandari restait ouverte.

— Il est probable que nombre de mes hommes ont des frères ou des cousins sous les ordres d'Alezzi, dit Tuzza. Il est lui-même mon cousin. Je le pleurerais s'il venait à mourir et je n'aimerais guère avoir à l'abattre. Tuer les siens est un fardeau que je ne souhaite à la conscience d'aucun homme.

Ratha le regarda longuement avant de hocher la tête.

— Tu as raison, mon frère. Nul ne sortirait victorieux d'un tel combat. Il n'y aurait que des morts et des hommes dont l'âme mourrait alors que leur corps continuerait de vivre.

Archer tressaillit à ces mots.

— Je dois m'entretenir avec Dame Tess, dit-il avant de s'éloigner.

Tuzza regarda les deux Anari. Leurs visages demeurèrent impassibles. Soit ils ignoraient ce que tramait Archer, soit ils refusaient de lui en parler. Aucune importance pour l'instant. Tuzza examina la carte, essayant d'estimer le nombre de patrouilles qu'Alezzi enverrait à leur rencontre et quels seraient les itinéraires qu'elles choisiraient.

— Sur un terrain aussi accidenté, la doctrine militaire bozandari voudrait qu'Alezzi divise l'un de ses régiments de fantassins — un quart de ses troupes — en patrouilles d'une ou deux compagnies. Six groupes en tout. La pratique habituelle est d'en disposer un à l'arrière, un sur chaque flanc et trois devant.

Jenah opina.

— De telles patrouilles ne seraient-elles pas constituées de cavaliers ?

— Oui, s'il se trouvait en campagne dans le bassin d'Adasen, au nord, répondit Tuzza. Mais il aura compris, comme je l'ai fait, que les chevaux ne peuvent avancer rapidement sur ces terres rocailleuses. Un grand nombre de mes montures ont dû être abattues parce qu'elles s'étaient brisé une patte. Il aura néanmoins prévu plusieurs messagers à cheval pour accompagner chaque groupe. L'un d'entre eux, ou davantage, partira dès le premier contact avec nous, afin d'avertir Alezzi.

— Nous ne pouvons donc pas prendre le risque d'une embuscade contre l'une des patrouilles, dit Ratha, le front plissé. Je dois dire à mes hommes de les éviter. Cela va limiter le travail de nos propres éclaireurs.

— Tel est précisément le but de notre stratégie en matière de patrouilles, mon frère, approuva Tuzza. Selon un dicton de l'académie des officiers, « qui gagne un affrontement gagne la guerre ». Nous sommes forcés d'éviter leurs patrouilles et de reculer, au risque de permettre à Alezzi de nous trouver et d'évaluer nos forces. Si nous n'arrivons pas à le convaincre, nos chances de l'emporter sur le champ de bataille sont minces, j'en ai peur.

— Nous devons disperser le gros de nos troupes, dit Jenah.

Tuzza secoua la tête.

— Le risque est trop grand. Alezzi pourrait tomber sur chaque groupe séparément et les écraser un à un.

— Tu oublies les Idluins. Elles étaient notre avantage au cours de la campagne précédente. Nous avions séparé nos troupes alors et communiquions par leur intermédiaire. Nous avons ainsi été en mesure de coordonner nos mouvements et de rassembler les hommes dès que cela devenait nécessaire.

— Il a raison, dit Ratha à Tuzza. Tu dis que nous ne pouvons gagner de petites frappes mais cela devient possible si nous créons une diversion que les patrouilles iront rapporter à Alezzi. Il nous faut les éviter pendant un jour seulement, n'est-ce pas ?

— Oui, dit Tuzza. Dès demain, la légion sera là et nous pourrons lui parler.

— Alors, battons en retraite maintenant. En trois groupes distincts, assez éloignés pour que les patrouilles ne puissent nous atteindre avant la nuit. Ensuite, nous dirons à chaque escouade de monter une tente et de faire un feu.

Tuzza sourit.

— Les patrouilles d'Alezzi n'attaqueraient pas un groupe si important. Elles iront avertir Alezzi qu'il est en infériorité numérique. Ainsi, nous évitons l'affrontement et lui donnons une raison de plus de ne pas combattre nos principales troupes. Le stratagème est brillant.

— Très bien, nous sommes d'accord, dit Jenah. Donnons des ordres en conséquence. Les Loups des Neiges ne failliront pas.

— Non, dit Tuzza, se sentant mieux qu'il ne l'avait été depuis longtemps. Nous ne faillirons pas.

La main d'Ezinha serra l'épée plus fort, trahissant tension et appréhension. Bien qu'il eût effectué le service militaire requis dans l'armée bozandari, il y avait été médecin et non soldat. Il n'avait jamais tué un homme et n'était pas certain d'en être capable. Et malgré tout, il le savait, cette nuit, il pourrait bien être contraint à le faire.

Le comte Drassa Langel, le ministre de la Guerre de l'empereur, avait exhorté la Cour à déclarer les rebelles anari coupables de trahison. Ils risquaient désormais la peine de mort et en leur absence, la sentence serait appliquée à leurs familles. L'empereur avait en outre déclaré la loi martiale et les troupes de Langel patrouillaient à présent la ville avec une brutale efficacité, arrêtant les Anari dont les proches étaient soupçonnés de participer à la rébellion.

Les insoumis avaient jusqu'au lendemain midi pour se rendre. S'ils refusaient, plus d'un millier d'Anari — y compris des femmes et des enfants — seraient empalés par toute la ville et abandonnés à une mort lente et ignoble. Leurs corps desséchés par la soif et brûlés par le soleil seraient la proie des animaux et serviraient d'avertissement à ceux qui envisageraient de défier la couronne de Bozandar. Aucune rue de la ville n'échapperait aux cris des agonisants, ni à la puanteur des cadavres.

Ezinha connaissait Langel depuis longtemps, le comte ayant été un ami de son père. Et comme son père, Langel était un homme dur et cruel. Il ne bluffait donc aucunement. En outre, Ezinha soupçonnait que la capitulation des rebelles ne retarderait pas les exécutions. Si les Anari refusaient de se comporter en esclaves dociles, Langel n'hésiterait pas à les exterminer jusqu'au dernier.

Mihabi et les autres rebelles le savaient également. Ils ne se rendraient pas et Ezinha n'avait pas contesté leur décision. Trois cents rebelles se cachaient à présent sur son domaine et il savait qu'au moins cinq autres maisons bozandari en accueillaient autant. Leurs chefs s'étaient réunis en conseil de guerre chez lui. Il ne voyait pas d'autre solution. Il valait mieux mourir en luttant pour leurs vies et leur liberté que d'agoniser sur un pieu de bois pendant des jours.

Faute de formation militaire, les rebelles avaient établi un plan simple, basé sur les positions des troupes de Langel. Celles-ci avaient bâti une douzaine de campements à travers la ville, dont chacun comptait une centaine de prisonniers anari, sous la garde d'une compagnie de légionnaires bozandari.

Mais tous les soldats bozandaris ne surveillaient pas des prisonniers ligotés et sans défense. La plupart étaient occupés à ériger les pals. Que son peuple fût capable de pareille cruauté mortifiait Ezinha. Il pouvait comprendre que des légionnaires, endurcis par la guerre, en soient venus à perpétrer ces actes vils sans haut-le-cœur. Mais ce qu'il n'arrivait pas à saisir et ce qui le rendait malade, c'était que des gens ordinaires puissent supporter ce spectacle atroce. Or il savait, pour son plus grand dégoût, que des milliers de personnes seraient dans les rues, assoiffées de sang, huant les victimes et applaudissant à leur agonie — et protestant, déçus, quand la mort soulagerait enfin leurs souffrances.

Il avait surmonté ses scrupules à l'idée de combattre un tel peuple. Ils étaient sans doute du même sang, mais il ne pouvait se compter parmi ces hommes. S'il fallait choisir entre se réjouir de la souffrance d'innocents au milieu d'une foule hystérique ou prendre les armes afin de se rallier aux Anari, son choix était tout fait.

Les rebelles s'étaient divisés en groupes, dont chacun avait pour cible les campements où étaient retenus des prisonniers anari ; chaque homme avait deux épées, une pour se battre et l'autre pour le prisonnier qu'il libérerait. Sauveteurs et sauvés quitteraient alors la ville en emmenant avec eux tous les Anari qui voudraient retrouver leur liberté. Ils se rassembleraient au sommet d'une colline à deux jours de marche à l'ouest de la ville et là, ils se dirigeraient vers le sud, vers leur pays.

Bien qu'Ezinha ne fût pas soldat, il pensait que le plan était bon. Il reconnaissait également que c'était la seule solution. Et maintenant, alors qu'il se tenait accroupi dans le noir et regardait deux légionnaires plaisanter entre eux tout en étalant de la graisse sur un tiers de pieu et en expliquant à un jeune garçon bozandari — de six ans tout au plus ! — qu'ils devaient le rendre glissant afin que, une fois empalée, la victime ne puisse pas trouver de prise avec ses pieds, Ezinha comprit que cette unique solution était également une solution juste. Le jeune garçon semblait enthousiaste. Ezinha n'avait jamais éprouvé de haine avant cette nuit, devant ces deux hommes.

Mihabi le saisit par le bras et lui montra quelque chose. Ezinha voyait à peine les trois Anari cachés dans l'allée, de l'autre côté, prêts à bondir.

Ezinha regarda son frère dans les yeux et y vit la même rage que celle qui l'agitait. On ne devrait jamais apprendre pareilles atrocités à des enfants.

Si paix il devait y avoir un jour, si les Bozandari devaient retrouver leurs nobles racines, ces pratiques devraient cesser. Et celle-ci prendrait fin dès ce soir.

Un bruit de cymbales résonna dans le centre de la ville, d'abord trop faible pour être perçu. Mais il se répandit promptement : chaque femme à son poste répétait le signal, dès qu'elle l'entendait. Quelques secondes plus tard, le son des cymbales emplissait la ville — et fut bientôt couvert par la clameur des combats.

Ezinha bondit de sa cachette aux côtés de Mihabi. Ils brandirent leurs épées et foncèrent sur les deux légionnaires avec des cris de rage. Les Bozandari, soudain dépassés et encerclés, n'avaient d'autre choix que de se battre et de mourir.

Et ils mourraient.

Ils étaient bien entraînés tandis qu'Ezinha et ses compagnons ne l'étaient pas, mais cela ne leur serait que d'une utilité limitée. Ezinha vit une ouverture lorsque l'un des Anari frappa le dos de l'homme devant lui. L'homme se retourna, un seul instant, mais cette seconde d'inattention suffit.

Ezinha souleva son épée des deux mains et frappa de toutes ses forces le légionnaire. La lame l'atteignit au cou et traversa l'épaule et la poitrine de l'homme ; l'impact mortel fut presque immédiat. Le sang jaillit de la gorge du soldat, éclaboussant le visage d'Ezinha de son odeur épaisse et âcre. Ce dernier leva le pied, repoussa son adversaire puis se tourna vers le second légionnaire. Il gisait déjà sur le sol, frappé à la poitrine par Mihabi.

Ce ne fut qu'à ce moment-là qu'Ezinha remarqua la tête du petit garçon. Elle roulait près de ses pieds.

Une partie de lui-même espéra que ce n'était qu'un accident. Une autre s'en moquait.

— Viens, dit-il à Mihabi. Ils sont nombreux et nous devons nous dépêcher.

La Nuit de l'Epée Noire avait commencé.

— Les éclaireurs de Ratha ont repéré une patrouille à l'ouest de son camp, dit Tess, répétant l'information que lui avait transmise Cilla.

Tuzza sourit. Ils se trouvaient sous la tente d'Archer, une carte sous les yeux, éclairés par la lueur blafarde d'une seule lanterne. Tuzza posa un disque de bois sur la carte, marquant l'endroit indiqué par Tess.

— C'est la deuxième patrouille d'Alezzi. Sur trois.

— S'il y en a bien trois, dit Archer.

— Il y en aura trois, mon seigneur, dit Tuzza d'une voix pleine de confiance. Alezzi ne prendra pas de repos cette nuit avant de savoir ou, en tout cas, avant de croire qu'il sait quelle est la position précise de nos troupes. En réalité, il n'aura pas de repos car une fois ces renseignements en sa possession, il tiendra un conseil de guerre avec ses officiers. Ils achèveront de préparer leurs plans de bataille, donneront leurs ordres et prépareront un rapport à l'intention de l'empereur, qui sera transmis par un cavalier dès l'aube. Ce n'est qu'alors et seulement alors qu'il se permettra quelques heures de sommeil.

— D'abord le cheval, puis la selle et ensuite

l'homme, dit Tess, tout en se demandant d'où cette expression lui venait.

Encore un élément de son passé qui faisait intrusion dans son esprit.

Tuzza la regarda, surpris.

— C'est un dicton de notre cavalerie, ma dame. Son sens est limpide : il s'agit de la séquence des gestes de soins apportés aux montures et aux cavaliers à la fin d'une journée de marche. Mais je vois bien comme cette expression peut s'appliquer ici. Nos instructeurs à l'académie diraient « le devoir avant le confort et le confort avant le sommeil ».

Tess sourit tristement.

— A bien des égards, les méthodes guerrières sont universelles, officier supérieur. Ceux qui renoncent à leur devoir n'accomplissent rien. Ceux qui se privent de confort, de repas chauds et de vêtements secs, par exemple, tomberont rapidement malades. Et ceux qui sont privés de sommeil trop longtemps ne résistent pas à l'heure de la bataille. Du reste, nous ne nous sommes pas beaucoup reposés au cours de cette marche.

— Oui-da, ma dame, dit Tuzza. Mais je ne pourrais me reposer si je continuais à me demander quels sont les plans d'Alezzi. La troisième patrouille sera bientôt repérée et je pourrais prendre le repos mérité d'un commandant qui a fait son devoir.

— Alors, utilisons notre temps sagement, dit Tess, et ne nous contentons pas d'attendre ici. Que diras-tu à ton cousin demain ?

— Je lui parlerai de justice, dit Tuzza simplement.

Archer le regarda.

— Et pas de la Dame Filandière ?

Tuzza secoua la tête.

— Mon cousin est un officier brillant et… un homme très pragmatique. Depuis toujours, il n'accorde aucune foi aux dieux et à ceux qui prétendent les connaître. Mais c'est un homme juste.

— Parle-moi encore de lui, dit Tess.

Tuzza rit.

— Par où commencer ? Par le garçon qui sut compter bien avant moi ? Ou devrais-je vous parler du jeune officier qui, en connaissance de cause, mena ses hommes droit dans une embuscade dressée par des bandits dans le désert de Deder, afin de les épuiser et de permettre à son régiment de traverser un ravin et de former des rangs avant l'attaque finale ?

— Parle-moi des deux, dit Tess.

— Et j'en dirai peu, répondit Tuzza, car ni l'un ni l'autre ne donne la pleine mesure de l'homme qu'il est. Il avait un don pour les chiffres, un don qu'il travaillait, et quant à son aventure, c'était un geste désespéré, ordonné par un officier supérieur qui avait manqué de discipline et n'avait pas envoyé de patrouilles la veille de la bataille par mépris pour ses ennemis. Nombre des hommes d'Alezzi ne virent jamais la victoire et il jura ensuite de ne jamais répéter la même erreur.

— Les leçons naissent trop souvent du sang, dit Tess.

Tuzza opina.

— Et pire encore, trop rares sont ceux qui apprennent de leurs erreurs, si bien que nous devons assimiler ces leçons, encore et encore, au prix de plus de sang. Je crois que c'est peut-être de cette façon que je puis vous parler de l'homme qu'est réellement mon cousin, l'officier supérieur Alezzi. Dans sa vie, les mondanités de la cour n'ont aucune place. Depuis qu'il s'est engagé dans l'armée, il a passé moins de temps à Bozandar qu'aucun de nos officiers. Sa place est sur le champ de bataille, avec ses hommes, et jamais il n'a joui d'un seul confort dont ne bénéficiaient pas ses hommes.

— C'est pour cette raison que tu lui parleras de justice, conclut Tess.

— Je lui parlerai de vérité. Certains hommes estiment être nés pour mener une vie luxueuse. Ils l'acquièrent au prix de la sueur et du sang d'autrui. Mais aucun homme n'est né pour vivre ainsi. Cette cupidité vile, cette volonté d'asservir les autres, sont l'œuvre de l'Ennemi. Certains y ont résisté. Mon cousin est l'un d'eux. Son père possède des esclaves, en tout cas il en possédait à mon départ de Bozandar, mais Alezzi n'a pas accepté de les recevoir en cadeau le jour où il a rejoint l'armée. J'ajoute cependant qu'il n'a fait ce choix que parce que ses hommes ne pouvaient avoir de serviteurs et qu'il n'estimait pas avoir le droit de posséder plus que le soldat le plus modeste sous ses ordres. La plupart des jeunes officiers pensent la même chose mais le rang et les privilèges changent la plupart d'entre nous. Ils n'ont pas changé Alezzi.

Archer prit une profonde inspiration.

— La question est de savoir s'il pensera que ces principes doivent s'appliquer aussi dans les domaines de Bozandar. S'est-il jamais exprimé contre l'asservissement des Anari ?

Tuzza secoua la tête.

— Jamais en ma présence. Mais je dois avouer qu'il fut un temps où je possédais moi-même des esclaves, une faute qu'il n'a peut-être pas voulu me rappeler. J'ai deux ans de plus que lui et j'ai toujours été son supérieur à l'armée. En outre, ma famille est plus noble que la sienne. Ces barrières sont difficiles à franchir à Bozandar, quels que soient les liens qui unissent deux cousins. Et nous étions très proches.

— Je prie pour que ce lien soit toujours aussi fort, dit Archer. Et pour que ton cousin soit vraiment un homme juste. Pareil homme ne peut douter de la justesse de notre cause.

— Les éclaireurs de Jenah ont trouvé la troisième patrouille, dit alors Tess. Mais ils ont été repérés. Et ils ont dû se battre. Trois Anari et deux Bozandari sont morts et Sara soigne à présent les blessés.

— Le sang a coulé, dit Tuzza tristement en posant un troisième disque sur la carte. Cela nous compliquera la tâche demain.

— Nous ne pouvions espérer une campagne sans effusion de sang, dit Archer. Mais espérons qu'il n'y aura pas d'autres morts d'ici à ce que nous atteignions les portes de Bozandar.

— Oui, dit Tess en retenant ses larmes.

Elle voyait dans son esprit Sara évoluer parmi les blessés et tenta de l'aider — hélas, certains hommes ne pouvaient plus être sauvés, même par les Idluins.

— Oui, nous devons espérer.

18.

Mihabi marchait d'un pas rapide, suivi de près par Ezinha. Avec leurs compagnons, ils avaient pris les quatre points d'exécution qui leur avaient été assignés et se dirigeaient à présent vers le campement où les condamnés anari étaient détenus. Mihabi était blessé à la main mais comparé au coup qu'avait subi Ezinha, ce n'était qu'une égratignure. Mihabi avait entendu un craquement sec lorsque la garde d'une épée avait heurté le flanc de son frère. Que son ancien maître souffrît d'une côte brisée ne faisait aucun doute ; mais qu'il continuât à se battre emplissait Mihabi d'étonnement et d'admiration.

Ils ne pouvaient plus se prévaloir de l'effet de surprise de leurs premières attaques. Tout Bozandar avait été réveillée par les bruits des cymbales et des combats ; des lanternes brillaient à toutes les fenêtres et des torches brûlaient dans chaque rue. Les légionnaires les attendraient ; de simples citoyens avaient gonflé leurs rangs. Des vies seraient sacrifiées et toutes ne seraient pas des vies bozandari. Bah ! les dés étaient jetés et Mihabi ne craignait pas la mort en cette nuit décisive.

— Tu dois te reposer, mon frère, dit-il à Ezinha, dont la respiration se faisait plus difficile à chaque pas.

— Non. Je me reposerai quand nous serons tous libres.

— Tu étais déjà libre au début de la révolte.

— Comment un homme qui traite ses semblables comme du bétail peut-il être libre ? Il est lui-même sous le joug d'un maître puissant et maléfique, qu'il s'en rende compte ou non. Je ne serai libre que lorsque nous le serons tous, Mihabi.

Son frère souffrait, Mihabi le perçut. Chaque mot devait provoquer une douleur lancinante dans son flanc.

— Ne dis plus rien, mon frère. Economise tes forces.

Ezinha hocha la tête.

A chaque pâté de maisons, leurs rangs grossissaient. Les esclaves qui avaient d'abord reculé à l'idée d'une rébellion avaient fui les domaines en emportant des armes de fortune et les petits groupes de rebelles, autrefois dispersés, se rassemblaient. Mihabi fut surpris des bons résultats de cette armée sans entraînement. Il fut également inquiet, craignant que le trop-plein de confiance ne laissât la place à la panique quand les combats de la prison auraient commencé. Car ce serait loin d'être aussi facile que ce qu'ils venaient d'accomplir.

Il voyait déjà la prison improvisée au loin ; il ne

s'agissait que d'une palissade. De l'autre côté, les prisonniers criaient des encouragements à l'intention de leurs sauveurs. Hélas, cette palissade était gardée par une compagnie de légionnaires, pratiquement au complet, en ordre de bataille et le regard empreint d'une colère froide.

Mihabi, qui s'était figé à cette vue, savait qu'aucun stratagème subtil ne serait convoqué pour en venir à bout. Les rues de Bozandar, malgré leur largeur, ne permettaient guère de manœuvres. Du reste, l'armée rebelle n'aurait pu les mener ; ils n'avaient pas eu le temps ou l'occasion de se former à l'art de la guerre. Cet assaut serait une charge frontale entre deux camps animés par la même rage, épée contre épée, volonté contre volonté.

Mihabi leva son épée. Il vit du coin de l'œil qu'Ezinha arrivait à peine à lever la sienne au niveau de sa taille. Mais il ne recula pas. Le cliquetis métallique des armes, les cris enragés des combattants et les hurlements des blessés devinrent bientôt assourdissants dans les rues qui entouraient la prison.

Mihabi trancha la gorge du légionnaire devant lui, s'arrêtant à peine pour voir l'homme tomber à terre avant de s'enfoncer plus avant dans la mêlée. Le sol était visqueux de sang : plus d'un homme s'effondra parce que son pied avait glissé alors qu'il portait à son adversaire ce qui aurait dû être un coup fatal. L'air était saturé d'une odeur de mort et Mihabi dut se retenir de vomir plusieurs fois.

Néanmoins, les Anari étaient désormais bien plus nombreux que les légionnaires. Quelques habitants avaient sans doute pensé leur venir en aide mais devant le spectacle qui se déroulait sous leurs yeux, nombre d'entre eux se mirent à l'abri. Une colère larvée pendant des générations se manifestait à présent par les épées, les dagues, les couteaux de cuisine, les pelles, les faux, les haches ou les gourdins que brandissaient les Anari. Des crânes s'ouvrirent avec des craquements sinistres, membres et poitrines furent tranchés avec le bruit que fait un couteau de boucher sur une pièce de viande.

Puis le silence tomba sur le champ de bataille. Seuls le troublaient les gémissements de ceux pour qui la mort serait une délivrance.

Mihabi essuya le sang sur son visage, bien qu'en réalité, il ne réussit qu'à l'étaler davantage. Maints Anari étaient tombés. Maints prisonniers ne retrouvaient la liberté que pour pleurer la mort de leurs fils, de leurs frères ou de leurs pères...

Il fut le premier à atteindre la palissade et se mit à couper la grosse chaîne qui retenait la porte. Des étincelles jaillirent de son épée alors qu'il l'abattait sur la chaîne, encore et encore, en poussant des cris de rage. La chaîne finit par céder et la porte s'ouvrit sous le poids des condamnés, désormais libres.

Presque libres.

Car ils devaient encore sortir de la ville et les Bozandari ne les laisseraient pas partir sans résistance. Mihabi se retourna, cherchant Ezinha dans la foule. Il ne le vit nulle part. Peut-être avait-il renoncé et s'était-il réfugié dans une allée sombre. Si tel était le cas, Mihabi devait le secourir : les Bozandari exerceraient sans nul doute une terrible vengeance sur leurs compatriotes complices de la rébellion. A la pensée de la mort lente d'Ezinha sur un pieu, l'appréhension, la colère et la détermination envahirent Mihabi.

Laissant ses camarades couper les liens des prisonniers et leur donner des armes, Mihabi traversa la rue, appelant son frère, examinant les visages des blessés à la lueur des torches.

Il entendit enfin une voix familière parmi des centaines d'autres plaintes et suivit le son de cette voix comme un chien suit une odeur, tournant la tête de tous côtés afin de la localiser.

Il savait qu'il se rapprochait et pourtant, le gémissement faiblissait à chaque pas qu'il faisait. Il atteignit enfin le porche d'entrée d'une boulangerie et comprit. Son frère gisait là, un moignon ensanglanté à la place du bras.

— Ezinha, dit Mihabi en s'agenouillant près de celui qui avait été son ami, son maître, son protecteur, son camarade et son frère. Nous allons chercher de l'aide.

Le regard d'Ezinha chercha le sien.

— Personne ne peut plus rien pour moi, mon frère.

— Non, dit Mihabi, les larmes aux yeux. Non. Je vais trouver un médecin.

Ezinha leva son bras, grimaçant de douleur, et le posa contre la joue de Mihabi.

— Je suis médecin, Mihabi. Je sais ce qu'est capable de supporter le corps humain et ce qu'aucune médecine connue ne peut réparer.

Une bulle de sang jaillit de sa bouche à ses mots. Mihabi l'essuya.

— La côte cassée a perforé un poumon, ajouta Ezinha. Aucun guérisseur dans tout Bozandar ne peut traiter pareille blessure. Mais cela n'a pas d'importance.

— Non, dit Mihabi, les larmes se mélangeant à présent au sang sur son visage couleur d'ébène. Non. Tu ne peux pas mourir.

— Cela n'a pas d'importance, dit Ezinha d'une voix presque inaudible. Car je mourrai libre. Comme toi, mon frère. Et c'est pourquoi j'irai rejoindre les dieux le cœur empli de joie.

— Reste avec moi, mon frère, dit Mihabi en berçant la tête d'Ezinha dans ses bras. Reste avec moi.

— Elanor me réclame, murmura Ezinha. Tiens-moi la main, je t'en prie, pendant que je vais vers elle.

— Oui, sanglota Mihabi. Oui…

Mihabi prit la main d'Ezinha dans la sienne et les tint contre la poitrine de son frère. Il l'embrassa sur le front et s'obligea à ne pas fermer les yeux, à ne pas cligner des yeux même, de peur qu'Ezinha se sentît seul en ce dernier instant. Celui-ci tenta de respirer une dernière fois.

Ce dernier souffle ne vint jamais.

Mihabi pleura.

Malgré toutes les épreuves qu'il avait déjà traversées, jamais il n'avait autant souffert. Le corps de son frère — ce corps qui avait fait la course avec lui dans les bois du domaine, qui s'était caché avec lui sous la table d'Ialla, les lèvres qui avaient chuchoté et ri tandis que leur mère les cherchait dans toute la maison, les yeux qui avaient brillé de la joie et des promesses de l'enfance, puis qui s'étaient assombris sous le poids des responsabilités de l'adulte qu'il était devenu, mais qui s'étaient remis à briller ces derniers jours, les bras qui avaient joué à la lutte avec lui, le cœur qui avait battu dans le bonheur et le chagrin… ce corps avait cessé de vivre.

— Va rejoindre Elanor. Puisse-t-elle t'accueillir en ami de la liberté et de la vérité. Je te supplie de me garder une place auprès de toi, là où nous pourrons une nouvelle fois nous cacher sous la table de mère.

Mihabi se leva, emportant le corps de son frère sur ses épaules. Il ne pouvait abandonner Ezinha, même mort, à la cruauté des Bozandari. Il rejoignit les rangs des Anari qui quittaient la ville.

Il rejoignit les rangs des hommes libres.

Le soleil matinal dardait ses rayons sur eux. L'air ressemblait à du cristal. Le bruit des pas paraissait capable de briser ce cristal telle une pierre jetée sur une vitre.

Le silence se fit enfin. Seul résonnait le claquement des bannières dans le vent. Séparés par une plaine, les Lions Noirs de Bozandar faisaient face aux Loups des Neiges d'Anahar.

Les éclaireurs d'Alezzi lui avaient parlé de l'étendard de cette armée et au milieu de la nuit, seul, il s'était souvenu des histoires que lui avait racontées sa gouvernante anari. Elle disait qu'elles étaient vraies et certaines évoquaient les Premiers Nés, d'autres les Anari et d'autres encore des sortes de prophéties. Il avait écarté ces dernières, nées selon lui des espoirs d'un peuple asservi.

Mais le Loup des Neiges… cette histoire avait captivé son imagination d'enfant. Selon la légende, le Loup des Neiges avait quitté ses congénères afin de servir une seule personne, la Dame Blanche des Premiers Nés. A la mort de celle-ci, les loups des neiges avaient disparu dans les montagnes, plus au nord, près des sources de l'Adasen. Ces animaux étaient si rares qu'une seule peau rapportait assez à un trappeur pour l'enrichir à vie.

La légende disait aussi qu'ils reviendraient un jour et qu'ils accompagneraient une femme, qu'on appellerait la Dame Filandière des Mondes.

La vieille gouvernante lui avait assuré que la Dame Filandière sauverait son peuple de l'oppression mais elle n'avait pu le lui dire plus de deux fois, le père d'Alezzi l'ayant ensuite réduite au silence en la battant.

Alezzi se rappelait cependant cette histoire et un frisson le parcourut en constatant à la longue-vue que toutes les bannières de l'armée qui lui faisait face arboraient un loup des neiges. Y compris, à sa grande horreur, celles des Bozandari qui se tenaient au centre de cette formation abominable.

Des Bozandari avaient rallié les Anari ? Il avait balayé d'un revers de la main les rumeurs qu'il avait entendues à ce sujet. Aucun soldat bozandari ne commettrait un tel acte de trahison, et certainement pas son cousin Tuzza ! Il avait cru que ses éclaireurs n'avaient rien vu de plus que leurs camarades prisonniers ou peut-être otages des Anari.

Mais ce qu'il voyait à présent ne laissait plus de place au doute. Les survivants de la légion de son cousin étaient en ordre de bataille, prêts à se battre contre les leurs.

Alezzi s'était endurci au fil du temps mais il ne pouvait voir pareil spectacle sans se sentir profondément trahi. Il avait été envoyé ici afin de venir en renfort à son cousin, un cousin auquel l'empereur tenait beaucoup. Et il devait maintenant le combattre, lui et ses hommes, en ennemis.

Il était sur le point de faire signe à ses troupes de descendre la colline et de charger — quel autre choix avait-il ? — lorsqu'il vit quelque chose qui arrêta son geste.

Trois cavaliers dévalaient la colline en face : un Bozandari qu'il reconnut à sa façon se tenir en selle comme étant son cousin, un homme vêtu de noir de la tête aux pieds, une épée sur le côté et un carquois et un arc sur le dos et… plus surprenant encore, une femme habillée de blanc qui semblait briller de l'intérieur. Alezzi en fut éberlué.

Ils tenaient un drapeau aux carreaux blancs et noirs, qui signalait leur volonté de parlementer. Il aurait pu passer outre et donner l'ordre d'attaquer mais il s'agissait de son cousin et la curiosité l'emporta.

— C'est une ruse, dit son lieutenant, Malchi.

— C'est mon cousin. Je veux aller voir ce qu'il a à me dire.

— Ils se servent de lui.

— Peut-être. Ou peut-être est-ce lui qui se sert d'eux.

Malchi leva un sourcil.

— Je n'avais pas songé à cela.

— Ce qui explique pourquoi je commande cette légion et pas toi.

Cette remarque était dure mais Alezzi avait toujours déploré que Malchi lui causât plus d'ennuis qu'il ne lui était utile, en homme s'étant élevé à son présent rang grâce à ses relations et à son argent, sans l'avoir gagné par son propre mérite. La famille d'Alezzi, et par extension, celle de Tuzza, méprisait ceux qui ne comprenaient pas que la richesse et le statut social impliquaient une grande responsabilité. Ils n'étaient pas seulement destinés à la jouissance des paresseux.

— Qui vous accompagne ?

— Toi, bien sûr, répondit Alezzi comme si cela ne faisait pas de doute.

En réalité, il préférait avoir cet homme à ses côtés plutôt que derrière lui, là où il aurait pu lui créer des problèmes.

— Toi, un porte-étendard et un soldat.

— Un seul ?

— Oui-da. Je peux assurer ma propre sécurité mais tu pourrais avoir besoin de protection.

Malchi rougit violemment de colère. Si Alezzi ne savait pas l'homme aussi inoffensif qu'un crapaud, il se serait inquiété. Or même si Malchi disposait d'une faction qui le soutenait dans la légion, ses partisans étaient bien moins nombreux que les siens.

Quelques instants plus tard, sa délégation se dirigeait vers Tuzza et ses compagnons. Alezzi ne tenait pas de drapeau pacifique mais son étendard au lion noir ; histoire de leur faire savoir qu'ils n'étaient pas à l'abri d'un assaut s'il jugeait celui-ci nécessaire.

Tuzza observait son cousin avec des sentiments mitigés. Ils avaient été aussi proches que des frères pendant des années, bien que le devoir les eût souvent tenus éloignés à des centaines de lieues l'un de l'autre.

Il était content de voir son cousin venir à sa rencontre. Moins content de voir son étendard, car il indiquait que son cousin serait sans pitié et qu'il était prêt à donner l'assaut. Ils ne bénéficieraient donc pas de la règle ancienne d'immunité des négociateurs pour cette rencontre.

— Cela n'augure rien de bon, murmura Archer. Tess, retournez près de nos hommes. Nous ne pouvons nous permettre de vous perdre.

— Vous ne me perdrez pas, répondit-elle sans l'ombre d'un doute dans sa voix.

Archer soupira, exaspéré, et se demanda pourquoi diable il avait laissé cette femme le convaincre de la laisser les accompagner. N'avait-il pas dit la veille encore qu'elle ne devait pas leur être ravie, fût-ce au prix de sa vie ? Pourtant, elle était là, exposée au danger, si bien qu'il pourrait être forcé de la tuer afin d'éviter sa capture.

Mais il lui était impossible de passer outre la volonté d'une Idluin lorsqu'elle se dressait droite devant lui et que ses yeux lançaient des éclairs. Comme Thériel, songeait-il parfois, mais avec une influence bien plus grande, car il avait trop souvent, à ses propres dépens, ignoré la voix de Thériel.

Tuzza, qui se tenait entre eux, les regarda l'un après l'autre puis haussa les épaules et planta le drapeau qu'il tenait dans le sol, afin de libérer ses mains. Le vent le souleva et le fit claquer — ce claquement sourd l'avait accompagné la majeure partie de sa vie adulte. Il était rare, toutefois, de l'entendre au milieu d'un silence comme celui qui régnait à présent sur la plaine.

Ils entendirent enfin le bruit des sabots des chevaux des Bozandari. Tuzza saisit tout à fait ce que voulait lui signifier son cousin en amenant un soldat avec lui. La discussion serait difficile à entamer.

Alezzi arriva à leur hauteur et immobilisa sa monture. Ses yeux, semblables à ceux de Tuzza, étudièrent les deux hommes et la femme face à lui.

— Qui commande ici ?

— Dans quel sens, mon cousin ? fit Tuzza.

— Qui commande cette armée ? répliqua Alezzi en fronçant les sourcils.

Tuzza montra Archer.

— Annuvil. Fils aîné du Premier Roi. Et Dame Tess, ajouta-t-il en joignant le geste à la parole. La Dame Filandière dont la venue fut prédite.

Le visage d'Alezzi refléta la surprise puis le mépris.

— Ta défaite t'a-t-elle fait perdre l'esprit, cousin ? Tu écoutes ces contes pour enfants ? Tu as des visions ?

— Ce que j'ai vu était inimaginable. J'étais sur le point de mourir et cette femme m'a sauvé. Elle a sauvé des centaines d'hommes, camarades ou ennemis. Elle est sous la protection du loup des neiges.

Un frisson parcourut Alezzi.

— Et c'est pour cela que tu es devenu un traître, cousin ?

Tuzza secoua la tête.

— J'ai tant à te dire et à te montrer, Alezzi. Donne-moi un peu de temps. Si je n'arrive pas à te convaincre, alors tu pourras me tuer et donner l'assaut. Mais tu ne gagneras pas cette bataille car notre armée est sous la protection d'Idluins.

Alezzi frissonna encore. Son bon sens se rebella et lui souffla que Tuzza avait de toute évidence perdu la tête. Il jeta un regard vers Malchi. Son lieutenant semblait prêt à tirer son épée et à se battre sur-le-champ.

Sans doute fut-ce l'expression de Malchi qui le fit hésiter. Il n'avait jamais trouvé aucune sagesse dans les êtres assoiffés de sang.

Il regarda de nouveau la femme et il lui sembla qu'une aura la nimbait. Puis il observa l'homme grand et vêtu de noir, silencieux, que son cousin avait nommé Annuvil, et sentit une grande dignité et une infinie patience en lui. Il ne vit sur aucun des visages des trois émissaires la férocité qu'il avait lue sur celui de Malchi.

— Je t'écoute, dit Alezzi.

Malchi fut sur le point de protester mais Alezzi se tourna vers le soldat qu'il avait amené avec eux.

— Assure la sécurité du lieutenant Malchi, dit-il. Veille aussi à ce qu'il reste ici et ne parle à personne.

Le soldat, l'un des plus forts et des plus fiables de la légion, fervent partisan d'Alezzi, hocha la tête.

— Oui-da, commandant. A vos ordres.

Alezzi s'adresssa ensuite à son cousin.

— Je te donne ce qu'il reste de cette journée pour me persuader de ne pas te condamner pour trahison et de ne pas anéantir ta prétendue armée.

19.

En moins d'une heure, on avait fait un immense feu — le petit bois ne manquait pas dans ce désert — au centre de la plaine, signe pour les deux armées que des pourparlers étaient en cours. Aussi longtemps que ce feu brûlerait, nul n'attaquerait l'adversaire.

Alezzi comme Malchi ne manquèrent pas de remarquer que c'était la main d'Annuvil et quelques mots incantatoires murmurés par ce dernier qui avaient allumé le brasier.

Alezzi, assis sur un tabouret, sentit un sentiment de crainte mêlée d'admiration l'envahir. Tous savaient que les Idluins avaient possédé des pouvoirs magiques et que l'une d'elles travaillait pour l'empereur bozandari mais à ses yeux, celle-ci n'avait rien accompli de si remarquable qui ne pût être fait par quelques espions.

Depuis la fin des Premiers Temps, aucun homme n'avait été doté de la moindre magie. Alezzi regarda celui qui prétendait être Annuvil et commença à se poser des questions.

Puis celui-ci, que les autres appelaient Archer, tira

de son fourreau une épée si belle qu'Alezzi se demanda quel mortel avait pu forger pareille lame.

— Voici Banedread, dit Annuvil.

Il la souleva et l'épée se mit à siffler doucement entre ses mains, émettant un son proche de celui du cristal.

— Elle ne chante que dans ma main et n'obéit qu'à mon appel. Elle a commis des actes atroces par le passé, Alezzi. Elle seule est capable de me tuer ou de tuer l'Ennemi qui nous menace. Elle seule est capable de tuer un Premier Né.

Il la planta dans le sable à la vue de tous.

— Elle seule peut me tuer, répéta-t-il. Si tu estimes au cours de nos discussions que nous voulons te duper, prends-la et transperce-moi le corps. Je ne vivrai pas un jour de plus.

Dame Tess poussa un cri de surprise et parut prête à se saisir de l'épée pour la cacher mais finit par se rasseoir sur son tabouret. Elle soupira.

— La confiance est indispensable.

— Oui-da, dit Annuvil. Et dès maintenant, au risque de voir l'Ennemi triompher et faire régner le mal sur ce monde. Seule la confiance peut nous permettre de l'emporter sur l'obscurité qui nous menace.

Alezzi se tourna vers son cousin.

— Parle-moi. Dis-moi pourquoi tu as choisi de te retourner contre les tiens.

— Je ne m'oppose pas aux miens, mon cousin. La menace qui guette Bozandar est bien plus grande qu'un soulèvement d'esclaves ou une même une guerre d'indépendance. Ce qui nous attend si nous échouons dans notre entreprise sera une oppression bien pire que celles que nous avons infligée aux autres.

— Comment peux-tu le savoir ?

Tuzza regarda Dame Tess.

— Le Loup des Neiges l'accompagne. Ces temps furent prédits par la prophétie.

— Tu l'as vu de tes propres yeux ?

— Oui, et ma légion ou ce qui en reste. Les loups des neiges l'escortaient et le plus gros marchait à ses côtés.

— J'ai du mal à le croire. Ces histoires… ces histoires ne sont faites que pour effrayer les enfants !

— Je voudrais que ce fût vrai, dit Annuvil. Je voudrais que ce fût vrai.

Tuzza donna un coup de pied à une pierre devant lui, comme pour se libérer d'une frustration qu'il ne pouvait exprimer par des mots.

— As-tu la moindre idée de ce qui se passe en ce moment à Bozandar, mon cousin ? répliqua Alezzi. J'aurais fait demi-tour afin de venir en aide à la ville si l'empereur ne t'appréciait pas autant. Et si les mères et les épouses de tes hommes n'avaient exigé que leurs dépouilles leur soient rendues. Le sang coule à flots dans les rues de Bozandar. Un messager vient de nous dire que les esclaves anari s'étaient révoltés et qu'ils avaient tué des centaines, voire des milliers de personnes. Ils ont fui la ville et se dirigent sur nous. Que veux-tu que je fasse ?

— Laisse-les passer comme l'eau coule entre les rochers. Quand ils rejoindront leur peuple, ils comprendront pourquoi ils ont été appelés.

— Appelés ? dit Alezzi en relevant la tête. Par les dieux, qui les a appelés ?

— Anahar, dit doucement Tess. Ses pierres ont chanté et son chant a touché le cœur de tous les Anari. Tous ceux qui étaient libres de le faire sont venus rejoindre notre armée afin d'affronter la légion de Tuzza. Quant aux autres... apparemment, ils ont répondu à l'appel d'Anahar de la seule façon possible, en se battant pour retrouver leur liberté.

— Quel bien peut ressortir d'une telle violence ?

Le regard de Tess se fit plus dur.

— Et quel bien trouves-tu dans l'esclavage ?

Malchi renifla avec mépris et passa outre l'ordre qu'il avait reçu de se taire.

— Certains sont nés pour être esclaves. Il est juste que les puissants les utilisent.

— Alors, pouvoir et bien sont synonymes ? demanda Annuvil en regardant Malchi.

— Oui-da. Le plus fort, l'épée la plus habile. Ces attributs confèrent l'autorité et ceux qui en sont dépourvus sont condamnés à servir.

Annuvil hocha lentement la tête.

— Je suis l'homme le plus puissant que tu rencontreras jamais, Malchi, et il n'est donc que justice que tu serves sous mon joug.

Malchi s'empourpra et il fit un pas, l'air menaçant, vers Archer. Le soldat chargé de sa surveillance fit un geste pour l'arrêter mais Archer l'en empêcha d'un geste de la main.

— Non, nous devons régler cette question tout

de suite. Cet homme ne comprend pas quel est le véritable pouvoir.

— C'est faux !

— Si la capacité de donner la mort signifie que l'on est puissant, j'ai plus de pouvoir que tu n'en auras jamais de toute ta vie. Si ce pouvoir élève à un rang supérieur, je suis pratiquement un dieu. J'ai participé à la destruction de villes entières autrefois. La plaine noire de Dederand est mon fait. L'as-tu jamais vue, Malchi ? As-tu contemplé cette vaste étendue de verre noir où rien ne poussera plus jamais ? A cause de moi. A présent, nous parlons de pouvoir, du vrai pouvoir.

Malchi recula, troublé.

— Oui-da, réfléchis, Malchi. Le vrai pouvoir réside entre les mains de Dame Tess. Un pouvoir qui défie ton imagination. Peut-être devrais-tu t'agenouiller devant elle et te placer sous sa domination ici et maintenant. Mais elle ne te laisserait pas faire, Malchi. Elle ne veut soumettre personne à sa volonté. Elle ne fait appel à son immense pouvoir que dans le but de sauver des vies et presque jamais pour en détruire. Car elle comprend le sens du pouvoir, Malchi. Le vrai pouvoir est celui d'aider autrui.

Malchi cracha sur le sol avec mépris.

— Tu définis là la faiblesse et non le pouvoir.

Annuvil secoua la tête.

— J'ai pitié de toi.

— Tu as pitié de moi ? Toi qui n'es qu'un fou dont l'esprit s'est perdu dans des contes anciens au point de te croire immortel ? Il n'existe pas d'être humain immortel et tu n'es toi-même que l'ombre d'un homme. Quant à elle… Elle vous joue des tours avec quelques chiens blancs. Ce ne sont pas les loups des neiges que la prophétie évoque.

— Malchi, tu ne sais pas de quoi tu parles. Tais-toi ! répliqua sèchement Tuzza.

Malchi n'avait pas l'intention d'obéir. Avant que quiconque pût l'arrêter, il avait bondi sur Tess et posé un couteau sur sa gorge.

— Un immense pouvoir, hein ? Si elle dispose d'un tel pouvoir, qu'elle se tire d'affaire à présent.

Les hommes s'étaient levés, prêts à agir, mais la lame était bien trop près de la gorge de Tess pour prendre le moindre risque.

— Lâche-la, Malchi, aboya Alezzi. Lâche-la ou je te ferai écarteler, dépecer et jeter en pâture aux charognards.

— Eh bien, qu'il en soit ainsi, mais au moins, vous n'envisagerez plus de trahir votre peuple ! Vous verrez enfin que ces trois-là vous mentent et que votre cousin est dupe de leurs ruses.

— Malchi, dit Tess d'une voix calme. A la grande surprise de tous, ses yeux ne trahissaient pas la peur mais le chagrin. Malchi, ne me blesse pas car mon sang te jugerait.

— Inepties !

— Je l'ai vu, dit Annuvil. Lâche-la. Si tu lui fais la moindre égratignure, un feu d'une intensité inimaginable dévorera ta chair.

Malchi le toisa, sa lame toujours pressée sur le cou de Tess.

— Malchi, dit celle-ci. Cette fois, son ton n'était plus chagriné mais ferme. Je t'implore de ne rien faire. Epargne-toi une incommensurable douleur. Epargne-moi, épargne-nous l'horreur de la sentence que t'appliquera mon sang.

A ces mots, une lumière pâle se dégagea de son corps, une aura bleue qui crépita légèrement. Malchi sursauta mais ne desserra pas son étreinte.

— Des paroles doucereuses et quelques misérables tours de magie. Ils trompent certainement ces ignares d'Anari mais je ne m'y laisserai pas prendre.

Sur ce, joignant le geste à la parole en signe de défi, il leva le couteau et entailla la joue de Tess.

Elle poussa un seul cri mais ce cri n'était rien en comparaison du hurlement qui sortit de la gorge de Malchi dès que le sang de Tess le toucha. Alezzi observa, horrifié, les gouttes de sang éclabousser son lieutenant et chacune d'elles brûler sa peau là. Ce feu n'était pas naturel ; c'était un feu intérieur qui creusa des trous noirs dans sa chair. Malchi lâcha son couteau et recula. Ses hurlement n'avaient pas cessé.

— Oh, Elanor, je ne peux le sauver ! cria Tess, épouvantée par la vue de ce que son sang venait de faire.

Elle tendit les bras vers Malchi, qui se tordait de douleur sur le sol poussiéreux, comme si elle voulait apposer ses mains sur ses blessures, mais Annuvil l'en empêcha.

— Non, ma dame. Vous ne le devez pas. Votre sang l'a jugé. Personne ne peut plus le sauver désormais. Vous ne feriez que saigner davantage.

Elle se détourna vivement et se couvrit les oreilles, cherchant à fuir cette scène atroce, à ne plus entendre ces cris.

Alezzi fut éberlué de voir que les gouttes de sang qui tombaient sur le sable du désert se changeaient en petites fleurs bleues. Les hurlements de Malchi faiblirent puis cessèrent. Il constata également que là où le sang de Tess tomba sur Annuvil, il ne brûla pas. Le sang de cette femme jugeait donc. Il comprit alors qu'elle était réellement celle qu'ils lui avaient annoncée.

Jamais au cours de son existence, il ne s'était incliné devant quiconque, à l'exception de l'empereur.

Il se prosterna cependant devant l'Idluin. Il avait eu toutes les preuves dont il avait besoin.

Annuvil lui fit un signe de la tête puis prit Tess dans ses bras, couvrant son corps tremblant de son manteau noir et la serrant contre lui comme s'il pouvait effacer son chagrin par sa seule étreinte.

— Vous ne l'avez pas voulu, ma dame, murmura-t-il. Vous n'avez pas choisi ceci. Malchi n'est pas mort sous l'effet de votre volonté mais de la sienne. Vous l'aviez mis en garde.

Elle était à présent secouée de sanglots.

— Pourquoi une telle malédiction pèse-t-elle sur moi ?

— Vous devez être protégée jusqu'à la défaite de l'Ennemi. C'est pourquoi votre sang est juge. Et il jugera, que vous le vouliez ou non, quiconque cherchera à vous faire du mal. Il ne vous protège pas dans votre seul intérêt mais pour le bien de nous tous.

Elle leva un visage baigné de larmes vers lui, cherchant ses yeux. Alezzi vit, pour son plus grand étonnement, que la blessure de sa joue avait déjà disparu, ne laissant qu'une fine et élégante cicatrice.

— Quelle est ton opinion maintenant, mon cousin ?

Alezzi se redressa.

— Je dis que nous devons parler. Et que je suis tout à fait prêt à t'écouter.

Alezzi commença d'abord par ordonner l'enterrement de Malchi et fit pour cela appeler une unité de ses hommes, restés en haut de la colline. Il insista néanmoins pour refuser le plus petit honneur militaire au défunt. Si quiconque parmi ses légionnaires pensait désobéir à ses ordres, le message d'avertissement serait clair.

Les officiers les plus gradés des deux camps furent appelés et bientôt, une dizaine d'hommes, blancs et noirs, furent réunis, face à face, certains assis sur des tabourets ou sièges de camp, d'autres sur des rochers. Denza Grundan, l'officier promu par Tuzza, servait une fois de plus de pont entre deux rives.

La méfiance des commandants d'Alezzi était manifeste dans chaque geste et chaque regard. Ils dévisageaient Tuzza, Odetta et Denza avec un sentiment proche du mépris et Ratha et Jenah avec une haine évidente.

Mais Alezzi était suffisamment respecté par ses

hommes pour qu'ils ouvrissent les oreilles, si ce n'était leur cœur, à la discussion.

Tuzza faisait face aux officiers de son cousin, en position d'orateur. Son attitude visait à leur montrer qu'il ne sollicitait que leur attention. Aucun Bozandari ne pouvait la lui refuser.

— Vous vous demandez, dit-il aux hommes d'Alezzi, de quoi nous parlons ici, et pourquoi ma légion se trouve en ordre de bataille sur ces collines, en compagnie des Anari. Contre vous.

Des murmures d'assentiment lui répondirent.

— Nous ne sommes pas contre vous, mes frères. Sauf si nous y sommes obligés. Nous avons une mission importante, plus importante qu'aucune jamais entreprise par une armée bozandari. Nous connaissons tous les conquêtes que nous avons faites au cours des années. L'histoire que nous transmettons à nos enfants évoque moult récits glorieux.

Derechef, des murmures d'approbation accueillirent ses paroles.

— Il n'existe pas de soldat de Bozandar qui ne puisse tenir la tête haute à la mémoire de ceux qui l'ont précédé. Il n'existe pas de soldat de Bozandar qui ne ressente un profond engagement envers l'empereur, l'empire et notre peuple. Chacun de nous est prêt à mourir au nom de cet engagement.

Des hochements de tête suivirent ces mots. Mais les visages continuaient de refléter la perplexité.

Tuzza leva la main et désigna ceux qui se tenaient derrière lui.

— Vous vous posez des questions sur les compagnons

que j'ai choisis. Vous vous demandez pourquoi j'ai rallié ceux qui ont attaqué ma légion et tant de mes hommes il y a si peu de temps. La même question pourrait être posée à ces Anari et à leurs camarades, au Seigneur Annuvil et à Dame Tess, car nombre de leurs êtres chers sont morts des mains de mes hommes.

La satisfaction se lisait sur les visages de son auditoire. Il avait montré sa légion sous un jour favorable tout en rappelant que les pertes n'avaient pas été dans le seul camp bozandari.

Il recula et fit signe à Ratha d'avancer.

— Cet Anari m'a vu tuer son frère, comme j'ai vu son frère tuer mon jeune cousin. Et pourtant, nous avons choisi d'enterrer nos épées plutôt que courir après la vengeance et l'amertume. Car un ennemi bien plus puissant nous menace tous… Mais avant de vous en parler, laissez-moi vous rappeler des questions tout aussi essentielles. Vous vous inquiétez de la rébellion des esclaves à Bozandar. Certains parmi vous ont peut-être perdu des membres de leur famille dans cette révolte. Je n'ai aucun doute que, dans l'armée des Loups des Neiges derrière moi, beaucoup aient perdu des êtres chers, qu'ils soient anari ou bozandari. Alors, pourquoi cesser de nous combattre ici et maintenant ? Pourquoi ne pas continuer et chercher une victoire illusoire en répandant le sang de nos ennemis ?

Certains opinèrent du chef, d'autres murmurèrent leur approbation. Alezzi lui-même semblait trouver la perspective séduisante.

— Je vais vous dire pourquoi, poursuivit Tuzza sur un ton calme. Parce que si vous agissez ainsi, vous ne serez plus en mesure de lutter contre un mal plus grand. Pour ce faire, vous aurez besoin de tous, des Anari comme des Bozandari. Il nous faudra nous battre en frères car dans ce combat, nous serons frères. Si nous ne nous allions pas maintenant, nous serons une proie facile pour l'Ennemi qui prépare son attaque en cet instant même. Un ennemi qui fera des Bozandari des esclaves aussi sûrement que nous avons asservi les Anari. Réfléchissez à ce que je viens de dire, mes frères. Pensez à la façon dont vous avez traité les Anari et demandez-vous si vous voudriez que vos familles subissent le même sort. Vous devez vous décider et vous décider maintenant. Notre alliance n'est pas une trahison de Bozandar mais un moyen de la sauver.

L'un des officiers d'Alezzi prit la parole.

— Qui est cet Ennemi ? Nous n'en avons vu aucun.

— Cela viendra, dit Tuzza. Vous avez dû entendre parler des grands ordonnateurs et de leurs victimes.

L'homme acquiesça comme à regret.

— Mais je ne les ai pas vus de mes propres yeux. Ce n'est qu'une rumeur.

— Non, ce n'est pas une simple rumeur, dit Ratha en croisant les bras. Nous en avons combattu un. Ils sont possédés par l'Ennemi et ne craignent pas la mort. Ils agissent comme un seul homme. Avez-vous jamais tenté d'écraser toutes les fourmis d'une fourmilière ?

C'est impossible. Ces grands ordonnateurs agissent un peu de la même façon.

Les Bozandari échangèrent des regards dubitatifs.

— L'Ennemi, reprit Tuzza, rend cet hiver étrangement froid et rigoureux. Il a provoqué la destruction des récoltes et la mort de milliers de personnes, de froid et de faim. Vous connaissez les faits. Vous en avez entendu parler ou l'avez vu de vos propres yeux. Ce que vous ne saviez pas, c'est que l'Ennemi se cache derrière ces événements. Il cherche à nous affaiblir avant de nous conquérir.

— Qui est-il ? D'où tire-t-il ces pouvoirs ?

Archer intervint.

— Il fut prédit par la prophétie. Certains le nomment le Seigneur du Chaos. C'est mon frère, Ardred.

Des cris de surprise parcoururent le groupe de Bozandari qui n'avait pas tout entendu. Tous avaient connaissance des légendes anciennes et des prophéties ; mais nul n'avait cru qu'elles pussent être vraies.

— Ces temps furent prédits, dit Archer. Je le combattrai seul si je le dois mais il dispose d'armées et d'hommes asservis par les grands ordonnateurs et les utilisera afin de mettre vos villes et vos maisons à sac pendant que je chercherai à l'atteindre. La seule manière de protéger ce que vous aimez est de l'empêcher de conquérir vos terres, de lui résister.

Ces mots furent salués par des murmures d'assentiment : l'argument était logique.

— Bien, mais comment savoir si vous dites vrai ? demanda l'un des soldats.

— Ma parole ne vous suffit-elle pas ? repartit simplement Tuzza.

Tous connaissaient la réputation de Tuzza et son influence mais on leur demandait de commettre un acte qui pourrait s'avérer une trahison. La loyauté qu'ils devaient à l'empereur exigeait qu'ils mourussent plutôt que de permettre pareille chose.

Beaucoup parurent presque convaincus par les arguments de Tuzza mais franchir la dernière étape était trop difficile. Ils hésitèrent. Ce fut alors que l'un d'eux poussa un cri en montrant un point à l'ouest.

Etincelant, dans la lumière dorée de l'après-midi, du blanc immaculé de la créature de légende qu'il était, un loup des neiges courait vers eux. Il traversa la plaine à la vitesse du vent ; tous le contemplaient, incrédules et admiratifs à la fois. Des soupirs émerveillés échappèrent à plusieurs soldats. Seul un homme songea à sortir son épée ; il fut arrêté par Alezzi.

— Attends, dit-il. J'ai déjà vu un miracle aujourd'hui. Un second ne me déplairait pas.

Le loup ne ralentit qu'une fois arrivé à quelques mètres du groupe. Puis il avança au pas. Ses yeux dorés témoignaient d'une sagesse ancestrale.

Il s'arrêta enfin près de Tess et s'appuya contre son siège. Elle se pencha et plongea les doigts dans son épaisse fourrure blanche. Puis elle regarda autour d'elle.

— Voulez-vous une preuve supplémentaire ?

— Ce n'est pas un chien, dit l'un des Bozandari.

— Non, dit un autre. C'est bien le Loup des Neiges. J'en ai vu un une fois quand j'étais enfant dans la forêt du nord mais je pensais qu'ils avaient tous disparu depuis.

— Pas encore, dit Tess. Que voulez-vous de plus ? Dites-le moi et j'essaierai de vous satisfaire. Voulez-vous que je change en verre le sable sous vos pieds ? Voulez-vous que je provoque un coup de tonnerre dans le ciel ?

— Tess, lui dit Archer à l'oreille. Vous ne devez pas utiliser vos pouvoirs pour une simple démonstration. Ces hommes doivent croire à ce qu'ils feront et non être forcés à le faire par crainte.

Elle baissa la tête, puis approuva sa remarque d'un signe.

— Laissons-les décider, dans ce cas.

Elle se leva et les regarda un à un.

— J'en ai assez des conseils de guerre, de tenter de convaincre des hommes de faire ce qui est juste et bien. Si vous ne voulez pas voir la vérité en face, alors peut-être méritez-vous ce qui vous arrivera.

Sur ces entrefaites, elle leur tourna le dos et se dirigea vers la colline. Le Loup des Neiges marchait à ses côtés.

20.

Dans l'ensemble, Tess était satisfaite. Les Loups des Neiges avaient passé les deux derniers jours en campement avec les Lions Noirs. Une fois de plus, des tensions avaient vu le jour, certains des soldats d'Alezzi ne pouvant accepter l'idée de marcher côte à côte avec les Anari. Alezzi avait proposé d'amnistier et de libérer dans l'honneur de leurs obligations militaires ceux qui se sentaient incapables de poursuivre la marche avec lui et un homme sur dix peut-être s'en était prévalu.

Leurs effectifs totaux s'élevaient à près de huit mille hommes et bien que les commandants doutassent qu'ils puissent se battre efficacement de concert, Tess croyait qu'ils pourraient au moins marcher vers Bozandar dans un semblant de paix. Plus ils passeraient de temps ensemble, à partager les inévitables privations d'une armée en campagne, plus ils se rapprocheraient.

— Mes hommes ne souhaitent pas adopter votre étendard, ma dame, dit Alezzi doucement, tout en observant les activités du camp.

— Les Loups des Neiges ne le voudraient pas de

toute façon, repartit Tess. Ils ont combattu ensemble, bien que dans des camps séparés au cours de la bataille du défilé, et partagent le souvenir de ces heures noires. Ils pourraient refuser d'accorder le droit de porter cet étendard à des hommes qui n'ont pas encore été mis à l'épreuve.

Alezzi acquiesça.

— Vous parlez avec sagesse, ma dame. C'est peut-être mieux ainsi. N'est-il pas préférable que nous foulions les terres de Bozandar non pas comme une seule armée mais comme deux entités séparées, une pour chacun de nos peuples, mais unies par le même objectif ?

Tess sourit.

— Oui-da, cela pourrait nous épargner bien des ennuis en chemin. Je me demande cependant ce à quoi nous pouvons nous attendre, une fois à proximité de la ville.

— Je ne pense pas à être accueilli à bras ouverts.

— Tu crois ? fit Tess, non par défi mais parce qu'elle était curieuse de mieux connaître l'homme.

— Etes-vous jamais allée à Bozandar ? s'enquit-il.

Tess secoua la tête.

— Je ne sais pas. Si j'y suis allée, je n'en ai aucun souvenir.

Elle lui raconta rapidement ce qu'elle savait de sa propre histoire, depuis son réveil au milieu du carnage d'une caravane massacrée, son arrivée à Whitewater, son voyage le long du fleuve Adasen, l'horrible famine qui sévissait à Derda, son enlèvement et ses jours de captivité à Lorense, le combat contre Lantav Glassidor et ses sbires, et enfin la traversée du désert vers les terres anari et la découverte d'Anahar.

— Quant à la suite, tu la connais, conclut-elle. J'en sais à peine plus que vous tous sur ma vie avant tout cela.

— Ce doit être... effrayant, dit Alezzi.

Tess sourit.

— Oui-da. J'en sais trop sur ce que je suis aujourd'hui mais trop peu sur mon identité passée.

— J'ai du mal à me l'imaginer, ma dame. Si je suis un bon officier et un homme de bien, c'est parce que je puis me souvenir de mes erreurs. Comment éviter de répéter les erreurs de votre jeunesse si vous ne vous les rappelez pas ?

Tess réfléchit à ces paroles pendant de longues minutes. Elle ne s'était jamais posé cette question ; plus elle y pensait et plus elle pensait à l'homme qui l'avait énoncée, plus elle voyait la richesse de son caractère.

— Je suppose que je ne peux compter que sur moi, répondit Tess, et espérer que mes choix soient nés des leçons tirées du passé, même si je ne me rappelle pas ce passé.

Oui, songea-t-elle, une telle situation était effrayante. Alezzi avait mis le doigt sur le sentiment de peur diffuse qui ne la quittait pas, ce sentiment qui la faisait si souvent douter de toutes les décisions qu'elle prenait.

— Je ne m'en inquiéterais pas outre mesure, ma dame, dit-il. Vous avez manifestement gagné la confiance de tous ceux qui vous connaissent et pas uniquement parce que du sang idluin coule dans vos veines. Mon cousin m'a parlé de votre courage et de votre sagesse, comme l'ont fait Maître Archer et ses officiers anari. Que vous sachiez ou non d'où vous vient ce courage et cette sagesse n'a guère d'importance. Le fait que vous possédiez ces qualités ne fait aucun doute.

— Merci, Alezzi. Tu es un conseiller qui m'apporte bien du réconfort.

— Si c'est le cas, répliqua-t-il, ce n'est que parce que la vérité joue en votre faveur.

— Et sinon ?

Alezzi esquissa un sourire énigmatique.

— Je suis un officier, ma dame. Ma vie est régie par les dures réalités du temps, de la distance, de la faim, de la fatigue, de la peur et de la mort. Je ne peux pas me permettre de me mentir à moi-même ou de mentir à mes hommes. Je ne vous mentirai pas non plus.

— Si tous les officiers voyaient leur devoir ainsi, il n'y aurait pas de raison de faire la guerre… Et pourtant nous devons nous battre. Et comme tu le disais, il le faudra encore aux portes de Bozandar.

— Je n'ai pas dit cela, ma dame. Je dis seulement que nous ne pouvons nous attendre à être accueillis en amis et frères.

Tess le regarda. La question qu'elle ne posait pas se lisait sur son visage. Elle attendit qu'il poursuivît.

— Les Bozandari sont un peuple fier. Et à juste titre, je crois. Pendant de nombreuses générations, nous avons fait régner la sécurité et la prospérité dans le bassin d'Adasen. Nous avons instauré une monnaie unique et un réseau de routes et de marchés. Institué un code pénal et bâti des tribunaux afin de le faire appliquer. La ville de Bozandar est le joyau de la mer d'Enalon, une ville belle, sûre et à la vie bien réglée, que visitent des peuples de l'est, de l'ouest, du nord et du sud afin de commercer.

— Je crains qu'elle ne soit plus si belle, sûre et bien réglée en ce moment, fit remarquer Tess.

— Peut-être pas. Mais peut-être qu'une fois que les Anari qui souhaitent partir l'auront fait, la ville sera d'autant plus belle. Je ne veux pas les critiquer, je ne fais qu'exprimer ma conviction : posséder un esclave empoisonne l'âme du maître autant que celle de l'esclave.

— Tu t'opposes à l'esclavage ?

Alezzi leva les yeux, comme s'il recherchait une réponse dans les lambeaux de nuages qui flottaient dans le ciel bleu azur.

— Oui, sans doute, maintenant. Je ne m'y suis pas toujours opposé. Je l'ai simplement refusé pour moi, laissant les autres faire leurs propres choix.

Ce raisonnement, songea Tess, était séduisant, mais ne justifiait pas totalement le silence d'Alezzi. Il devait être cependant fort répandu parmi les citoyens de Bozandar.

— Ces choix étaient refusés aux Anari, toutefois, dit-elle un peu durement.

Il croisa son regard.

— Vous dites vrai, Dame Tess.

Dire la vérité au pouvoir en place. Cette phrase lui vint soudain à l'esprit et elle attendit un instant, se demandant si ces mots trouveraient leur place dans un souvenir encore enfoui dans sa mémoire. Mais aucun ne lui vint. Cela dit, le sens de ces paroles était évident et elle décida de poursuivre.

— Si Bozandar a tant apporté aux habitants de ces contrées, n'oublie pas néanmoins que ces dons ont été imposés sous la menace d'une épée.

Alezzi ferma les yeux à ces mots et prit une longue et profonde inspiration avant de répondre.

— Si ce que vous dites est vrai, cela ne l'est qu'en partie, ma dame. Oui, nous avons conquis des terres. Mais dans la plupart des contrées que nous avons conquises, notre présence a amené la paix, et pour la première fois. Le malheur l'emportait sur le bonheur et les clans combattaient les clans, massacrant les gens dans leur lit ou dans les rues. Et n'oubliez pas que la plupart des peuples les plus respectueux des lois se sont ralliés volontairement à Bozandar, ont payé leurs taxes et ont prêté allégeance à l'empereur en échange de la sécurité et de la prospérité que nous pouvions leur apporter.

— Je ne peux pas avoir oublié ce que je n'ai jamais su, rétorqua Tess en se demandant si cette explication était juste, à quel point Alezzi la croyait et dans quelle mesure elle n'était qu'une excuse facile. Et la manière dont vous avez traité les Anari me rend... sceptique. Peut-être votre histoire si glorieuse a été pour une grande part débarrassée des éléments les plus gênants.

— Peut-être, mais je n'en suis pas responsable. Je vous dis ce qu'on m'a enseigné. Jusqu'à ces derniers jours, je n'avais jamais songé à remettre ces enseignements en cause. Je me concentrais sur mes hommes et mon devoir.

— Je le conçois très bien, Alezzi.

Il rit brièvement, silencieusement, si bien que son rire ressembla à un soupir.

— Qu'y a-t-il ? s'enquit Tess.

— Personne ne m'appelle par mon nom, sauf ma femme et Tuzza, ma dame. Et je les ai vus tellement peu ces derniers mois. Entendre mon propre nom est devenu étrange.

— Je commence à connaître ce sentiment, dit Tess en souriant. Je suis trop souvent maintenant « ma dame » ou au mieux « Dame Tess ». Quoi que les autres pensent de moi, je ne m'y suis pas encore entièrement habituée.

— J'aurais l'impression de vous manquer de respect si je vous appelais autrement, Dame Tess, dit-il en souriant. Ne vous y trompez pas, je vous en prie. C'est un honneur.

Tess soupira.

— J'ai parfois le sentiment que les honneurs que je reçois sont excessifs. Je n'ai pas demandé à avoir ces dons. Je n'ai pas demandé à ce que mon sang brûle les autres et provoque une mort affreuse. Je déteste cette idée.

— Il ne peut en être autrement. C'est un terrible fardeau. Mais vous êtes également en mesure de guérir. Les Loups des Neiges me l'ont raconté ; ils m'ont parlé d'horribles blessures que vous avez fait disparaître et des hommes que vous avez sauvés d'une mort certaine.

— Nombre d'entre eux mourront dans les batailles à venir. Est-ce un don que de ressusciter un homme pour lui faire connaître de nouveau la douleur et la terreur ?

Alezzi se frotta le menton en fixant les rochers pendant un long moment.

— Et pourtant, vous continuez, ma dame.

— Ai-je d'autre choix ?

— Nous avons toujours le choix, dit fermement Alezzi. Ceux qui croient qu'ils n'ont pas le choix paniquent et ne font rien, ou pire encore. Vous n'avez peut-être pas voulu vous trouver sur cette voie mais à présent, vous la choisissez, jour après jour, en posant un pied devant l'autre.

— Si je voyais une possibilité de m'y soustraire, je la saisirais, j'en ai peur. J'aimerais partir en laissant tout ceci derrière moi, retrouver la vie qui était la mienne auparavant, quelle qu'elle soit. Je n'aurais ainsi plus jamais à brûler un homme de mon sang ou à soigner les blessures atroces d'une guerre livrée en mon nom. Je n'aurais plus jamais à voir des hommes souffrir autant. Oui, commandant, si je voyais une autre voie, je fuirais celle-ci, même si je devais me haïr pour cela, plutôt que supporter la guerre et la mort un jour de plus.

Elle se détestait d'avoir osé dire cela ; pendant un instant, ses lèvres tremblèrent et sa vue se brouilla. Elle se détourna, dégoûtée par sa propre faiblesse, révoltée par ce qu'elle venait de reconnaître. Elle n'était pas la Filandière, hormis la filandière de la mort des autres.

Elle sentit une main se poser sur son épaule, doucement mais fermement, et elle se sentit mieux. Il s'était approché. Lorsqu'il parla enfin, sa voix était douce et apaisante.

— Dame Tess, si vous saviez combien de fois j'ai entendu ces mots. Dans la bouche de mes officiers. Dans celle de mes hommes. Je les ai prononcés moi-même à maintes reprises. Aucun soldat qui est aussi un homme de bien ne peut s'empêcher de penser ainsi car aucun homme de bien ne peut tirer de plaisir dans la guerre. Ceux qui en sont capables sont mauvais et cruels et on ne peut leur faire confiance : ils sont si avides que tout le sang du monde ne pourrait les satisfaire. Ce que vous venez de dire ne fait pas de vous une lâche mais une femme digne de respect et du sang qui coule dans vos veines.

Des larmes coulaient sur ses joues ; elle se détourna afin qu'Alezzi ne la vît pas pleurer. Elle ne le connaissait pas assez pour se montrer faible en sa présence. En tout cas pas assez pour manifester une faiblesse de cette sorte.

Archer vint à son secours sans le savoir.

— Alezzi. Tuzza, Ratha et Jenah te cherchent. Un conseil doit se tenir afin de décider de la stratégie à adopter au cours des prochains jours.

Alezzi lâcha l'épaule de Tess.

— J'y vais tout de suite. Venez-vous ?

Archer secoua la tête.

— Ces décisions appartiennent aux officiers des deux armées. Je ne veux pas me substituer à eux.

Alezzi les salua puis descendit du promontoire rocheux, disparaissant peu à peu à la faveur de la nuit tombante. Le son de ses pas s'évanouit à son tour peu à peu.

— Je ne vous ai pas entendu arriver, fit remarquer Tess.

— Je puis être aussi silencieux qu'un rongeur du désert si je le souhaite. J'ai senti que vous aviez besoin de moi.

Elle se tourna vers Archer, le visage baigné de larmes, et ne protesta aucunement lorsqu'il la prit dans ses bras. Petit à petit, au cours des derniers mois, malgré son passé qui se dérobait, et en dépit des doutes occasionnels d'Archer à son sujet, les bras de ce dernier étaient devenus son seul refuge, le seul endroit en ce monde où elle se sentait réellement en sécurité. Assez pour déposer son fardeau. Assez pour être elle-même.

— Si seulement vous m'aviez laissée mourir avec cette enfant dans les bois.

Il resserra son étreinte.

— Ne dites pas cela, ma dame. Ce monde a besoin de vous plus que de toute autre. Je sais que le chemin est difficile et combien vous êtes souvent blessée mais il y a toujours un prix à payer quand on fait le bien.

Il était le seul homme qu'elle croyait réellement lorsqu'il lui disait comprendre à quel point tout ceci lui faisait mal. Elle ressentait en lui des blessures tout aussi douloureuses, et d'autres bien pires.

— Il est inutile de se demander le pourquoi des choses, murmura-t-elle enfin, la joue posée contre son épaule.

Le cœur d'Archer battait fortement et régulièrement contre son oreille et elle se surprit à remarquer les parfums qui se dégageaient de lui — celui des chevaux, qui n'était pas désagréable, l'odeur du cuir qu'il portait, un soupçon de sauge du désert et plus… bien plus. L'odeur de l'homme. Elle retint son souffle ; jamais au cours de ces derniers mois, elle ne s'était permis de penser à lui de cette façon, pas même lorsqu'elle l'avait poussé à danser avec elle.

Il n'était pas un homme comme les autres. C'était un immortel investi d'une mission infernale afin de réparer ce qu'il disait avoir jadis détruit. Elle-même avait souvent pensé qu'il était trop dur envers lui-même : nul n'était parfait au point de ne jamais commettre d'erreurs et les pires fautes naissaient toujours des meilleures intentions.

Les Anari, par exemple. Elle s'adressa à Archer, exprimant une pensée qui la tourmentait depuis quelque temps déjà.

— Vous disiez que vous aviez eu tort de créer les Anari.

— C'était faire preuve de démesure. Comment avons-nous pu espérer faire mieux que les dieux ? Nous avons provoqué leur colère, semé le chaos dans le monde.

— Oui-da, je sais cela, les autres et vous me l'avez dit. Mais je veux que vous pensiez à autre chose, seigneur Annuvil.

— Oui ?

— Je veux que vous pensiez à quel point ce monde serait plus pauvre sans l'existence des Anari. Ils sont beaux. Les nuances de leur peau sont si riches, leurs yeux sont si profonds — des lacs sombres qui reflètent tant de bonté. Quelle tristesse si Anahar n'avait jamais été bâtie, si personne n'avait jamais entendu le chant des rochers et des montagnes.

Elle sentit, plutôt qu'elle ne vit, son hochement de tête. Il soupira.

— Même dans votre chagrin, vous m'apportez du réconfort, ma dame.

— Nous devons nous réconforter mutuellement, mon seigneur. J'ai de plus en plus le sentiment que nous portons tous deux des fardeaux que nous seuls pouvons comprendre. Mes sœurs idluins sont très gentilles et leurs cœurs sont bons. Mais elles ne sont pas la Filandière.

Il lui prit doucement le menton et leva son visage vers lui afin de la regarder à la lueur des étoiles.

— Que dites-vous ?

— Avant la fin de tout ceci, la Filandière sera souillée bien davantage qu'elles.

— Vous ne pouvez pas le savoir !

— Je le sens. Nous allons affronter une immense injustice — je ne dirais pas le mal, bien que d'autres le qualifieraient de la sorte. De toute façon, je n'en sortirai pas intacte. Et vous non plus.

Elle tendit la main et lui effleura la joue.

— Je n'ai qu'un seul souhait pour vous, mon seigneur. Quelles que soient les épreuves auxquelles nous ferons face dans les jours et les mois à venir, je prie pour que vous soyez libéré de votre culpabilité et de votre chagrin.

— Je souhaite la même chose à tout le monde.

— Je le sais.

Elle sourit. Les larmes brillaient toujours sur son visage.

— Je voudrais que nous puissions tourner le dos à cette mission. Je le reconnais volontiers. Mais c'est impossible.

— Je sais que je ne le puis pas car elle me poursuit depuis la première faute que j'ai commise.

Elle opina et se pressa contre lui.

— Serrez-moi dans vos bras, Seigneur Annuvil. Ce n'est que dans vos bras que je me sens à l'abri du danger.

Il s'exécuta volontiers et regarda le ciel. Si seulement les étoiles pouvaient parler et leur promettre que tout irait pour le mieux…

Puis, incapable de résister plus longtemps à la proximité de son corps, il l'entraîna avec lui et les allongea tous deux sur un doux lit de fleurs, qui avaient poussé contre toute attente dans le désert après la pluie. Il la serra contre lui et feignit de n'être qu'un homme comme les autres, tenant dans ses bras une femme qu'il avait appris à aimer.

Cilla trouva Ratha sous sa tente à la fin du conseil.

— Bonsoir, cousine, dit-il gaiement.

Il était penché sur des cartes étalées sur la table de camp, s'efforçant de les lire à la lumière de chandelles qui tremblaient trop. Cilla leva la main et fut ravie de voir que son geste immobilisa les flammes.

— Alors, vous autres Idluins avez bien quelques talents utiles, dit Ratha en riant.

— Un ou deux, approuva-t-elle d'un air coquin.

La coquetterie faisait partie de sa nature. Cilla était devenue juge de son clan, un personnage influent, et une prêtresse. Elle avait même suivi un entraînement guerrier. Comme Ratha, elle n'était pas vaine, et devait être prise au sérieux.

— Nous nous rapprochons de Bozandar, fit-elle remarquer.

— Oui. Nos patrouilles ont commencé à trouver des esclaves en fuite et nous les intégrons aux troupes. En tout cas, ceux qui sont en mesure de se battre. Les autres sont renvoyés à Anahar.

— Je le sais.

Il rit.

— Je n'arrête pas d'oublier que tu es une Idluin, cousine. Nous avons joué trop souvent dans les rochers quand nous étions enfants. Tu n'hésitais pas à me jeter des pierres lorsque l'envie t'en prenait…

Elle leva un sourcil.

— Je crois me rappeler que tu n'avais rien contre non plus.

— Sûrement pas. Et tu te souviens de notre petite maison de pierres ? Notre toute première tentative à tous les trois de construire quelque chose en nous inspirant de l'exemple des anciens.

— Oui-da.

Cilla ferma les yeux et se perdit dans ses souvenirs. Ratha, Giri et elle avaient passé de nombreuses heures à jouer dans les montagnes près de leur clan et à apprendre les habitudes des pierres, acquérant ainsi les talents de leurs ancêtres.

Ils avaient appris qu'il leur fallait trouver une pierre prête à être taillée et à s'associer à d'autres. Certaines étaient difficiles à manier, leurs chants étaient sombres et leurs couleurs changeantes. Les enfants qu'ils étaient alors avaient appris à rechercher celles qui voudraient faire partie de la cabane de jeux qu'ils souhaitaient bâtir.

— C'est une chose que les Bozandari n'ont jamais comprise à notre sujet, dit-elle.

— Laquelle ?

— Le fait que les pierres nous parlent et que nous ne faisons d'elles que ce qu'elles veulent. Ils ont insisté pour que nous les forcions et c'est pour cette raison que leurs bâtiments n'ont jamais été aussi réussis que ceux que nous édifions pour nous-mêmes. Ils n'ont pas su utiliser nos talents à de nombreux égards.

— En effet. Nous devons à présent réparer les injustices passées.

— Tout à fait d'accord. Mais je parle de notre enfance, lorsque nous apprenions la leçon la plus importante que nous prodiguaient les montagnes...

— La taille des pierres ?

— Le respect et la coopération. Sans cela, la pierre nous résistait.

— Tu dis vrai, dit-il en souriant faiblement. Je

me souviens combien nous nous sommes amusés. Je ne pensais pas être en train d'apprendre quoi que ce soit.

— Moi non plus, à l'époque. Et pourtant, nous aurons besoin de ces leçons dans les jours à venir.

— Oui. J'espère que les Bozandari qui nous accompagnent les auront apprises.

— Je crois que oui, au moins parmi les troupes. Nous devons insister sur l'importance de ces valeurs.

— Ce ne sera pas facile. Ils sont habitués à nous considérer comme à peine plus que des animaux.

Cilla fit la grimace.

— Ils traitent leurs animaux mieux que leurs esclaves, ai-je entendu dire.

Ratha éclata de rire — pour la première fois depuis la mort de Giri.

— Tu as encore une fois raison.

— Tu es un homme formidable, Ratha Monabi.

Il détourna le regard, gêné. Cilla ne voulait pas de cette modestie. Elle posa la main sur sa joue et tourna son visage vers elle.

— Nous n'avons que peu de temps. Très peu de temps. Allons-nous renoncer à l'occasion qui se présente à nous ?

— De quelle occasion parles-tu ?

Elle se pencha et l'embrassa doucement.

— J'ai le sentiment de te désirer depuis toujours, cousin. N'as-tu jamais ressenti cela, même un peu ? Il nous reste si peu de temps que je refuse de le perdre en jeux idiots. Fais-moi l'amour, Ratha Monabi. Fais-moi l'amour maintenant.

Le sang bouillonnait dans les veines de Ratha et il n'hésita pas une seconde. Il l'attira contre lui.

Ceci, songea-t-il, était tout ce qui comptait dans la vie. S'ils ne devaient avoir qu'une seule nuit d'amour, elle justifierait tout le reste. Cette nuit, il célébrerait la vie plutôt que de donner la mort. Cette nuit, il oserait s'abandonner à l'amour d'une femme qui l'avait attendu patiemment, en dépit de son chagrin, de sa douleur et de ses doutes.

Demain, peut-être, il faudrait se battre et son sang serait répandu. Pour l'heure, il était en vie. Et il était si bon d'être vivant.

21.

Au cours des jours qui suivirent, Tom vit les esclaves anari en fuite rejoindre les deux armées. L'efficacité administrative des officiers de Tuzza et d'Alezzi se révéla amplement en ces circonstances. Les blessés et les malades étaient diligemment envoyés à Tess et à ses sœurs afin d'être soignés. Ceux qui ne pouvaient ou ne voulaient pas se battre étaient rassemblés en colonnes et on leur attribua des guides afin de les conduire vers Anahar. Quant à ceux qui étaient capables et désireux de combattre, ils étaient intégrés à des unités anari et recevaient un entraînement militaire pendant la marche.

Au matin du cinquième jour, ils arrivèrent au sommet d'une colline boisée qui surplombait la mer scintillante d'Enalon. Tom voyait la magnifique ville de Bozandar pour la première fois.

De leur promontoire, la vue était à couper le souffle. Les esclaves en fuite avaient dépeint trop clairement ce qui les attendait dans les rues de Bozandar mais à cette distance, ces horreurs demeuraient invisibles. N'apparaissaient que des murs de grès étincelant, tous bâtis par les mains des Anari. Bien que la ville soit loin d'être la cité vivante et éclatante qu'était Anahar, Tom sentit néanmoins son cœur battre plus vite à la vue d'un endroit qu'il avait désiré voir depuis son enfance à Whitewater. Les histoires que racontaient les marchands n'étaient pas fausses. Bozandar était une véritable merveille.

Les soldats bozandari s'agitèrent dès qu'ils posèrent les yeux sur leur capitale. Les histoires de massacres qui avaient eu lieu entre ses murs étaient fraîches dans leur esprit et les officiers durent ramener l'ordre dans les rangs. La peur des représailles, les doutes vis-à-vis de leur nouvelle allégeance et la colère à l'idée que des membres de leur famille eussent pu être tués dans la révolte des Anari — autant de sentiments qui formaient un cocktail qui pouvait exploser à tout moment et diviser l'armée.

Archer se tourna vers Tuzza et Alezzi.

— Nous sommes sur une pente dangereuse. Ce n'est pas une bonne idée de nous rapprocher davantage de la ville avec l'armée.

— Je suis d'accord, répondit aussitôt Tuzza. Et je crains que rien de ce que nous pourrons dire ne nous fera entendre favorablement à Bozandar.

— J'irai, dit Tom.

Sa voix parut les surprendre. En effet, pendant presque toute la marche, il était resté en retrait, avec Sara ou Erkiah — mais il était à présent au milieu des commandants, à cheval sur une jument robuste, les yeux toujours protégés par son masque de cuir.

— Pourquoi toi ? demanda Archer.

— J'ai toujours voulu voir Bozandar. Mais plus encore, je suis politiquement neutre. Whitewater n'est ni un allié ni un ennemi de Bozandar. Nos marchands et nos citoyens y ont toujours été les bienvenus.

— Tu n'iras pas seul, dit Sara en chevauchant vers eux avec Erkiah. Si Whitewater est neutre, alors je devrais y aller aussi. Et Erkiah. Il sera notre guide.

— Il vous faut une escorte, dit Tuzza.

— Oui, approuva Alezzi. Je crains que le peuple de Bozandar ne se méfie de tout étranger en ce moment. Il est préférable de vous donner une protection.

— Non, dit Tom. Si nous arrivions avec des soldats bozandari, nous aurions l'air soit de prisonniers, soit d'envahisseurs. Ce doit être une mission de paix, Maître Archer. Laissez-moi y aller dans ce but.

Erkiah sourit à Tom.

— Nous ne parviendrons jamais à approcher l'empereur en tant que simples visiteurs, mon fils. Tu as raison de dire que nous ne pouvons arriver en compagnie d'hommes armés. Et oui, je puis être notre guide. Mais il nous faut aussi une escorte. L'officier Alezzi devrait nous accompagner.

— Nous irons ensemble, dit Tuzza.

— Non, répliqua Ratha, les yeux brillants de colère. Cela laisserait nos Bozandari sans chefs. Si nous sommes forcés de nous battre, ils seront perdus.

Tom posa la main sur l'épaule de Ratha.

— Mon ami, si nous sommes forcés de nous battre, alors tout est perdu de toute façon. Nous n'avons pas les effectifs nécessaires pour assiéger la ville et encore moins pour la prendre. Cette fois, les hommes plutôt que les épées doivent parler.

— Il dit vrai, dit Jenah à Ratha.

— Peut-être, fit Ratha. Il s'adressa ensuite à Tuzza. Mais j'ai toujours peur pour la paix à l'intérieur de notre camp si ton cousin et toi n'êtes plus là. Les tensions sont déjà fortes, d'autant plus que les soldats bozandari voient désormais leur patrie et se demandent s'ils ont bien fait. Je ne dis pas cela pour t'insulter, toi ou les tiens, mon frère. Quiconque réagirait comme ils font maintenant.

— Oui-da, mon frère, dit Tuzza. Mais mes hommes sont loyaux envers la Dame Filandière.

— Tes hommes sont loyaux envers toi, dit gravement Ratha. Et à juste titre, car tu leur as fait traverser bien des épreuves et finalement rendu la fierté qu'ils avaient perdue dans la défaite. Ne te sous-estime pas, mon frère. Rare est le général qui inspire un tel dévouement à ses hommes.

— Tom a raison, dit Alezzi. Mon cousin, nous ne pouvons partir tous les deux. Mais l'un de nous doit accompagner Tom afin de lui obtenir une audience avec l'empereur.

— Mes hommes ont passé plus de temps avec les Anari, répondit Tuzza. Ils marchent sous l'étendard du Loup des Neiges. Ils sont moins susceptibles de provoquer des remous en mon absence. Je pense donc que je devrais accompagner Tom.

— Non, dit Erkiah. Ce doit être Alezzi. Tuzza, rappelez-vous que la Cour se méfie certainement de vous à cette heure, du fait de votre supposée captivité. Et les espions ont probablement rapporté que vos hommes se sont ralliés aux Anari sous un nouvel étendard. Il est plus probable que vous soyez arrêté plutôt que ne vous soit accordée une audience à la cour impériale.

— N'oublions pas l'Ennemi, dit Archer. Il doit disposer d'agents à la Cour, si ce n'est de grands ordonnateurs. Et il connaît sans doute ta nouvelle allégeance, Tuzza. Erkiah a raison, ce doit être Alezzi.

— Mes hommes savent que tu n'es pas un traître, Tuzza, dit Alezzi. Ta réputation était grande avant cette campagne en terres anari et plus grande encore parmi eux depuis que tu as rejoint la Dame Filandière. Tu as servi avec nombre de mes officiers par le passé. Ils te connaissent et tu les connais. Je n'ai aucune réticence à l'idée de te confier ma légion, mon cousin. Les hommes te suivront sans hésiter.

— Aie confiance en ton cousin, dit Tess à Tuzza. C'est un homme d'honneur. Il ne nous trahirait pas et ses hommes non plus.

Alezzi sourit.

— Merci, Dame Tess. Il en est ainsi décidé.

— Oui, dit Archer. J'approuve.

Ratha serra l'épaule de Tuzza.

— Je ne voudrais pas te voir arrêté, mon frère. Ta place est ici, avec tes légions, et le conseil pourrait avoir besoin de ta sagesse pendant que Tom et ses compagnons seront à Bozandar.

Tuzza finit par accepter.

— Qu'il en soit ainsi.

— Alors, préparons-nous, dit Tom avec enthousiasme. Si je dois faire office d'émissaire, je dois être à la hauteur de la tâche.

Archer rit doucement.

— Jeune Tom Downey, tu es digne de cette tâche depuis la première fois où j'ai posé les yeux sur toi quand tu étais enfant. J'ai du mal à croire que tu ne l'aies pas encore compris. Va et défends notre cause, prophète. Fie-toi à ta sagesse et à celle de ceux qui t'accompagnent. Le monde ne pourrait rêver meilleurs ambassadeurs que les braves gens de Whitewater.

Alezzi vit Tom presser la main de Sara. Plus ils approchaient de Bozandar — ses murs brillaient, blancs et argentés, malgré la faible lumière du soleil hivernal —, plus le jeune homme était excité. La sentinelle les avait regardés, soupçonneuse, avant qu'Alezzi n'avançât et ne s'annonçât, lui et ses compagnons. Quels que fussent les soupçons de la cour impériale, ils n'avaient pas été transmis à cet homme dont Alezzi se souvenait pour l'avoir côtoyé lors d'une campagne dans le nord des années auparavant.

— Vous et vos compagnons êtes les bienvenus dans la ville de Bozandar, commandant Alezzi.

— Merci, officier Varlen, dit Alezzi en descendant de cheval afin de serrer la main du soldat. Il fouilla sa mémoire et se souvint que l'homme avait quitté l'armée, à la mort de sa femme, pour s'occuper de ses jumeaux. Comment vont tes fils ?

— Ils ne font que des bêtises, répondit Varlen en

riant. Ils font tourner ma nouvelle épouse en bourrique presque tous les jours.

— Si les bêtises des enfants étaient les seules que nous devions supporter, nous aurions beaucoup de chance.

— Oui, commandant. Car les leurs sont innocentes, ce ne sont que les sottises d'enfants qui découvrent la vie.

— Peut-être peut-on dire la même chose de nous tous, dit doucement Tom en hochant la tête. Aux yeux des dieux, nous devons ressembler à des enfants.

Alezzi remarque le regard curieux de la sentinelle et sourit.

— Mon ami est un grand prophète, officier. Nous devrions tous l'écouter.

— Je suis honoré de vous accueillir, prophète, dit Varlen. Et je prierai pour que nous soyons aussi indulgents que mes fils. Malgré leurs disputes, ils continuent à s'asseoir ensemble à table et nul n'oserait les séparer. Allez en paix et en liberté dans ma ville.

— Merci, répondit Tom.

Ils franchirent les portes et Alezzi entendit le cri d'admiration de Tom. Certes, cette vision de l'avenue large qui descendait en pente douce vers le splendide palais impérial était à couper le souffle.

Pour lui, qui avait grandi à Bozandar, le spectacle était différent. Il n'y voyait pas l'effervescence habituelle. Les nombreux chariots peints de couleurs vives qui passaient rapidement dans les rues en temps normal, transportant des hommes de tout rang vers leurs tâches quotidiennes, étaient pratiquement absents.

Alezzi en aurait sans cela hélé un, car à Bozandar, aucun homme libre ne traversait la ville à pied.

— Je ne suis pas habitué à marcher dans la ville, dit Alezzi. Il doit se passer quelque chose.

Il conduisait sa monture par les rênes.

— Nous n'avons pas besoin de marcher, dit Tom. Nous avons nos chevaux.

— Non, mon fils, dit doucement Erkiah en descendant de sa jument baie. La loi de la ville nous oblige à les mettre à l'écurie.

— Cette loi est bonne, dit Alezzi. Elle nous aide à garder les rues propres. Les temps ne sont pas ordinaires mais nous devons néanmoins nous plier à la loi. J'ai parcouru nombre de lieues dans ma vie. Cela ne me fera pas de mal de marcher aujourd'hui.

— Mais Erkiah ? dit Tom.

Erkiah pouffa.

— Ne t'inquiète pas pour moi, mon fils. Mes jambes m'ont porté jusqu'ici. Je ne suis pas si vieux qu'elles ne puissent continuer à le faire.

Alezzi paya la pension de leurs chevaux à l'écurie et les guida vers le centre de la ville. C'était une marche d'environ deux heures ; la cité était plus grande que toutes celles que ses compagnons de Whitewater avaient connues et ils s'arrêtèrent à de nombreuses reprises afin de lui poser des questions sur telle statue ou tel monument. Or Erkiah connaissait davantage l'histoire de Bozandar que lui et Alezzi l'écouta narrer des histoires à la gloire de la ville, tout en songeant qu'il n'était pas certain que cette gloire fût méritée.

N'avait-elle pas été bâtie sur le dos des Anari ? Des Anari qui n'avaient d'autre choix que de marcher comme le faisait aujourd'hui Alezzi — ils n'auraient pas eu le droit de louer un cheval, même s'ils avaient eu l'argent pour le faire. C'était une bonne chose, se dit-il, qu'ils marchassent comme des hommes ordinaires. Cela lui rappelait pourquoi il était ici.

Aux yeux d'Alezzi, Bozandar était aussi séduisante que belle. Il s'était fait la réputation d'un homme qui fuyait les honneurs de la cour, honneurs auxquels il avait droit du fait de sa naissance. Mais il avait voulu cette réputation plus par nécessité que par impératif moral. Chaque fois qu'il s'était trouvé dans la capitale, chaque fois qu'il s'était laissé aller à débattre de politique, il avait ressenti une attirance pour cette vie qui l'emplissait de honte.

Bien que les autres n'en fussent peut-être pas conscients, Alezzi ne détestait pas les intrigues et les complots de la cour. Il les aimait trop. Et il le savait.

Il se dirigeait précisément vers le nid de vipères qu'il avait tout fait pour éviter, au point d'accepter des missions dans des provinces lointaines alors qu'il avait droit à des postes administratifs au cœur de la cité. Cette fois, il ne pourrait pas se placer délibérément sur la liste des exilés.

Il se trouverait au centre du nid de vipères et il espérait que ses propres crochets seraient à la hauteur.

22.

Sara percevait la présence tenace, insistante, qu'elle avait déjà ressentie si fortement à Lorense. L'Ennemi contrôlait des esprits à Bozandar. Elle en était persuadée. *Si je peux les percevoir, eux aussi doivent sentir ma présence*, songea-t-elle.

Oui, lui répondit Tess en pensée. *Mais Cilla et moi sommes avec toi, ma sœur. Tu n'es pas seule.*

Serait-ce suffisant ? se demanda Sara sans faire part de ses doutes à ses sœurs.

Mais même si elle pouvait leur dissimuler ses pensées, elle ne pouvait cacher ses sentiments.

— N'aie pas peur, dit Cilla. Rien n'est plus paralysant que la peur, ma sœur. Apprends plutôt ce que tu pourras. Ouvre-toi à tout ce qui t'entoure. Nous ne te laisserions pas te battre seule si tu devais le faire.

Ces paroles la réconfortèrent et Sara ne douta pas une seconde de leur sincérité. La question était de savoir si les pouvoirs combinés de ses sœurs suffiraient. Si Tess et elle avaient combattu des esprits sous contrôle à Lorense, elles l'avaient fait en attaquant le grand ordonnateur, Lantav Glassidor. Le sang de Sara et de Tess avait jugé et exécuté l'horrible sentence de Glassidor mais le prix de la victoire avait été la mort de la propre mère de Sara, que Glassidor avait enlevée et contrainte à le servir des années auparavant.

Le souvenir des derniers instants de sa mère continuait à lui tirer des larmes. S'ils tombaient sur une autre Idluin sous le contrôle de l'Ennemi et s'il n'y avait pas d'autre moyen de briser ce joug, Sara serait-elle capable de la tuer ? Une telle femme ne serait pas différente que ce que la mère de Sara avait été : l'épouse de quelqu'un, la mère de quelqu'un, une femme asservie à un Ennemi diabolique qui ne considérait les Idluins que comme des armes pour ses terribles desseins.

L'Ennemi verrait une Idluin. Sara verrait, elle, une sœur en captivité dont la liberté pourrait ne se trouver que dans la mort.

— Tu es troublée, mon amour, dit Tom.

Sara tenta d'écarter ses idées noires.

— Je ne t'abandonnerai pas, prophète Tom Downey.

— Je le sais. Mais ta main n'en tremble pas moins dans la mienne. Tu es plongée dans tes souvenirs, Sara.

— Oui.

— Arrête, répondit-il en lui serrant doucement la main. Il n'y a pas plus sûr moyen d'échouer que de revivre un combat passé. Notre ennemi présent pourrait être très différent. Tes sœurs ont raison. Ouvre-toi et apprends.

Tu peux entendre ce qu'elles disent, toi aussi ? songea Sara.

Uniquement quand tu les entends, repartit Tom, *et seulement si nous nous touchons. Je peux alors percevoir ce que tu ressens.*

Le lait des Idluins, pensa soudain Sara.

Tom la regarda, surpris.

— Quand tu étais très malade, murmura-t-elle, je t'ai donné le sein, mon amour. Eisha, la femme anari qui était avec nous, a dit que Dame Tess t'avait sauvé la vie mais que mon lait t'avait redonné la santé.

Tom lui fit un clin d'œil espiègle.

— J'aimerais bien m'en souvenir. Car je sais qu'aucun lait n'est plus jamais sorti de toi depuis.

— Tu devrais avoir honte, Tom Downey ! s'exclama-t-elle sur un ton joueur. Comment oses-tu penser à cela alors que nous parlons d'une bénédiction divine !

Il l'embrassa.

— Ah, mon amour, je ne fais que cela chaque fois que nous sommes ensemble.

Ce n'était pas Tom le prophète qui lui remontait ainsi le moral. C'était Tom, son époux, le jeune garçon qui n'osait pas lui parler autrefois. Sa langue s'était déliée, peut-être un peu trop, mais au moins l'avait-elle arrachée à sombres pensées.

— Je t'aime tant, Tom, dit-elle en soupirant.

— Je t'aime moi aussi.

— Et le véritable amour est bien beau en effet, intervint Erkiah, mais avant que vous ne vous laissiez aller à la poésie, les tourtereaux, rappelons-nous ce que nous sommes venus faire ici.

— N'avons-nous pas un petit peu de temps ? fit Tom, sur un ton si équivoque que même Sara fut incapable de dire s'il était sérieux ou non avant de voir son petit sourire en coin.

— Non, mon garçon, dit Erkiah en haussant les sourcils d'un air faussement sévère. Même pas un petit peu.

— Ah, retrouver les amours de notre jeunesse, dit Alezzi à Erkiah. Ne serait-ce pas délicieux ?

— Mes jambes peuvent me faire traverser la ville, dit Erkiah en riant. Je ne suis pas certain qu'elles soient à la hauteur pour cela.

— Les miennes non plus, dit Alezzi. Les miennes non plus. Il est sans doute préférable que ces choses soient réservées aux jeunes gens, car nous autres n'aurions pas la force nécessaire.

— Suffit, dit Sara avec un sourire doux. Les garçons, vous vous abandonnerez à tous les fantasmes que vous voudrez plus tard ; pour l'heure, nous devons rester concentrés.

— Oui, ma dame, dit Alezzi avec un petit salut moqueur. Puis il reprit son sérieux et ajouta : vous avez raison. Mais il est bon de saisir toutes les occasions de rire ces jours-ci. Ce qui nous attend risque d'être beaucoup moins drôle.

Tom se tourna vers Alezzi.

— Qui parle comme un prophète maintenant ?

— Pas un prophète, répondit Alezzi, le visage grave. Je ne parle que comme un homme qui a passé la majeure partie de sa vie à profiter de toutes joies qu'il pouvait entrevoir à travers ses larmes.

— Je ne voulais pas te blesser.

— Et je ne le suis pas, mon ami. Seulement, j'ai passé ma vie à éviter cette ville et aujourd'hui, je me trouve en son cœur. C'est cela et non pas toi qui assombrit mon humeur.

— Mais pourquoi ? demanda Tom en furetant autour de lui. Cette ville est… majestueuse. Même en hiver, ces étendues de gazon au milieu des avenues sont verdoyantes.

— Elles le sont grâce à l'influence de la mer sur le climat. Et en dépit de leur beauté, en dépit du grand nombre de mères et d'enfants qui jouent dans ces parcs, leur véritable objet est la guerre, mon ami. Les principaux boulevards de cette ville sont si larges que nos légions et leurs chevaux peuvent s'y mettre en formation et s'y déplacer rapidement si nous étions attaqués. Si tu oublies la verdure des parcs, tu verras autre chose.

Comme guidée par ces paroles, Sara remarqua soudain des taches séchées de couleur brune.

— Du sang, murmura-t-elle. Mais ce n'est pas le sang que vous craignez, commandant.

Alezzi secoua la tête.

— Non, Dame Sara. J'ai vu beaucoup de sang, bien plus que la plupart des hommes. J'ai été blessé moi-même et j'ai malheureusement répandu celui d'autrui. Mais je préférerais une blessure béante sur un champ de bataille que celles auxquelles nous faisons face aujourd'hui. Le sang qui souille le palais n'est que trop souvent un sang dont on ne peut se laver les mains. C'est le sang qui naît des blessures de l'âme elle-même.

— C'est pour cette raison que tu as évité Bozandar, dit Erkiah.

— Oui. Le palais est plein d'hommes qui vendraient leur mère pour un siège plus près du trône de l'empereur. Ou mieux encore à leurs yeux, qui vendraient la mère de l'homme dont ils convoitent le siège. Ils parlent d'un honneur qu'ils ne pratiquent pas et font des promesses qu'ils ne tiendraient pas, même s'ils n'avaient pas besoin de les rompre. Ils dressent la liste des vices d'autrui et font courir des bruits sur les échecs des uns et des autres, en passant toujours sous silence, bien sûr, leur rôle dans la promotion de ces vices ou dans ces échecs.

— Vous les méprisez, dit Sara en étudiant son expression.

— Oui, dit Alezzi.

La douleur se lisait dans ses yeux.

— Vous croyez que vous seriez capable de les battre à leurs propres jeux, poursuivit-elle. Vous pensez que vous seriez à la fois le meilleur et le pire d'entre eux.

Il secoua la tête.

— Non, ma dame. Je ne le pense pas, je le sais. J'ai à la fois le talent et le goût de ces intrigues. C'est l'envie qui me manque.

— Et c'est là que réside votre noblesse, commandant, dit-elle en se souvenant des épreuves que ses compagnons et elle avaient traversées au cours des derniers mois. Ce n'est pas ce que nous pourrions faire qui nous condamne, ni même ce que nous voudrions faire. Ce sont nos actes ou ceux dont nous nous abstenons que les dieux jugent. Si je n'ai appris qu'une seule chose dans cette guerre, c'est bien celle-là.

— Tu as appris une vérité, dit Erkiah en hochant la tête. Et leur jugement sera sévère si nous échouons dans la tâche qui nous incombe à présent.

— Je prie pour que le prix de la victoire ne soit pas trop élevé, dit Alezzi. J'ai trop de souvenirs que je voudrais oublier. Je n'en veux pas davantage.

Et enfin, comme par magie, ils se retrouvèrent devant les portes extérieures du palais — une immense structure métallique qui semblait aussi infranchissable qu'elle était esthétique. Deux gardes vêtus de pourpre et de cuivre se tenaient devant les grilles. Ils se raidirent à leur approche.

— Qui va là ? demanda l'un d'eux sur un ton péremptoire.

— Alezzi Forzzia, cousin de l'empereur et membre de sa cour, commandant de la légion du Lion Noir.

— Déclinez vos intentions, commandant.

— Je viens avec deux prophètes et une Idluin qui souhaitent informer mon cousin l'empereur de leurs prédictions et avertissements afin qu'il puisse continuer de protéger son empire contre toutes les menaces.

L'un des gardes s'inclina et appela quelqu'un à l'intérieur. Un autre garde approcha et écouta le message. Il fit aussitôt demi-tour et entra dans le palais.

— C'était facile, fit remarquer Tom à voix basse.

Alezzi secoua la tête, dubitatif.

— Crois-moi, le message sera relayé par de nombreuses personnes avant de parvenir aux oreilles de mon cousin. Nous aurons du mal à obtenir une audience.

— Mais il est ton cousin.

— Il a de nombreux cousins, Tom. Et beaucoup sont déjà à l'intérieur du palais.

Sara saisit soudain le bras de Tom.

— Des esprits sous le contrôle d'un grand ordonnateur, murmura-t-elle, le visage pâle. Ils ne sont pas très loin.

Tom opina et regarda Alezzi et Erkiah.

— Nous pourrions affronter un grand danger.

Avant que les deux hommes pussent réagir, Sara vacilla, étourdie.

— A l'intérieur. Ils sont déjà à l'intérieur.

La main d'Alezzi se porta sur la garde de son épée.

— Cela pourrait s'avérer encore plus difficile que je ne le pensais.

Mihabi était assis auprès de sa mère, au sommet de la colline, non loin de l'armée anari et des Bozandari qui s'étaient eux aussi ralliés à l'étendard du Loup des Neiges. Cette alliance le stupéfiait et il se sentait de plus en plus coupable de ce qui s'était produit pendant la révolte. Il avait tué. Il avait vu son frère Ezinha, un Bozandari, mourir. L'absurdité de la guerre ne lui avait jamais paru aussi manifeste.

Toutefois, des armées s'étaient rassemblées, sous la

menace d'un Ennemi plus puissant que Bozandar et d'une nouvelle guerre. Si c'était aussi important, il prendrait les armes et se joindrait aux soldats ; pour l'heure, il ne pouvait qu'espérer que cette guerre n'aurait pas lieu.

A ses côtés, sa mère pleurait toujours Ezinha de temps à autre. Mihabi se sentait responsable de sa mort, bien qu'il ne fût pas à l'origine des décisions que son frère de lait avait prises. Quant à son frère de sang... ni lui ni sa mère Ialla n'avaient aucune idée de l'endroit où pouvait se trouver Kelano. Il était probablement avec les soldats anari.

Des soldats anari. Cette idée, décidément, le déconcertait. Son peuple avait toujours été si fier de son pacifisme. Aujourd'hui, il avait pris les armes, non seulement contre l'esclavage mais aussi contre un Ennemi plus menaçant. Il aurait voulu savoir qui était cet Ennemi. Peut-être était-ce pour cette raison que Kelano avait disparu : pour en apprendre davantage sur cette étrange alliance.

Sa mère se mit à sangloter de nouveau et Mihabi passa un bras autour de ses épaules, lui offrant un réconfort silencieux, tout en sachant que rien ne pouvait combler le vide dans son cœur.

Ce fut alors qu'il remarqua l'agitation qui régnait dans les armées toutes proches. Une rumeur s'éleva et les soldats du Loup des Neiges se redressèrent.

Mihabi regarda au bas de la colline puis se leva à son tour, sous le choc. Il posa la main sur l'épée dont il avait usé pendant la révolte, même si elle ne constituerait qu'une faible protection à présent.

Une légion sortait de la ville magnifique qui s'étendait à leurs pieds, sous une bannière portant un grand symbole rouge. Il ne put pas identifier formellement le symbole mais il aurait juré qu'il s'agissait de la panthère rouge de la légion d'Owazzi. Il avait entendu dire qu'elle se dirigeait vers Bozandar quelques jours avant que la révolte n'éclatât. Si les troupes arrivaient trop tard pour empêcher les esclaves de prendre la fuite, elles tenteraient peut-être de les récupérer.

Mihabi fit volte-face et regarda autour de lui. Depuis son arrivée, les soldats avaient été à peine visibles. Mais à présent, comme s'ils avaient reçu des ordres silencieux, ils se mettaient en rang, rendant ainsi manifeste leur grand nombre à la légion de la vallée.

Celle-ci était en infériorité numérique. Un malaise certain s'était cependant emparé des soldats du Loup des Neiges et du Lion Noir. Les hommes se regardaient, soupçonneux, comme s'ils n'étaient pas certains de pouvoir faire confiance à leurs alliés.

Ce fut à ce moment qu'une femme vêtue de blanc avança sur une corniche à quelques pieds en dessous. Les murmures changèrent immédiatement de ton.

— Soyez sans crainte, dit-elle d'une voix qui parut porter au-delà de la colline, vers les montagnes. Ils n'attaqueront pas.

Comment pouvait-elle le savoir ? se demanda Mihabi. Comment quiconque pourrait savoir pareille chose ?

Puis un homme tout de noir vêtu avança à son tour, bientôt rejoint par un Bozandari et deux Anari.

Debout ensemble ainsi, ils ressemblaient à un mur, un mur qui tournait le dos à la menace à leurs pieds.

Ils semblaient mépriser la légion de la Panthère Rouge. Comme s'ils savaient tous les cinq qu'elle n'était pas une véritable menace.

Mihabi se rassit lentement et les considéra. Sous ses pieds, pour la première fois de sa existence, il sentait les rochers prendre vie. Il poussa un cri de surprise et se tourna vers sa mère. Il vit un sourire dans ses yeux emplis de larmes.

— Les montagnes sont avec nous, mon fils, dit Ialla. Tu connais à présent ton véritable héritage.

Alezzi avait vu juste. Ils franchirent les grilles extérieures du palais mais les interrogatoires se succédèrent alors avec des membres de l'entourage de l'empereur. Tous voulaient connaître leurs intentions. Tous voulaient trouver un prétexte pour empêcher Alezzi de voir son cousin car ils craignaient pour leur rang au sein de la cour.

Mais Alezzi connaissait bien les usages du palais. Il refusa de décrire la menace, sauf à dire qu'elle était plus grande que toutes celles que Bozandar avait jamais affrontées. Il suggéra et dit parfois clairement que quiconque l'empêcherait de voir l'empereur devrait en payer le prix si le souverain apprenait que des informations vitales ne lui avaient pas été communiquées.

Sara fit néanmoins remarquer :

— L'eau coule plus vite en amont.

Tom sourit et lui serra la main. Il comprit que son impatience était due à sa nervosité plutôt qu'au temps qui passait.

— Tu perçois toujours ces esprits sous influence ?

— Ils sont quelque part ici. Pour l'instant, aucune personne que nous avons vue n'en était mais je suis sûre qu'ils sont dans le palais.

— Alors, ils représentent une menace directe contre mon cousin, dit Alezzi. Il faudra me le dire à la minute même où nous en rencontrerons un, Dame Sara.

— Croyez-moi, je me serais occupée de lui ou d'elle avant que vous ne puissiez réagir.

Tom regarda Sara, soudain profondément inquiet pour elle. Les actes qu'elle avait dû accomplir en tant qu'Idluin continuaient à lui donner des cauchemars mais elle semblait déterminée à recommencer. Et à faire plus si nécessaire.

Tom fut parcouru d'un frisson d'appréhension et regarda Erkiah. Le vieux prophète hocha la tête.

— La colère d'une Idluin est terrible, mon garçon. Ceux qui s'opposent à elle feraient bien d'être prudents.

Le dernier homme qui les avait interrogés était parti parler à quelqu'un et revenait à présent en compagnie de deux gardes.

— Alezzi Forzzia, dit-il, je vous arrête au nom de l'empereur.

— Pour quelle raison ? s'enquit plaisamment Alezzi.

— Votre légion s'oppose à celle de la Panthère Rouge, à l'extérieur de la ville.

— Ma légion ne s'oppose à personne et aucune épée n'a été levée. Nous sommes venus en paix afin d'alerter l'empereur d'une menace.

— Vous êtes coupable de trahison.

— Je ne suis coupable de rien, sauf de devoir traiter avec des imbéciles comme vous qui se soucient assez peu de l'empire pour m'empêcher de voir mon cousin.

L'homme fit signe aux gardes.

— Arrêtez-le !

Sara leva une main en l'air.

— Ne le touchez pas.

Le responsable ricana.

— Pour qui vous prenez-vous ?

— Oh oh, dit Erkiah. Vous feriez bien de faire attention.

Mais il était trop tard. Des étincelles bleues jaillirent du bout des doigts de Sara et les gardes lâchèrent leurs armes en hurlant, comme si le métal les brûlait à vif. Le responsable eut un cri de surprise.

— Bon, fit Sara, vous nous avez fait perdre assez de temps comme cela. Je vous suggère de nous accompagner chez l'empereur avant que je ne décide d'embraser le palais tout entier !

— Nous avons des Idluins, nous aussi, s'écria l'homme.

— Si elles s'opposent à moi, elles menacent l'empire. Et si elles menacent votre empire, mon sang les jugera, Idluins ou non. Conduis-nous vers l'empereur !

Comme ils suivaient le responsable le long d'un couloir sinueux, Erkiah fit un clin d'œil à Tom et murmura :

— Tu as là une femme pleine de flamme, mon garçon.

Tom se contenta de sourire.

23.

Tourner le dos à toute une légion bozandari rendait Ratha très nerveux mais il se refusa à céder à la tentation de regarder par-dessus son épaule. En observant les troupes rangées à quelques pieds au-dessus et l'agitation qui régnaient parmi elles, notamment dans les rangs des Lions Noirs, il se demanda si leur armée de bric et de broc pourrait résister.

Il vit alors Cilla descendre vers eux. Devant les figures d'autorité qui se dressaient là, dos à l'ennemi, il se dit que les soldats auraient du mal à désobéir aux consignes de Tess. A l'exception des hommes d'Alezzi, tous connaissaient son pouvoir et son importance en tant que Dame Filandière.

Ils tiendraient bon, décida-t-il dans un soudain élan de fierté envers ses compatriotes anari, pour qui le jeu de la guerre était tout nouveau après tout. Leurs rangs avaient été grossis par l'arrivée des esclaves qui avaient fui Bozandar, dont la plupart semblaient avoir déjà du sang sur les mains.

Son peuple était digne de confiance. Et quant à lui-même, on pouvait lui pardonner, supposait-il, de nourrir des doutes au sujet des Bozandari. Ils devaient se demander s'ils allaient attaquer leurs frères d'armes. Il ne leur enviait pas ce dilemme. En toute honnêteté, il n'était pas sûr de pouvoir tenir tête ainsi à une armée anari si le cas se présentait.

Mais Tess et Cilla se dressaient entre les deux camps et il savait qu'elles feraient tout pour éviter un affrontement. Il espérait que leur intervention, si elle s'avérait nécessaire, serait suffisante.

Le parcours dans des couloirs apparemment interminables finit par faire perdre à Tom tout sens de l'orientation. Le palais ressemblait à un dédale, se dit-il, et il en fut aussitôt convaincu. Chaque tournant, chaque embranchement avait pour but d'éloigner les envahisseurs.

Il espérait que leur guide les menait bien à l'empereur. Il espérait aussi qu'Alezzi saurait s'orienter dans ce labyrinthe. Il espérait enfin, en voyant l'augmentation régulière de leur escorte, que Sara serait capable de tenir les gardes en respect si besoin était — car il subodorait que, malgré son expérience, Alezzi ne pourrait pas seul les tirer d'affaire.

— Nous ne sommes plus très loin, murmura ce dernier, répondant ainsi à l'une des interrogations muettes de Tom. Nous approchons de la salle d'audience impériale.

— Est-ce une bonne chose ?

— D'ordinaire, mon cousin me reçoit dans ses appartements privés. Il a sans doute choisi la salle d'audience parce que je suis accompagné d'étrangers.

— Ou parce qu'il n'a pas confiance en toi ou en nous.

Alezzi sourit tristement.

— Je suis tout à fait conscient de cette possibilité, prophète. Tout à fait conscient.

Quelques instants plus tard, ils pénétraient dans la salle d'audience, assez grande pour accueillir des centaines de personnes. Tom avait pensé y voir des conseillers et de nobles courtisans de toutes parts. Mais ils étaient seuls avec leur escorte. Un regard en arrière lui indiqua qu'une bonne trentaine de gardes les encerclait à présent.

Au centre d'un mur de la pièce, entre deux portes, se dressait un trône doré, sur une estrade. Il était incrusté de pierres précieuses qui étincelaient de mille couleurs. A côté du trône, un autre, plus petit et plus sobrement décoré. Tom se demanda à qui il appartenait. L'épouse de l'empereur ? Son héritier ?

Ils attendirent quelques instants puis le son d'un cor se fit entendre près de l'une des portes derrière le trône.

— Inclinez-vous, dit Alezzi.

Ils s'exécutèrent tous quatre. Un bruissement d'étoffe puis de nombreux bruits de pas. Et enfin, une voix étonnamment agréable déclara :

— Levez-vous.

Ils se redressèrent et firent face à l'empereur de Bozandar. Assis sur son trône, il était vêtu d'étoffes tissées d'or et portait une couronne du même métal.

Il ressemblait beaucoup à Alezzi et à Tuzza : ses traits étaient tout aussi fins et ses yeux de même couleur — et son visage également marqué par l'inquiétude.

Tout autour d'eux étaient apparus des hommes et des femmes vêtus avec élégance, une dizaine peut-être. Des courtisans ou des conseillers, sans doute. Tom aurait voulu en savoir davantage sur ces affaires-là, puis il comprit que son ignorance lui permettrait une parfaite franchise.

Il s'efforça de se tenir aussi droit que possible, se sentant subitement très jeune face à tout ce pouvoir et à cette noblesse. Sara lui effleura le bras et il sut qu'elle ressentait la même chose. Comme lui, elle n'était qu'une jeune villageoise qui se retrouvait au centre d'événements plus importants qu'ils auraient jamais pu l'imaginer.

Oui, la fille d'un aubergiste et le fils d'un gardien pouvaient rêver d'aventure ; jamais ils n'auraient pensé se trouver un jour dans ce palais, face au souverain de Bozandar, et lui dicter sa conduite.

Tom décida d'arrêter de penser à de telles choses avant que ses genoux ne se missent à trembler.

— Alezzi, dit enfin l'empereur.

— Votre Majesté mon cousin, dit Alezzi en s'inclinant derechef. Il se releva, le visage grave. J'aurais aimé vous apporter de meilleures nouvelles, Maluzza.

— Je l'aurais souhaité moi aussi, mon cousin, répondit l'empereur en se penchant légèrement en avant. Tu ne me trahirais jamais.

— Plutôt mourir.

— Alors, explique-moi pourquoi tu apparais devant

moi sans mon cousin Tuzza, que je t'avais envoyé secourir. Je voulais que tu me le ramènes, afin que je puisse lui rendre les honneurs qu'il mérite. Je t'ai demandé de ramener les fils de mes sujets, lesquels sont en deuil à cause des récents événements. La seule raison qui m'a empêché de te rappeler pour défendre cette ville contre la rébellion était la volonté de mon peuple de revoir leurs enfants, morts ou en vie. Et tu reviens bredouille.

Alezzi baissa la tête un instant puis regarda l'empereur droit dans les yeux.

— Maluzza, mon cousin, vous savez parfaitement que le clan des Forzzia a toujours été prêt à tous les sacrifices dans l'intérêt de l'empire.

— Tu dis vrai, fit l'empereur en écartant d'un geste de la main un homme qui tentait de lui parler à l'oreille. Laisse-moi entendre tout ce que mon cousin a à me dire, Izza. Tu pourras ensuite parler.

L'homme recula, la mine renfrognée.

— Mon cousin, dit Alezzi en élevant la voix afin d'être entendu de tous. Je suis parti sur votre ordre et mon seul objectif était d'accomplir votre volonté. Vous servir et servir mon peuple en des heures difficiles. Je ne puis exprimer le mal que j'ai eu à poursuivre ma mission après avoir appris ce qui se passait dans notre belle capitale. Mais mes ordres étaient clairs et je me suis dirigé vers les terres anari.

L'empereur hocha la tête.

— Mes éclaireurs m'ont alors averti qu'une armée approchait, une armée d'Anari et de Bozandari marchant sous le même étendard. Leurs troupes étaient à peine plus nombreuses que ma légion, si bien que je n'ai éprouvé aucune crainte mais de la curiosité quant aux raisons de cette alliance traîtresse. Ou que je considérais telle alors.

— C'est ce que vous deviez faire, dit l'homme aux côtés de l'empereur.

Mais Maluzza semblait impatient d'entendre la suite de l'histoire et fit taire son conseiller.

— Lorsque nous les rejoignîmes au centre d'une vallée, reprit Alezzi, ils sollicitèrent un entretien. Pour mon étonnement, je crus voir Tuzza parmi leur délégation. J'acceptai donc et les retrouvai, certain qu'il devait y avoir une explication autre que celle d'une trahison.

L'empereur hocha de nouveau la tête.

— Notre cher cousin était bien parmi eux et l'histoire qu'il me raconta et ce que je vis alors m'amènent aujourd'hui auprès de vous avec un avertissement et une proposition.

— Qu'as-tu vu ?

— Mon cousin Tuzza s'était effectivement rallié à l'armée anari qui avait affronté sa légion.

Des murmures surpris s'élevèrent parmi les conseillers.

— Ils marchent à présent sous l'étendard du Loup des Neiges.

L'empereur se redressa.

— Le Loup des Neiges ? Celui de la prédiction…

— En effet, Majesté. Le Loup des Neiges. Mais il ne s'agit pas seulement d'un étendard car le loup des neiges est descendu des montagnes pendant notre entrevue et s'est tenu aux côtés d'une Idluin. Cette Idluin fut alors attaquée par l'un de mes officiers et lorsque le sang de celle-ci est tombé sur sa main, il l'a brûlé. Son sang a jugé mon officier et nous n'avons pu le sauver. Plus encore, lorsque le sang est tombé sur le sol, des fleurs ont jailli du sol désertique.

D'autres murmures traversèrent la salle.

— Mon cousin, continua Alezzi, l'Idluin et Tuzza m'ont informé qu'un ennemi plus puissant que tous ceux que nous avons affrontés jusqu'ici nous menace. Ces temps sont ceux qui ont été prédits et notre devoir est de protéger l'empire et tous nos alliés. L'hiver étrange qui a fauché tant de vies dans le nord est de son fait. Il dispose de pouvoirs inimaginables. Il contrôle également certains esprits par le biais des grands ordonnateurs dont nous avons tous entendu parler.

Les murmures se firent plus forts mais l'empereur ramena le calme.

— Comment peux-tu être sûr de tout ceci, Alezzi ?

— Parce que j'ai rencontré l'Idluin qui est aussi la Dame Filandière, Maluzza, et aussi Annuvil.

Cette fois, il fut impossible de faire taire l'assistance. L'empereur baissa la tête et laissa ses courtisans parler entre eux. Les voix finirent par s'apaiser. Ce ne fut qu'alors que le souverain releva la tête et reprit la parole.

— Es-tu sûr qu'il s'agit du fils aîné du Roi Premier Né ?

— Oui-da, dit Alezzi. J'ai vu son épée, Banedread, et il a proposé de me laisser le tuer avec si je ne croyais pas à ce qu'ils me disaient. Mais je les ai crus. Comment aurai-je pu faire autrement en voyant le Loup des Neiges marcher aux côtés de la Dame Blanche ?

— Ainsi, c'est vrai, soupira Maluzza. C'est bien vrai. J'avais espéré que cela ne se produirait pas sous mon règne mais mon devin m'avait averti que la prophétie se réaliserait bientôt. Qui sont les gens qui t'accompagnent ?

— Erkiah, un prophète de Bozandar.

Erkiah avança d'un pas et s'inclina.

— Majesté.

— Et ces jeunes gens ?

Alezzi faillit sourire.

— Pas si jeunes que cela, mon cousin. Dame Sara est elle aussi une Idluin. Son compagnon est son époux, Tom Downey.

— Et pourquoi ce masque ?

Tom répondit.

— Je fus soigné par le feu des Idluin, empereur Maluzza. Le prix à payer pour ma guérison fut ma vue. La lumière m'est insupportable.

— Soigné par le feu des Idluins ? J'en ai entendu parler mais uniquement comme un pouvoir des temps mythiques des Premiers Nés.

— En ce qui me concerne, cela m'a permis de m'ouvrir à ma seconde vue.

— Oui-da, intervint Erkiah en s'appuyant sur sa canne. Ce jeune garçon est un prophète de la nouvelle ère qui s'ouvre devant nous. Il est le Fils Orphelin de la prophétie.

De nouveaux cris de surprise et des murmures succédèrent à ces paroles. Tom regarda autour de lui et vit que d'autres personnes les avait rejoints.

— Tu es donc ici pour me livrer tes prophéties ? demanda l'empereur.

Tom s'avança vaillamment.

— Majesté, nul prophète n'est nécessaire pour vous dire que l'Ennemi, connu sous le nom de Seigneur du Chaos et d'Ardred, fils cadet du Roi Premier Né, menace tout ce à quoi vous tenez. Tout ce à quoi nous tenons tous. Il a provoqué ce terrible hiver dans le nord pour nous affaiblir. Je puis vous dire avec certitude que le printemps ne reviendra pas avant que l'Ennemi soit vaincu !

Sa voix résonna fortement dans la salle. Puis il commença à se balancer doucement et sa voix devint monocorde tout en demeurant cadencée. Il plongeait dans sa vision.

— Si nous n'agissons pas bientôt, je vois un monde dévasté où y compris les plus puissants et les plus riches seront forcés de fouiller les roches nues en quête de plantes rachitiques pour s'en nourrir, où les enfants ne pourront pas grandir car leurs mères manqueront cruellement de lait.

Il leva un bras et se balança davantage encore, cherchant à englober toute la pièce dans son geste.

— Tout ceci disparaîtra comme les Premiers Nés disparurent, tout sera oublié sauf dans les histoires que les pauvres se raconteront autour de feux misérables.

Tout ce que vous chérissez vous sera arraché et vous ne survivrez vous-mêmes que si vous acceptez de servir le Seigneur du Chaos. Vous devez vous battre à nos côtés !

— Et Annuvil ? s'enquit Izza, le conseiller de l'empereur. Je suppose qu'il veut avant tout devenir roi.

Tom se raidit et se tourna lentement vers le conseiller.

— Il ne souhaite régner sur rien. Il ne veut que racheter les erreurs du passé. Pouvez-vous en dire autant ?

— Un esprit sous contrôle ! murmura Sara.

Elle fut soudain enveloppée d'une flamme bleue crépitante.

— Où ? demanda Alezzi en portant la main à son épée.

Sara montra Izza du doigt : une boule de feu bleu jaillit de son doigt et alla frapper le conseiller entre les yeux.

Izza écarquilla les yeux et tomba à genoux. Les soldats qui les avaient suivis sortirent aussitôt leurs armes et menacèrent Sara et Tom.

— Arrêtez ! leur cria Alezzi. Arrêtez si vous tenez à la vie !

Les soldats hésitèrent. Sara se tourna vers eux, toujours auréolée d'une lumière bleue.

— Déposez vos armes, dit-elle avec douceur. Cet homme était sous l'influence d'un grand ordonnateur. Je ne vous veux pas de mal. Et il n'est plus sous contrôle à présent.

En effet, Izza se relevait péniblement.

— Je… où suis-je ? Il secoua la tête. Oh, non ! J'étais… j'étais…

— Cela n'a aucune importance, dit l'empereur. Tu n'y étais pour rien, apparemment. Va te reposer, mon vieil ami. Mais emmène une escorte pour te protéger.

Deux soldats se détachèrent du groupe et aidèrent Izza, encore tremblant, à quitter la pièce.

Maluzza se leva et descendit de son trône. Les soldats se hâtèrent de venir assurer sa protection mais il les écarta. Il regarda Sara, qui retrouvait peu à peu son état normal, puis Tom, comme s'il essayait de voir derrière son masque, et enfin Alezzi.

— Mon cousin, ton avertissement me glace le sang. Mais comment puis-je être certain que cette Idluin a bien libéré Izza d'une influence et ne l'a pas simplement étourdi grâce à un tour de magie ?Après tout, je n'ai entendu parler que d'un seul groupe d'hommes sous influence et des étrangers l'auraient détruit.

— Nous étions ces étrangers, déclara Tom avec fermeté. Dame Sara a jugé le grand ordonnateur de son sang et juste avant qu'il ne meure, Ardred a parlé à travers lui.

— Cette idée d'esprits contrôlés par une force extérieure m'inquiète. Tu dis qu'il y en a d'autres ?

— Il y en a un dans votre palais, dit Sara. Je l'ai senti quand nous avons atteint les portes.

L'empereur la regarda, sceptique.

— Je n'ai détecté aucune trahison autour de moi.

— Et vous ne vous en apercevrez pas avant qu'il

ne soit trop tard. Quand vous jouez au *shefur*, laissez-vous votre adversaire voir où vous allez placer vos pions avant d'être prêt à les utiliser ?

Alezzi opina, le visage grave.

— C'est un principe élémentaire de la guerre, comme vous le savez, Majesté.

— Oui-da, en effet. Et il est difficile pour moi de savoir ce que je dois croire.

Sara fit quelques pas et parcourut l'assistance du regard.

— Ils savent que je suis là depuis que j'ai libéré Izza. Ils savent ce que nous sommes venus vous dire. Le danger est donc encore plus grand.

— Peut-être, dit l'empereur.

— Mais le moment n'est peut-être pas encore venu pour eux de dévoiler leur jeu, dit Sara. Majesté, si vous saviez ce qui se passait dans cette salle d'audience, viendriez-vous voir par vous-même ou resteriez-vous à votre poste ?

A ces mots, l'empereur se raidit. Il se tourna vers les soldats.

— Fermez et surveillez toutes les portes. Ne laissez personne entrer. Personne !

Le cliquetis des armures et des épées se fit entendre tandis que les soldats se hâtaient de lui obéir.

— Bien, dit l'empereur en regardant Sara. Sommes-nous prisonniers dans cette pièce à présent ?

— Nous ne le serons pas longtemps.

Elle se mit à arpenter la salle, les yeux presque clos. Les gens reculaient sur son passage comme s'ils avaient peur de seulement l'effleurer. Le silence était si grand qu'on entendait le bruissement de sa jupe.

Elle s'arrêta enfin et déclara avec calme :

— Une espionne ne va pas tarder. Elle est déjà sur le chemin. Elle cherchera à vous convaincre de la laisser entrer grâce à un léger mensonge.

— Vas-tu la libérer, elle aussi ?

Sara hocha la tête.

— Elle vient d'un pas léger, envoyée ici parce que le grand ordonnateur s'inquiète du fait que nous nous soyons enfermés. Elle est jeune, si jeune, impuissante contre le pouvoir qui la contrôle…

Sara ferma les yeux.

— Elle est née pour devenir Idluin mais n'a pas encore l'usage de ses pouvoirs. Cela arrivera bientôt, ce qui explique pourquoi ils la veulent. Sa mère n'était pas idluin. Les pouvoirs ont sauté une génération…

Sara s'interrompit.

— Majesté, c'est votre fille, Lozzi.

— Lozzi ! s'écria l'empereur Maluzza d'une voix surprise et angoissée. Ma Lozzi !

— Laissez-la entrer, dit Sara gentiment. Mais vous devrez lui permettre de nous rejoindre, la Dame Filandière et moi. Car seule la Filandière peut maintenant la sauver.

— Tu veux emmener ma fille ?

Le souverain paraissait horrifié.

— Quelque temps seulement.

— Je ne peux le croire !

La colère prenait le pas sur l'angoisse et l'empereur s'adressa à Alezzi.

— Ce n'est qu'une tentative d'enlever ma fille ! Comment as-tu osé me trahir ainsi, Alezzi ? Comment ?

Avant qu'Alezzi pût répondre, quelqu'un frappa à la porte à gauche du trône. L'empereur se figea puis fit signe à un garde.

L'homme entrebâilla la porte et regarda au-dehors. On entendit une petite voix. L'empereur ferma les yeux. Le garde se tourna vers son souverain.

— C'est la princesse Lozzi, Majesté. Elle voudrait vous parler un instant, l'une des servantes l'aurait giflée.

Maluzza déglutit avec peine.

— Jamais, murmura-t-il. L'horreur l'emportait cette fois sur la colère. Jamais, répéta-t-il. Laisse-la entrer.

Une blonde fillette de douze ou treize ans entra dans la salle, vêtue d'une jolie robe et les cheveux coiffés en tresses. Elle courut vers son père, des larmes coulant sur son visage.

— Nona m'a frappée !

L'empereur la prit par les épaules.

— Nona t'aime depuis que tu es née et elle ne t'a jamais frappée, en dépit de toutes tes bêtises. Pourquoi le ferait-elle maintenant ?

Lozzi eut un cri de surprise.

— Vous ne me croyez pas, père ?

L'empereur examina le visage de sa fille avec tristesse.

— Pourquoi, Lozzi ? Qu'as-tu fait ?

Les lèvres de la fillette tremblèrent.

— Rien. En tout cas rien pour mériter d'être frappée.

— Laisse-moi en juger. Qu'as-tu fait ?

Lozzi recula, la mine penaude.

— Vous m'avez toujours crue.

— Je veux savoir pourquoi Nona ferait une chose pareille. La bêtise doit être grave.

— Vous êtes de son côté et pas du mien ?

— Je ne défendrai personne tant que je n'aurai pas de réponse à ma question.

La fillette ne dit rien.

— Ah, Lozzi, que t'arrive-t-il ? dit l'empereur, abattu.

Soudain, Lozzi se tourna et montra Sara du doigt.

— C'est elle qui m'oblige à le faire ! C'est de sa faute !

24.

Au fil des heures, l'agitation gagna les soldats qui attendaient au sommet de la colline. L'armée bozandari, stationnée devant la ville, ne montrait aucune velléité d'en découdre. Peut-être avait-elle simplement reçu l'ordre d'empêcher quiconque d'entrer.

— C'est possible, répondit Tuzza lorsque Archer en fit la remarque. Cette décision serait sage. D'autres légions sont peut-être déjà en route depuis leurs postes avancés afin de nous affronter. Si je détenais le commandement, je garderai précieusement la ville en attendant les renforts.

— Le plus grand risque, dit Tess, est donc que l'empereur refuse d'écouter Alezzi, Tom et Sara, et que de nouvelles légions arrivent et nous frappent par-derrière.

— En effet.

Tuzza paraissait étonné de la voir énoncer une réalité évidente.

— Combien de temps avons-nous ? demanda Tess.

— Un jour tout au plus. Peut-être deux. Cela dépend

du moment où elles ont été prévenues. Je soupçonne que certaines l'ont été juste avant la rébellion. Ou juste après. Ils ont pu penser que les Panthères Rouges étaient capables d'écraser la révolte seules.

— L'auraient-elles pu ? s'enquit Archer.

— Très probablement. Chaque légion est entraînée à défendre à elle seule la ville et les esclaves auraient pu échouer face à une telle organisation.

— Il est toutefois très difficile, nota Archer, de vaincre un ennemi sans cesse en mouvement et capable de se cacher partout.

— C'est vrai. Mais les Anari sont faciles à identifier.

Archer hocha la tête gravement.

— Mon sentiment est que nous devrions dire à nos hommes de rompre les rangs, de manger et de faire des feux s'ils le souhaitent.

Ratha leva un sourcil. Son visage sombre avait de superbes reflets cuivrés dans le soleil de l'après-midi.

— Est-ce bien raisonnable ?

— Cela nous permettra de recueillir des informations sur les intentions de la légion qui se trouve à nos pieds.

— Ah, dit Ratha en souriant. Je suis lent à réagir.

— Non, mon frère, repartit Archer, tu n'as simplement pas mon expérience. Estime-toi heureux de ne pas connaître ces ruses.

— Je crois que les temps exigent de moi que je les apprenne, mon seigneur.

Tuzza opina avec tristesse.

— J'ai consacré ma vie à la défense de mon peuple et de mon empire. Je suis heureux de pouvoir dire que je n'ai jamais participé à une conquête, contrairement à d'autres, y compris mon cousin Alezzi.

Il se tourna vers la vallée et la ville.

— Ces leçons sont bien amères, Ratha. Toutes. Et bien que certains actes soient réellement justifiés, cela ne veut pas dire qu'ils ne reviendront pas te hanter la nuit.

— C'est une leçon que j'ai déjà apprise, dit Ratha.

— Moi aussi, dit Jenah.

Si Cilla et Tess demeurèrent muettes, elles baissèrent les yeux comme si elles partageaient ces sentiments.

— Ce fut cette prise de conscience, dit Annuvil à voix basse, qui m'a conduit, avec d'autres, à vouloir créer un peuple pacifique. Voir les Anari forcés de prendre les armes…

Il s'interrompit et secoua la tête.

— Amère est la leçon, en effet, la plus amère de mon existence.

Tess s'approcha et lui prit le bras.

— Vous vouliez résoudre un problème. La guerre est rarement juste. Quelle qu'en soit la cause, elle est laide et brutale. Et si je n'avais pas constaté la terrible menace que nous devons affronter après ce terrible hiver et la mort de milliers de personnes, si je ne prévoyais pas les pires atrocités, je m'opposerais au fait que nous versions le sang. Cette fois, Seigneur

Annuvil, il ne nous laisse pas d'autre choix. Et peut-être ne vous en laissa-t-il pas non plus jadis.

Archer ferma les yeux puis les rouvrit et la regarda.

— Merci de votre confiance. Je voudrais la partager.

Les autres se turent, réfléchissant à ce qui les attendait, plongés dans leurs propres pensées et souvenirs. Ratha fut le premier à se ressaisir.

— Nous devons dire aux armées de rompre les rangs. Comment faut-il faire les feux, maître ? Comme pour tout campement ? Ou différemment ?

— Installez les feux devant chaque rang. Si nous étions attaqués, nous pourrions nous rassembler plus facilement que si ces feux étaient dispersés.

Ratha acquiesça. Jenah, Tuzza et lui se dirigèrent vers les troupes. Les Idluins se tenaient de part et d'autre d'Archer. Il se tourna vers la vallée et elles firent de même.

— Pourriez-vous intervenir s'ils attaquaient ? leur demanda-t-il.

— Nous tenterions de le faire en tout cas, repartit Cilla.

— Oui-da, dit Tess. Je ne voudrais pas voir se battre des armées qui devraient s'allier. Ce serait un immense gâchis.

— Je suis d'accord. Ce serait inutile. Avez-vous des nouvelles de votre sœur Sara ?

— Ils sont à l'intérieur du palais, répondit Tess. Avec l'empereur. Mais elle est très occupée et je n'arrive pas à discerner clairement ce qui se passe.

— Moi non plus, dit Cilla. Elle n'essaie pas de nous contacter.

— J'espère que c'est bon signe, dit Archer. Il posa la main sur la garde de son épée et soupira. Par les dieux, je suis écœuré de la guerre.

Sara et Tom étaient encerclés par hommes armés de lances. Dès l'instant où Lozzi avait accusé Sara, les soldats avaient bondi.

— Alezzi, dit l'empereur sèchement. Comment as-tu amené pareil danger jusqu'à moi ? Comment as-tu pu me trahir ainsi ?

— Si je vous ai trahi, je vous offrirai volontiers ma vie, répliqua Alezzi. Mais c'est faux. Et Lozzi ment.

— Je mens ? hurla la fillette. Je ne mens jamais.

— Tu mens constamment, dit Sara calmement, alors que Tom lui serrait la main à la briser. Tu as commencé à mentir il y a environ six mois, lorsqu'ils ont gagné le contrôle de ton esprit.

— Mensonges !

Sara eut un léger sourire.

— Tu es pure comme un agneau, alors ?

— Oui, je l'étais avant ce que tu m'as fait.

— Je ne te fais rien et tu le sais.

Alezzi reprit la parole.

— Maluzza, mon cousin, nous jouions ensemble autrefois. Nous avons traversé bien des épreuves. Je vous ai toujours bien servi et avec grande fierté, je le vous répète. Je vous sers aujourd'hui, en cet instant même. Ma jeune cousine Lozzi crie-t-elle jamais d'ordinaire ?

L'empereur plissa le front et regarda sa fille.

— Elle m'oblige à le faire, dit la fillette en montrant Sara.

— Et il faudrait, dit Alezzi, que nous croyions que Nona, qui n'a jamais posé le petit doigt sur toi, même lorsqu'elle était en colère, quelles que fussent les bêtises que tu faisais, t'a frappée aujourd'hui.

— C'est la vérité !

— Je ne le crois pas, dit Alezzi.

— Bien sûr que non, dit Sara.

Elle retira doucement sa main de celle de Tom. Puis, rapide comme l'éclair, elle tira une petite dague et s'entailla la paume, laissant le sang couler sur le sol.

— Je suis idluin. Ceux parmi vous qui connaissent les histoires anciennes savent que mon sang juge le mal et ceux qui sont possédés par le mal.

Elle se tourna et fit couler son sang sur la main de Tom. Rien ne se produisit.

— Alezzi ?

Il hésita un instant puis tendit la main. Le sang le tacha sans lui faire le moindre mal.

— Qui est prêt à encourir mon jugement ? demanda Sara en levant sa main blessée. Combien d'entre vous n'ont que les meilleurs intérêts de l'empereur en tête ?

Personne ne fit le moindre geste. Sara fit la moue, puis regarda Lozzi.

— Mon enfant, tu es si jeune que le mal n'a pas pu prendre racine dans ton cœur ou dans ton esprit.

Mon sang ne te fera donc aucun mal. Avance vers moi et prouve tes dires. Vois-tu, je ne puis choisir qui sera jugé. La décision ne m'appartient pas. Ce sang ne peut en aucun cas te blesser, n'est-ce pas ?

— Non, dit la fillette, les yeux écarquillés. Elle recula d'un pas. Non !

Sara avança vers elle et personne, pas même les gardes, n'osa la circonvenir.

— Il ne peut te faire de mal, je t'assure. Et quel meilleur moyen de nous prouver le bien-fondé de tes accusations ?

— Non ! cria Lozzi en reculant davantage et en se recroquevillant. Ne t'approche pas de moi !

L'empereur saisit le bras de Sara et le retint.

— Ne fais pas de mal à mon enfant. Tu es une Idluin et je ne puis t'en empêcher. Mes armées toutes entières ne pourraient le faire. Mais ne fais pas de mal à ma fille !

Sara le dévisagea.

— Je vous ai dit qu'elle mentait. Je vous ai averti qu'elle venait. Un grand ordonnateur sévit dans votre palais et s'est emparé de l'esprit de votre fille. A l'intérieur de ces murs, une Idluin est au service de l'Ennemi. Ses sbires cherchent à vous affaiblir et à affaiblir votre empire afin qu'Ardred, dont la venue est imminente, ne trouve que peu de résistance. Vous gaspillerez vos forces en combattant le mauvais adversaire. Vous condamnerez votre peuple en écoutant des mensonges et en vous fiant aux mauvais conseillers.

Sara haussa les épaules.

— Si vous ne me croyez pas, arrêtez-nous. Mais avant de quitter cette pièce, mon sang devra juger votre fille.

— Tu me menaces, moi et les miens !

Les yeux de Sara lancèrent des éclairs.

— Il y a davantage en jeu que votre sort ou celui de votre fille et de votre empire. Vous avez entendu les paroles du prophète. Allez-vous ignorer ses avertissements à cause des menteries d'une enfant ?

L'empereur lui lâcha le bras lentement et s'adressa à sa fille.

— Lozzi, pourquoi Nona t'a-t-elle frappée ?

La fillette fixait le sang qui coulait de la main de Sara et parut soudain perdue et confuse.

— Je… elle…

Sa voix faiblit et elle leva la tête vers son père. Elle était manifestement en proie à une terrible lutte interne.

— Elle… elle ne m'a pas frappée !

Sur ce, la fillette s'effondra sur le sol, inanimée.

L'empereur s'agenouilla près d'elle et la prit doucement dans ses bras.

— Elle est forte, dit Sara avec douceur. Elle est sur le point de découvrir ses pouvoirs d'Idluin. Elle s'en sortira. Soyez fier car elle s'est battue et s'est libérée de leur emprise, même si cette liberté sera de courte durée.

L'empereur leva les yeux vers Sara.

— Tu peux guérir. Aide-la.

— Elle n'a pas besoin de soins. Et seule, je ne suis pas assez forte pour combattre une autre Idluin afin de récupérer son esprit et son cœur. J'ai besoin de l'aide de mes sœurs.

— Alors appelle-les !

— Vous devrez les laisser passer en toute sécurité.

— Ce sera fait.

— Et vous devrez laisser le Seigneur Annuvil les accompagner.

— Il est ici ?

L'empereur semblait à la fois stupéfait et interdit.

— Il commande notre armée, dit Alezzi. Il nous guidera dans la guerre contre le Chaos. Avec la Dame Blanche.

L'empereur, résigné, contempla sa fille.

— Elle est si pâle. J'enverrai un messager.

— Ce ne sera pas nécessaire, dit Sara. Je vais les prévenir. Assurez-vous qu'aucun obstacle ne barrera leur route.

L'empereur hocha la tête et berça Lozzi, le cœur brisé.

— Je n'aurais jamais cru voir ce jour, murmura Cilla à Tess.

A cheval, les deux jeunes femmes et Archer traversaient les rangs impeccables de la légion bozandari. Les soldats les observaient, très soupçonneux, mais l'ordre leur avait été donné de les laisser passer sans encombres et ils lui obéissaient.

— C'est… bizarre, repartit Tess.

Cilla l'observa.

— Bizarre de quelle façon ?

— C'est comme si… Je l'avais déjà fait avant.

Tess chercha à rassembler les bribes d'un passé évanoui. Une partie d'elle-même craignait ce qu'elle risquait d'y découvrir — son amnésie la protégeait peut-être d'une chose horrible. Le seul souvenir qu'elle avait retrouvé était celui de la mort de sa mère entre ses bras, dans un monde étrange.

Mais cette fois-ci, cela semblait important et elle s'efforça de se rappeler. Sa mémoire s'ouvrit brutalement et elle vit quelque chose d'entièrement différent de la scène qui se déroulait sous ses yeux. Un champ de bataille comme celui sur lequel s'étaient opposés les Anari et la légion de Tuzza. Une bataille aussi terrible. Pire encore.

Doc !

Elle rampait à plat ventre en tirant un sac lourd. Autour d'elle, des explosions faisaient trembler la terre et les airs. Des gravats et des lambeaux de chair humaine pleuvaient sur elle. Elle portait un casque et baissait la tête.

Doc !

Elle arriva près de deux hommes à l'abri d'un monticule recouvert de branchages. L'homme qui l'avait appelée en hurlant serrait la jambe d'un autre qui se tordait de douleur.

Des mots confus emplirent ses oreilles. L'homme retira sa main de sa blessure et le sang en jaillit. « Appuyez ! » s'entendit-elle hurler pour couvrir la clameur assourdissante des explosions et des grondements. « Continuez d'appuyer ! » Elle ouvrit alors son sac et en sortit un petit paquet vert sombre…

Tess cligna des yeux et revint à la réalité, toujours sous le choc.

— Vous allez bien, ma dame ? s'enquit Archer.

— Je viens de me rappeler une partie de mon passé.

Elle le regarda. Ses traits virils étaient creusés par l'inquiétude.

— C'était horrible. Une bataille. Mais pas ici.

Il plissa le front.

— Pas ici ?

— Pas dans ce monde.

Il serra les lèvres.

— Les dieux cesseront-ils un jour de nous tourmenter ?

— Echapperai-je jamais à la guerre ?

— Je me pose souvent la même question.

Il fit alors un geste qui l'étonna fort : il se pencha, lui prit la main et la porta à ses lèvres.

— Puissions-nous être à la veille de notre dernière bataille, dit-il.

Il lui serra la main puis la relâcha. L'émoi qui avait envahi le cœur de Tess lui fit complètement oublier l'horrible souvenir qu'elle venait de revivre.

La dernière bataille. Si seulement c'était vrai.

Encore faudrait-il qu'ils y survivent.

L'empereur avait laissé les portes de la salle d'audience fermées. Tous s'étaient assis et attendaient la suite, quelle qu'elle fût. Les gardes restaient aux aguets et de temps à autre, l'un d'eux faisait rapport de l'avancée de Tess, de Cilla et d'Archer.

Lozzi, toujours inconsciente, était allongée sur un lit de coussins improvisé. Son père veillait sur elle.

— Va-t-elle s'en sortir ? demanda-t-il à Sara.

Sara hocha la tête.

— Oui-da. Elle est forte. Plus forte qu'eux. Mais l'effort qu'elle a fait pour se libérer l'a épuisée. Elle a besoin de repos. Et il vaut mieux qu'elle reste ainsi en attendant l'arrivée de mes sœurs : si elle se réveillait, ils reprendraient possession de son esprit.

— Je veux que ces gens soient éliminés, dit Maluzza d'une voix rauque. Je veux qu'ils soient écrasés un à un, comme de la vermine !

— Patience, conseilla Tom qui ouvrait la bouche pour la première fois depuis un long moment. Lorsqu'elles seront toutes les trois ensemble, nul ne pourra leur résister.

— Il y a quelqu'un d'autre que nous pouvons sauver en plus de votre fille, dit Sara. Que nous *devons* sauver.

— Qui ? s'enquit Maluzza.

— Votre devin.

Il pâlit.

— Elle est des leurs ?

— Pas volontairement. Nous devons la libérer.

— Par Adis ! L'empereur ressemblait à un homme dont le monde venait de s'écrouler. Mensonges. Je suis entouré de menteurs et de traîtres et pourtant, j'avais confiance.

— Les traîtres sont habités par le mal, dit Sara avec douceur. Ceux qui accordent leur confiance ont le cœur empli de bonté et on ne peut s'attendre à ce qu'ils voient le mal chez les autres.

L'empereur se leva de la place qu'il occupait près de sa fille et regarda Alezzi, Tom et Sara.

— Je suis né pour être souverain. Dès mon premier souffle, mon destin était de m'asseoir sur ce trône et d'assumer ces responsabilités. Celui de ma fille est identique. Un jour, elle occupera ce trône à son tour.

Il secoua la tête comme pour éclaircir ses pensées.

— J'ai toujours veillé aux intérêts de mon peuple du mieux que je le pouvais. Je n'ai pas toujours eu raison. Ni toujours fait le bien. La révolte des esclaves... j'aurais dû la prévoir bien avant la mort de quiconque. J'ai échoué vis-à-vis des esclaves comme des hommes libres.

— Vous vous préoccupez de la mort d'esclaves ? s'étonna Tom.

— Evidemment, répondit l'empereur. Ils sont sous ma protection comme le sont les Bozandari !

— Alors comment avez-vous pu supporter leur asservissement ? Ne sont-ils pas des êtres humains à vos yeux ?

— L'esclavage commença bien avant mon règne. Et l'abolir trop rapidement aurait provoqué l'effondrement de l'empire que j'ai juré devant les dieux de protéger. Essaie de prendre ma place sur ce trône, jeune homme.

Tom rougit.

— L'esclavage est un immense fléau.

— Je n'ai jamais possédé d'esclave, dit Alezzi. Mon cousin Maluzza non plus. Tous les Anari du palais sont libres. Mais mon cousin dit vrai, Tom. A cause du passé, tout changement doit être mené avec prudence.

— Pourquoi alors, permettez-vous aux marchands d'esclaves d'enlever des hommes et des femmes dans les villages anari ? Pourquoi laisser vos armées pénétrer dans des villes sans défense et arracher les jeunes, si précieux, aux clans ? Pourquoi souffrir pareille ignominie ?

L'empereur baissa la tête.

— Je ferais peut-être bien de ne pas laisser le sang idluin me juger.

— En effet, dit Tom, furieux. Vous parlez de changer les choses progressivement mais vous n'avez rien fait au cours de votre règne !

Les soldats se rapprochèrent mais l'empereur les arrêta d'un geste.

— Le jeune prophète a raison.

— Vous vous êtes préoccupé davantage de ce que pensaient de vous les classes les plus aisées que du fait que les Anari étaient enlevés, vendus et enchaînés comme du bétail. Vous reconnaissez une faute mais avez peu fait, voire rien, pour la corriger. Ce qui vous rend pire que bien d'autres hommes.

Ces paroles sortirent de la bouche de Tom comme une sentence divine. Il porta la main à son visage et retira son masque de cuir, dévoilant ses yeux étranges, des yeux dont l'iris était si pâle que la pupille paraissait occuper tout le globe. Lorsque la lumière les frappa, ils émirent une lueur rouge.

Tous ceux qui le virent poussèrent un cri et reculèrent.

— Le feu des Idluins soigne mais purifie également. Avant de faire face au mal que nous devons combattre, vous devez vous purifier, Maluzza Forzzia, car le mal attire le mal à lui. Afin de protéger votre peuple et les guider dans cette guerre, vous devez vous libérer du mal vous-même ! Les Idluins débarrasseront le palais des espions mais qui purifiera le trône ?

Alezzi sembla sur le point d'intervenir afin de le faire taire, comme s'il craignait la réaction de l'empereur devant un traitement si irrévérencieux. Sara paraissait, elle aussi, prête à défendre son époux.

Mais cela s'avéra inutile.

— Personne ne m'a parlé si justement depuis longtemps, dit Maluzza d'une voix accablée. Alezzi, tu es resté loin de moi trop longtemps.

Alezzi soupira.

— Je ne pouvais supporter de rester ici.

— Ainsi, tu avais toi aussi compris.

Alezzi baissa la tête.

— J'ai été mal conseillé, dit l'empereur en regardant autour de lui. Comment puis-je gouverner si personne ne me dit la vérité ? Si personne ne me rappelle ce qui est bien et juste ?

Nul ne répondit. Pas une seule voix ne s'éleva.

— Scribe !

Un homme se hâta de le rejoindre, une tablette et un stylet à la main.

— Majesté !

— Ecris cette nouvelle loi. Tous les esclaves sont libres et l'esclavage désormais interdit sous peine d'emprisonnement. Ajoute que tout soldat qui s'enrichira en faisant le commerce des esclaves le fera au péril de sa vie et de ses biens.

Des murmures s'élevèrent à ces paroles, qu'interrompit la soudaine annonce d'un garde :

— Majesté, les Idluins et l'homme qui se fait appeler Annuvil sont arrivés.

25.

Ardred se pencha plus près de la vieille sorcière et écouta les paroles qu'elle marmonnait. Elle ne paraissait plus en mesure de rapporter ce qui se passait dans la salle d'audience de l'empereur bozandari. Leur nid d'espions avait été attaqué, semblait-il, bien qu'elle fût avare de détails.

Il contint son envie de la frapper afin que, si elle le trompait d'aucune manière, elle cessât aussitôt. Il possédait son âme depuis trop longtemps, se rappela-t-il. Elle ne résistait plus à aucun de ses caprices ou requêtes. Elle avait appris de longue date ce que la résistance pouvait lui coûter.

Elle tourna son visage ridé et squelettique vers lui. Ses yeux aveugles étaient inexpressifs.

— Je n'arrive pas à en apprendre davantage, mon seigneur. La fillette est inconsciente. Izza a été libéré et tant que l'un des espions n'aura pas été autorisé à approcher l'empereur, il ne servira à rien.

— Et les autres ?

Elle ferma ses yeux horribles et sans vie.

— Ils préparent un plan pour entrer dans la

salle d'audience. Mais ils ne sont pas tellement nombreux.

— Non.

C'était ce qu'il avait voulu. Ne contrôler que des personnes clés à l'intérieur du palais et en petit nombre afin qu'elles n'attirassent pas l'attention sur elles. Si ses autres nids d'espions étaient plus importants, leur but était bien différent : affaiblir les défenses de l'empire de toutes parts en réunissant un nombre croissant de membres dociles. A l'inverse, seule une poignée de personnes pouvaient véritablement approcher l'empereur et s'en faire écouter. Jusqu'alors, le stratagème avait fonctionné à merveille.

Il soupira et tapa du pied avec impatience.

— Continue. Il doit y avoir quelque chose que tu peux apprendre.

— Oui-da, mon seigneur.

— Fais-moi quérir si tu découvres quoi que ce soit.

— Oui-da, mon seigneur.

Il sortit de la pièce à grandes enjambées, sans voir le petit sourire amer qu'esquissa la femme avant de s'appuyer contre le dossier de sa chaise et de s'abandonner au sommeil.

Sara vit Tess, Cilla et Archer traverser la salle d'audience et avancer vers son petit groupe et l'empereur.

Elle fut soudain frappée du changement qui s'était opéré en eux. Archer, autrefois un voyageur au visage fatigué, très discret, à la voix douce et courtoise, presque invisible lorsqu'il faisait étape à l'auberge de son père année après année, avançait à présent d'un pas déterminé et avec une confiance qui le faisait paraître à la fois plus grand et plus fort. Nul ne pouvait l'ignorer désormais.

Et la garde de son épée, finement ouvragée et incrustée de pierres précieuses, d'ordinaire soigneusement dissimulée sous son manteau, était bien visible de tous. Il ne portait toutefois ni carquois de flèches ni arc. Il n'était plus Archer, réalisa-t-elle. Il était Annuvil, l'homme qui avait payé le prix fort pour ses erreurs, un homme né pour régner.

A ses côtés, Cilla semblait elle aussi transformée. Elle avait toujours eu un port fier mais la guerre l'avait marquée, lui donnant l'air plus âgée, plus sévère, différente de la jeune femme que Sara avait rencontrée pour la première fois à Anahar.

Sara supposa qu'elle-même avait dû changer, au vu de leurs aventures depuis leur départ de Whitewater. Aucun d'entre eux n'était plus jeune et innocent.

Venait ensuite Tess et sa métamorphose était stupéfiante. La jeune femme effrayée et amnésique qui s'était réveillée au milieu du bain de sang d'une caravane massacrée avait changé plus que quiconque parmi eux. Pourquoi Sara ne s'en était-elle pas avisée jusque-là ? Ne s'était-elle à ce point souciée que d'elle-même ou de Tom ? Ou était-ce un effet du lieu où ils se trouvaient à présent ?

La jeune femme blonde aux yeux bleus, vêtue d'un blanc immaculé, entra dans la pièce, l'épée de la Dame Filandière suspendue à sa ceinture de cuir brun. L'épée n'avait rien de remarquable mais entre les mains de Tess, elle avait pris vie ; elle ne se contentait pas de fendre l'air et de s'abattre sur l'ennemi. Tess ne l'avait sortie qu'une seule fois de son fourreau de cuir ordinaire, sur le champ de bataille. Ceux qui avaient entendu l'épée chanter entre ses mains, ceux qui l'avaient vue émettre une lumière étrange, n'oublieraient jamais la scène.

Tess semblait elle-même rayonner d'une lumière intérieure. Oui, la jeune femme perdue et effrayée avait disparu, laissant la place à une Idluin qui marchait confiante et la tête haute en présence de l'homme le plus puissant de ce monde, comme s'il n'était pas plus important que les autres.

Mais, songea Sara le souffle coupé, n'avait-elle pas elle-même agi ainsi un peu plus tôt ?

Ils avaient tous été transformés. Tous. Lorsqu'elle sentit les doigts de Tom contre les siens, elle lui prit la main et la serra fort.

L'empereur se leva afin d'accueillir les nouveaux venus. Son visage arborait une expression où se mêlaient à la fois la consternation, la peur, l'angoisse et une colère contenue. Il n'était pas content de ce qu'il venait d'apprendre, c'était évident, mais il était homme à accepter la critique. Cette seule qualité le distinguait des autres.

Alezzi se hâta de faire les présentations. L'empereur ne sembla pour l'heure intéressé que par Cilla et Tess.

— Pouvez-vous aider ma fille ?

Tess hocha la tête et s'agenouilla auprès de la fillette. Elle posa la main sur son jeune front.

— Elle s'est évanouie afin d'être hors de leur portée.

Levant les yeux vers l'empereur, elle ajouta :

— Votre fille est forte. Elle deviendra une grande Idluin.

— Tout ce que je veux, c'est qu'elle survive.

— C'est que nous voulons tous pour ceux que nous aimons. De grandes batailles se préparent mais pour l'instant, aucune n'est plus importante que de sauver cette enfant. Joignez-vous à moi, mes sœurs.

Elles s'agenouillèrent à leur tour, formant un cercle autour de la petite fille, les mains jointes.

Tess ferma les yeux et se concentra.

Lentement, un arc-en-ciel apparut entre elles et au-dessus de Lozzi.

Il devint de plus en plus étincelant. Puis il descendit jusqu'à toucher le front de Lozzi.

Un instant plus tard, un petit cri échappa des lèvres de la fillette et ses yeux s'ouvrirent brusquement. L'arc-en-ciel s'évanouit aussitôt.

— Puis-je ? demanda l'empereur en s'approchant de sa fille.

— Elle va bien à présent, dit Tess.

Elle se leva et se plaça aux côtés d'Archer et d'Alezzi. Cilla et Sara la rejoignirent. Tess paraissait plus pâle qu'à son entrée mais elle se tenait droite et forte.

L'empereur serra sa fille contre lui et pleura à chaudes larmes de soulagement. Il se calma au bout de quelques minutes et se leva pour faire face à ses hôtes.

— Merci.

Les Idluins s'inclinèrent comme une seule femme.

— Et vous, ajouta l'empereur en s'adressant à Archer, dois-je m'incliner devant vous ?

Archer secoua la tête.

— Non, aucun homme n'a à s'incliner devant moi. Je ne suis ici que pour accomplir mon devoir.

— J'avoue avoir du mal à croire que vous soyez Annuvil, fils aîné du Roi Premier Né.

Archer esquissa un petit sourire.

— Il n'est pas nécessaire que vous le croyiez. Tout ce qui compte est la menace que représente Ardred pour ce monde.

— Je connais les légendes anciennes et les prophéties, concéda Maluzza. Un devin déclara à ma naissance que j'y jouerais un rôle. Mais je n'arrive pas à croire pourquoi Ardred appellerait de ses vœux la désolation que ce jeune prophète nous prédit. En quoi lui serait-ce profitable ?

— Je l'ignore. Je n'ai jamais compris cette partie-là de sa personnalité. Je soupçonne que nous ne sommes que des pions sur l'échiquier des dieux. Je suis sûr d'une chose, en revanche : ce jeu ne s'achèvera pas tant que lui et moi n'aurons pas réglé nos comptes.

— Et quelle sera l'issue ?

— L'un de nous doit mourir.

— Et le monde entier doit être entraîné dans cette folie ?

— Il semblerait que oui. Ardred le veut ainsi depuis toujours. Il ne lui suffisait pas de me haïr et de chercher à me tuer. Il a entraîné le peuple des Premiers Nés avec lui, d'abord en créant sa propre faction, puis en obligeant mon père à en former une qui me serait fidèle. Des guerres inconcevables s'ensuivirent. Avez-vous vu la plaine de Dederand, cette vaste étendue de verre noir et stérile ? Ce fut là que le dernier coup fut porté. Mais même cette dévastation ne paraît pas l'avoir arrêté.

L'empereur plissa le front, comme s'il cherchait à assimiler le sens de ces paroles.

— Et nous devons traverser cette plaine pour affronter Ardred, ajouta Archer, car il se trouve dans les montagnes près de la Source de la Terre.

— Cet itinéraire est dangereux, dit l'empereur. La plaine est glissante et comporte bien des obstacles. Nous perdrons des hommes au cours de cette traversée.

Archer opina.

— Je crois que c'est ce qu'il cherche. Je voudrais pouvoir garantir votre sécurité et celle du reste du monde si je l'affrontais seul. Mais je ne le puis pas. Il a installé des nids d'espions sous son contrôle et ils se transformeront en armées à sa solde. Seuls ceux qui accepteront de le servir survivront et prospéreront. Les autres mourront.

— Dans ce cas, dit l'empereur d'une voix résolue, nous devons nous préparer. Ensemble. Pour le bien de notre peuple.

— Oui, approuva Archer, pour le bien de notre peuple.

— Mais avant cela, dit Sara, nous devons nous occuper des espions qui se cachent à l'intérieur du palais. Si nous ne le faisons pas, l'Ennemi connaîtra chaque détail de nos projets.

— Allons-y, mes sœurs, répondit Cilla. Il est temps de montrer à l'Ennemi que nous savons nous défendre.

Tess était entourée de ses sœurs. La nouvelle de leur arrivée avait déjà fait le tour du palais et même les nobles bozandari paraissaient raser les murs sur leur passage. Elle n'aimait pas l'idée qu'on eût peur d'elle. Mais elle ne fit rien pour apaiser les craintes qu'elle lisait sur les visages. S'ils préféraient avoir peur, tant pis pour eux. Ils avaient dû eux-mêmes inspirer la peur à de nombreuses reprises.

— Tu es là depuis plus longtemps que moi, dit Tess à Sara. As-tu une idée de l'endroit où ils se cachent ?

— Allons voir la gouvernante de Lozzi. Elle saura nous dire qui la petite a vu régulièrement ces derniers temps.

— Ne crains-tu pas qu'elle soit aussi sous leur emprise ? demanda Cilla.

— Nous allons vite nous en rendre compte, dit Tess, le regard sombre et déterminé.

L'idée qu'on pût ainsi utiliser un enfant l'emplissait d'une rage noire. Pour la première fois, elle ne répugnerait pas à exercer la justice des Idluins. Son heure avait sonné.

Tess assaillit de questions les gardes du palais et les

responsables qu'elles croisèrent, cherchant à se faire indiquer les appartements privés de Lozzi. Si l'un d'eux répugnait à lui répondre, il se hâtait d'obéir en voyant son regard furieux.

Ne te laisse pas guider par la colère, la mit en garde Cilla par la pensée.

Si nous ne pouvons pas nous mettre en colère dans cette situation, je me demande bien quand ? répondit Tess de la même façon. *L'Ennemi allait transformer cette jolie petite fille en une coquille vide. Sa cruauté est sans limites.*

Elle eut soudain une absence. Un souvenir qu'elle n'arrivait pas à atteindre alimentait sa colère, tel un gaz invisible et volatil. Elle n'essaya pas de se rappeler les détails. Elle en aurait le temps plus tard. Pour l'heure, elle se contenterait d'y puiser des forces.

La gouvernante de Lozzi, Nona, était une femme à moitié anari. En voyant les trois Idluins entrer, elle écarquilla les yeux, surprise, puis prit un air soupçonneux.

— Où est Lozzi ?

— Elle est avec son père, dit Tess. Tu es sa gouvernante, n'est-ce pas ?

— Oui. Je suis plus sa mère, d'ailleurs, que celle qui l'a mise au monde. Comment va ma petite fille ? Si vous lui avez fait du mal…

— Pas le moins du monde, dit Tess. Nous l'avons libérée de l'emprise maléfique qui pesait sur son esprit et elle va bien maintenant. Si tu l'aimes vraiment, tu m'aideras à trouver ceux qui lui ont fait cela. Sinon, je te préviens, ne t'attends pas à vivre un jour de plus. Car ta vie prendra fin ici et maintenant.

— Jamais je ne lui aurais fait de mal ! s'écria Nona. Oui-da, elle avait changé ces derniers mois. Mais je pensais simplement qu'elle grandissait… qu'elle avait dû entendre parler de ce qui se passait dans la ville et avait peur pour moi…

Tess examina la femme. Son visage était anari mais ses yeux étaient bozandari, son expression impassible comme celle des Anari mais ses yeux sincères. Elle disait la vérité.

Tess se permit alors de sourire.

— Je te crois, Nona. Dis-nous maintenant, je t'en prie, qui Lozzi a vu ces derniers temps. Car il est pratiquement certain que l'une de ces personnes a pris possession de son esprit.

Nona prit une petite inspiration.

— Comprenez que je ne veuille pas accuser des innocents.

Elle ment, se dit Tess.

— Je veux des noms.

Nona secoua la tête.

— Si je vous donnais dix noms, et que le coupable soit l'un deux, que feriez-vous des neuf autres ? Croyez-vous qu'ils ne sauront pas qui les a soupçonnés, dénoncés ? Et qu'ils me pardonneront cette indiscrétion ? Si vous pensez cela, alors c'est que vous ne connaissez rien à ce palais ou à ces gens.

— Si tu te soucies de ta place et de ta sécurité, réfléchis au danger que je représente. Je suis ici devant toi, Nona.

— Si tu es réellement une Idluin, tu ne ferais pas de mal à une innocente. Pas même pour punir le mal. A moins que tu ne sois toi-même possédée par le mal que tu prétends combattre.

Tess se tut. La femme avait compris qu'elle bluffait. Elle ne la torturerait pas pour obtenir des renseignements. Et elle concevait que Nona refusât de parler. Qu'elle ait donné le nom du coupable importerait peu aux innocents. Ils se vengeraient d'elle et elle serait incapable de se défendre.

— Nous avons besoin de l'aide de Lozzi, dit Sara, comme si elle arrivait à lire dans les pensées de Tess, malgré le mur que celle-ci avait érigé autour d'elles.

— Nona, Lozzi viendra avec nous dans la campagne à venir. Elle voudra sans nul doute que tu l'accompagnes et nous ne voudrions pas qu'il en soit autrement. Donc tu ne resteras pas au palais, de toute façon. Tu n'as pas à craindre de représailles car Lozzi et toi serez sous notre protection.

— Vous ne pourrez pas me protéger d'elle, dit Nona en secouant la tête. Le pouvoir des Idluins lui-même n'y suffira pas.

— De qui parles-tu ? s'enquit Tess en avançant vers elle.

Sara posa une main sur son bras.

— Elle n'a pas à nous le dire, Tess.

— Il le faut ! Quelqu'un s'est servi d'une petite fille, l'a torturée ! Il doit payer pour ce crime !

— Non, ma sœur, rétorqua Sara en resserrant son étreinte. Elle n'a pas à nous le dire. Je le sais déjà.

— Quoi ?

Du regard, Sara enjoignit Tess de lui ouvrir son esprit. Celle-ci s'exécuta et comprit aussitôt que Sara avait raison.

26.

Tess observa longuement l'Idluin captive. Depuis combien de temps la mère de l'empereur était-elle sous l'influence du mal ? Plus important encore, qui la possédait ? Elle soupçonnait qu'elle ne connaîtrait jamais la réponse à la première question. Mais si elle en jugeait par son expérience, elle découvrirait bientôt la réponse à la seconde.

Fetzza avait été manifestement une belle femme. Elle avait les pommettes hautes, un port de tête noble et des yeux verts qui avaient dû attirer autrefois bien des regards masculins. Elle gisait à présent sur une couche somptueuse, entourée de tous les conforts qu'un fils du rang de l'empereur pouvait lui fournir. Tess remarqua néanmoins qu'elle ne semblait pas à son aise. Et si elle avait jamais connu le véritable bonheur, cette époque était bel et bien révolue.

— Tu ne peux pas l'emporter, dit Fetzza d'un air de mépris. Mon maître est beaucoup plus puissant que tu ne pourras jamais l'imaginer.

— Tu es possédée, dit Tess, tentant de rapprocher

le comportement de cette femme avec celui qu'elle avait constaté chez la mère de Sara à Lorense.

Fetzza devait être aussi innocente que Mara l'avait été.

— Ton esprit est prisonnier du mal, ma sœur.

— Ta sœur ? se récria la femme. Tu n'es pas ma sœur. Je ne peux avoir le même sang qu'une telle… faiblesse !

— Tu reconnais sûrement les Idluins, dit Sara.

Fetzza agita un doigt décharné devant elles.

— Vous n'êtes que les ombres de ce que des Idluins devraient être ! Vous avez peur de réclamer ce qui vous est dû de par votre naissance, en tant que filles des dieux et mères du monde. C'est grâce à nous que les dieux créèrent le monde ! Vous êtes nées pour régner et au lieu de cela, vous vous cachez derrière une prétendue bonté.

— Je n'ai pas peur de toi, dit Cilla en avançant vers elle. Je ne crains pas les êtres corrompus par le pouvoir. Et je ne crains pas ceux qui asservissent mes frères et mes sœurs.

— Nous vous avons créés pour être esclaves ! Ton peuple est faible et il en a toujours été ainsi. Vos illusions de liberté ne dureront pas. Votre armée sera écrasée. Et quant à toi, tu soigneras mes escarres tandis que je continuerai à servir le seul et véritable Pouvoir.

— Recule, Cilla, dit Sara. Elle cherche à provoquer notre colère. Elle veut que nous tombions avec elle.

— Et toi, reprit Fetzza en fixant Sara d'un air

glacial. Ta mère était une paysanne pitoyable qui ne méritait pas de soigner un être plus noble que Lantav Glassidor. Tu as cru remporter une victoire en la libérant. Mais vois ce qui t'attend dans le nord.

L'esprit de Sara fut soudain envahi d'images : à Derda, la famine faisait des ravages, les morts, gelés, étaient empilés tels du bois de chauffage hors de la ville et leurs corps, la nuit, servaient de nourriture à ceux qui ne pouvaient en trouver d'autre. A Whitewater, l'auberge Deepwell était emplie à craquer de villageois souffrant du froid et de la faim et croulait sous des pieds de neige. Bandylegs Deepwell, de plus en plus faible, distribuait parcimonieusement ses dernières réserves, conscient qu'elles ne suffiraient pas.

— Il est en train de mourir ! s'exclama Sara, les mains tremblantes.

— A cause de sa propre faiblesse, dit Fetzza. S'il ne s'occupait que de ses besoins, il aurait assez pour tenir. Mais non… Sa bonté le perdra.

— Assez ! s'exclama Tess.

La femme exploitait leur colère, cherchant à les faire tomber une à une dans l'abîme qui était le sien. Tess tenta de fouiller son esprit, à la recherche de l'identité de celui qui la contrôlait, mais elle avait l'impression de se heurter chaque fois contre un mur.

— Et voici la Dame Filandière, reprit Fetzza en s'adressant à Tess. Tu veux savoir qui m'a attirée ? Personne ! J'ai vu la vérité. Je ne suis pas assez stupide pour me rallier et rallier mon fils à des faibles et à des esclaves. Et je ne m'inclinerai certainement pas devant la bâtarde d'une prostituée.

— Je n'ai pas peur de tes mensonges, dit Tess en croisant son regard sans broncher.

— Crains alors la vérité !

Des souvenirs amers submergèrent alors la jeune femme, tels des vagues déferlant dans une tempête. Elle voyait sa mère s'habiller pour la soirée, enfilant une courte jupe de cuir et des chaussures à talons ridiculement hauts. Se voyait assise dans leur appartement insalubre, s'endormant malgré des odeurs nauséabondes et les cris de quelque rixe éclatant dans les bas quartiers, jusqu'au retour de sa mère au petit matin, sentant la sueur et les hommes. Puis le bruit de la douche, sa mère se frottant jusqu'au sang comme pour effacer les souillures de son âme. Sa mère s'étendant sur le petit lit qu'elles partageaient. Tess pleurant en silence afin qu'elle ne s'aperçoive pas qu'elle était réveillée. Et enfin, sa mère qui promettait à des dieux inconnus que bientôt, très bientôt, elle les sortirait toutes les deux de cet endroit.

Tess se souvint clairement du jour où sa mère et elle déménagèrent dans leur nouvelle maison toute propre. Du jour où elle l'accompagna à l'école, signa les papiers et expliqua pourquoi Tess et elle n'avaient pas le même nom de famille en montrant son acte de naissance afin de prouver qu'elle était bien la mère de la fillette. Ce soir-là, Tess lui avait demandé pourquoi elle s'appelait Birdsong et sa mère Palmer. Elle était née au début du printemps et sa mère avait entendu les chants des oiseaux sur le chemin de l'hôpital. Tess n'avait appris que des années plus tard que sa mère n'avait jamais su lequel de ses clients était le père de sa fille.

Au cours de ces derniers mois, Tess n'avait pas eu le moindre souvenir de son père et elle savait désormais pourquoi. Elle n'en avait jamais eu.

Fetzza ne lui envoyait plus de souvenirs. Ce n'était plus nécessaire car ils revenaient spontanément à présent. Sa mère avait travaillé comme réceptionniste après avoir quitté le trottoir. Elles avaient vécu modestement mais sa mère avait tout fait pour garder la maison et continuer d'envoyer Tess dans une école — où tous semblaient la mépriser parce qu'elle venait du mauvais côté de la ville. Ce mépris avait rendu Tess plus forte et elle s'était jeté à corps perdu dans l'étude, avec un acharnement que ses professeurs eux-mêmes jugeaient impressionnant. Elle avait résolu de les dépasser tous et de prouver au monde sa valeur.

Tout avait changé un jour froid d'automne. Sa seule amie, Gail, s'était déshabillée pour se doucher après le cours de gymnastique. Tess avait vu des brûlures de cigarette sur son ventre et les avait identifiées aussitôt. Sa mère était revenue plus d'une fois à la maison avec des bleus et des brûlures et la petite Tess l'avait aidée à les soigner. Elle n'avait pas reculé un instant alors et elle fit de même cette fois.

Elle avait assailli Gail de questions toute la soirée, alors qu'elles étaient allongées dans l'herbe, sur une colline à l'extérieur de la ville, regardant le ciel rougir peu à peu. Elle avait emmené Gail chez elle. Le lendemain, sa mère et elle avaient accompagné l'infortunée au commissariat et cette dernière avait raconté les atrocités qu'elle subissait dans son foyer.

Pendant que Gail se confiait à une jeune femme policier, la mère de Tess proposait à celle-ci d'aller déjeuner de l'autre côté de la rue. Manger au restaurant était exceptionnel et Tess appréciait ces rares occasions, qu'elles ne pouvaient se permettre qu'une fois par mois.

Elle n'y avait pas déjeuné.

Elle n'avait plus jamais déjeuné là.

Elles n'avaient jamais atteint l'autre côté de la rue. Le camion était sorti de nulle part. Un crissement de pneus, un Klaxon et un bruit de chute sourd, et Tess se retrouva devant le corps inanimé de sa mère. Elle fut bientôt à genoux à ses côtés, cherchant à soigner des blessures incurables.

Elle ne put que tenir la main de sa mère alors que celle-ci s'éteignait, des larmes coulant sur son visage ensanglanté, un visage enfin en paix.

Tess émergea lentement de ses souvenirs, réalisant qu'elle s'appuyait, en pleurs, contre ses sœurs. Elle était qui elle était parce que sa mère avait un jour prié sainte Theresa. Elle s'appelait Birdsong à cause du chant des oiseaux le jour de sa naissance sur le chemin de l'hôpital. Elle n'avait pas de père.

Mais si elle était la fille d'une prostituée, elle était aussi la fille d'une mère qui avait lutté pour sortir de cette situation, lui avait donné de petits noms affectueux qui étaient parmi ses rares souvenirs agréables.

Et c'était à la mémoire de cette femme qu'elle portait la marque de la rose blanche sur sa cheville.

Les roses avaient été ses fleurs préférées et le blanc représentait la pureté.

Mais il y avait plus, bien plus que cela. Tess comprit avec une rare clairvoyance que sa mère avait choisi cette vie afin de protéger sa fille. Elle avait choisi, elle une Idluin, d'élever Tess dans la sécurité relative d'un monde différent de celui-ci, jusqu'au moment où celle-ci devrait assumer le fardeau de la prophétie. Sa mère avait choisi une vie misérable dans le seul but de s'assurer que Tess ne serait pas découverte par Ardred.

Tess leva les yeux sur Fetzza.

— Si tu crois que les souvenirs d'une mère aimante me mettront en colère, tu ne connais rien à rien. Ma mère valait bien davantage que toi.

Les yeux de Fetzza lancèrent des éclairs ; elle comprenait qu'elle ne gagnerait pas à ce petit jeu. Elle plongea la main sous son oreiller et en tira une dague. Du poison coula de la lame tandis qu'elle reculait afin de mieux viser le cœur de Tess.

— *Sha non* ! s'écria Tess en fixant la femme.

La main de Fetzza se figea dans les airs et la dague glissa de ses doigts affaiblis avant de traverser ses vêtements de nuit et de lui transpercer le ventre. Elle poussa un cri et le poison fit son œuvre : sa peau devint gris cendre puis la noirceur gagna ses entrailles.

— Non ! cria Maluzza en bondissant dans la pièce et en se ruant vers sa mère.

— Ne la touchez pas ! dit Tess. Elle vous contaminerait.

Il se figea et se boucha les oreilles afin de ne plus

entendre les cris de sa mère. Il ferma les yeux afin de ne plus voir l'horrible spectacle de ce corps qui pourrissait devant eux. Le silence revint enfin et il rouvrit les paupières. Sa mère n'était plus qu'une tache noire.

— Elle est… elle… bredouilla-t-il.

— Elle fut autrefois votre mère, dit Tess. Mais depuis bien longtemps, elle n'était plus que la maîtresse de l'Ennemi.

— Peut-être, dit-il en essuyant ses larmes. Mais je ne puis me la rappeler ainsi.

— Non, dit Tess.

— Sortons d'ici, dit Maluzza. Je vais murer cette pièce. Personne n'y pénétrera plus jamais.

Tess hocha la tête. La femme qu'elle avait vue ne méritait pas tombeau aussi grandiose mais la mère de Maluzza, si.

— Oui-da, sortons d'ici, dit-elle. Il faut arrêter l'Ennemi. Aucune autre mère ne devrait être souillée de la sorte.

— Nous devons retrouver Lozzi, dit Cilla. Elle va prendre possession de ses pouvoirs et aura besoin de nos conseils.

— Il y en a une autre dans le palais, annonça Sara. J'ai senti sa présence. Elle n'est pas au cœur du nid d'espions mais elle en fait partie.

— Elle va certainement devenir plus forte, marmonna Cilla.

Tess, qui avait renoncé à chercher à mesurer la portée de ses pouvoirs ou leur montée en puissance ou même à comprendre comment elle les utilisait, ferma les yeux un instant et montra du doigt sa gauche.

— Elle est par là. Et elle lutte.

Elle tendit la main et osa toucher l'empereur. Il parut ne pas s'en soucier.

— Allez voir votre fille. Nona et vous devez veiller sur elle car maintenant que votre mère est morte, son pouvoir va se réveiller. Elle sera d'autant plus vulnérable.

Il hocha la tête, presque soulagé que quelqu'un lui dise ce qu'il devait faire. Le choc de la mort atroce de sa mère et sans doute sa trahison l'avaient profondément ébranlé. Alors qu'il se dirigeait vers la salle d'audience, sa démarche avait perdu beaucoup de sa confiance passée.

— Pourrons-nous nous orienter dans ce labyrinthe ? dit Sara. Je doute de pouvoir retrouver mon chemin dans ces couloirs.

— Ne sens-tu pas sa présence ? fit Tess. Il nous suffit de suivre sa trace.

— Non, les sensations sont diffuses.

— C'est la même chose pour moi, dit Cilla.

— Alors, suivez-moi.

Tess avait vu quelque part dans son esprit la trame qui sous-tendait la réalité. Elle y apercevait non seulement la présence noire d'Ardred au nord-ouest, mais aussi, bien plus près, la lumière faible d'une Idluin, une lueur prise au piège d'une toile maléfique.

Elle porta la main au petit sac autour de son cou et en sortit les pierres. L'améthyste brillait vaillamment. Elle remit les autres à leur place et tint la pierre violette devant elle. Chaque fois qu'elle devait tourner à droite ou à gauche, elle lui servait de guide, faiblissant lorsqu'elle choisissait le mauvais chemin et brillant davantage quand elle prenait la bonne direction.

Sa sœur inconnue l'aidait. Le cœur de Tess fut soudain empli d'un nouvel espoir.

— Elle n'est pas entièrement perdue. Elle nous appelle.

— Ou alors, on se sert d'elle pour nous appeler, la mit en garde Cilla.

Tess n'en continua pas moins à suivre la petite pierre. Avec ses sœurs, elle devrait résister à une seule Idluin. Et quels que fussent les pouvoirs d'Ardred, il semblait avoir besoin des Idluins afin de commettre ses forfaitures.

En tout cas pour l'instant.

Elles arrivèrent enfin devant une porte.

— Elle est là, je sens sa présence, dit Sara.

— Moi aussi, approuva Cilla.

L'améthyste brilla de plus belle, confirmant ces intuitions. Sara frappa à la porte. Aucune réponse. Elle regarda les autres d'un air interrogateur puis ouvrit la porte.

Elles virent une femme d'âge moyen assise sur une chaise à bascule, à côté d'un lit étroit. Ses yeux étaient vides et ses traits déformés.

— Ma sœur, dit doucement Sara en entrant dans la pièce. Ma sœur, m'entends-tu ?

La femme tourna la tête. Ses yeux reflétaient le mal.

— Aidez-moi, murmura-t-elle.

A ces mots, elle se tordit de douleur et poussa un hurlement. La tentative d'Ardred de posséder totalement son âme menaça de la briser.

Sara, Cilla et Tess formèrent promptement un cercle autour d'elle et unirent leurs mains. Têtes penchées, les yeux clos, elles cherchèrent à rassembler les pouvoirs que leur avait donné leur naissance.

Ce ne fut pas aussi facile que les fois précédentes. Elles avaient libéré une enfant qui ne maîtrisait pas encore ses pouvoirs puis une vieille femme qui, pensa Tess, avait été sur le point d'être mise au rebut par Ardred. Cette fois, Ardred refusait de lâcher prise et les Idluins qui contrôlaient les esprits pour lui se battaient afin de garder leur emprise sur cette femme.

Cette lutte, réalisa Tess, horrifiée de sentir des doigts glacés et insidieux pénétrer dans son esprit, pourrait prendre au piège l'une d'elles.

Ou les tuer.

27.

Ardred se pencha sur la vieille harpie qui chantonnait. Il était difficile de passer outre l'odeur de putréfaction qui se dégageait d'elle mais il avait des soucis plus importants en tête.

— La vois-tu ? demanda-t-il à voix basse. Ma Tess ? Peux-tu la distinguer des autres ?

La vieille Idluin, qui avait passé la majeure partie de sa vie adulte à perfectionner ses pouvoirs sous le joug et les ordres d'Ardred, hocha lentement la tête. Ses yeux aveugles voyaient ce que son maître ne pouvait voir.

— Elle se tient avec les autres autour de Yazzi. Elles se sont unies afin de me combattre.

— Il te suffit de provoquer une petite diversion, murmura-t-il à son oreille, comme le ferait un amant. Tu pourras ainsi pénétrer dans l'esprit de Tess et la contrôler.

— Elle me résiste déjà.

— Elle est en train de s'unir aux autres Idluins, dit-il plus sèchement. Ce qui la rend vulnérable.

— Ce serait plus aisé, dit amèrement la vieille, si votre marque n'était pas si facile à déceler.

Furieux, Ardred recula et gifla la femme violemment.

— Trouve un moyen ! Déguise-toi ! Invite-toi dans le cercle qu'elle est en train de créer !

— Et sinon quoi ? répliqua la sorcière. Me tuerez-vous ? Qui fera alors ce sale travail pour vous ?

— J'en ai d'autres.

— Oh oui-da, il y en a d'autres. Mais nulle n'est aussi puissante que moi. Aucune ne pourrait faire ce que je fais pour vous.

— Ma Tess le pourrait.

Elle ricana et ce ricanement était aussi sec et craquant que le bruit des feuilles mortes balayées par le vent.

— Vous avez besoin de moi pour l'assujettir. Personne ne peut le faire à ma place.

— Ose me défier, vieille femme, et je pourrais décider d'attendre encore afin de corriger les méfaits du passé. Après tout, j'ai toute l'éternité devant moi. Toi, tu n'as que le temps que je choisis de t'accorder.

— J'ai pitié de vous. Rien ne pourrait me convaincre de vivre à jamais.

Il leva la main pour la frapper de nouveau, puis se ravisa. Contenant sa rage, il se radoucit afin de jouer du charme qui avait déjà envoûté des milliers de personnes.

— Tu oublies pourquoi nous faisons cela…

— Comment le pourrais-je ? J'ai créé le chaos à

votre demande et des milliers de vies ont été sacrifiées. Comment unir ainsi le monde et restaurer la gloire et la beauté des Premiers Nés ?

Il effleura doucement, légèrement, son épaule maigre.

— Je te l'ai dit. Bien des gens sont morts à cause de mon frère. S'il existait une autre solution, j'en ferais usage. Mais les dieux réclament vengeance, Hesta. Ils en veulent toujours à mon frère de son arrogance. Et à moi de ne pas avoir su m'occuper de lui et sauver le premier monde. Je dois me débarrasser de lui, l'amener à moi dans la plaine de Dederand. Je dois l'affronter sur la terre qu'il a détruite, sur les tombes des gens dont il a provoqué la mort. Il faut préserver un équilibre.

La vieille baissa la tête.

— Un équilibre est toujours nécessaire en toutes choses.

— Ce que nous faisons aujourd'hui va rétablir cet équilibre. Permettre que je puisse anéantir mon frère comme j'aurais dû le faire jadis. Il devra venir afin de défendre les peuples de ce monde et réparer ses fautes passées. Et je dois appliquer les châtiments décrétés par les dieux.

— En tuant votre frère.

— C'est écrit.

— Et en vous emparant de la Dame Filandière.

— C'est également écrit.

— Et ensuite, vous me tuerez.

— Pas si tu m'aides.

La vieille femme soupira.

— Tuez-moi. Je n'ai aucune envie de vivre. Promettez-moi qu'une fois tout ceci terminé, vous me libérerez.

Il acquiesça avec une réticence qu'il n'éprouvait pas. Il avait bien l'intention de se débarrasser de la vieille Idluin dès que Tess, la Dame Filandière, lui appartiendrait corps et âme.

— Comme tu veux. Mais il serait dommage que tu ne la voies pas réunir les deux mondes.

— Je n'ai connu qu'un seul monde et le mal que j'y ai vu me suffit.

Elle soupira encore puis baissa la tête.

— Laissez-moi. Je ne puis supporter la moindre distraction pendant que j'obéis à vos ordres.

Ardred n'hésita qu'un instant puis sortit de la pièce. Il avait d'autres tâches à accomplir — par exemple veiller à munir ses espions de dagues imprégnées de poison idluin, en vue de l'affrontement final devant son donjon. Ce poison était le seul capable de tuer des Idluins et ses soldats avaient reçu des consignes claires : ils n'en useraient que sur ses ordres.

Tout dépendrait alors, songea-t-il en souriant, de qui déciderait que la vie sous son emprise était préférable ou non à la mort.

Quant à Tess… Il savait au fond de son cœur que les dieux lui accordaient enfin la bénédiction dont il avait été privé autrefois. Thériel avait refusé d'être à lui. Tess serait sienne.

Non, corrigea-t-il, Tess *était* sienne. Avec lui, elle régnerait sur un monde qui ne ferait qu'un.

L'avenir, se dit-il avec joie, serait aussi glorieux que le passé lointain des Premiers Nés.

En tout cas, pour ceux qui se rallieraient à lui.

La présence noire et glacée recula et Tess poussa un long soupir de soulagement avant de se concentrer de nouveau sur le cercle qu'elle était en train de former avec ses sœurs.

Sara et Cilla reprirent leur place réconfortante dans son esprit. En pareils moments, elles cessaient d'être trois êtres distincts pour devenir une entité particulière. Et au centre du cercle, se trouvaient l'esprit et le cœur torturés d'une Idluin qu'elles cherchaient à libérer.

Les yeux fermés, Tess sentit l'arc-en-ciel croître entre elles et autour d'elles, brillant d'une lumière si pure qu'elle inspirait une admiration presque douloureuse, bien qu'elle ne la vît que dans son esprit.

Puis, lentement, elle commença à voir ce qui était derrière la lumière. Son esprit lui révéla la trame dorée qui sous-tendait la réalité, l'essence du monde. Elle y vit leur cercle, formant une auréole lumineuse et dorée qui dansait le long des fibres de la trame et autour d'un minuscule point noir.

Elle aperçut la bande noire qui s'étendait entre elles et la partie obscure et déformée de la toile que contrôlait Ardred.

La peur lui noua l'estomac. Cette obscurité était tellement immense comparée à leur petit cercle de lumière. Comment pourraient-elles lutter ? Comment pouvaient-elles réparer le mal qui avait été fait ?

Avec toute l'énergie qu'elle possédait, elle repoussa l'obscurité loin d'elles. Elle sembla presque reculer sous l'effet de sa volonté puis reprit sa place ; mais elle n'approcha pas davantage. Tess la vit même diminuer peu à peu. Elle se demanda si ce rétrécissement était réel ou si elle ne voyait pas uniquement ce qu'elle voulait voir.

Alors que le mal reculait, le point noir au milieu du cercle des Idluins faiblit. Puis avec un bruit sec, il s'évanouit.

Tess ressentit immédiatement le soulagement de Cilla et de Sara. Elles avaient compris elles aussi que le mal avait quitté cette pièce. Avant que Tess pût réagir, ses deux sœurs avaient pris les mains de l'Idluin qu'elles venaient de libérer et l'avaient entraînée dans le cercle.

Pendant un instant, elles furent accueillies sans réserve.

Puis Tess entendit un cri résonner dans sa tête.

Aide-moi, ma sœur !

Elle reporta son attention sur le mal qui souillait la trame du monde. Elle entendit le même cri une seconde fois. Puis, juste avant que ses sœurs n'eussent fermé le cercle, elle sentit d'autres Idluins entrer en contact avec elle.

Des âmes sournoises, froides, répugnantes, en détresse. Le choc lui fit l'effet d'une douche froide. Elle ouvrit les yeux et son corps tout entier se raidit.

De toutes ces forces et de toute sa volonté, elle tenta de repousser le mal, de couper le lien.

Puis tout devint noir.

L'homme le plus beau qu'elle eût jamais vu sortit de l'obscurité. Ses cheveux étaient de la couleur de l'or et ses yeux bleus comme un ciel d'été. Vêtu de blanc de la tête aux pieds, il avança lentement vers elle.

— Mon amour, dit-il d'une voix aussi douce et chaleureuse que le miel. Je t'attends depuis si longtemps.

Elle eut le sentiment qu'elle le connaissait sans l'avoir jamais rencontré. Son charme était incroyable et l'attirait vers lui, bien qu'une partie d'elle-même demeurât hésitante.

— Je ne vous connais pas.

Plus elle se rapprochait de lui, plus ses yeux se faisaient lumineux. Il sourit, avec une telle chaleur qu'elle désira en connaître davantage.

— Tu me connaîtras bientôt, promit-il. Nous sommes destinés l'un à l'autre, mon amour.

Il la prit dans ses bras et la paix l'envahit, une telle paix…

Ils entouraient tous Tess, allongée sur un lit préparé hâtivement. Archer, Tom, Erkiah, Cilla et Sara. Même l'empereur et sa fille se tenaient non loin de là, l'air inquiet, ainsi que l'Idluin qu'elles venaient de libérer, une femme du nom de Yazzi ; assise sur une chaise, elle était visiblement épuisée par les derniers événements.

— Elle est partie, cria Sara avec angoisse. Je ne peux plus entrer en contact avec elle !

— Moi non plus, dit Cilla, atterrée.

Archer s'assit près de Tess et se pencha sur elle, posant la main sur sa joue.

— Tess, murmura-t-il. Reviens. Tu dois revenir vers moi.

— Cela s'est produit quand nous avons ouvert le cercle à Yazzi, dit Sara à Cilla. L'as-tu senti ? Je crois que l'autre a pénétré le cercle aussi.

— L'Idluin possédée par le mal, approuva Cilla. Je crois que tu as raison. Une présence froide l'a touchée alors.

Archer leva la tête.

— Une présence froide cherche à pénétrer son esprit depuis le début de notre voyage ensemble. Elle a toujours réussi à la combattre. Qu'est-ce qui a changé cette fois ?

Yazzi prit la parole pour la première fois depuis qu'elle les avait remerciées de tout son cœur de l'avoir libérée.

— Vous avez ouvert le cercle afin de m'accueillir en votre sein et à ce moment-là, n'importe quelle Idluin pouvait nous rejoindre. Et j'ai le sentiment qu'elle savait exactement de qui elle voulait s'emparer.

Le visage de Cilla s'assombrit davantage.

— Je crains que tu n'aies raison, Yazzi.

— J'ai eu des mois pour prendre la mesure de cette

femme. Elle est puissante, très puissante, car sinon, j'aurais pu la tenir en respect. Elle est la plus puissante de toutes les Idluins.

Sara secoua la tête.

— Je ne puis le croire. La Dame Filandière doit être plus forte qu'elle.

Tom rompit son silence.

— Saine et sauve, elle viendra à Arderon, sans que nul ne l'arrête, elle qui contrôle la trame du monde.

Tous, à l'exception d'Archer, se tournèrent vers lui. Le masque de Tom lui recouvrait de nouveau les yeux, rendant son expression difficile à interpréter.

Sara lui prit la main.

— En es-tu certain ?

Il la regarda.

— Les dieux ne se laisseront pas priver de leur jeu. Nous devons l'emmener avec nous.

— Ma dame, murmura Archer. Il souleva Tess de son oreiller et la berça dans ses bras. Il ne l'aura pas.

— Cela fait partie de l'enjeu, dit Tom. Et je crains que nul ne puisse faire la moindre prédiction à ce sujet. L'issue dépend de vous, de nous tous... Mais vous... Archer, prenez garde. Je sens que les dieux ne se soucient guère de ce que vous viviez ou mouriez.

— Moi non plus, répondit Archer simplement. Moi non plus. Je ne me soucie que de vous, mes compagnons, et de Tess.

— Mais, dit Lozzi en s'éloignant de la protection de son père, il ne fera pas de mal à Tess tant qu'il croira qu'il la possède et il ne fera pas de mal non plus à ceux qui la lui amèneront. Elle sera donc en sécurité, comme l'a dit le prophète. Lorsque nous arriverons…

— Tu n'iras pas, lui dit l'empereur avec sévérité.

La fillette se tourna vers lui.

— Si, père. J'ai été touchée par ce que l'Ennemi pourrait nous faire à tous. Je ne puis rester à l'écart et regarder les autres se battre contre lui. Si je puis aider, je le dois.

— Elle peut nous aider, dit Yazzi. Je suis venue ici afin de la former. Je ne savais pas que c'était une ruse visant à me capturer. Mais cette ruse ne tient plus.

Sara opina.

— Nous allons toutes la former. Et nous soutenir dans les épreuves à venir.

Archer parcourut leurs visages du regard.

— Peu importe ce qui se passera désormais, nous devons partir demain à l'aube. Il a commis assez de méfaits.

Il considéra l'empereur avec gravité.

— Si vous ne pouvez convaincre vos légions de rallier les Anari dans cette guerre, nous irons seuls. Mais nous irons tout de même, avant qu'il ne nous fasse payer un plus lourd tribut.

28.

Une légion supplémentaire arriva au cours de la nuit et des messagers avaient été dépêchés afin que deux autres les rejoignissent. Deux jours plus tard, à l'aube, trois légions bozandari au grand complet se tenaient en rang de bataille dans la plaine au nord de la ville. L'armée du Loup des Neiges avançait vers elles depuis les collines, bannières au vent comme autant d'augures d'un âge nouveau.

Les Bozandari qui eussent pu refuser de croire aux ordres qu'ils recevaient cessèrent de grommeler et de discuter en voyant l'empereur avancer au milieu de ses troupes, revêtu de sa flamboyante et familière armure de guerre, suivi de son étendard personnel à la couronne d'or sur fond bleu qu'aucun soldat, même le plus modeste, ne pouvait ignorer.

Le mécontentement des troupes laissa bientôt place à l'étonnement : sous le ciel rougeoyant de l'aurore, le monarque chevauchait à la rencontre des Loups des Neiges, accompagné uniquement de ses cousins, Tuzza et Alezzi.

Tuzza présenta le souverain à Ratha et à Jenah.

Maluzza leur serra la main vigoureusement à tous deux.

— Ainsi, vous êtes les généraux qui avont vaincu Tuzza, dit-il avec un petit sourire narquois sur les lèvres.

Ratha et Jenah se regardèrent. Ratha parla le premier.

— Avec l'aide d'Annuvil et de la Dame Filandière.

— Je rechercherai leur aide tout comme la vôtre dans les jours qui viennent. Je suis certain que nous regrettons tous que cette prophétie se réalise de notre vivant.

— Je ne l'aurais pas choisi, en effet, déclara Jenah.

L'empereur pencha la tête sur le côté.

— Je suis fier de marcher à vos côtés. Soyez assurés que je ne suis pas fier, en revanche, de ce que mon peuple a fait au vôtre. A partir d'aujourd'hui, l'esclavage est aboli et ceux qui s'y livreront s'exposent à la peine de mort. Je vous en fais le serment. J'aurais aimé trouver le courage d'agir avant que tant de sang ne soit versé.

Après un court silence, Ratha s'éclaircit la gorge.

— Votre décision vous honore.

Maluzza secoua la tête.

— J'aurais dû la prendre bien plus tôt. A présent, nous allons affronter un ennemi qui pourrait bien nous réduire tous à l'esclavage. Et nous sommes accablés par un fardeau immense.

— De quoi parlez-vous ? demanda Ratha.

— Tess, répondit Tuzza avant l'empereur. Tess.

L'Ennemi s'est emparé de son esprit. Elle est avec nous physiquement mais elle n'arrive pas à secouer son joug.

Ratha serra les poings.

— Alors, nous devons la sauver. Et les autres ?

— Cilla, Sara et Tom sont avec elle, ainsi que deux autres Idluins. L'une d'elles est la fille de l'empereur. Tu dois veiller sur elle, ajouta Tuzza. Je t'en prie. Elle n'est encore qu'une enfant.

— Je le ferai. Je veillerai sur elles toutes.

— Elles resteront derrière, dit Alezzi. Avec l'arrière-garde. Peut-être que quelques-uns des Anari qui viennent d'arriver peuvent en faire partie, en attendant d'apprendre à se battre.

Jenah acquiesça.

— Ils seront contents d'être utiles. Beaucoup m'ont déjà demandé ce qu'ils pouvaient faire. Ils ne savent pas grand-chose de la guerre. Ils ne sont pas entraînés. Mais il y a aussi un autre groupe…

— Lequel ? s'enquit Maluzza.

— Après notre premier affrontement sur le champ de bataille, Dame Tess a soigné un grand nombre de blessés. Trente d'entre eux lui ont prêté allégeance, sous le commandement de l'officier Odetta. Ils lui servent depuis de garde rapprochée.

— Bien, fit l'empereur. La Dame Filandière doit être protégée à tout prix.

— Ils s'acquitteront de cette tâche au péril de leur vie.

— Je ne m'attendrais pas à moins de la part de soldats de Bozandar.

Il fit demi-tour et, suivi d'Alezzi et de Tuzza, galopa vers ses troupes.

Levant les mains en l'air, Ratha et Jenah firent signe aux Loups des Neiges de les suivre.

Odetta accepta la mission de confiance que lui donnait Annuvil d'un air très solennel. Il fut surpris de la peine qu'il éprouva en voyant Dame Tess couchée, silencieuse et immobile, sur le brancard que transportait un chariot couvert d'une toile. Les quatre autres Idluins marchaient de part et d'autre du chariot, pour la protéger elles aussi. Annuvil, qui avait été roi mais ne voulait plus régner, chevauchait derrière elles. Odetta se demanda pourquoi il ne se trouvait pas à la tête de l'armée, là où était sa place, puis décida que cela ne le regardait pas.

Il donna quelques ordres brefs afin de rassembler ses trente hommes autour du chariot et des Idluins. Annuvil lui fit un signe de la tête pour marquer son approbation.

Odetta osa s'approcher de lui.

— Qu'est-il arrivé à Dame Tess ?

— L'Ennemi l'a attaquée. J'ignore s'il s'est emparé de son esprit ou si elle lutte encore contre lui. Nul ne peut le dire. Le voile s'est abattu sur nous, Odetta.

— Que voulez-vous dire, mon seigneur ?

Archer le regarda de ces yeux gris qui paraissaient trop âgés et emplis de chagrin pour être ceux d'un simple mortel.

— Nous sommes à une époque où il est impossible

de prédire l'avenir. Tout dépend à présent de ce que nous ferons ou ne ferons pas.

Odetta pinça les lèvres et se redressa.

— Je n'ai jamais été capable de prédire l'avenir, donc cela ne change rien en ce qui me concerne. Je sais seulement que je dois accomplir mon devoir.

Archer se pencha et lui donna une tape légère sur l'épaule.

— C'est tout ce que chacun de nous peut dire, je suppose.

— C'est le plus important. Notre devoir est clair. J'ai écouté. Nous combattrons l'Ennemi pour le bien de nos peuples, de nos familles et de nos foyers. Il en a toujours été ainsi. Pour le monde, le prix à payer est plus élevé. Mais pour chaque soldat présent ici, qu'est-ce qui a changé ?

Archer esquissa un léger sourire.

— Tu fais preuve de sagesse, Odetta. Chacun ne peut faire que ce qu'il est en son pouvoir de faire.

— Oui-da. Mais j'aurais préféré que la Dame Filandière soit consciente.

— Moi aussi, Odetta, moi aussi.

Odetta se tut car le chagrin du Seigneur Annuvil était palpable. Les épreuves que cet homme avait traversées et la vie qu'il avait menée étaient difficiles à imaginer…

Mais il supposa que d'aucuns ne seraient pas plus capables de comprendre sa propre vie. A quatorze ans, il était entré à l'Académie des Légions et avait passé quatre ans à s'entraîner afin de devenir ce qu'il était aujourd'hui : un officier de l'armée de l'empire.

Ensuite, il s'était engagé dans la légion où il servait toujours à ce jour. Il ne rechignait pas à trouver le réconfort dans la tendresse des bras d'une femme de temps à autre, ou à passer la nuit à boire dans une taverne, mais il cherchait rarement plus. Faire son devoir était sa raison de vivre et il n'avait pas besoin d'autre chose que de la camaraderie de ses frères d'armes.

En somme, il était fait pour la vie que sa famille avait choisie pour lui. Il lui en était reconnaissant.

Ses journées étaient bien réglées, sa route tracée. Avant de prêter allégeance à Dame Tess, réalisa-t-il soudain en regardant le corps inerte de cette dernière. A partir de là, l'ordre impeccable et prévisible de sa vie avait subi un bouleversement irréversible.

Le Seigneur Annuvil disait vrai. Ils marchaient vers l'inconnu.

Au fur et à mesure de leur marche vers Arderon, vers les montagnes situées au nord-ouest, le terrain devint de plus en plus hostile et difficile à négocier. Ils approchaient de la frontière sud du désert de Deder, une province depuis longtemps entre les mains de voleurs et de bandits de grand chemin. Ces derniers ne représentaient pas une menace pour une armée telle que la leur mais les officiers veillèrent à ce que les groupes chargés de trouver de la nourriture soient importants. Leurs trouvailles furent du reste de plus en plus maigres ; les plaines sèches autour du Deder étaient bien désolées comparées aux terres anari.

Arderon était davantage une légende qu'un lieu précis, ce qui ne les aidait certes pas à se repérer. Si quiconque avait un jour atteint Arderon, il n'en était jamais revenu. Si la rumeur de son existence circulait depuis des temps immémoriaux, Archer lui-même ignorait son emplacement exact.

Les Idluins certifièrent aux généraux de l'armée que le lieu existait bien mais seule Yazzi semblait savoir où il se trouvait.

— Pendant que j'étais sous l'emprise du mal, dit-elle le deuxième soir de leur marche, un souvenir m'a été envoyé. Ce n'était pas un de mes souvenirs, j'en suis certaine. Il devait appartenir à l'Idluin qui me retenait prisonnière. Elle était à Arderon et connaissait sa localisation.

Annuvil, installé au chevet de Tess sous l'immense tente qui servait à la fois de quartier général et de résidence pour les Idluins, prit la parole.

— Peux-tu nous y conduire ?

Yazzi hésita.

— Je crois. J'aurais moins de mal si je pouvais le dessiner sur une carte.

L'empereur Maluzza s'adressa à elle.

— Mais vous croyez que nous allons dans la bonne direction, jusque-là ?

— Bien que je ne m'y sois jamais rendue, repartit Yazzi, je sais qu'Arderon se situe au-delà de la plaine de Dederand, au-delà de la mer de Verre.

— Personne n'y va jamais, fit remarquer Maluzza.

— C'est sans doute pour cette raison qu'Arderon est

restée une légende toutes ces années, intervint Tuzza. Les montagnes sont pratiquement infranchissables au-delà de la mer de Verre. A ma connaissance, personne ne les a jamais traversées ni ne s'y est installé.

— Il est possible de les franchir. Il existe un moyen, dit Yazzi.

Maluzza se frotta le menton et se renfonça dans son siège. Il regarda tour à tour Alezzi et Tuzza.

— Qu'en dites-vous ? Risquons-nous de nous faire piéger ?

— C'est probable, dit Tuzza. L'Ennemi installerait-il sa ville en un lieu facile à attaquer ? Il nous faudra l'en faire sortir.

— Vous pourrez faire sortir son armée, affirma Annuvil, mais pas lui.

— Que faire alors ? s'enquit Maluzza. Vous dites que nous devons nous débarrasser de lui ; or il semblerait que nous ne puissions pas l'atteindre.

— Les troupes ne sont pas en mesure de le faire mais un petit groupe, si.

— Je n'aime guère cette idée.

— Il n'en reste pas moins que nous devons combattre ses espions et ses soldats ainsi que lui-même.

— Oui-da, dit Tuzza. Je n'ai aucune objection. Peut-être pourrions-nous procéder par étapes.

A ce moment-là, un messager couvert de poussière entra dans la tente et attendit qu'on lui prêtât attention.

— Qu'y a-t-il ? fit l'empereur.

— Deux légions de plus nous rejoindront à l'aube, Majesté. Et deux autres les suivront.

— Bien, parfait. Va te reposer et te rafraîchir.

Le messager s'inclina et sortit de la tente.

— Nous devrions avoir assez d'hommes, observa Alezzi.

— Pour la première partie au moins, déclara Annuvil.

Il prit la main de Tess et la caressa.

— Pour le reste… pour le reste, elle pourra nous aider ou tout est perdu.

Les troupes qui campaient au pied des montagnes étaient en proie à un malaise manifeste. Malaise quant à l'avenir, malaise quant à cette alliance étrange entre Bozandari et Anari. Les Loups des Neiges se tenaient à l'écart des autres, non pas tant à cause de leurs propres doutes qu'à cause de l'accueil glacial des autres légions. Néanmoins, au fur et à mesure que les officiers commencèrent à comprendre et à accepter la nécessité de la situation, l'atmosphère se modifia peu à peu.

Ratha et Jenah furent surpris de recevoir une visite d'un officier de la légion du Tigre Blanc. Il entra d'un pas décidé dans leur tente. L'air froid transformait son souffle en petits nuages blancs. Il ne dit rien pendant de longues minutes, observant les deux Anari assis autour de la table de camp, occupés à examiner une carte. Ils levèrent les yeux vers lui, aux aguets et méfiants.

L'officier bozandari aux cheveux sombres parla enfin.

— Je suis le commandant Suzza, de la légion du Tigre Blanc.

Ratha se leva.

— Ratha Monabi, commandant des Loups des Neiges. Voici mon second, Jenah Gewindi.

Il inclina la tête en signe de respect et Suzza l'imita.

— On dirait que nous sommes à présent des alliés, dit ce dernier après un instant d'hésitation.

— Oui-da, approuva Ratha. Une bien étrange alliance, fruit de la nécessité.

Suzza eut un petit sourire.

— J'ai froid, dit-il. Vous avez fait un feu. Si vous n'avez rien contre, j'aimerais rester avec vous un moment. Il me semble que si nous voulons combattre un ennemi commun, nous ferions bien d'apprendre à nous connaître.

Ratha hocha lentement la tête et lui indiqua une chaise près du feu. Une colonne de fumée s'élevait des bûches vers l'ouverture du toit de la tente. Les étoiles les plus brillantes étaient visibles par cette ouverture.

Le commandant s'inclina de nouveau puis s'assit.

— Veux-tu un peu de vin chaud ? offrit Jenah. Nous étions sur le point de nous servir.

— Très volontiers, dit Suzza avec un sourire plus amical.

Les chopes furent aussitôt remplies et les trois hommes s'installèrent autour du feu. Suzza leva son verre en silence et les deux autres suivirent son exemple.

— C'est difficile, dit Suzza. Je suis certain que ça

l'est autant pour vous que pour mes soldats. Pendant si longtemps, vous étiez pour nous des proies. Vous devez nous haïr. Et certains parmi mes hommes ont perdu des être chers pendant la récente révolte des esclaves. Ils sont donc amers et pleins de rancœur.

— C'est juste, dit Ratha. Tuzza a tué mon frère. Après que mon frère a tué son cousin.

Suzza hocha la tête et sirota son vin.

— Je ne puis prétendre que je n'ai pas de sang sur les mains. Mais contrairement à mes hommes, j'ai entendu de la bouche de l'empereur la raison pour laquelle nous nous allions. Et pourquoi, en définitive, il nous faut apprendre à cohabiter.

Ratha fronça les sourcils, interrogateur.

Suzza tendit sa chope afin d'être resservi et remercia Jenah.

— Durant mes études, avant que je ne m'engage dans l'armée — ce qui était mon devoir en tant que fils cadet d'une famille noble et en tant que cousin de l'empereur — j'ai appris la philosophie. Je crois que vous connaissez mon maître, Erkiah.

— En effet ! dit Ratha. Il nous accompagne.

— Je le sais. Avec le Fils Orphelin et la Dame Filandière, n'est-ce pas ?

— Oui-da.

— Erkiah m'a enseigné de nombreuses choses, qu'on m'a ensuite appris à mépriser à l'armée. Bâtir un empire rend les hommes durs, Ratha Monabi. Cela leur durcit le cœur, l'esprit et peut-être même l'âme.

Il secoua vivement la tête.

— Pas peut-être, sûrement. Leur âme s'endurcit. Depuis l'âge de seize ans, je porte une épée. Je ne peux plus me souvenir des visages de tous ceux que j'ai tués, bien qu'ils se rappellent parfois à moi dans mes cauchemars. C'était mon devoir. J'ai reçu bien des honneurs militaires.

Ratha opina, impavide.

Suzza soupira.

— Je ne peux pas dire pourtant qu'accomplir mon devoir m'a empli de fierté. C'est sans doute à cause d'Erkiah. Il a essayé de me montrer une voie différente. Et je n'ai jamais oublié certains de ses enseignements… Je n'ai pas été élevé pour la guerre. Sans moi et ceux de mon espèce, vous auriez continué à vivre paisiblement dans vos villages en créant la beauté à partir de la pierre — ce qui nous a amenés en premier lieu à vous conduire dans nos villes.

Unn sourire ironique passa sur les lèvres.

— J'ai toujours soupçonné votre peuple de ne jamais faire aussi bien pour Bozandar que pour leurs villages.

Ratha sourit malicieusement.

— Notre cœur n'y était sans doute pas.

— Très probablement. Quoi qu'il en soit, nous sommes ici à présent. Erkiah m'a dit il y a bien longtemps que si je ne me faisais pas tuer dans une bataille ou une autre, je verrai la prophétie se réaliser…

— Oui-da, dit Jenah en les resservant. Nous sommes tous ici. Une alliance étrange contre une menace dont nous prenons à peine la mesure.

— Je crains que tu dises vrai, dit Suzza. A l'époque,

les paroles d'Erkiah m'avaient empli d'enthousiasme. Que demander de plus que d'assister à l'accomplissement d'une prophétie... Aujourd'hui... Je voudrais que tout ceci soit derrière nous, bien que nous ne puissions savoir ce qui nous attend si nous échouons.

— Nous n'échouerons pas, affirma Ratha. Nous n'échouerons pas parce que nous ne devons pas échouer.

Suzza hocha la tête.

— La Dame Filandière est-elle aussi puissante que je l'ai entendu dire ?

— En réalité, dit Ratha, je ne suis pas certain qu'elle-même connaisse encore les limites de son pouvoir. Elle semble puiser en elle une magie de plus en plus grande.

— Tant mieux, répondit Suzza en buvant une gorgée de vin. Bien, mes nouveaux amis, je suis également venu vous promettre une chose...

— Ah ? fit Ratha.

— Oui-da. En dépit du mal que mes soldats ont à se rallier aux vôtres, en dépit de leurs sentiments à l'égard des Anari, ils suivront les ordres. Vous n'avez rien à craindre de leur part.

— Alors, ils n'ont rien à craindre de nous.

— Réjouissons-nous au moins de cela, conclut Suzza.

29.

Les troupes suivirent le cours du fleuve Panthéa pendant près de deux semaines, gravissant des collines escarpées à une allure régulière avant d'atteindre le pied des montagnes de Panthos. Trois jours de marche supplémentaires les conduisirent au fleuve Aremnos. L'armée se dirigeait à présent vers l'ouest, au milieu de la chaîne de Panthos, en suivant le lit de la rivière vers l'endroit qui, selon Yazzi, abritait Arderon.

A chaque pas en direction des sommets dentelés des montagnes, ils se rapprochaient de l'emplacement où s'était dressée jadis la glorieuse cité de Dederand. Les deux tiers supérieurs de la chaîne montagneuse avait été détruits par le feu alors et ce qui restait portait le nom de plateau d'Ardusa aujourd'hui, bien qu'aux yeux d'Archer, le lieu demeurerait à jamais la plaine de Dederand et de la mer de Verre. Son cœur se faisait lourd. Ses visites passées ici avaient toujours eu pour but de lui rappeler ses propres erreurs et ses fantômes.

Cette fois, ses fantômes n'avaient pas attendu son

arrivée. Ils se dressaient sur ses épaules comme une rafale de vent glacé, ressuscitant le passé.

Tout son passé.

Il se rendit à peine compte qu'il avait commencé à parler, en un faible murmure que la plupart n'entendirent pas — ni les gardes d'Odetta, ni les autres Idluins qui marchaient derrière le brancard de Tess, sans doute pour lui permettre de rester seul avec elle.

En une autre occasion, cela l'aurait fait sourire. Mais aux portes de Dederand, rien ne pouvait l'amuser. Il parcourut les formations rocheuses autour d'eux, autant de pointes acérées qui se dressaient là où se trouvaient autrefois des collines d'un vert luxuriant.

— J'aimais chevaucher par ici pour rejoindre Dederand, dit-il à voix basse, pour Tess seule.

S'il avait pensé qu'elle pût l'entendre, il aurait dit tout autre chose.

— Il y avait jadis une large route, empruntée par les marchands et les voyageurs. Les collines étaient couvertes d'arbres et de fleurs. La beauté de cet endroit a largement contribué à la décision des Samari d'y bâtir une ville, plutôt qu'en contrebas, près de la rivière. Il y eut d'abord quelques villas, utilisées comme des retraites par ceux qui fuyaient l'effervescence de la ville. Mais en quelques années, elles sont devenues plus nombreuses et les commerçants s'y sont établis, jusqu'au jour où le lieu fut connu comme la cité de Dederand. La Deuxième Cité. Notre père décida de faire d'Ardred le roi de Dederand, ce qui sembla alors une grande idée. Les habitants célébrèrent l'événement en grande pompe car ils considéraient être enfin sur un pied d'égalité avec Samarand.

Il soupira.

— Etrange idée, en réalité, car tous venaient à l'origine de Samarand, et beaucoup y conservaient une demeure.

Il ferma les yeux, se rappelant ce jour où des pétales de rose jonchaient la route séparant les deux villes et embaumaient l'air tandis que les habitants des deux cités fêtaient sans réserve les couronnements d'Ardred et le sien.

A l'époque, Annuvil avait considéré qu'il s'agissait plutôt d'un prétexte afin d'organiser des festivités que d'une occasion solennelle. Son père, le Roi, avait réussi à régner sans autre aide que celle de son conseil pendant de nombreuses années. Aucun de ses fils n'avait besoin d'une couronne et les deux cités ne nécessitaient pas de régent propre.

Mais il ne s'y était pas opposé car telle était la volonté de son père. En outre, il était bien trop occupé à se languir de Thériel et à se demander si elle regarderait un jour dans sa direction.

Alors que le chemin devenait plus escarpé et qu'il s'approchait de Dederand, il lui sembla que ce jour-là, cette décision du Roi avait marqué le début de la fin pour les Samari.

Sans doute Ardred avait-il toujours eu soif de pouvoir — à moins qu'il n'y eût pris goût en régnant sur Dederand. Quoi qu'il en fût, le couronnement avait déclenché de grandes transformations en lui.

— J'aurais dû le voir, dit-il à une Tess inconsciente.

J'aurais dû voir qu'Ardred avait des problèmes plutôt que de ne le considérer que comme une source d'ennuis. J'aurais dû d'une façon ou d'une autre modifier le cours des choses. Au lieu de quoi, je n'ai rien vu. Quand j'ai enfin ouvert les yeux, il était trop tard pour arrêter quoi que ce soit. Je ne puis blâmer nul autre que moi.

Comment n'avait-il pas vu les changements qui s'opéraient chez son frère ? Même un homme amoureux de la femme la plus séduisante qui eût jamais existé aurait dû voir plus loin que le bout de son nez.

Oui, son aveuglement avait été délibéré. Il n'avait pas voulu se laisser distraire de son amour pour Thériel.

Son égoïsme avait contribué aux drames qui avaient suivi. Son cœur se serrait chaque fois qu'il y songeait. Il avait trahi tout le monde, son frère, sa bien-aimée Thériel et son peuple.

Par pur égoïsme.

— Je regrette tant, dit-il aux fantômes qui assaillaient sa mémoire et ses pensées. Je suis tellement, tellement désolé.

Il ne devait pas échouer cette fois. Il devait sauver ces gens qui avaient remplacé les Premiers Nés, les protéger contre un mal dont ils n'avaient pas la plus petite idée. Alors même qu'ils contemplaient la plaine de Dederand et la mer de Verre, il doutait qu'ils prissent la mesure du mal qui s'était déchaîné ici jadis. Et qui pourrait se déchaîner encore aujourd'hui.

— Il fait si noir.

Il sursauta au son de la voix de Tess et baissa les

yeux vers elle. Elle dormait toujours. Il se glissa au bas de sa monture afin de marcher près d'elle. Faisant fi des regards d'autrui, il lui prit la main.

— Nous approchons de Dederand, lui dit-il.

— Si noir, murmura-t-elle. Tout est si obscur ici.

— Oui-da.

— Si noir, répéta-t-elle comme si elle ne l'entendait pas. La cicatrice… la cicatrice… L'obscurité est plus épaisse ici que la réalité elle-même. Qu'est-ce que c'est ? Qu'est-ce que c'est ?

Puis elle se tut et un petit soupir lui échappa. Sa main était restée sans vie dans celle d'Archer tout ce temps.

Il déglutit péniblement et s'obligea à contenir ses sentiments au plus profond de son cœur, ce qui était la seule solution pour lui. Si jamais il les laissait le gouverner, il ne voulait pas penser à ce qu'il serait capable de faire.

« Plus épaisse que la réalité. » Il rumina les paroles de Tess et eut une révélation soudaine. L'obscurité est plus épaisse ici que la réalité elle-même.

Il regarda autour de lui, remarquant une nouvelle fois les rochers pointus et les traces calcinées qui subsistaient par endroits.

— Cilla ? appela-t-il.

— Oui-da, mon seigneur ?

Elle se tenait parmi ses sœurs et le rejoignit d'un pas rapide. Idluin, elle n'en était pas moins soldat et portait un carquois de flèches et un arc sur les épaules, ainsi qu'une dague à la ceinture.

— Cilla, Tess parle dans son sommeil. Elle a parlé d'une obscurité plus épaisse ici que la réalité.

Cilla ouvrit la bouche puis se ravisa.

— Un instant, mon seigneur.

Cilla posa les mains sur le bord du brancard afin de garder l'équilibre puis ferma les yeux. Archer l'observa du coin de l'œil et nota que ses traits sombres rayonnaient d'une lumière arc-en-ciel. Les couleurs brillèrent et se déplacèrent telles des vagues sur sa peau et autour d'elle. Cette Idluin était d'une beauté remarquable, se dit-il. Indéniablement.

Cilla ouvrit lentement les yeux.

— Je crois qu'elle commence à se réveiller, Seigneur Annuvil. Un peu. Il y a une lutte.

— Mais sais-tu ce qu'elle voulait dire ? Ou n'était-ce qu'un délire ?

Cilla baissa la tête.

— Nos ancêtres ont laissé ici une cicatrice ineffable, mon seigneur. Elle a brûlé la trame du monde et a atteint ce qui se trouve au-delà. Je crois qu'elle ne disparaîtra jamais.

Archer pinça les lèvres.

— J'ai bien peur que non.

Cilla leva des yeux emplis d'admiration et de crainte.

— Je n'avais pas idée que ce fût possible.

— Les onze Idluins qui formèrent le cercle le savaient, répondit-il gravement. Elles voulaient se venger de la mort de Thériel mais… elles ont été trop loin… trop loin.

— Je suis d'accord.

Le sourire d'Archer était amer.

— Elles avaient contribué à la naissance du monde. Je suppose qu'elles pensaient avoir le droit d'en détruire une partie.

— Je suis contente de le savoir.

Il fronça les sourcils.

— Contente d'apprendre pareille cruauté ?

— Contente de savoir que je puis commettre de telles atrocités. Je veillerai à ce que cela ne se reproduise pas.

— Bien.

Il fit quelques pas puis s'adressa de nouveau à elle.

— Crois-tu qu'elle pourrait se réveiller bientôt ?

— Peut-être. La force qui s'est emparée d'elle semble faiblir quelque peu.

— Dis-le moi si tu perçois autre chose.

— Je le ferai.

Elle resta en arrière, le laissant cheminer entre sa monture et le brancard et se demander s'il était à la hauteur de la mission qui l'attendait.

Peut-être, songea-t-il, importait-il peu lequel de lui ou d'Ardred mourrait. Peut-être que ce qui comptait avant tout était que l'un d'eux disparaisse. Les dieux n'auraient alors plus de raison de poursuivre leur jeu.

Et s'il mourait, il ne serait pas responsable des jeux qu'ils inventeraient ensuite pour tourmenter les hommes.

⁂

Ce fut comme si les légions se heurtaient à un grand mur invisible, lorsqu'elles quittèrent les collines désolées et se mirent à gravir la pente du plateau d'Ardusa.

Quand ils atteignirent le sommet, les hommes s'arrêtèrent net et contemplèrent l'étendue devant eux.

La mer de Verre. Une ville entière et une grande partie de la montagne sur laquelle elle était bâtie avaient disparu dans un brasier et une chaleur tels qu'il ne restait qu'une immense plaine de verre noir. De petites vaguelettes, semblables à l'eau de la mer, y étaient figées à jamais.

Tous avaient entendu parler de cet endroit mais nul n'avait jamais osé y venir. Dès l'enfance, on leur avait dit que ce lieu avait été dévasté par un mal inégalé dans l'histoire, que rien n'y poussait et que ceux qui s'aventuraient à le traverser ne revenaient jamais.

Or on leur demandait à présent de franchir cette mer noire qui avait englouti tant d'imprudents.

Pas un soldat ne bougea.

Annuvil avait rejoint les généraux dès l'arrêt des troupes. Ils étaient en pleine conversation, se demandant s'ils devaient permettre à leurs soldats de reculer ou s'il fallait leur ordonner d'avancer.

— Faisons halte ici, dit-il. Il nous faudra plus d'une journée pour traverser le plateau et il vaut mieux que nous partions de jour. Les hommes seront ainsi moins nerveux.

L'empereur l'approuva.

— Ils ont besoin de temps pour dépasser leurs

peurs d'enfant. Laissons-les se reposer et s'habituer à ce spectacle. Envoyons des hommes afin de leur rappeler que la destruction de Dederand eut lieu il y a bien longtemps. Les forces à l'origine de ceci ne sont plus parmi nous.

Si seulement c'était vrai, songea Archer, mais il ne dit rien. Cette fois, les Idluins étaient divisées. Cinq étaient avec lui. Ardred avait sans doute les sept autres. Le charisme et la force de persuasion de son frère était en soi un pouvoir magique. Il était toutefois possible que certaines Idluins fussent encore en liberté et ignorassent ce qui passait — voire méconnussent leurs talents.

Bien que le terrain aux abords de la plaine ne fût guère confortable mais rocheux et inégal, les soldats parurent soulagés de pas avoir encore à se hasarder sur l'étendue noire. Ils allumèrent des feux avec les broussailles qu'ils trouvèrent et cuisinèrent rapidement un repas.

Le froid de l'hiver, qui semblait moins rigoureux ces derniers jours, redevenait plus vif. Ardred, se dit Archer, savait qu'ils étaient là. Le froid et la neige qui avaient tué tant de gens à Derda étaient sur le point de s'abattre sur cette armée.

La température chuta en effet brutalement et les soldats, aguerris, s'en accommodèrent au mieux. Ils se mirent à l'abri du vent, renforcèrent les feux et s'entourèrent de leurs chevaux quand ils en avaient, de mules de bât, et de tous les vêtements et couvertures qu'ils possédaient.

Ils s'installèrent en cercles concentriques autour

de chaque feu et ceux qui se trouvaient à l'extérieur échangeaient leur place avec les autres assez souvent pour empêcher le froid de les envahir.

Les Anari, qui n'avaient jamais connu pareil froid jusque très récemment, furent ravis des conseils des Bozandari qui se trouvaient parmi les Loups des Neiges. Bientôt, tous, blancs et noirs, se rassemblèrent pour se réchauffer. La distance qu'ils avaient maintenue entre eux à cause des rancœurs passées s'évanouit devant cette absolue nécessité de survie.

Un sourire narquois se dessina sur les lèvres d'Archer quand il fit ce constat.

— Ainsi, mon cher frère, murmura-t-il, tu t'imaginais que ton hiver nous diviserait ? Tu ne croyais certainement pas qu'il rapprocherait de vieux ennemis.

Mais le froid ne suffit pas à la cruauté d'Ardred. Non. Dès la tombée de la nuit, la neige commença à tomber, d'abord doucement, puis de plus en plus furieusement. Les flocons se transformèrent en grêlons qui s'abattirent avec un bruit sec sur le sol et le vent se renforça, se frayant un chemin jusque dans les abris que les soldats avaient trouvés ou construits. Les rafales soufflèrent sur les flammes comme pour les éteindre.

Ignorant les morsures du blizzard, son manteau flottant derrière lui puis autour de lui comme pour le faire prisonnier, Archer marchait dans la plaine. Seul.

Il n'alla pas très loin car le sol de verre était traître et ses vaguelettes aussi aiguisées que des lames de rasoir. Cependant, ici, la neige ne tenait pas. Quelle qu'en fût la raison, les flocons fondaient dès qu'ils touchaient le sol alors que derrière lui, au campement, la couche de neige s'épaississait à vue d'œil.

Toutes ces années, toutes les fois où il était venu ici afin de ruminer ses souvenirs, il n'avait jamais vu la moindre vie sur le plateau, pas même de la neige. Ce soir, les choses étaient différentes. Les grêlons fondaient rapidement sur la plaine et l'eau qu'ils laissaient disparaissait en un instant.

Il aurait voulu faire de même. S'allonger ici et se fondre dans ce verre noir qui lui rappelait si cruellement son passé honteux.

Mais l'heure était désormais venue. L'heure qu'il avait désirée et redoutée en même temps depuis le saccage de cette plaine. L'heure de son jugement. Celle du jugement d'Ardred. Il devait affronter le frère qu'il n'avait jamais revu depuis le début des guerres des Premiers Nés. Il ne faisait pas le moindre doute dans son esprit que seul l'un deux pouvait survivre à cette rencontre.

Son cœur s'emplit de chagrin et d'angoisse à cette perspective, non parce qu'il se souciait de vivre ou de mourir mais parce que deux frères ne devraient pas en arriver à cette extrémité. S'ils n'en étaient pas arrivés là jadis, des milliers de gens ne seraient pas morts, Thériel serait en vie et ce plateau n'aurait pas été dévasté de la sorte afin de rappeler à tous le prix de l'arrogance et du mal.

Il tomba à genoux, ignorant la dureté du verre qui piquait ses hauts-de-chausses en cuir, et laissa les larmes couler sur son visage, se moquant de les voir geler sur ses joues. Il avait abandonné son frère et son peuple et en toute honnêteté, il ne savait pas s'il se rachèterait aujourd'hui.

Le vent se fit plus vif mais il ne s'en soucia aucunement. Oui, il ne savait pas s'il avait assez mûri ou changé pour éviter de tomber de nouveau dans les mêmes errements. Il avait été condamné à l'immortalité mais il avait été également accablé des mêmes faiblesses et des mêmes défauts que tous les hommes. Il avait cru bien faire autrefois par orgueil et se trouvait aujourd'hui au milieu du résultat de ses décisions malheureuses. Comment pouvait-il être sûr de bien faire maintenant ?

L'angoisse du passé et de ce qui était à venir le submergea. Il s'effondra en avant, insensible à l'enfoncement du fourreau de son épée dans son flanc, jusqu'à toucher ses genoux avec sa tête.

Il avait reçu beautés et privilèges à sa naïssance et tout ce qu'il avait réussi à faire, c'était créer un mal éternel.

La mort était trop douce pour lui.

30.

Tess se trouvait quelque part au-delà du temps, en un lieu qui ne ressemblait à rien de connu. Au-dessus de sa tête régnait l'obscurité, sans qu'une seule étoile illuminât le néant. A ses pieds, une plaine lisse, incolore, qui s'étendait à l'infini dans toutes les directions. Le fait qu'elle pût y voir en dépit de l'absence de lumière la surprit.

Le bel homme avait depuis longtemps disparu. Il n'avait pas obtenu ce qu'il avait voulu d'elle. Elle ignorait ce que c'était ni même comment elle en était sûre mais elle supposait qu'on l'avait exilée en ce lieu dénué de toute vie, où rien ne bougeait. Une prison.

Pendant une éternité, elle demeura immobile, sans penser. Son esprit semblait aussi nu que la plaine à ses pieds, aussi vide que le ciel au-dessus d'elle.

Aucun souvenir, aucun désir, aucun besoin ne vint la perturber. Comme si elle n'existait pas.

Cette pensée l'effraya et avec la peur vinrent des premières bribes de souvenirs. Qui elle était. Qui elle avait été. Où elle cherchait à aller.

Elle ne souvenait pas de grand-chose. Les souvenirs voletaient dans son esprit tels des papillons de nuit, apparaissant puis disparaissant aussitôt. Elle se concentra de toutes ses forces afin d'en capturer ne serait-ce qu'un seul, certaine que si elle pouvait retenir une partie d'elle-même, le reste suivrait.

Une voix lui parvint, comme jaillie du plus profond de son être. Elle connaissait cette voix. Elle savait que le propriétaire de cette voix avait besoin d'elle.

Fermant les yeux afin de ne plus voir la prison qui la retenait, elle se concentra sur cette voix angoissée et un visage apparut dans son esprit.

Annuvil !

Elle ouvrit brusquement les yeux et cette fois, elle sut exactement où elle se trouvait. Des informations la submergèrent et elle sentit que ses forces lui revenaient.

Le vent faisait rage autour de lui, froid et mordant, et la neige fondue glaçait le moindre centimètre de peau à nu. Perdu, seul, toujours si seul, Archer luttait contre ses propres doutes, son sentiment de culpabilité, sa détresse, car bien qu'il méritât plus que tout autre de mourir, malgré tous ses échecs, d'autres dépendaient de lui à présent.

Puis, à peine audible à cause du hurlement du vent, une voix féminine se fit entendre. Il sursauta, se retourna et vit Tess, vêtue de sa tenue blanche habituelle, une cape de la même couleur flottant autour de ses épaules.

— Le passé n'est pas une prison, dit-elle. C'est une carte et une étoile qui doit nous guider vers une voie nouvelle.

Le soulagement qui l'envahit en la voyant fut tel que le vent parut s'éloigner de lui — hélas, seulement l'espace d'un instant. Il absorba ensuite ses paroles, lesquelles firent pénétrer une immense chaleur dans son cœur accablé depuis si longtemps.

— Ma dame, dit-il d'une voix rauque. Les dieux soient remerciés, vous êtes revenue.

— Juste à temps, dirait-on.

Elle s'approcha de lui puis se pencha afin de toucher son épaule.

— Du sein de mes maigres souvenirs a jailli un dicton. Les seules erreurs sont celles dont on ne tire pas de leçons. Vous avez appris. Je le sais. Et vous ne répéterez pas les erreurs du passé.

— Je croyais bien faire alors.

— Je sais.

Elle leva la main et écarta quelques mèches de cheveux noirs de son visage.

— Seigneur Annuvil, vous étiez jeune alors. Beaucoup plus jeune. A peine adulte aux yeux de votre peuple immortel. Les jeunes gens sont enclins à commettre des erreurs et à faire preuve d'arrogance. Quand je vous regarde aujourd'hui, je ne vois plus la moindre arrogance. Vous n'êtes plus le même homme. N'en doutez point.

Il était toujours à genoux sur le sol et rien n'aurait pu l'empêcher de faire ce qu'il s'apprêtait à faire. Il se redressa, prit sa main dans les siennes et la porta à ses lèvres, réchauffant sa peau gelée d'un baiser.

Elle lissa ses cheveux de son autre main mais le vent eut vite fait de les ramener devant ses yeux.

— Venez avec moi, dit-elle avec douceur. Sous la tente que je partage avec mes sœurs. Il serait bien triste que vous mouriez de froid ici.

Il se releva en un mouvement agile.

— Je ne puis mourir de froid.

Elle sourit alors et son expression espiègle le surprit.

— En êtes-vous si sûr ?

Elle lui prit la main et l'entraîna vers le campement.

— Venez, mes sœurs et moi vous aiderons à vous réchauffer et nous parlerons de ce qui nous attend.

Leur groupe de départ était presque entièrement réuni sous la tente des Idluins, à l'exception de Giri. Ce qui n'avait été d'abord qu'une chasse aux voleurs ayant brutalement massacré une caravane de marchands s'était transformé en une quête bien plus importante. En repensant au jour où ils avaient quitté le village de Whitewater, ils avaient tous du mal à croire ce qu'ils avaient fini par faire.

— Quelle ironie du sort, dit Sara en sirotant du vin chaud près du feu, alors que le vent continuait à souffler en soulevant les parois de la tente, c'est cet hiver même qui a incité Tom et moi à nous joindre à vous dans ce voyage à la poursuite des meurtriers de la caravane.

— Comment cela ? demanda Cilla.

— Le village risquait de mourir de faim, expliqua Sara. Nos champs étaient recouverts de neige et il nous restait bien peu de la récolte précédente. J'ai insisté pour accompagner Archer et tes cousins Ratha et Giri, dans l'espoir de trouver de la nourriture au sud pour les miens. La bière de mon père se vend généralement bien. Mais je n'ai rien trouvé. A part la famine à Derda et une tempête qui ont coûté la vie à tant de gens. Je compris à ce moment-là que mon destin était tout autre.

— Oui-da, dit Tom. Nous comprîmes tous alors que cet hiver n'était pas naturel.

— En effet, dit Sara, quelle ironie, n'est-ce pas, que l'hiver provoqué par l'Ennemi nous ait tous conduits jusqu'ici, pour le combattre.

Ratha, tenant la main de Cilla, sourit.

— Il aura peut-être causé sa propre chute.

— Espérons-le, dit Archer.

Il était assis sur le sol près du feu, à côté de Tess, installée, elle, sur un petit tabouret de camp.

— Il est rusé, dit cette dernière à voix basse. Il est venu à moi alors que j'étais sous l'emprise de son Idluin, Hesta.

Archer se tourna aussitôt vers elle.

— C'est ce que je craignais.

Le petit sourire de Tess était amer.

— Je comprends maintenant pourquoi il causa un tel chaos par le passé. Votre frère est très séduisant et très persuasif. Si je ne le connaissais déjà, j'aurais pu croire facilement en sa bonté.

— Comment as-tu échappé à son Idluin ? demanda Cilla.

— Ce ne fut pas facile. Elle est très puissante, celle-là. Qui plus est, contrairement à moi, elle maîtrise totalement ses pouvoirs. Toutefois, tout comme cet hiver n'a pas eu les conséquences qu'il espérait, je crois que sa tentative de me capturer ne l'a pas servi.

— Comment cela ? s'enquit Archer.

Le sourire de Tess s'élargit.

— Alors que j'étais prisonnière, j'ai appris de son Idluin. J'ignore si c'était par hasard ou si elle le voulait. J'ai néanmoins senti qu'elle n'était pas complètement ravie d'être le pion d'Ardred. Quoi qu'il en soit, j'ai beaucoup appris. Je crois que j'arriverai bien mieux à contrôler et à utiliser mes pouvoirs, dorénavant.

— Tu dois nous transmettre ce savoir, Tess, dit Sara.

Tess baissa la tête un instant.

— Je m'y efforcerai. A toutes, y compris Lozzi, car elle devra apprendre à se protéger. Mais j'ai le sentiment qu'à la fin…

Elle se tut puis releva la tête et regarda ses sœurs.

— Yazzi forme Lozzi et je dois le faire aussi. Mais en définitive, je crois qu'Annuvil et moi devrons l'affronter seuls.

— Seuls ? Ratha paraissait atterré. Jamais !

— Tu ne comprends pas, dit Tess avec douceur. L'Ennemi est mû par une seule pensée. Il est obsédé par son frère et par moi. C'est nous qu'il veut par-dessus tout. Vous pourrez vous occuper de ses armées, des autres Idluins et des espions, mais seuls nous deux sommes capables de nous mesurer à lui. Sinon, le mal qu'il inflige sera sans fin.

— Nous pourrions le tuer, dit Ratha, et sa main se posa instinctivement sur la garde de son épée.

— Impossible, dit Annuvil. Il doit être tué par Banedread ou par le feu des Idluins.

— Si je lui tranchais la tête…

— Tu n'arriveras pas à l'approcher de si près, l'interrompit Annuvil. Crois-moi, Ratha… Tu auras des tâches aussi importantes à accomplir. Si j'échouais, au moins pourras-tu le priver de ses forces en écrasant ses soldats et ses espions. Cela devrait épargner le monde pendant un temps au moins. D'ailleurs, si j'échouais, son obsession pourrait disparaître.

— Non, jamais elle ne disparaîtra, dit Tess avec certitude. Il pense devoir redresser les torts du passé. Il est aveuglé par sa soif de pouvoir.

Annuvil fronça les sourcils.

— Est-ce ainsi qu'il voit les choses ?

— En effet.

Tess soupira et approcha ses mains glacées du feu, sentant ses doigts la picoter à mesure qu'ils se réchauffaient.

— Dans son esprit, ce qu'il fait est juste.

— Alors peut-être a-t-il raison, dit Annuvil en secouant la tête. Comment le saurais-je ? Après tout ce temps, je n'ai toujours pas démêlé l'écheveau d'événements qui ont causé notre perte. Je ne sais encore tout à fait lesquels de mes actes étaient erronés ou injustes. Je sais seulement que j'ai commis de nombreuses fautes.

Tess posa la main sur son épaule.

— Vous devez cesser de vous flageller ainsi. Vous devez vous montrer fort et confiant dans les jours à venir. Car vous connaissez les intentions d'Ardred.

— Oui-da, dit Tom. Il ne ressortirai rien de bon de sa victoire. En cela, vous avez toujours eu raison, Archer. Toujours. Je l'ai vu. Demandez-vous quel bien il peut vouloir lorsqu'il affame des milliers de personnes.

Annuvil hocha la tête.

— C'est vrai.

— Ce n'est pas parce qu'il se convainc lui-même qu'il est dans le vrai ni que ses buts sont nobles et justes que cela veut dire qu'il a raison, poursuivit Tom. Les moyens qu'il utilise pour parvenir à ses fins sont la preuve de ce qu'il est vraiment. Même avec les pouvoirs de Tess de votre côté, vous n'avez jamais cherché à faire du mal à quiconque sans raison. Vous ne lui avez jamais demandé de faire quoi que ce soit pour votre bénéfice. C'est pour moi la meilleure façon de vous juger, vous et votre frère. Cela répond à tous les doutes que quiconque pourrait avoir.

Des murmures d'assentiment firent écho aux paroles de Tom.

Archer fixa les flammes. Il ne dit rien pendant un

long moment. Nul n'aurait su lire ses pensées car son visage demeura impassible.

Il poussa enfin un long soupir et prit sa chope.

— Tout ceci était écrit. Tout ce que nous pouvons faire, tous, est d'agir de notre mieux.

Il regarda le groupe qui l'accompagnait depuis des mois.

— J'ai confiance en chacun de vous. Je n'aurais pu avoir meilleurs compagnons et camarades.

— Qu'il en soit ainsi, dit Ratha en levant sa chope. Puissions-nous vivre tous afin de nous retrouver ainsi quand tout sera terminé.

Plus tard, alors que tous étaient endormis, Tess se dirigea à son tour vers la mer de Verre et contempla la vaste étendue noire et brillante. Le blizzard s'était arrêté et avait laissé place à un calme si froid qu'elle avait du mal à respirer. Les étoiles brillaient de nouveau dans le ciel et leur lumière suffisait à éclairer le sol. La neige s'amoncelait tout autour de la plaine noire et les collines et les rochers s'y reflétaient tels des fantômes. Mais la neige n'avait pas tenu sur le verre, et Tess se demanda pourquoi.

Les Idluins qui s'étaient rassemblées non loin d'ici afin de liguer leurs pouvoirs en vue de la destruction d'Ardred et de Dederand avaient créé une magie si puissante qu'elle était toujours présente en dépit des siècles écoulés depuis.

Elle pressa les paupières et se concentra sur les vestiges de magie laissés par ses sœurs une éternité auparavant. La colère. Elle sentit une colère immense. Elles aussi avaient cru agir avec justice. Elles avaient cru mettre fin aux guerres qui déchiraient les Premiers Nés mais plus encore, elles avaient voulu venger la mort de Thériel. Les Idluins étaient sacrées et Ardred avait porté atteinte à l'une d'elles.

Cette colère, réalisa-t-elle, avait provoqué la majeure partie de cette destruction.

Un dicton de sa vie passée lui revint à l'esprit : « L'enfer est pavé de bonnes intentions. » Elles devraient prendre garde, comprit-elle. Ses sœurs et elle devraient veiller à ne pas agir par colère. Il leur faudrait s'engager dans cette lutte avec le cœur pur car sinon, leur magie leur échapperait comme jadis, ici même, elle avait dépassé ses aïeules. Qui pourrait alors empêcher que le monde subisse la même dévastation ?

Elle s'agenouilla, posa la main sur le verre noir et absorba tous les vestiges de pouvoir et de rage qui y demeuraient attachés. Elle ferma ensuite les yeux et transmit ce savoir et cet avertissement clair à toutes ses sœurs, y compris Yazzi et Lozzi.

Quand elle entendit leurs réponses, elle les laissa replonger dans le sommeil.

Elle resta là, enveloppée dans son manteau et sa capuche de laine, et médita sur tout ce qu'elle avait appris au cours de sa brève période de captivité entre les mains de Hesta. Sur les souvenirs du passé qu'abritait toujours la plaine. Sur ce qu'elle avait récemment découvert de sa vie précédente. Sur le sens de sa vie dans ce monde où on l'avait envoyée.

Le monde avait été déchiré par la jalousie d'un frère et la colère d'onze femmes comme elle. Le verre noir à ses pieds était une profonde cicatrice qui séparait deux réalités.

Et son rôle était de réparer cette cicatrice.

31.

Tous accueillirent le lever du jour avec soulagement. La caresse des premiers rayons de soleil fut vécue comme un véritable miracle après le froid vif de la nuit. Bien qu'ils n'eussent pas perdu un seul homme à cause du froid, leurs muscles étaient raidis et épuisés par leur combat contre lui.

Les feux furent ravivés, les rations réchauffées et le thé infusé. Pour le vif contentement des troupes, leurs supérieurs leur accordèrent du temps pour déjeuner avant de se mettre en rang pour reprendre la marche. Les généraux se réunirent avec l'empereur et celui que tous connaissaient à présent sous le nom du légendaire Annuvil. Trois des Idluins qui voyageaient avec ce dernier les rejoignirent. Yazzi et Lozzi restèrent à l'abri de la tente de l'empereur.

— Nous devons avoir au moins une idée de ce qui nous attend dans la plaine, dit Alezzi. Nous devons tous en savoir plus afin de mieux planifier notre marche et guider les légions. Il nous faut envoyer des patrouilles.

— Et des patrouilles renforcées, ajouta Tuzza.

Annuvil hocha la tête.

— En effet, mieux vaut ne pas risquer que de petits groupes d'hommes soient faits prisonniers. Quant au terrain, je puis vous donner une idée. Le verre est une surface traître. Les vents soufflèrent rageusement tandis qu'il refroidissait jadis. C'est pourquoi sa surface ressemble tant aujourd'hui à une mer noire et gelée. Certaines de ces vaguelettes sont toujours aussi aiguisées qu'une lame fine, malgré des siècles d'érosion. Toute chute peut provoquer une grave blessure. La surface elle-même n'est pas aussi glissante qu'on pourrait s'y attendre. Ce n'est pas comme cheminer sur de la glace car il n'y a pas d'eau. Les pieds peuvent y trouver prise si l'on marche avec prudence.

Tous acquiescèrent.

— Si tout va bien, il nous faudra une journée et demie pour la traverser à pied. Je ne conseille à personne de chevaucher sur cette surface.

— Pouvons-nous emmener nos chariots de provisions ? demanda Tuzza.

— Il le faut, dit Alezzi. Nous ignorons ce qui nous attend. Si la marche est très longue avant l'affrontement contre l'Ennemi, nous aurons besoin de toutes les victuailles dont nous disposons.

— Je suis d'accord, dit Archer. Mais prenons soin des montures et surveillons leurs pas plus que les nôtres. Si cela doit nous ralentir, tant pis. Nous aurons besoin de nos provisions car nous n'en trouverons pas sur notre route.

— Les Loups des Neiges devraient former les patrouilles, dit Tuzza. J'ai vu comment les Anari pouvaient se déplacer silencieusement et sans se laisser voir. Et mes hommes les accompagnent depuis assez longtemps pour avoir appris certains de leurs talents.

Tess réfléchit un instant. D'une part, les Loups des Neiges étaient sans doute plus qualifiés pour cette tâche d'éclaireurs. Mais d'autre part, leurs talents tactiques spécifiques, utilisés au sein d'une légion organisée, pouvaient mieux servir de force de réserve, prête à frapper avec une efficacité redoutable au moment critique.

— Non, dit-elle. Tuzza, je sais que vous êtes un homme d'une grande bravoure et je ne doute pas que les Loups des Neiges feraient de bons éclaireurs. Mais les patrouilles subiront une guerre d'usure en règle et la valeur tactique de votre légion réside dans la capacité de vos Anari et de vos Bozandari à travailler de concert.

— Une guerre d'usure en règle ? s'étonna l'empereur. Je ne connais pas ces termes.

— Tess nous vient d'un monde différent, dit Archer. Elle prononce parfois des paroles de ce monde-là.

— En effet, Majesté, dit la jeune femme. Je vous présente mes excuses. Les patrouilles subiront des pertes au cours d'embuscades, lorsqu'elles chercheront à entrer en contact avec l'adversaire et à évaluer ses forces. La légion des Loups des Neiges s'est entraînée à allier les tactiques anari et bozandari. C'est la seule légion ainsi entraînée dont nous disposions et nous ne devrions pas la diviser et l'affaiblir avant d'être prêts à affronter l'Ennemi.

— Les vies des Bozandari ont-elles une moindre valeur à vos yeux ? demanda le commandant Crazzi — sa légion, l'Aigle d'Or, les avait rejoints à Bozandar et, alors que toutes les unités semblaient s'être accoutumées à l'alliance avec les Anari, les Aigles d'Or et leur commandant ne l'avaient fait qu'à contrecœur. Quelle légion voulez-vous sacrifier afin de subir « la guerre d'usure en règle », comme vous dites ?

— La mienne, répliqua Alezzi. Nous marchons aux côtés des Loups des Neiges depuis assez longtemps pour avoir appris certains des talents d'éclaireurs des Anari. D'aucuns considèrent toujours mes hommes comme suspects parce que nous nous sommes ralliés sous la bannière d'Annuvil avant que l'empereur ne déclare officiellement l'alliance. Je veux que personne ne doute de notre honneur maintenant. Nous formerons les patrouilles.

— Tes hommes n'ont aucun déshonneur à laver, dit Maluzza. Tu n'as pas trahi, mon cousin. Tu as simplement eu l'occasion de découvrir la vérité avant moi.

— Oui-da, Majesté, répondit Alezzi. Et vous êtes bien bon de le dire. Mais vous ne pouvez commander le cœur des hommes, Majesté. Quand tout cela sera terminé, mes soldats ne voudront pas avoir à supporter les regards soupçonneux de leurs frères d'armes bozandari. Permettez-nous de nous racheter dans les cœurs de nos compatriotes.

Maluzza parut réfléchir quelques instants puis accepta.

— Oui-da, mon cousin. Comme tu l'as dit, tes

hommes en savent plus sur les techniques anari. Puissent-elles vous protéger dans votre mission.

Alezzi s'inclina.

— Avec votre permission, Majesté, je vais aller donner des instructions à mes officiers.

Tuzza saisit la main d'Alezzi.

— Ne risque pas ta vie par un excès d'audace, mon cousin.

— Je ne te laisserai pas te débarrasser de moi si facilement, dit Alezzi avec un petit rire. Nous boirons à notre santé à la fin de ce cauchemar.

— Puisse-t-elle être proche, repartit Tuzza.

Le soleil était pratiquement à son zénith lorsque les deux premières colonnes de la légion d'Alezzi quittèrent le campement. Chacune transportait ses propres provisions, ce qui lui permettrait de se déplacer et de se battre en toute autonomie. Si la carte de Yazzi était exacte, il leur faudrait quatre jours pour atteindre Arderon après avoir traversé la plaine de Verre. Après le départ des Lions Noirs, le reste des troupes suivit : les Tigres Blancs de Suzza et les Aigles d'Or de Crazzi marchaient en parallèle. Les Loups des Neiges cheminaient entre elles, un peu en arrière, en deux colonnes. La garde impériale se trouvait derrière eux et les chariots de provisions au milieu des troupes. Les deux dernières colonnes d'Alezzi partiraient le lendemain, formant ainsi l'arrière-garde.

A la tombée de la nuit, les patrouilles d'Alezzi atteignirent la frontière sud du plateau. Les premiers éléments des Loups des Neiges étaient à peine arrivés au centre de la plaine de Verre, et les derniers hommes de Tuzza n'avaient marché que quelques heures quand l'armée fit halte pour une deuxième nuit glaciale.

En écoutant les rapports qui arrivaient progressivement sous la tente de Maluzza, Archer sentit grandir son malaise. Chaque régiment avait subi des pertes du fait de chutes sur les arêtes acérées de la surface de verre. Une Idluin avait été assignée à chacune des légions et leurs talents de guérisseuses furent très sollicités durant la marche et tout au long de la nuit. Pour chaque homme blessé, il y avait au moins deux chevaux qui s'étaient coupé les sabots ou s'étaient brisé les pattes. Si les choses continuaient ainsi, les Idluins seraient épuisées bien avant de voir l'armée d'Ardred et son repaire.

Mais ni Archer ni Maluzza ne purent se résoudre à ordonner aux Idluins d'économiser leurs forces. Il ne pouvait abandonner des hommes de bien à la cruauté de ce lieu maléfique et l'armée ne pouvait sacrifier aucune monture s'ils voulaient disposer de provisions suffisantes en vue de la bataille. Une fois de plus, Archer se haït pour avoir provoqué pareille catastrophe dans ce monde. Les cris de ceux qu'un instant d'inattention avait fait trébucher, au risque de signer leur arrêt de mort, étaient autant de coups de marteau sur le clou de ses remords.

Le jour suivant ne fut pas meilleur. Les hommes se fatiguaient de devoir surveiller le moindre de leurs mouvements. Quand l'armée arriva au bas du flanc sud du plateau, tous étaient à bout de forces et de nerfs. Le mécontentement couvait dans les rangs et Archer savait qu'ils auraient besoin d'une journée de repos avant de continuer.

Or il n'en fut pas ainsi car dès le coucher du soleil, un cavalier revint, à bride abattue, les avertir que l'une des colonnes d'Alezzi s'était heurtée à un poste avancé ennemi. Les positions de l'adversaire étaient fortifiées et les Lions Noirs avaient reculé avant de devoir l'affronter de façon irréversible.

Archer ne doutait pas qu'ils eussent été repérés. En cet instant, son frère devait mettre au point sa stratégie de destruction. A l'inverse, Archer n'avait toujours aucune idée de l'ampleur ou de la composition des troupes aux ordres d'Ardred.

Ce n'était guère de bon augure pour une bataille et ses officiers n'étaient pas sans le savoir. Lorsqu'un conseil de guerre se réunit au coucher du soleil, tous étaient fourbus et emplis de frustration.

— Votre frère s'est bien préparé, dit Crazzi d'un ton sarcastique.

En dépit de sa colère face à ce manque de respect à son égard, Archer convenait que Crazzi disait vrai. Ardred avait bien choisi l'emplacement de son repaire. Tout ennemi qui chercherait à approcher le ferait au prix de l'usure de ses troupes dans la plaine de verre, avant même de parvenir aux premiers postes d'Ardred. Si Archer avait été à sa place, il aurait organisé des attaques éclairs au moment où l'ennemi était le plus affaibli, avant qu'il n'eût l'occasion de prendre du repos.

— En effet, dit-il. Tous les régiments doivent se tenir prêts à repousser une attaque cette nuit.

— Impossible, dit Suzza. Mes hommes tiennent à peine debout, comment pourraient-ils se battre ?

— Ardred en a conscience. N'attaqueriez-vous pas un ennemi épuisé s'il vous approchait ?

Suzza hocha tristement la tête.

— Vous avez raison, mon seigneur. Mais comment puis-je obliger mes hommes à renoncer au sommeil ? Le corps humain ne peut pas tout supporter et mes hommes sont allés bien au-delà de leurs forces en traversant cette maudite plaine.

— Ils doivent monter la garde à tour de rôle, dit Maluzza. La nuit sera longue. Divisez les légions en tiers et donnez à chacun un tour de garde de trois heures. Les autres peuvent dormir mais doivent garder leurs armes à portée de main.

— Oui-da, Majesté, dit Crazzi. Nous pouvons faire cela. Mais si l'Ennemi nous attaquait en force…

— Il ne le fera pas, dit Tom en entrant, le visage rougi par le vent après une journée passée avec les Tigres Blancs — Sara passerait d'ailleurs la nuit auprès de leurs blessés.

Il s'inclina devant l'empereur.

— Pardonnez mon retard, Majesté. J'ai aidé Sara à organiser les soins et à panser les plaies qui ne nécessitaient pas le concours de la magie.

— Ne vous excusez pas d'effectuer si noble tâche, dit Maluzza. Pourquoi dis-tu que l'Ennemi n'attaquera pas en force cette nuit, jeune prophète ? Qu'as-tu vu ?

Tom répondit à voix basse :

— J'ai entendu dire que dans certains cercles de Bozandar, les hommes luttent contre des sangliers pour le sport.

— Oui-da, acquiesça l'empereur.

— Je n'ai jamais assisté à ce spectacle ni ne voudrais le faire. Mais les marchands qui venaient à Whitewater en parlaient souvent. Le lutteur n'utilise pas d'épée contre le sanglier au début du combat. Il le frappe avec des dagues à la lame dentelée afin de l'affaiblir.

— Le but est de prolonger le combat, dit Crazzi. Nul ne paierait pour voir un seul coup porté à la bête.

— Peut-être, répondit Tom. J'ai toutefois rencontré un jour un marchand dont le frère était un lutteur de sangliers. Pardonnez-moi si je me fie davantage à ses connaissances qu'aux vôtres sur le sujet. Le sanglier est un animal extrêmement dangereux et ses cornes peuvent transpercer une jambe ou un ventre en un instant. Seul un lutteur stupide prendrait un tel risque avant d'avoir mesuré les forces du sanglier et ce faisant, il l'affaiblit.

— Oui-da, Tom a raison, dit Alezzi. A la fin, la foule lui crie d'achever l'animal et de mettre fin à ses souffrances. J'ai assisté à ce… sport… une seule fois. Je n'ai aucune envie de renouveler l'expérience.

Maluzza leva la main pour mettre un terme à la discussion.

— Jeune prophète, ce que tu es en train de dire, c'est que nous sommes le sanglier ?

— Oui-da, Majesté. L'Ennemi cherchera à nous

affaiblir à l'aide de dagues acérées, cette nuit et les nuits à venir, au fur et à mesure que nous approcherons de l'endroit qu'il a choisi pour nous porter le coup fatal. Nous ne devons pas céder. Aucun sanglier n'est capable d'abattre un lutteur si le lutteur choisit le lieu de l'affrontement.

— Alezzi, dit Archer, tes hommes doivent trouver tous ses postes avancés et se situer de telle façon qu'ils puissent s'épauler. Mesurons ses forces afin de découvrir ses faiblesses. Ce n'est qu'alors que nous pourrons attaquer.

— Il en sera fait ainsi, dit Alezzi. Demain soir, nous connaîtrons ses positions mieux que lui-même.

— Je n'en demande pas tant, dit Maluzza. Mais au moins saurons-nous ce qui nous attend ensuite.

— Oui-da, fit Archer. Ecoutez-moi bien, messires. Nous devrons faire face à bien des ruses dans les jours qui viennent. Assurez-vous que les hommes se reposent dès qu'ils le peuvent car la perfidie de mon frère est sans bornes et quiconque ne sera pas à la hauteur constituera une proie facile. Même ceux qui sont en pleine possession de leurs forces sont en danger. Ne laissons pas nos hommes s'affaiblir. La faiblesse d'un seul homme pourrait signer notre arrêt de mort à tous.

Archer sortit de la tente afin d'observer les étoiles. Au fond de son cœur, il savait qu'il y avait un homme faible parmi eux. Et cet homme, c'était lui.

32.

Cilla n'avait jamais souffert de pareille fatigue. Au cours des deux derniers jours, elle avait utilisé des pouvoirs idluins et des ressources insoupçonnés. Et ses immenses efforts, de jour comme de nuit, étaient venus s'ajouter à l'épuisement de la marche à travers la plaine de Verre. Elle venait de soigner les derniers hommes et chevaux blessés et s'apprêtait à se mettre à la recherche d'un lit de camp vacant sous la tente réservée aux soins ou à défaut, une petite place sur le sol. Elle savait qu'elle aurait dû manger mais lui manquait l'énergie nécessaire pour trouver la cuisine. Elle ne voulait qu'une seule chose : dormir.

Il n'en serait pas ainsi.

Elle venait de dénicher un lit qui n'était pas trop taché de sang lorsqu'elle entendit les cris d'alerte des sentinelles résonner à travers le campement des Aigles d'Or. Quelques instants plus tard, les soldats sortirent de leurs tentes, obéissant aux injonctions des officiers, et se rangèrent précipitamment en ordre de bataille alors que des bruits de combats commençaient à s'élever en bordure du camp.

En dépit de ses jambes de plomb, Cilla se mit à marcher au milieu des soldats, obligeant les blessés à se déplacer. Certains grommelèrent mais la plupart comprenaient ce qu'elle faisait et pourquoi. Les couvertures propres n'étant pas en nombre suffisant, elle rassembla les quatre hommes les plus légèrement blessés.

— Nous ne pouvons pas laisser les hommes au milieu du sang de leurs camarades, dit-elle. Trouvez-moi quelque chose pour les couvrir. Découpez de la toile de tente s'il le faut. Et vite.

Les soldats les plus expérimentés hochèrent la tête et partirent sur-le-champ. Ils revinrent peu après, les bras chargés de morceaux de toile en quantité suffisante pour couvrir chaque lit de blessé plusieurs fois. Cilla fit les lits vides et les hommes empilèrent le reste de la toile dans un coin, à l'exception de deux morceaux qu'ils se mirent à découper afin d'en faire des pansements.

Ils avaient à peine fini quand les premiers blessés arrivèrent. Contrairement aux blessures provoquées par des chutes sur la plaine, celles-ci étaient profondes et exposaient la chair, les muscles, les tendons, les os et les entrailles. Cilla se rappela le temps où ce spectacle lui aurait retourné l'estomac. Ce temps était révolu depuis longtemps.

Elle appliqua cataplasmes et bandages sur les plaies, économisant ses pouvoirs pour les cas les plus graves, allant et venant d'une allure régulière, automatique, ignorant la fatigue grandissante qui lui sapait l'esprit. Les quatre soldats qui avaient rapporté la toile étaient restés pour l'aider, faisant bouillir des herbes pour préparer des onguents, lui donnant des pansements et changeant les couvertures au fur et à mesure que des blessés partaient et que d'autres les remplaçaient, offrant à boire à ceux qui le pouvaient.

Elle avait à peine achevé de fixer un cataplasme à la plaie béante sur la cuisse d'un soldat lorsqu'un autre blessé lui fut amené. Tous les regards se portèrent immédiatement sur lui et Cilla leva la tête. C'était Crazzi, commandant de la légion des Aigles d'Or. La douleur distordait ses traits, bien qu'il se refusât à crier lorsque deux des assistants de Cilla lui écartèrent les bras pour qu'elle pût examiner la blessure de son ventre. Ce ne fut qu'au moment où elle baissa ses hauts-de-chausse afin de découvrir entièrement la plaie qu'il poussa un cri de douleur.

La lame avait traversé son ventre de haut en bas, à partir du nombril, le long de son aine et de sa cuisse. Du sang jaillit de la plaie, tachant le visage de Cilla, et son odeur âcre la secoua de son brouillard de fatigue. Elle savait qu'il n'avait plus que quelques minutes à vivre, à moins que la magie ne vienne à leur secours.

Sans écouter ses gémissements, elle demanda à ses assistants de le tenir, puis plongea la main au milieu de la plaie, suivant le filet de sang jusqu'à trouver l'artère par laquelle sa vie s'échappait. Elle la serra fermement et pria Elanor en silence, espérant avoir encore l'énergie de servir d'instrument au pouvoir de guérison de la déesse.

Ses doigts devinrent chauds, puis brûlants. La

brûlure fut plus intense que ce qu'elle avait jamais ressenti et ses cris se joignirent bientôt à ceux de Crazzi. Lorsqu'elle rouvrit enfin les yeux, elle avait cautérisé et refermé l'artère.

Mais elle avait payé le prix fort.

Sa peau noire était à présent d'une couleur gris cendre. La douleur qu'elle avait réprimée l'envahit soudain avec violence et elle plongea la main dans un bassin d'eau froide. Hélas, la sensation de brûlure ne cessa pas et, quand elle retira sa main, elle en vit pendre des lambeaux de peau grise.

Elle sentit aussitôt la présence de Tess et de Sara et leur sentiment d'horreur alors qu'elles partageaient la terrible douleur qui la déchirait. Elles puisèrent dans les forces qui lui restaient mais Cilla sut que cela ne suffirait pas, ne suffirait jamais pour réparer les nerfs de sa main brûlée.

En effet. Quand une peau neuve se mit à pousser sur la chair rouge et à vif, ce ne fut pas la peau saine et douce dont elle était si fière. Sa main se fit noueuse et brillante, et l'emplit d'une telle révulsion qu'elle vomit sur le sol. Malgré tout, la douleur ne cessait pas, s'amplifiant à chaque tentative de Cilla de bouger la main.

— Vous devez prendre du repos, Idluin, dit le plus âgé de ses assistants. Nous avons vu comment vous soigniez les blessures de nos camarades. Nous pouvons le faire.

— Je me reposerai quand la bataille sera terminée, dit Cilla en cherchant à se relever et ne comprenant qu'alors qu'elle était tombée.

— Aidez-moi à me lever.

— Non, Idluin, dit le soldat en posant la main sur son épaule. Vous avez fait ce que vous avez pu et plus encore. Laissez-nous nous occuper des nôtres et de vous.

— Il y a d'autres blessés…

— Oui-da. Et il y en aura davantage. Et plus encore demain et le jour d'après. Nous aurons besoin de vos pouvoirs mais pour l'heure, tenez-vous tranquille et dormez, Dame Cilla. Nous avons envoyé un messager au campement des Loups des Neiges afin d'aller chercher votre cousin.

— Non ! s'écria-t-elle.

Elle savait comment Ratha réagirait en voyant ce qui restait de sa pauvre main. Il avait vu souffrir tant d'êtres chers. Elle ne voulait pas qu'il fût victime de la rage qui s'était emparée de Giri.

— Il ne faut pas qu'il me voit ainsi.

— Faites-la taire, dit Crazzi faiblement. Il gémit en tentant de se tourner sur le côté ; puis, renonçant à s'adresser à Cilla directement, il parla au soldat qui se tenait près d'elle. Dis-lui que je l'ai maudite, elle et les siens, pour la dernière fois, mais que si elle ne se repose pas, je donnerai l'ordre de l'attacher à un lit de camp.

L'assistant de Cilla la regarda et sourit.

— Vous l'avez entendu, ma dame. Et nous obéirons à ses ordres. A présent, il faut vous trouver un lit.

Cilla savait qu'ils pourraient l'obliger à se reposer s'il le fallait. Mais elle tint bon.

— Non, je peux rester ici. Je ne prendrai pas le lit d'un soldat qui en a plus besoin que moi.

L'homme fut sur le point de protester puis secoua la tête et se contenta de la recouvrir d'une couverture.

— Très bien.

La main de Crazzi sembla tomber brusquement mais elle comprit que ce n'était pas le cas. Il lui prit la main et la serra dans la sienne tandis qu'elle s'endormait.

Denza Grundan leva son épée et cria :

— Suivez-moi !

Son bataillon, qui faisait normalement partie du premier régiment de Tuzza, avait servi de réserve. Denza le menait à présent au cœur de la bataille, où le régiment anari de Jenah menaçait de céder sous la pression incessante de l'ennemi.

Ce n'était pas que les Anari manquassent de courage. Jamais Denza n'avait vu des hommes se battre avec une telle bravoure. Mais l'attaque de l'ennemi s'était poursuivie toute la nuit et s'était concentrée sur la zone tenue par Jenah. Si les Anari avaient tenu bon jusque-là, la fatigue des deux jours de marche dans la plaine cruelle et d'une nuit de combat commençait à se faire sentir.

Les hommes de Denza se déplaçaient rapidement, traversant les lignes des Anari, ce qui aidait en soi la tactique de cisaille qu'utilisaient ces derniers. Denza était satisfait d'avoir répété ces manœuvres à d'innombrables reprises depuis qu'ils avaient quitté Anahar. Ses hommes firent ensuite face à un ennemi qui était partout à la fois, telle une foule grouillante. Cependant, chaque soldat de Denza se battait avec une passion qui faisait de l'ensemble bien plus que la somme de ses éléments.

Cette tactique ennemie devait être celle qu'Annuvil avait évoquée : ces hommes, sous l'influence d'un esprit autre que le leur, faisaient fi du danger, avançaient aveuglément en petits groupes, l'épée à la main, telles des sauterelles. En quelques instants, ils étaient tous engagés en combat singulier et Denza se demanda comment les Anari avaient pu tenir toute la nuit.

Frapper. Avancer. Pousser à l'aide de son bouclier et retirer son épée. Et recommencer les mêmes gestes, encore et encore. Ce rythme, issu d'années d'entraînement au sein de l'armée de Bozandar, lui était aussi facile que de respirer. Mais aujourd'hui, c'était différent, car chaque coup frappait la chair, chaque pas se faisait au milieu des blessés et du sang de ceux tombés au combat.

Denza regarda à droite, puis à gauche. Ses hommes restaient en formation. Lorsque les blessés reculèrent, leurs camarades des rangs suivants les remplacèrent et ceux restés en arrière éloignèrent les blessés. Il avait commencé la bataille avec six rangs de cinquante hommes. Seuls quatre rangs restaient en place par endroits.

Les Anari avaient fait reculer l'ennemi d'une bonne centaine de pas, permettant à Jenah de rassembler ses hommes. Denza lorgna par-dessus son épaule mais les Anari avaient disparu dans la nuit noire.

L'espace d'un instant, il se sentit trahi ; mais il entendit bientôt le cri de bataille rauque des Anari à sa gauche. Jenah avait réuni ses soldats afin de prendre l'ennemi par le flanc, tel un marteau contre l'enclume de Denza.

— Tenez vos positions ! cria ce dernier.

L'ordre fut répété dans les rangs et les Bozandari durent défendre leurs positions : avancer d'un demi-pas et frapper, puis reculer d'un demi-pas tout en poussant avec leur bouclier avant de retirer leur épée. Leurs progrès furent moindres, bien que la force et la sauvagerie de leur attaque ne diminuassent pas.

Denza fut choqué de voir que les soldats contrôlés par l'Ennemi ne réagissaient pas aux attaques en cisaille des Anari sur leur flanc et leurs arrières. Ils se contentaient d'avancer sans se soucier de la mort qui s'abattait sur leurs rangs de façon mécanique et impitoyable. Sa propre épée brillait au clair de lune et son bras était couvert de sang mais la tuerie ne cessait pas.

Jamais il n'avait vu pareil massacre. Ces hommes n'étaient pas entièrement humains — jusqu'au moment où un coup d'épée, la douleur et la mort leur rappelaient leur mortalité. Ils ne redevenaient alors que trop humains et leurs cris s'imprimèrent à jamais dans la mémoire de Denza.

En fin de compte, ce ne fut ni l'enclume des Bozandari ni le marteau des Anari qui les écrasèrent, mais les premiers rayons du soleil. Les derniers soldats de l'Ennemi rompirent alors brutalement les rangs et s'enfuirent. Nombre d'entre eux tentèrent seulement de fuir car les hommes de Jenah les poursuivirent et ne firent aucun prisonnier.

Denza tomba à genoux et entendit un gémissement à ses pieds. Il vit qu'il se tenait sur le ventre d'un soldat ennemi. Les yeux de ce dernier étaient emplis de peur et de souffrance et il respirait péniblement.

Il leva son épée, prêt à trancher la gorge de l'homme, pour le punir de l'horreur de cette nuit, pour mettre fin à son malheur et ce faisant, se débarrasser du vide qu'il ressentait au fond de lui. Mais il se ravisa et déplaça ses genoux.

— Je vais te conduire à nos guérisseurs, dit-il en rangeant son épée dans son fourreau.

Il prit l'homme par le bras et commença à le soulever par-dessus son épaule. L'homme poussa un tel hurlement que Denza se figea. Son geste avait ouvert la plaie béante de son torse et une bulle de sang jaillit de sa bouche. Nul ne pouvait plus sauver cet homme. Le déplacer ne ferait que le torturer davantage.

— Tue-moi, dit l'homme.

Denza secoua la tête.

— J'ai assez tué pour cette nuit.

— Je mourrai de toute façon, tu le sais. Epargne-moi ces souffrances.

Il disait vrai. Mais Denza n'arrivait pas à sortir son épée.

— Je regrette. Je ne peux pas.

L'homme le saisit par la tunique.

— Je le ferais à ta place. Quelle différence si je

meurs d'une blessure que tu m'as infligée au cours de la bataille ou d'un coup porté plus tard, par miséricorde ? Quelle différence pour ta conscience ?

Denza opina. Il ne s'agissait plus d'un insecte ni d'un homme dont l'esprit était possédé par le mal. Ce n'était qu'un semblable qui souffrait, conscient que la mort était proche et ne cherchant qu'à mettre fin à ses tourments au plus vite. Denza l'aurait fait pour un chien blessé. Cet homme valait-il moins qu'un animal ?

Il tira sa dague.

— Je suis désolé, soldat.

— Ne le sois pas, dit l'homme en fermant les yeux. Sois plutôt rapide et précis.

Denza avança sa dague et ferma les yeux dès qu'il fut certain de bien viser. Lorsqu'il les rouvrit, la souffrance ne se lisait plus sur le visage de l'homme.

Il se demanda si la sienne cesserait jamais.

33.

Ratha s'agenouilla aux côtés de Cilla et la regarda dormir. Le soldat qui paraissait diriger les soins sous la tente ne lui avait pas dit grand-chose sur ce qui s'était passé mais Ratha eut du mal à regarder la main de Cilla sans broncher. Les doigts qui l'avaient caressé avec une telle tendresse étaient à présent noueux et déformés, la peau brillante et couverte de petites ridules ondulées. Il s'obligerait à ne pas quitter cette main des yeux toute la nuit, espérant qu'il finirait par ne plus éprouver la même révulsion.

— Je ne sais d'où le pouvoir de ces femmes vient, dit Crazzi en regardant Ratha. Mais au cours des derniers jours, nous avons vu les horreurs qu'elles peuvent provoquer et le bien qu'elles peuvent faire. Je prie pour que la tienne ne fasse que le bien.

— Il en sera ainsi, dit Ratha à voix basse. Elle est incapable d'autre chose car son âme est pure.

— J'aimerais que nous soyons tous comme elle.

— Sais-tu ce qui lui est arrivé ?

Crazzi secoua la tête.

— Je n'en suis pas sûr. J'ai été blessé pendant l'un

des premiers assauts et on m'a conduit ici. Ensuite, j'ai senti une terrible brûlure et me suis évanoui. Mais dès que j'ai été touché, j'ai su que j'étais condamné à mort… Or, je suis encore en vie. Je ne puis te dire autre chose : elle m'a sauvé la vie, si ce n'est ma jambe.

Ratha avait été tellement absorbé par Cilla qu'il n'avait pas pris le temps d'examiner les blessures de Crazzi. Sa jambe n'était plus qu'un court moignon, épais et enveloppé très serré dans un pansement imprégné d'un cataplasme d'herbes.

— C'est moi qui ai pris cette décision, monsieur, dit un soldat en avançant vers eux. Elle avait arrêté le saignement mais votre jambe était froide et bleue. J'ai compris qu'elle était en train de mourir.

— Et tu es ? demanda Crazzi.

— Tende Kanholt, dit le soldat. Du troisième régiment de votre légion.

— Tu as bien fait, Kanholt. Tu m'as, toi aussi, sauvé la vie. Et bien d'autres ici, semble-t-il.

— Nous avons fait de notre mieux, commandant.

Tende se mordit la lèvre inférieure avant de poursuivre.

— Nous avons perdu beaucoup d'hommes.

— J'aurais pu les sauver, murmura soudain Cilla.

Ratha baissa les yeux vers elle.

— Tu es réveillée.

Elle le regarda.

— Oui-da, mon cousin. Si je n'avais pas dormi…

— Vous seriez sans doute morte, dit Crazzi. Et combien d'autres hommes perdrions-nous s'il nous manquait une Idluin ?

— Tu ne peux pas le savoir, dit Cilla.

— Vous non plus, ma dame. La mort de ceux qui sont tombés cette nuit ne pèse pas sur votre conscience.

Crazzi s'adressa à Tende.

— Ni sur la tienne, soldat. Ne vous tourmentez pas à cause de ce que vous n'avez pas pu faire. Nous sommes reconnaissants de ce que vous avez fait.

— Sont reconnaissants ceux qui sont encore là pour le faire, dit sombrement Cilla.

— Ne dis pas cela, dit Ratha en se penchant vers elle. Jamais tu ne pourras vivre heureuse en t'engageant sur cette voie. Je le sais au plus profond de mon âme.

Elle finit par hocher la tête en signe d'assentiment.

— Tu es bien placé pour le savoir.

Ratha prit sa main intacte et la porta à ses lèvres. Puis, sans sourciller, en la regardant dans les yeux, il fit de même avec sa main brûlée.

— Tu n'as pas besoin de faire semblant, mon cousin, dit Cilla avec douceur, les larmes aux yeux. Je sais que ma main a une horrible apparence.

— J'ai vu pire, dit Ratha. Et le commandant Crazzi a subi pire. Toi, tu as toujours ta main.

— Oui-da…

L'espace d'un instant, elle parut replonger dans le sommeil. Puis elle rouvrit les yeux.

— Et les autres ? Quelles sont nos pertes ?

Ratha prit une profonde inspiration avant de lui répondre.

— Nous avons perdu beaucoup d'hommes, Cilla. Pas autant que si nous n'avions pas eu d'Idluins à nos côté, cependant. Le régiment de Jenah est celui qui a le plus souffert, avec les Aigles de Crazzi.

— Combien ? s'enquit ce dernier.

— Presque cent, commandant, dit Tende. Quasiment tous faisaient partie du premier régiment. L'officier Langen dit qu'en comptant les blessés et les hommes qui manquent à l'appel, il a perdu pratiquement un tiers de ses troupes.

Crazzi secoua la tête.

— Une seule nuit de combat contre cet ennemi et déjà un de mes régiments pratiquement éliminé. Nous ne pourrons supporter quatre nuits de plus à ce rythme. Ou nous n'aurons plus un soldat debout une fois à Arderon.

Il essaya de s'asseoir mais retomba sur le lit. Tende posa une main apaisante sur son épaule.

— Navré, commandant, mais vous n'êtes pas prêt à vous battre. Comme l'Idluin, vous devez prendre du repos.

— Comment puis-je me reposer pendant que mes hommes sont hachés menu au cours de ces batailles nocturnes ! s'écria Crazzi. Je ne peux pas le permettre. Il doit y avoir un moyen.

— Oui, commandant, fit Ratha. Il doit y en avoir un. En ce moment même, Annuvil et nos généraux sont réunis en conseil de guerre, à la recherche de cette solution. Je serais avec eux si je n'étais venu veiller sur ma cousine. Mais vous devez vous reposer. Vous nous serez plus utile quand vous serez remis.

— Avez-vous un régiment sous vos ordres parmi les Loups des Neiges, Ratha Monabi ?

— J'en avais un, dit Ratha. J'en ai délégué l'autorité à l'un de mes cousins, afin de servir de second à Maître Archer.

— J'ai vu ce que les vôtres pouvaient faire, dit Crazzi. Je ne doute pas que vous partagiez le courage de Cilla, si ce n'est son sang idluin. Je voudrais que vous commandiez mes Aigles d'Or.

Ratha le considéra, surpris. Les Aigles avaient été parmi les plus réticents à servir aux côtés des Anari. Et maintenant, Crazzi, leur commandant, demandait à un Anari de les diriger ?

— Etes-vous sûr de vous, commandant ?

Crazzi saisit la main de Ratha.

— Aucun de mes officiers ne ferait aussi bien et j'ai besoin qu'ils restent tous à leur poste. Ne doutez pas de mes hommes. Ils vous suivront… commandant Ratha Monabi.

— Je transmettrai votre souhait au conseil de guerre, répondit Ratha. Et je vous prie de veiller sur ma cousine car son courage risque de l'emporter sur son bon sens.

— Je la surveillerai comme si elle était ma fille, dit Crazzi en souriant à Cilla. Ou plutôt comme ma mère, devrais-je dire, car hier elle m'a mis au monde une seconde fois.

— Votre mère serait fière de vous, Crazzi, dit Cilla

en souriant faiblement. Va maintenant, mon cousin. Il y a beaucoup à faire et je suis entre de bonnes mains, en attendant que je puisse soigner les autres. Honore ton devoir au mieux. Et reviens-moi entier.

— Je ferai de mon mieux, mon amour, répondit Ratha en déposant un baiser léger sur ses lèvres. Nous pourrons bientôt être ensemble.

— Oui, dit-elle en lui rendant son baiser. Bientôt.

— Nous ne pourrons tenir trois nuits de plus, dit Tuzza. Nous avons tué dix ennemis pour chacun des hommes que nous avons perdus et pourtant, ils ont continué d'affluer sans cesse, jusqu'à l'aube.

Archer hocha gravement la tête. Son frère contrôlait les esprits de son armée ou tout du moins des soldats qu'il avait envoyés la nuit dernière afin d'évaluer les forces d'Archer. En tout, ils étaient peut-être quatre mille, moins d'une légion. Trois hommes sur quatre n'avaient pas vu le soleil se lever et gisaient autour des campements qu'ils avaient attaqués avec une férocité aveugle.

Mais ils avaient emporté trois cents Anari et Bozandari dans leur chute, malgré les efforts de Tess et de ses sœurs, des hommes morts sur le champ de bataille ou qui s'étaient vidés de leur sang avant qu'on pût les transporter à une tente de soins. Le régiment de Jenah avait essuyé les pires attaques, bien qu'aucune unité n'en fût sortie indemne.

— Vos Anari se sont bien battus, dit Maluzza à

Jenah. Combien d'hommes avez-vous perdus après avoir pris l'ennemi par le flanc ?

— Moins de dix, repartit Jenah. Mais cette manœuvre a eu lieu juste avant l'aube. La plupart sont tombés au début de la nuit.

Maluzza réfléchit un instant.

— Et vous dites que l'ennemi n'a pas réagi après la manœuvre ?

— Non, sire. Ils ont continué à attaquer les Bozandari que le commandant Tuzza avait envoyés à mon secours. C'était comme si ces hommes ne pouvaient voir sur le côté ou derrière eux, jusqu'au moment où nous les frappions.

— Et c'est là leur faiblesse.

— Oui-da, intervint Archer. Contrôler les esprits exige une grande puissance mais ce ne peut être qu'un faible instrument car il ne vise qu'un seul objectif. Nous l'avons constaté à Lorense. Les manœuvres complexes sont impossibles à concevoir pour eux.

— Alors chaque légion et chaque régiment doivent apprendre la manœuvre que vous avez utilisée, dit Maluzza. Comment l'avez-vous appelée, le marteau et l'enclume ?

— Oui, Majesté, dit Archer. Mais nous avons passé des semaines à l'acquérir depuis Anahar.

— Mes hommes devront l'apprendre en un jour. Nous n'irons pas plus loin aujourd'hui. Les hommes d'Alezzi sont partis en éclaireurs. Les soldats vont s'entraîner à cette tactique aujourd'hui.

— Et prendre du repos, dit Tuzza. Ils doivent se reposer, Majesté.

— Pas avant la fin de l'entraînement, répliqua Maluzza fermement. Désolé, mon cousin, mais il ne peut en être autrement. Nous ne pourrons supporter une autre nuit comme celle-ci. Nous devons nous préparer à les affronter. Et les écraser afin de montrer à l'Ennemi que ces raids nocturnes ne serviront qu'à amenuiser ses troupes. Nous parviendrions ainsi à Arderon au prix d'une moindre résistance.

— Oui-da, Majesté, dit Archer. Il en sera fait ainsi.

— Et les prisonniers ? demanda Maluzza. Je n'ai rien entendu à ce sujet.

— Nous n'en avons fait aucun, dit simplement Jenah. Ceux qui ont résisté sont morts. D'autres ont réussi à s'enfuir.

— Sans doute avec ceux qui ont décimé les Aigles, dit Ratha en entrant sous la tente. Majesté, le commandant Crazzi vivra mais il a perdu une jambe. Il doit se reposer et se faire soigner. Il me demande de prendre le commandement de sa légion et avec votre permission, Majesté, je le veux bien.

Maluzza haussa les sourcils, déconcerté.

— Il semblerait que son contact avec les pouvoirs de guérison d'une Idluin a eu une grande influence sur lui !

— On le dirait, Majesté, répondit Ratha.

— Alors, dirige ses hommes avec sagesse, commandant Monabi. Ils sont courageux et disciplinés. Ils te suivront sans discuter. Tu as ma parole.

— Je n'en doute pas.

Archer s'entretint brièvement avec Ratha afin de

lui donner des instructions sur l'entraînement que les troupes devaient acquérir et Ratha approuva cette tactique.

— Oui, Maître Archer. Crazzi sera heureux d'apprendre que nous n'endurerons pas une deuxième nuit telle que la nuit dernière. La perte d'un si grand nombre de ses soldats l'a beaucoup attristé.

— C'est un bon officier, dit Maluzza. Dis-lui que sa légion est entre de bonnes mains et que nous la lui rendrons en un seul morceau lorsqu'il sera prêt à reprendre le service.

— Y a-t-il autre chose à discuter ? s'enquit Archer. Sinon, il nous reste beaucoup à faire d'ici la tombée de la nuit. Il faut nous préparer. Une nuée de sauterelles s'abattra sur nous cette nuit. Il faudra les maîtriser.

Tess leva la tête de la pile de pansements qui lui servait d'oreiller et fut surprise de constater que le soleil était déjà haut dans le ciel. Elle avait l'impression de porter le poids du monde sur ses épaules mais elle se secoua, se mit à genoux puis se leva.

— Avez-vous faim, Dame Tess ? offrit Odetta en approchant. Nous vous avons gardé un peu de ragoût au chaud.

— Pourquoi m'avoir laissé dormir aussi tard ?

— Vous n'aviez pas dormi depuis plus de deux jours, répondit calmement Odetta. Maître Archer a ordonné que toutes nos Idluins ne soient pas dérangées dans leur sommeil. Vous aviez toutes dormi moins que quiconque au cours de notre traversée de la plaine et ensuite, avec l'assaut de la nuit…

Tess n'avait pas besoin qu'on lui rappelât les événements de la nuit passée. Si elle avait vu ce qu'un groupe d'hommes sous l'emprise d'un grand ordonnateur pouvait faire à Lorense, il s'agissait alors d'un petit groupe et il n'avait pas frappé aussi massivement. La nuit dernière avait été mille fois pire et le flot des blessés et des morts incessant. Le soleil était levé depuis longtemps lorsque, enfin, elle n'avait plus eu personne à soigner et avait décidé de s'assoupir quelques instants. Elle avait sombré bien plus longtemps.

— Je vous en prie, Dame Tess, dit Odetta. Vous devez manger maintenant.

Malgré le dégoût qu'elle éprouvait au souvenir des horreurs de la nuit, elle savait qu'il avait raison.

— Oui-da. Mais veille à ce que les blessés soient nourris d'abord.

— C'est fait, ma dame. Je savais que vous souhaiteriez qu'il en soit ainsi et j'ai voulu m'éviter une discussion avec vous.

— Tu es une mère poule, Odetta, dit Tess en souriant. Et pleine de sagesse par-dessus le marché.

Après avoir mangé, elle sentit ses forces revenir peu à peu. Et ce fut heureux, car nombre de blessés nécessitaient d'autres soins. Le moral des soldats était bon, constata-t-elle en changeant leurs pansements et leurs cataplasmes, en dépit du choc de la bataille.

— Ils refusaient d'arrêter, dit un Anari, les larmes aux yeux et le regard fixé sur ses mains. Nous en avions tué tant et ils n'arrêtaient pas. Ils n'arrêtaient pas.

Il répéta ces mots à plusieurs reprises, remarquant à peine Tess qui changeait le bandage de sa cuisse. La plaie n'était pas profonde et cicatrisait bien. Il ne cessait de regarder ses mains et Tess s'inquiéta d'avoir pu oublier une blessure à cause de l'effervescence ou de sa fatigue. Mais lorsqu'elle chercha à examiner ses mains, l'homme recula et la regarda avec crainte.

— Non. Trop de sang, bien trop de sang. Ils n'arrêtaient pas.

Il la regardait mais ne la voyait pas. *Un regard vieux de cent ans.* Cette expression lui venait de son service militaire dans une vie précédente. Ce regard était celui d'un homme qui avait vu et fait plus que ce que son esprit ne pouvait en supporter.

— Va me chercher un peu d'eau, dit Tess à Odetta. Et un pansement propre.

— Nous n'en avons plus, ma dame.

— Apporte-moi un morceau d'étoffe, n'importe quoi de propre. Vite, Odetta.

Quelques minutes plus tard, il revint avec de l'eau et un morceau de tissu doré. L'étoffe était douce comme de la laine mais glissa entre ses doigts comme de la soie. Elle interrogea Odetta du regard.

— C'est un morceau de mon sac de couchage, dit-il. Ma mère est une tisseuse de grand talent. Elle l'a fabriqué pour moi quand je me suis engagé dans l'armée et je ne l'ai jamais quitté depuis.

Elle hocha la tête et se demanda si elle pouvait utiliser un cadeau aussi précieux de pareille manière.

— Elle serait très honorée de pouvoir aider cet homme, ajouta Odetta avec douceur.

Tess trempa l'étoffe dans l'eau puis regarda l'Anari dans les yeux.

— Laisse-moi te laver les mains, mon ami.

— Ils n'arrêtaient pas, répéta l'homme entre ses dents.

Il accepta néanmoins, bien qu'elle ne sût pas s'il s'adressait à elle ou à quelque fantôme. Saisissant délicatement sa main droite puis la gauche, elle y passa l'étoffe humide et douce. Il n'y avait pas de sang sur sa peau, hormis les petites coupures et égratignures que tous avaient à présent. Elle continua cependant à passer le tissu sur ses poignets, ses paumes et ses doigts, sur un rythme lent et apaisant.

Les yeux du soldat se dessillèrent peu à peu, comme si son esprit remontait à la surface d'un lac obscur. Lorsque son regard croisa enfin le sien, Tess comprit qu'il la voyait.

— Pourquoi refusaient-ils d'arrêter ? demanda-t-il.

— Ce n'était pas de leur faute, murmura Tess qui tenait toujours ses mains, enveloppées dans l'étoffe humide. L'Ennemi possédait leurs esprits et leurs volontés.

— Je ne les haïssais pas, dit-il en retenant ses larmes. Je jure que je ne les haïssais pas.

— Non, dit Tess, les larmes aux yeux. Tu n'as pas tué par haine. Tu es un soldat et un soldat courageux. Tu n'as tué que pour te défendre.

L'homme fut soudain secoué de sanglots. Il trembla et serra les mains de Tess dans les siennes.

— Je ne veux plus être soldat. Je vous en prie.

Une âme insensible aurait pu considérer cette attitude comme de la lâcheté, songea Tess. Mais ce n'était pas de la lâcheté. L'âme de cet homme était accablée par un poids que même son pouvoir d'Idluin était incapable de soulager. Il ne manquait pas de courage mais de la capacité froide et implacable de tuer sans éprouver le moindre remords. Elle ne pouvait le condamner pour cela mais savait qu'il ne se sentirait mieux que s'il pouvait rejoindre son unité.

— Tu as sauvé nombre de tes frères la nuit dernière.

— Vraiment ? Tant d'hommes sont morts.

— Et combien encore si les hommes de ta trempe n'avaient pas affronté l'ennemi avec bravoure ?

Il parut assimiler lentement ces paroles, comme la laine fine absorbe l'eau. Il éloigna ses mains des siennes et les regarda, les retournant et les examinant sous tous les angles. Il ferma les yeux, leva les doigts vers son nez et respira lentement.

Il rouvrit enfin les yeux.

— Cette guerre doit prendre fin, dit-il.

— Oui-da, fit Tess.

Il se leva, grimaçant sous l'effet de la douleur dans sa cuisse. Il fit ensuite quelques mouvements avec les mains.

— Je dois rejoindre mes cousins.

— Tu peux te reposer ici aujourd'hui. Ta jambe…

— Guérira aussi vite au campement qu'ici. Nous sommes trop nombreux sous cette tente. Mes cousins auront besoin de tous ceux en état de se battre. Et je le suis.

— Comme tu veux. Mais si tu n'arrives pas à suivre le rythme, reviens.

— J'y arriverai, dit-il en s'appuyant prudemment sur sa jambe. Je ferai mon devoir.

Odetta secoua la tête tristement en le voyant s'éloigner.

— Il va devoir tuer encore, ma dame.

— Oui.

— Vous ne pouvez soigner ces blessures-là.

— Non, je ne peux pas…

Les pouvoirs de la Dame Filandière elle-même avaient leurs limites, semblait-il. Et des limites bien cruelles, à vrai dire. Tess rinça l'étoffe dans l'eau, l'essora et la rendit à Odetta.

— Ceci est à toi, je crois.

Il était sur le point de prendre le tissu qu'elle lui tendait mais se ravisa.

— Un autre en aura besoin, ma dame. Peut-être l'époque où nous pouvions garder précieusement ce genre de cadeaux est-elle révolue. Vous avez sacrifié votre passé. Je puis faire le sacrifice de ce souvenir.

Tess acquiesça en silence.

Elle vit le soldat anari boitiller vers ses camarades. Il avait sacrifié une vie de paix et une innocence qu'il ne retrouverait jamais plus. Elle ne pouvait qu'espérer que le jeu en vaudrait la chandelle.

— Une victoire peut-elle racheter une telle dette ? s'interrogea-t-elle tout haut.

Odetta ne répondit pas.

Elle-même en était incapable.

34.

Tom leva les yeux. Archer venait d'entrer dans sa tente. Sara étant occupée à soigner les blessés de la légion d'Alezzi, il avait décidé de tuer le temps en examinant la strophe obscure d'une prophétie qu'il avait trouvée parmi les parchemins d'Erkiah. Mais les références vagues du texte aux nuages, à la brume, au soleil et au feu lui semblèrent incompréhensibles. S'il y avait un sens profond à ce texte, il se cachait derrière un écran de fumée que sa fatigue, sa frustration et son inquiétude rendaient plus épais encore.

Les techniques militaires qui occupaient l'armée et ses généraux en ce moment lui étaient inconnues et il ne pouvait apporter qu'une maigre contribution aux conseils de guerre quotidiens. Il ne pouvait pas non plus rester avec Sara car elle allait et venait rapidement entre les régiments d'Alezzi au fur et à mesure qu'ils repéraient les environs. Erkiah et Maluzza avaient tous deux insisté pour que Tom ne s'éloignât pas trop afin d'être disponible si nécessaire. A deux reprises déjà, Sara avait failli se faire capturer alors que son garde du corps et elle allaient d'une patrouille à une autre.

Tom ne pouvait s'empêcher de s'inquiéter pour elle et était incapable de penser à autre chose.

— Bonjour, Maître Archer, dit-il, ravi de cette interruption. Les préparatifs se déroulent bien ?

— Aussi bien que nous pouvons l'espérer. Il y a trop à apprendre et trop peu de temps pour le faire, mais n'en a-t-il pas toujours été ainsi depuis le début ?

— Oui-da, répondit Tom en montrant un siège à Archer. Votre frère ne nous a guère laissé de répit.

— Non, en effet.

Archer s'assit et soupira.

— L'heure est maintenant venue de l'affronter. Nous devons nous préparer.

— Nous ? demanda Tom.

— Oui-da.

Archer était visiblement mal à l'aise et l'espace d'un instant, Tom se demanda s'il avait dit quelque chose qu'il ne fallait pas. Mais il ne trouva pas.

— Qu'est-ce qui vous inquiète, mon seigneur ?

— Qu'est-ce qui ne m'inquiète pas ? répliqua Archer. Pour l'heure, ce qui me tourmente le plus, c'est ma propre faiblesse.

— *Eshkaron Treysahrans.*

— Oui-da, Fils Orphelin. J'écrivis ces mots autrefois mais mon esprit n'était pas à ce que j'écrivais. A présent, je dois me tourner vers toi pour me guider car sinon, je risque de me tromper et d'échouer. Une nouvelle fois.

— Le Seigneur Annuvil n'échoua pas…, commença Tom.

Archer l'interrompit.

— J'ai accepté cette erreur et la faute était grave, Tom. Je ne veux pas recommencer. C'est pourquoi j'ai besoin de toi. Je veux être ton disciple. Enseigne-moi. Je t'en prie.

L'homme qui se tenait face à lui était différent de tous les autres que Tom connaissait. L'être solide qui les dirigeait depuis des mois avait disparu. L'espace d'un instant, Tom crut voir Annuvil, celui du Premier Age, et non Archer Blackcloak, l'homme qui errait dans ce monde depuis sa création. Tom réalisa soudain qu'il n'avait jamais pensé à Annuvil, au jeune homme qui avait rivalisé avec son frère, leur affection fraternelle se transformant peu à peu en colère, en rage et en une haine qui les avait consumés jusqu'à détruire leur monde et eux-mêmes.

— Vous savez que vous devez affronter votre frère.

— Oui-da, fit Archer. Je sais que ce moment était inévitable. Si j'avais pu faire face autrefois, nous n'en serions sans doute pas là.

Tom prit une courte inspiration.

— Je ne suis pas sûr que les choses auraient été aussi simples.

— Non ? Moi oui. J'ai laissé les factions à leurs intrigues ; l'une était celle de mon frère, l'autre avait été rassemblée en mon nom par mon père alors que je ne me souciais que de l'amour d'une femme. Si j'avais passé ce temps à parler à Ardred, si j'avais compris son mécontentement, j'aurais pu trouver le moyen d'empêcher le meurtre de Thériel, la revanche des Idluins et la destruction du monde.

— Vous vous sous-estimez. Ou peut-être surestimez-vous ce qui aurait pu être votre rôle.

— Vraiment ? Je ne crois pas, Fils Orphelin. Je vis depuis des siècles avec mes défauts et mes faiblesses. Si je n'avais rien appris, alors ces années auraient été gaspillées en vain. Et oui, cette fois, je dois enfin affronter mon frère. Au lieu de devoir simplement entendre ses frustrations et sa jalousie, je devrai faire face à un homme dont le cœur s'est endurci de longs siècles d'amertume.

Il se frotta le menton et sembla regarder au loin. Puis ses yeux gris se posèrent de nouveau sur Tom. Le jeune homme crut voir deux morceaux de glace.

— Mon frère a toujours été un bon bâtisseur. Je ne doute pas qu'Arderon soit imprenable pour notre armée.

— Dame Tess doit vous accompagner. Car votre frère ne vous ouvrira pas les portes de la ville.

— A elle, si, dit Archer, l'air subitement accablé. Car c'est elle qu'il veut vraiment, comme Thériel autrefois. Une fois de plus, il aspire à la seule chose qu'il ne peut obtenir en donnant des ordres. Et je dois l'utiliser comme un appât afin de le tuer et mettre fin à tout ceci.

— Elle n'est pas un appât, dit Tom. Examinez votre cœur et vous le comprendrez. Vous êtes sans doute le fils aîné du Roi Premier Né mais Dame Tess est la Dame Filandière. Laissez-la jouer son rôle de tisseuse des mondes.

Archer secoua la tête.

— La dernière fois que j'ai laissé les Idluins agir à leur

guise, j'ai provoqué cette dévastation qui nous entoure. Je ne puis permettre que cela se reproduise.

— Elles étaient de simples Idluins. Et non la Dame Filandière. Tout ce qui se passa alors nous a amenés au moment où nous sommes. Y compris la destruction de Dederand et la séparation des mondes. Cette voie a été tracée par les dieux, Maître Archer. Pour nous tous. Même vous et Dame Tess. Nous n'avons fait que suivre le chemin déjà tracé.

Archer se tut un instant et fixa le sol à ses pieds. Lorsqu'il leva les yeux, ils étaient emplis de larmes.

— Je l'aime, Tom.

Tom posa une main sur son épaule.

— Nous n'avons pas eu besoin d'un prophète pour le deviner, mon ami. Sauf elle, peut-être.

— Je ne lui ai pas dit, répondit Archer. Je n'ose pas. Car au dernier moment, je dois être prêt à la laisser partir.

Tom comprit la vérité douloureuse qui sous-tendait ces paroles. Ainsi que la peine immense contenue dans la prophétie *Eshkaron Treysahrans*. Cette vérité était celle de la trahison ultime.

— En effet, dit Tom. Si vous cherchiez à la retenir au moment décisif, cela pourrait entraîner notre perte à tous.

— Comment lui dire que je l'aime, murmura Archer comme s'il se parlait à lui-même, quand je sais que pourrais la trahir ainsi ? N'est-il pas préférable qu'elle ne connaisse jamais mes sentiments ?

— Il y a des sagesses que je ne puis entrevoir. Le cœur humain est un de ces mystères. Je ne puis vous dire ce que vous devez faire en la matière, mon ami. Je ne puis que vous dire ce que je voudrais si j'étais Dame Tess.

— C'est-à-dire ?

— Je voudrais savoir que je suis aimé, répondit Tom en souriant.

Cilla était en train de dîner lorsqu'elle aperçut Ratha au bout de la queue devant la tente servant de cuisine. Les soldats qui le devançaient lui offrirent leur place mais il refusa avec fermeté. Il ne mangerait pas avant que tous ne fussent servis. Telle était la tradition chez les pères anari et également parmi les légions bozandari, semblait-il.

Lorsqu'il eut enfin reçu sa ration de nourriture, elle comprit qu'il l'avait vue lui aussi. Il se dirigea vers elle d'un pas mesuré et décidé, s'arrêta pour parler à l'oreille d'un officier, puis s'installa à ses côtés.

— S'il veut commander, dit Ratha doucement, il doit apprendre à servir d'abord. Il a pris son repas avant ses hommes et ils l'ont remarqué.

— Il est jeune, fit observer Cilla.

— En effet. Et il le sera toujours dans quatre jours, quand nous serons devant les portes d'Arderon. Nous n'avons pas le temps d'attendre que chacun mûrisse.

— Il n'est pas si immature, puisqu'il a bien pris ta remontrance.

— Certes. Comme tous, jusqu'ici. Nous verrons

ce que quatre jours de marche difficile et le spectre d'une bataille finale auront comme effet sur eux.

— Ce sont des hommes bons. Solides et courageux. La plupart ne viennent pas de Bozandar même mais des contrées du nord.

— Je le sais, ma cousine. Ils me rappellent à bien des égards nos amis de Whitewater. Ils prennent soin les uns des autres, comme le font ceux que la vie a souvent maltraités et qui ont appris à compter les uns sur les autres depuis toujours.

— Comme les Anari.

Ratha prit la main blessée de la jeune femme et la baisa.

— Oui, ma cousine. Comme les Anari.

Des murmures s'élevèrent parmi les soldats et lorsque Cilla leva les yeux, elle comprit que le baiser de Ratha avait attiré l'attention générale.

— Nous devrions sans doute être plus discrets, chuchota-t-elle. Tes hommes n'ont pas besoin de voir leur chef se comporter comme un écolier amouraché.

— Leur chef est avec la femme qu'il espère prendre pour épouse quand tout ceci sera terminé.

Cilla en eut le souffle coupé. Son cœur s'emplit de joie puis de tristesse.

— Ce n'est pas le moment de penser à cela, Ratha. Pas avec ce qui nous attend.

— Nous n'aurons peut-être pas d'autre occasion. Et si nous ne parlons pas d'espoir en pareil moment, il ne nous restera que la peur.

La peur. Elle était sa compagne depuis si longtemps qu'elle avait presque oublié son nom. Mais le mot lui ramena tout à la mémoire. Tant d'hommes étaient tombés sur le champ de bataille. Si Ratha était un homme bon, les disparus l'étaient eux aussi. Pourquoi les dieux l'épargneraient-ils ? Parce qu'elle l'aimait ? Cet amour ne pesait que peu de chose au vu des événements.

Il avait raison. S'ils renonçaient à espérer, il ne leur resterait plus rien. Pas même leur amour. Elle déposa un léger baiser sur la main de Ratha.

— Oui, Ratha Monabi. J'ai l'intention de devenir ta femme quand cette guerre sera terminée. Nous nous marierons au temple d'Anahar et nous élèverons nos enfants au sein du clan. Ils t'écouteront raconter les aventures et les épreuves que nous avons traversées.

Ratha éclata de rire.

— Ils feront semblant d'écouter.

Elle lui serra la main très fort.

— Non, Ratha. Ils écouteront et apprendront ce que veut dire être anari et le prix que nous avons payé pour vivre libres et en paix. Ils t'honoreront, toi et tous ceux qui ont payé ce prix.

— Comme Giri, dit-il à voix basse, le cœur serré.

Elle desserra son étreinte.

— Oui, mon cousin. Comme Giri. Nous voudrons oublier ces moments, oublier la douleur, le chagrin, la peur et les épreuves. Mais nous ne le pouvons pas. Et nous ne pouvons permettre que nos enfants oublient ou les enfants de nos enfants. Ces jours doivent être gravés à jamais dans les mémoires afin que nous évitions qu'ils se répètent un jour.

Ratha sourit.

— Tu parles à un soldat, mon amour. Je ne suis pas scribe.

— Pas encore. Mais qui sait ce que nous serons un jour ?

— Tu voudrais faire de moi un scribe et un prêtre ?

— Et un père, n'oublie pas !

— Et quand trouverais-je le temps de t'aimer ? répliqua-t-il avant de se pencher vers elle et de l'embrasser.

Elle était sur le point de répondre à son baiser lorsque les murmures qui les entouraient se muèrent en sifflements. Cilla fut certaine d'être rouge cramoisi quand leurs lèvres se séparèrent et à sa grande consternation, Ratha se leva alors, la mit debout et salua ses hommes.

Les sifflements se transformèrent alors en un tonnerre d'applaudissements. En dépit de son embarras, Cilla ne s'était jamais sentie aussi légère depuis le jour où elle avait embrassé Ratha pour la première fois. Plus légère encore car elle savait aujourd'hui que ses sentiments et ses espoirs étaient partagés. Elle se surprit à sourire largement.

Plus grand fut son étonnement en voyant ce sourire se refléter sur les visages des soldats. Ils ne se moquaient pas d'eux. Ils partageaient avec eux ce moment, se rappelant le temps passé avec leurs bien-aimées, à des lieues ou à des mois ou des années de là. Durant un bref instant, alors que le soleil se couchait derrière les montagnes, ils ne se trouvaient plus dans une vallée glaciale, près d'Arderon et d'une bataille imminente à laquelle nombre d'entre eux ne survivrait pas. Ils étaient de retour chez eux, dans un monde où ils pouvaient, à loisir, profiter de l'instant présent.

Ce moment s'acheva aussi rapidement qu'il était venu.

Dès la tombée de la nuit sur la vallée, les cris des sentinelles se firent entendre, rompant le silence du crépuscule. Ratha l'aida à se redresser avant même que Cilla n'eût le temps de reconnaître l'origine des cris.

— En rang ! cria-t-il, bien que les soldats fussent déjà en mouvement, saisissant leur bouclier au vol et fourrant un dernier morceau de pain dans leur bouche. En avant, Aigles d'Or, en avant !

L'espace autour de la cantine fut déserté en quelques minutes et seuls les blessés restèrent. Ils accompagnèrent Cilla vers la tente des soins et emportèrent de l'eau et de la nourriture pour ceux qui ne pouvaient quitter leur lit. Ces derniers étaient bien trop nombreux, en comparaison des couches dont elle disposait.

Et Cilla savait que cette nuit, le nombre des blessés augmenterait.

35.

Les combats de la nuit n'avaient été en définitive qu'une série d'escarmouches brèves mais violentes. L'ennemi avait attaqué plusieurs fois chaque position du périmètre de leur armée. Chaque fois, celle-ci avait employé la tactique du marteau et de l'enclume afin de tirer avantage des faiblesses de l'adversaire. Au lever du soleil, l'ennemi avait essuyé des milliers de pertes tandis qu'eux-mêmes n'avaient perdu qu'une centaine d'hommes. Les premières unités avaient déjà repris la marche et les Loups des Neiges s'apprêtaient à prendre place au centre des colonnes.

Tuzza n'avait guère été rassuré à l'annonce de Maître Archer selon laquelle Dame Tess et lui allaient laisser les Loups des Neiges sous le commandement de Tuzza.

— Nous avons une mission personnelle à remplir si nous voulons que cette armée ait le moindre espoir de l'emporter, avait dit Archer.

— Votre frère, avait répondu Tuzza.

Archer avait hoché la tête en silence, ne souhaitant visiblement pas lui fournir de plus amples explications.

Tuzza avait évidemment quelque idée de la mission qu'Archer et Tess devaient remplir car il avait assisté à bien des conversations depuis des semaines, depuis leur départ d'Anahar. Sans doute tous ses hommes avaient-ils eu vent des rumeurs et savaient-ils ce qui se préparait. Mais il craignait pour le moral des troupes si celles-ci soupçonnaient qu'elles avaient été abandonnées au moment fatidique.

— Ne vous laissez pas conseiller par vos peurs, dit Tom, apparaissant subitement à côté de lui, les yeux dissimulés par le bandeau de cuir qu'il portait sans arrêt.

— Tu m'as fait peur, prophète.

— Toutes mes excuses, commandant. J'ai sans doute bien fait néanmoins. L'inquiétude assombrissait votre visage.

Tuzza feignit de sourire.

— On ne parle pas du poids du commandement pour rien, mon jeune ami.

— Sans doute. Mais ne vous accablez pas d'un fardeau qui n'est pas le vôtre. Chacun de nous doit faire ce qu'il peut et prier pour que les dieux couronnent nos efforts de succès.

Tuzza pinça les lèvres.

— Tu ne m'en voudras pas de dire qu'il est plus facile de le faire lorsque vos décisions ne provoquent pas morts et blessés parmi vos hommes. Je ne veux pas vous manquer de respect, prophète, mais les soldats sont sur le point de livrer bataille, une bataille dont je sais qu'ils ne peuvent l'emporter seuls. La fin de cette guerre sera écrite par Annuvil et la Dame Filandière.

S'ils ne peuvent triompher d'Ardred, nous mourrons inévitablement. Mes hommes ne sont-ils pas alors que des marionnettes dans leur jeu ?

Tom sembla réfléchir un instant avant de répondre.

— Avez-vous jamais bâti une maison, commandant ?

— Non. Jamais.

— Moi oui, à Whitewater. Quand un incendie ou une tornade détruisait la maison d'un villageois, nous l'aidions tous à la reconstruire.

— A Bozandar, cet homme paierait quelqu'un pour le faire. Je ne dis pas que c'est mieux ou moins bien. C'est simplement une manière différente de faire les choses.

— Oui-da. Quand j'aidais à bâtir une maison, je ne touchais peut-être alors qu'aux poutres d'un seul mur ou ne posais qu'une partie du goudron ou du chaume sur le toit. Mes mains n'étaient-elles pas que de simples instruments au service d'un effort plus grand dont l'issue ne dépendait pas de moi ? Ne gaspillais-je pas ma sueur et les ampoules sur mes mains si mon voisin n'exécutait pas correctement sa part du travail ou si une tempête s'abattait sur la maison avant que nous n'eussions pu la terminer ?

— Mais il s'agissait là de ta sueur, de tes ampoules, rétorqua Tuzza. Tu assumais la seule responsabilité de tes actions en aidant ton voisin. Ma responsabilité n'est rien à côté du prix que mes hommes et leurs familles devront payer. Je puis choisir d'aider à construire cette maison mais ces hommes…

Il engloba les rangs des Loups des Neiges d'un geste de la main.

— Ces hommes souffriront les conséquences de mes décisions. Pire encore, ils pourraient ne jamais revoir leur foyer. Il est facile, trop facile pour nous de dire que le jeu en vaut la chandelle. Si nous sommes victorieux, nous verrons le bout du tunnel. Mais bien trop d'hommes ne verront jamais la lumière pour laquelle ils se seront sacrifiés. Quant aux survivants, ils n'auront pas les honneurs de cette victoire car ils auront combattu et se seront saignés à blanc afin qu'Annuvil et Ardred puissent régler leur vieux conflit.

— Croyez-vous en notre cause ? s'enquit simplement Tom.

Tuzza se demanda d'abord si Tom remettait en doute sa loyauté. Mais cette question n'était sans doute pas complètement infondée.

— Oui, repartit-il enfin. Et si nous ne pouvons rien faire mis à part occuper l'armée d'Ardred afin qu'Annuvil et la Dame Filandière se chargent de lui directement, très bien. Mais j'ai de la peine pour ces hommes, prophète. Chaque mort parmi eux est un poids de plus sur ma conscience. Lorsque je rejoindrai les dieux, je prie pour que ce poids ne soit pas si grand que je doive être banni. Je crains de le mériter déjà.

— Laissez les dieux décider de cela, commandant, dit Tom en prenant Tuzza par l'épaule. Nous n'avons pas la sagesse de le faire nous-mêmes.

— Oui-da, dit Tuzza. Et le monde fut jadis déchiré à cause de ce défaut de sagesse.

— Nombre d'entre eux vont penser que nous les abandonnons, dit Tess doucement.

Archer et elle avaient quitté la vallée du fleuve Aremnos et se dirigeaient vers les pins sombres qui recouvraient les flancs des montagnes de Panthos. Le terrain ressemblait ici à ce qu'elle avait vu lorsqu'elle s'était réveillée sur les rives du fleuve Adasen, non loin de Whitewater. Toutefois, une fois qu'ils eurent franchi une côte, ils se trouvèrent au sommet d'un promontoire qui surplombait la vallée et le plateau derrière eux, à deux jours de marche mais toujours aussi sinistres. Cette désolation semblait symboliser le néant qui les attendait.

— Nous n'avons pas le choix si nous voulons l'emporter, dit Archer. Si nous restions avec eux, tous mourraient. Pire encore, ceux qui sont tombés jusqu'à ce jour et qui mourront ou mourraient si nous échouions, auraient sacrifié leur vie pour rien.

— Oui-da, répondit Tess.

Il ne faisait pas de doute que deux individus pouvaient voyager plus discrètement qu'une armée tout entière. Les éclaireurs d'Ardred ne pourraient surveiller tous les sentiers de cette forêt. De toute façon, la plupart du temps, Tess et Archer chevauchaient à travers bois.

Tess avait découvert qu'elle connaissait instinctivement le terrain devant eux, les ravins et les obstacles qui pourraient leur bloquer la route. Ce n'était pas un effet de ses pouvoirs d'Idluin, elle le savait, mais un vestige de son passé, un passé marqué et forgé par la guerre et l'entraînement militaire.

La guerre et la mort avaient régi sa vie depuis toujours. Elle espérait que ceci prendrait fin après cette dernière bataille. Jour après jour, elle aspirait davantage à une vie paisible, une vie faite de tâches ordinaires qui régleraient ses journées, saison après saison, heure après heure.

— Vous êtes lasse, dit Archer.

— Oui.

Il immobilisa sa monture.

— Reposons-nous, alors.

Elle secoua la tête.

— La lassitude que j'éprouve ne disparaîtra pas avec une heure de repos, ni même une journée. Nous devons continuer. Je ne pourrai me reposer que lorsque tout ceci prendra fin.

Il hocha la tête en silence.

Ils avaient passé trop de temps en silence. En partie parce qu'ils voulaient entendre d'éventuels poursuivants ou les indices d'une possible embuscade, certes ; mais leur silence était avant tout dû au fardeau que chacun portait en lui, sans vouloir le partager au risque d'accabler l'autre.

Des heures plus tard, ils découvrirent une grotte assez grande pour les abriter, eux et leurs chevaux. Après s'être occupés de leurs montures, les avoir brossées, abreuvées et nourries, après avoir partagé une ration de leurs provisions, bien insuffisante, ils finirent par se reposer et par parler.

— Demain soir à la même heure, dit Archer en fixant les étoiles qui étaient si brillantes dans l'air pur de la montagne qu'elles paraissaient plus proches, nous serons aux portes d'Arderon.

— Oui, dit Tess. Nous pourrions trouver un abri à l'extérieur de la ville et attendre le jour.

— Oui. Nous ne pouvons pas approcher de nuit comme des voleurs car les gardes risqueraient de nous attaquer avec leurs épées imprégnées de poison idluin.

— Etes-vous sûr qu'ils seront ainsi armés ?

— Je n'ai pas le moindre doute à ce sujet. Ni sur le fait qu'Ardred ait réservé ces armes pour la bataille finale. Il sait qu'il lui faut tuer un Premier Né afin de s'emparer de la Dame Filandière. Il est prêt à le faire.

— Vous avez dit aux autres que seule votre propre épée pouvait vous tuer, fit remarquer Tess.

— Oui-da. Le poison ne me tuera pas mais je ne suis pas totalement immunisé contre lui.

Il leva le bras.

— Il suffirait d'une coupure ici pour paralyser mon bras. J'en retrouverais l'usage à terme mais si mon épée tombait entre les mains de l'Ennemi entre-temps…

Il n'avait pas besoin d'achever sa phrase.

— Je ne le permettrais pas, dit Tess.

— Faites attention à ne pas trop exposer vos pouvoirs, la mit en garde Archer. Il tentera de s'en servir contre vous. Et il sait davantage que vous ce dont vous êtes capable.

Tess soupira et tenta de calmer le sentiment d'impuissance qui l'envahissait.

— Cette idée est pire que tout. J'ai trop souvent le sentiment d'agir aveuglément, de lancer une flèche sans viser une cible. Il lui suffit alors de diriger cette flèche vers la cible qu'il aura choisie, lui. Chaque fois que j'ai réussi à accomplir quelque chose, j'ai été aussi surprise que les autres.

— N'est-ce pas le cas pour chacun d'entre nous, Tess ? Nous nous lançons avec une intention en tête et cette idée se transforme au fur et à mesure que nous avançons. Nous nous retrouvons souvent là où nous ne voulions pas aller.

— Oui-da. Mais cela ne rend pas les choses plus faciles. Si j'étais peintre, je serais sans doute ravie de voir mon œuvre prendre vie et différer de la vision que j'avais eue d'elle. Je ne m'inquiéterais pas de créer une autre plaine de Verre. Mais je suis la Dame Filandière et je ne puis même pas jouer ce rôle avec confiance.

— Nous devons tous assumer des rôles que nous n'avions pas prévus, dit Archer d'une voix teintée de tristesse. Comme si nous venions au monde avec des ordres secrets que nous sommes incapables de déchiffrer. Cruel destin que celui d'un être de légende, un objet de prophétie, un agent du destin. Nous vivons dans l'ombre de cette destinée, Tess. Tous. J'ai souvent rêvé d'un foyer, de champs, d'une femme et d'enfants. Une vie au grand jour, aussi dure et ordinaire soit-elle.

Tess détourna les yeux car ces mots faisaient écho à ses propres pensées. Des larmes coulèrent sur ses joues. Elle se souvint de mots religieux appris dans son enfance. Ces rêves étaient si ancrés en elle ! Et pourtant, elle ne se souvenait pas d'un jour où elle avait vécu « au grand jour », comme disait Archer.

Avait-elle jamais été amoureuse ? Avait-elle connu cette émotion humaine élémentaire, celle de regarder un être dans les yeux et d'y voir la lumière que Sara lisait dans ceux de Tom ou Cilla dans ceux de Ratha ? Si tel était le cas, cette expérience demeurait emprisonnée dans un passé qui se dérobait à elle.

Elle sentit la main d'Archer se poser sur son épaule, apaisante, et réalisa qu'elle sanglotait.

— Qu'y a-t-il, Tess ?

Elle le regarda enfin.

— Je n'ai jamais connu l'amour.

Il n'aurait pas pâli davantage si elle l'avait frappé à l'estomac.

— Oh… Tess.

— Comment était-ce… avec elle ?

Tess s'était attendu à voir les yeux gris d'Archer s'assombrir, comme chaque fois qu'il se souvenait du Premier Age. Mais non, pas cette fois.

— Je ne puis parler que de ce que j'éprouve aujourd'hui, dit-il.

Elle crut d'abord qu'il voulait changer de sujet mais elle vit alors qu'il avait les larmes aux yeux.

— Ma vie n'est entière que lorsque je suis avec toi, Tess.

Le cœur de Tess se mit à battre la chamade. Elle ferma les yeux, incapable de le regarder. L'aimait-elle ? Pouvait-elle le croire ?

— Archer… je…

— Je t'aime depuis la première fois où je t'ai tenue dans mes bras, sur la route de Whitewater. Lorsque je t'ai vue dans ces vêtements blancs, j'ai cru que mon cœur allait se rompre. La première fois que je t'ai entendu parler la langue ancienne… Tu étais elle. Thériel, mon amour défunt. Mais…

— Je n'ai aucune envie d'être la réincarnation d'une autre, dit Tess avec douceur.

— Non, murmura Archer. Tu n'étais pas Thériel. Elle n'est qu'un souvenir, un nuage de fumée que je ne puis pas plus saisir que le vent. Malgré mon amour pour elle, le vide dans mon cœur lorsque je la perdis, le chagrin qui m'a accablé toutes ces années… elle est morte, Tess. Elle est morte et ne reviendra jamais. Mais tu es là. Et si mon cœur bat plus vite quand je te regarde dans les yeux, ce n'est pas parce que je me souviens d'elle. En dépit du mal qui nous guette, tu es entrée dans ce monde et dans ma vie. Même si je dois vivre dans l'ombre, cette ombre est plus claire lorsque tu es là. Je puis même entrevoir la lumière grâce à toi.

Les mots qu'il prononçait semblèrent se mêler aux larmes qui coulaient sur ses joues. Elle avait l'impression de ne pouvoir les absorber assez vite, que sa peur et la confusion qu'elle ressentait risquaient de les faire disparaître.

Il la prit dans ses bras et l'attira contre lui. Elle se laissa aller comme une enfant perdue dans un monde qu'elle ne pouvait concevoir ni maîtriser, tirée d'un long sommeil par un rêve qui la hantait. Le seul apaisement résidait dans les bras d'Archer, qui la protégeaient de son monde extérieur comme intérieur.

Oui, depuis cette chevauchée vers Whitewater avec une enfant morte contre elle, le sort l'avait déchirée à maintes reprises et les seuls moments de quiétude qu'elle avait connus avaient été ceux qu'elle avait passés dans ses bras. Elle y avait puisé des forces, en écoutant son cœur et son souffle. Elle comprit enfin ce qu'elle éprouvait.

— Ne me laisse pas, murmura-t-elle entre deux sanglots, les mains appuyées contre sa poitrine.

— Oui, Tess.

— Est-ce que ceci… ?

— C'est tout ce qui nous est donné, murmura-t-il.

Elle plongea son regard dans le sien et posa un doigt sur ses lèvres.

— Pas maintenant, chuchota-t-elle. Je t'en prie, ne me dis pas ce que c'est. Faisons comme si nous étions des gens ordinaires. S'il te plaît.

Il hésita un instant puis l'entraîna à l'intérieur de la grotte, à l'abri du froid vif de la nuit.

— Je vais faire un feu, dit-il en l'aidant à s'installer. Ensuite, je m'occuperai des chevaux et nous mangerons un morceau.

La vue encore brouillée par les larmes, elle le regarda allumer un feu grâce à la magie, un feu sans fumée dont la chaleur fut bienvenue. Puis elle l'entendit faire entrer les chevaux et leur parler pour les rassurer tout en leur donnant à manger.

Il revint enfin vers elle, les bras chargés de couvertures et de leur paquetage de nourriture.

Ses larmes séchèrent au fur et à mesure qu'elle se réchauffait mais son cœur ne s'était pas apaisé pour autant. Cet homme, cet immortel, ce roi, ce prince, comptait tant pour elle aujourd'hui. Plus qu'elle ne pouvait le dire. Mais il avait dit vrai : c'était tout ce qu'ils auraient et elle n'y voyait pas l'espoir de vivre une vie ordinaire au grand jour. Il était Annuvil et elle était la Dame Filandière, des instruments du destin. Même la mort d'Ardred n'y changerait rien. Ils étaient condamnés à vivre dans l'ombre des dieux et ne pouvaient être de simples mortels.

Un chagrin immense l'envahit. Elle pleura ce qui ne pouvait être, tout ce qu'on leur avait volé.

Son cœur désirait agir, saisir cet instant, le transformer en un moment inoubliable, même si elle ne devait plus jamais éprouver d'autre bonheur…

Mais elle ne dit rien et avala ce qu'il lui tendit sans y goûter vraiment, en écoutant le vent glacial balayer l'entrée de la grotte.

Ce voyage s'achèverait par la mort, bien qu'elle ne sût dire qui mourrait. Ils mourraient peut-être tous les trois et laisseraient le monde se débrouiller seuls, en mettant fin au jeu que les dieux jouaient à travers eux.

Quelle que fût l'issue, elle était sûre d'une chose. Elle avait le droit à cette nuit. Une seule nuit.

Si seulement il voulait d'elle.

Ils s'allongèrent sur la couche improvisée qu'il avait préparée à l'aide de couvertures et se couvrirent de leurs manteaux. Ils se recroquevillèrent afin de se protéger du froid de la nuit. Il murmurait quelques mots de temps à autre et le feu se ravivait.

Tess se dit qu'elle devrait dormir mais elle était tendue, de plus en plus tendue. Quand Archer l'entoura de ses bras, elle comprit pourquoi.

Leurs mains se caressèrent impatiemment, leurs bouches se joignirent avidement et enfin, leurs corps s'unirent dans un paroxysme passionné.

Pendant un temps, malgré le vent et le froid à quelques pieds de là, malgré la mort qui les attendait de l'autre côté de la montagne, ils se réfugièrent ensemble dans la chaleur et la vie — dans un paradis où même les dieux ne pouvaient les atteindre.

36.

— Seigneur Ardred, nous ne pouvons nous permettre de telles pertes, dit Ras Lutte. Même avec la magie de la vieille sorcière, mes hommes font des proies faciles. Nous devons nous retirer à Arderon et repousser l'assaut de l'ennemi derrière ses murailles solides.

Son souverain ne répondit pas, perdu dans des pensées que Lutte n'osa pas interrompre davantage. Il attendit donc qu'Ardred émergeât de l'abîme où son esprit plongeait un peu plus chaque jour. Un trou noir semblait l'aspirer, exerçant une attraction de plus en plus irrésistible. Lutte savait que la bataille imminente en était la cause. Archer avait rendu coup pour coup à Ardred jusque-là et avec l'aide de la Dame Filandière et de quatre autres Idluins en son sein, l'ennemi ne devait pas être sous-estimé.

Lutte ne pouvait pas affirmer honnêtement qu'il avait fait tout ce qu'il avait pu au service de son maître. Il avait mis tout son talent à entraîner les soldats mais n'avait trouvé aucun officier capable de les commander. Il aurait pu peut-être découvrir une poignée de candidats s'il avait été plus attentif ou s'il avait davantage été à l'écoute de la stratégie d'Ardred, qui consistait à déployer un cordon de positions fortes afin de retarder l'avancée de l'ennemi. Mais en vérité, il n'avait jamais cru en la viabilité d'un tel plan.

Par conséquent, il s'était concentré sur un entraînement rudimentaire des soldats, sur la base de l'hypothèse que cet entraînement suffirait à défendre Arderon quand l'ennemi franchirait l'un après l'autre les obstacles dressés sur sa route — des pieux enterrés profondément dans le sol, leurs pointes acérées vers le haut, tout autour des douves de la forteresse. Une pluie de flèches accueillerait l'adversaire lorsqu'il tenterait de passer de force et des chaudrons de poix étaient déjà installés en haut des murailles, prêts à être versés sur les rares assaillants qui parviendraient à franchir les douves.

Les survivants improbables de ces épreuves devraient alors escalader des murs hérissés de morceaux de verre noir que les hommes d'Ardred avaient ramassés dans la plaine de Dederand. L'entraînement élémentaire de l'armée de Lutte aurait suffi à écraser les rares chanceux qui auraient réussi à entrer dans la ville.

Mais Ardred avait insisté pour attaquer avant cela et Lutte avait exécuté ses ordres du mieux qu'il l'avait pu. Si les premiers résultats avaient été prometteurs, l'armée d'Archer avait réagi avec une vitesse inquiétante. En un jour seulement, l'ennemi avait appris à contrer les hommes possédés de Lutte et en avait tué des centaines.

— Il arrive, annonça Ardred.

Sa voix ressemblait au grondement d'une montagne en colère.

— Oui-da, répondit Lutte. L'armée de l'ennemi n'est plus qu'à quatre jours de marche. Et nous ne pouvons pas les arrêter. Pas à découvert. Je vous en prie, mon seigneur, laissez-nous nous retirer à l'intérieur de la cité.

Ardred balaya ces mots d'un geste méprisant.

— Aucune importance. Il arrive et il amène la Dame Filandière avec lui. Quant au reste de son armée…

Lutte attendit qu'il terminât sa phrase mais rien ne vint.

— Dois-je donner des ordres afin que les soldats se retirent, mon seigneur ?

— Fais ce que tu voudras. Sache seulement que tu ne dois pas essayer d'arrêter mon frère ou la Dame Filandière. Je m'occuperai d'eux moi-même. Une fois cela fait, leur armée tombera, que ce soit aux portes d'Arderon ou dans la vallée.

— Mais, mon seigneur, protesta Lutte.

— Tu n'as donc pas compris, dit Ardred, que tes hommes et toi n'étiez qu'un appât. Si mon frère avait pensé que je n'avais pas d'armée sous mes ordres, il n'aurait fait aucun cas de moi, comme autrefois. Tes hommes et toi avez rempli votre fonction. A moi de jouer à présent.

— Tant de morts…, dit Lutte en secouant la tête, incrédule.

— J'aurais sacrifié dix mille hommes de plus, s'il l'avait fallu, pour attirer mon frère dans ce piège !

tonna Ardred. Va, Lutte, avant de dire quelque chose que tu risquerais de regretter et que je ne te réduise en poussière. Va donner tes ordres. Aie l'illusion de servir à quelque chose. Mais laisse-moi seul si tu ne veux pas que je ne trouve en toi un piètre exutoire à ma colère.

Lutte s'inclina et partit sans mot dire. Il se sentait profondément trahi. Il envisagea de fuir avec son armée mais il savait ce qu'il adviendrait de fuyards s'ils étaient capturés. Non, ses hommes et lui défendraient Arderon. Non pas au nom de son fondateur mais pour eux-mêmes.

— L'ennemi bat en retraite, déclara Alezzi au conseil ce soir-là. Nos nouvelles tactiques semblent avoir eu raison de la volonté du grand ordonnateur.

— Combien avons-nous capturé d'hommes ? s'enquit l'empereur.

— Seulement quelques traînards, dit Alezzi. Ils ont disparu dans la forêt et il était impossible de les suivre en force. Je ne voulais pas voir mes hommes tomber dans une embuscade après l'autre en pourchassant un ennemi battu de toute façon.

— Je ne crois pas qu'il soit battu, remarqua Maluzza. Sinon, nous aurions capturé des déserteurs et non de simples traînards. Non, commandant, il n'est pas battu. Il se retire de son plein gré et selon un plan bien défini.

— Vers Arderon, dit Tuzza.

— Oui-da, fit Maluzza. Il a l'intention de nous attendre derrière les murailles de la cité.

— En effet, dit Alezzi, le regard sombre et les lèvres serrées. Si l'on en croit mes éclaireurs, la cité serait imprenable. Ils parlent de murs couverts d'échardes de verre, entourés d'une fosse d'une largeur de trente pas, où des rangées de pieux ont été plantées. Une dizaine de légions ne résisteraient pas à pareilles défenses. Et nous n'en avons que quatre.

— Quatre suffiront, dit Maluzza, qui n'était visiblement pas d'humeur à admettre le moindre doute.

— Ne sacrifiez pas vos hommes sur ces fortifications, dit Tom, qui parlait pour la première fois. Nous devons nous rendre à Arderon. Mais l'issue dépendra du Seigneur Annuvil et de la Dame Filandière.

— Je..., commença Alezzi, dubitatif.

Tuzza fit signe à Tom avant de prendre la parole.

— Le prophète a raison, mon cousin. Qui sait quels sacrifices nous aurions dû faire encore, si nous n'avions pas protégé Maître Archer et Dame Tess jusqu'ici, ou si nous n'avions pas écrasé les soldats de l'ennemi au cours de ces batailles nocturnes.

L'empereur, silencieux, finit par baisser la tête et par pousser un soupir.

— Le prophète dit vrai. Nous avons préparé le terrain de cette lutte fraternelle. Nous ne pouvons plus maintenant que nous rendre à Arderon et nous tenir prêts pour la suite. Mais nous ne sacrifierons pas des vies pour prendre cette forteresse, à moins que les dieux ne nous donnent pas d'autre choix.

Il se tourna vers Ratha.

— Bozandar et Anahar ont voyagé et combattu côte à côte. Puissent les Bozandari ne plus jamais douter de la bravoure de ton peuple ni de votre droit d'être libres.

Cilla tendit la main à Maluzza et la serra fermement.

— Si cela doit être la victoire finale de nos armées — la paix entre nos deux peuples —, c'est une belle victoire en effet. Mais avec votre permission, Majesté, mes sœurs et moi devons nous retirer et entrer en contact avec Dame Tess. En ce moment même, elle s'apprête à livrer une épreuve cruciale. Archer et elle se trouvent devant les portes d'Arderon.

— Il a toujours été un grand bâtisseur, dit Archer.

A genoux dans les sous-bois, ils contemplaient la forteresse. La cité était construite sur un large plateau et en partie sur le flanc abrupt d'une montagne ; elle brillait d'un noir profond au clair de lune. C'était une forteresse mais elle n'était pas moins esthétique, avec ses murailles crénelées et les hautes flèches qui couronnaient ses édifices. Alors qu'Anahar chantait la beauté de la pierre, que Bozandar célébrait la richesse avec audace, Arderon, elle, semblait ruminer en silence. Si la ville abritait des êtres humains vaquant à des tâches quotidiennes, bordant des enfants dans leurs lits ou finissant de dîner avant de faire du feu pour la nuit, rien ne transparaissait de ces activités à l'extérieur.

Mais la cité ne ressemblait pas non plus à une ville abandonnée. Loin de là. Des sentinelles se tenaient au sommet des murailles, enveloppées de manteaux épais, tremblant de froid car la nuit était glaciale, aux aguets. Archer se dit qu'elles avaient dû être alertées de l'imminence du danger. Son frère était sans nul doute aussi conscient de la présence de son frère que lui de la sienne. Ils avaient toujours partagé ce lien psychique.

— Il sait que nous sommes là.

— Oui, répondit Tess. Mais bizarrement, pour la première fois depuis le début, il ne cherche pas à entrer en contact avec moi.

— Il n'en a pas besoin. Il sait que nous irons de toute façon à sa rencontre et c'est ce qu'il veut.

— Son Idluin s'affaiblit, dit Tess avec tristesse. Je ne suis pas certaine que nous puissions la sauver.

Il la regarda dans les yeux et vit un faible espoir briller au fond de son regard.

— Tess, nous ne pouvons pas la chercher. Une fois que nous aurons franchi ces portes, mon frère sera notre seul objectif.

Elle hocha la tête, retenant ses larmes.

— Oui-da. Mais vous n'étiez pas dans les appartements de Lantav Glassidor. Vous n'avez pas vu ce que votre frère a fait de la mère de Sara. Elle n'était que l'ombre de l'épouse et de la mère aimante qu'elle était autrefois. La femme qu'il possède aujourd'hui n'est sans doute pas bien différente.

— Tess..., commença-t-il.

Elle continua sans se laisser démonter.

— Tu te bats contre un vieux démon, Archer. Mon passé est perdu à jamais. Je me bats dans le présent, pour sauver les âmes de mes sœurs. Tu as tes propres raisons de vouloir franchir ces portes demain. Sache que j'ai les miennes.

Il n'avait pas pris la mesure de sa colère avant cet instant. Il avait commencé par se méfier d'elle, puis avait éprouvé un certain malaise face à elle, et avait fini par l'aimer, tout cela sans comprendre ce qui la motivait tout au long des épreuves qu'ils avaient traversées ensemble.

— Tu fais un bon soldat, dit-il avec douceur.

— Oui. De cela au moins, je me souviens. Sans doute est-ce la raison pour laquelle je respecte tant les Anari.

Cette remarque le surprit et il fronça les sourcils.

— Nous n'étions pas supposées nous battre, dit Tess. Les femmes. Dans le monde d'où je viens, dans l'armée où je servais. Nous n'allions pas sur le front.

— Mais il n'en était pas ainsi pour toi, fit remarquer Archer.

Elle avait dû se rappeler d'autre chose, se dit-il, et il chercha un moyen de l'amener à lui en parler.

— J'étais médecin, dit-elle. Un guérisseur, dans ce monde. Mais je n'utilisais pas de magie. La magie était inconnue dans le monde d'où je viens.

Il hocha la tête. Un monde dépourvu de magie ? Les dieux avaient-ils été si cruels qu'ils avaient créé un monde sans la lumière que procurait la magie ?

Il était surpris mais savait que Tess ne lui mentirait pas.

— Comment soignais-tu les gens alors ?

— Nous avions des remèdes pour soulager la douleur ou mettre fin à la propagation d'une infection. Nous avions des pansements et des garrots aussi, mais différents de ceux utilisés ici. Nos médecins étaient capables de remplacer le sang d'un homme qui en avait perdu, ou même son cœur. Nous pouvions réparer un genou ou une hanche brisée ou remplacer un bras ou une jambe.

— Et tu dis que vous n'aviez pas de pouvoirs magiques ?

— Tout ceci doit te paraître magique. Mais nous appelions cela de la science. Stérile, précise et mathématique.

Archer secoua la tête.

— J'ai du mal à le concevoir.

— C'est sans doute préférable. Car nous avions des armes qui te feraient trembler de peur. Elles étaient elles aussi scientifiques et répondaient aux lois mathématiques. Elles étaient capables de réduire un homme en morceaux en une seule explosion de feu et de métal. Nous imprimions les noms des soldats sur des plaques de fer car trop souvent, les morts étaient impossibles à identifier sans elles.

— Tu as vu tout cela, dit-il.

Ce n'était pas une question mais une affirmation car le visage de Tess ne reflétait pas le moindre doute. Elle avait vécu dans un monde pire que ce qu'il avait imaginé.

— Je n'étais pas censée combattre. Je devais soigner les blessés, sauver autant de vies que possible. Nous en sauvions beaucoup mais nous ne pouvions les sauver tous. Nous traitions soldats amis et ennemis de la même façon car les blessés n'ont d'autre étendard que la vie elle-même. Et c'est pourquoi ils sont venus dans notre hôpital cette nuit-là.

Il la regarda en silence, attendant qu'elle poursuivît son récit.

— Des enfants, dit Tess. Ils ont amené des enfants. De petits garçons et des petites filles blessés, éventrés par nos bombes. Je… nous n'avons pas réfléchi un instant. Les enfants avaient besoin de soins et nous avons commencé à les aider. L'un de nos médecins a plongé la main dans le ventre béant d'un enfant et c'est là que la grenade, une bombe, a explosé. Elle a arraché son bras. Je m'étais baissée pour ramasser quelque chose et le souffle de l'explosion est passé au-dessus de ma tête. Et des lambeaux de chair, ceux de l'enfant que j'essayais de sauver, sont tombés sur moi.

— Tess…, dit-il en lui prenant la main.

Elle le repoussa et secoua la tête.

— Cinq des adultes qui avaient amené les enfants ont sorti alors des armes cachées sous leurs vêtements et ont commencé à tirer. L'un de nos blessés avait son arme avec lui, sous son brancard. Je m'en suis saisie. Je n'entendais plus rien. Je ne voyais rien. J'ai appuyé sur la détente et j'ai vu des taches de sang apparaître sur leurs poitrines. Je les ai vus vaciller et s'effondrer. Mon arme contenait trente balles et pouvait en tirer trois à la fois. J'ai tiré comme j'avais appris à le faire à l'entraînement. Je n'ai pas raté une seule cible. Quand tous furent morts, j'ai fait le tour de la tente et ai mis une balle dans la tête de chacun d'entre eux.

Il ne comprit rien aux détails sur les armes mais il n'en avait pas besoin. La vérité de ses actes ne se lisait pas dans ses paroles mais dans son regard. Un regard plus tourmenté que jamais.

— Les autres enfants avaient eux aussi des bombes sur eux, ajouta Tess. Nos sentinelles ont entendu les explosions et les coups de feu et ont fait appel à nos équipes de spécialistes pour les désamorcer. Ils nous ont fait sortir de la tente et nous avons emmené tous les blessés que nous pouvions déplacer. Nous n'avons pu bouger l'homme dont j'avais pris l'arme. Il est mort avant notre retour dans la tente. Mon commandant a dit que nous aurions perdu davantage d'hommes si je n'avais pas réagi aussi rapidement. Il a dit qu'il me recommanderait pour une médaille. Je ne l'ai jamais reçue.

— Pourquoi ? demanda Archer.

— Parce que cette nuit-là, je me suis réveillée dans la caravane près de Whitewater.

Elle le regarda dans les yeux.

— Oui, j'étais un bon soldat. J'ai survécu grâce à mon instinct. J'ai tué parce qu'on m'avait entraînée à le faire. J'ai vu la mort de près. J'ai donné la mort. Mais jamais je ne… jamais je n'aurais torturé quelqu'un comme Lantav Glassidor a torturé la mère de Sara ou comme ton frère doit torturer son Idluin en ce moment. Un soldat vit dans l'ombre de la mort.

Mais ton frère crée la mort et l'obscurité. Ne doute pas de ma détermination, Archer Blackcloak. Tu dois régler tes comptes avec Ardred. Et je dois régler les miens. Je suis en guerre depuis trop longtemps pour m'arrêter maintenant.

Il la prit dans ses bras.

— Cette guerre prendra fin demain, Tess. Je te le promets.

Il aurait voulu lui promettre que tout finirait bien.

37.

Le jour se leva dans une lumière crue et froide, qui n'apporta aucun réconfort ni chaleur et sembla priver l'air de sa profondeur et de sa couleur même. Tess regarda de l'autre côté de la plaine, vers les portes d'Arderon, et celles-ci auraient pu se trouver devant elle ou à mille lieues de là. Elle rajusta son manteau de laine autour de ses épaules et parcourut les murailles des yeux, mesurant les distances, calculant les pas qui les séparaient, Archer et elle, de la forteresse, comptant le nombre d'archers qui les auraient en joue et le nombre d'yeux qui les toiseraient avec haine.

— Il est temps, dit-elle à Archer, sentant sa présence derrière elle sans avoir à se retourner.

— Oui-da, dit-il.

Ils levèrent le camp et chargèrent leurs montures en silence et cette fois, Tess ne trouva pas ce silence pesant. Ils s'étaient dit tout ce qu'il y avait à dire. Le temps des paroles était révolu. L'heure de l'action avait sonné.

Alors qu'ils quittaient la forêt et chevauchaient désormais à découvert, Tess observa les réactions des soldats de l'Ennemi. Quelques-uns bandèrent leurs arcs mais se ravisèrent, sur des ordres qu'elle n'entendit pas. Ils la fixaient intensément et leurs yeux lui transmettaient une profonde colère, sous l'influence d'une magie dont son ancien monde aurait nié l'existence, une magie qu'elle-même ne remettait plus en cause.

Qu'ils nous fixent à leur guise, songea-t-elle.

Elle n'avait plus peur. Toute sa vie l'avait préparée à cet instant. Elle vaincrait ou mourrait. Quelle que fût l'issue de l'affrontement, elle ne plierait pas. La terreur était sa compagne depuis bien trop longtemps mais au cours de ces derniers jours, elle l'avait enfermée au fond d'une boîte qu'elle avait close hermétiquement. Ardred voulait qu'elle eût peur mais il n'était pas son maître et elle ne lui donnerait jamais cet ascendant sur elle.

A ses côtés, Archer tenait serré le pommeau de sa selle, comme si les doutes qu'elle avait nourris pendant si longtemps étaient désormais siens. Mais s'il doutait de sa propre détermination, elle ne partageait pas ces incertitudes. L'homme qui se tenait à ses côtés avait trop souffert pour en arriver là, à cette matinée fatidique. Il ne reculerait pas. Elle y veillerait.

Quand ils arrivèrent aux portes de la forteresse, un homme en uniforme se dressait devant eux, la main sur son épée. Les sens de Tess, en alerte, l'avertirent de la présence de poison idluin sur la lame. Elle le regarda dans les yeux sans broncher.

— Nous venons voir mon frère, dit Archer, d'une voix qui ne trahit rien des doutes que Tess sentait au fond de son cœur. Ecarte-toi ou prépare-toi à mourir.

— Je suis le commandant Ras Lutte, dit l'homme, général de l'armée d'Arderon. Malgré les ordres qu'on m'a donnés de vous laisser passer, ne doutez pas que je vous abattrais sur-le-champ si on me le permettait.

— Je ne doute pas de ton courage, dit Archer. Et si ce courage est celui d'un fou, ce n'est point de ta faute. A présent, montre une dernière fois ta loyauté envers lui car tu ne lui dois pas plus.

Tess vit le regard de l'homme se troubler à ces mots. Quelle que fût l'influence d'Ardred sur ce soldat par le passé, elle n'existait plus. Ces yeux ne contenaient pas de promesse de victoire, ni d'espoir d'être récompensé pour ses loyaux services. Ils n'entrevoyaient que la mort. Lutte s'écarta néanmoins et lâcha son épée afin de les faire entrer.

Tess remarqua à peine la beauté majestueuse des bâtiments de la cité, qui s'élevaient comme s'ils étaient sortis des montagnes elles-mêmes. Mais ils n'avaient pas la beauté pure d'Anahar. Tout à Arderon dénotait le défi, défi vis-à-vis des montagnes sur lesquelles la ville était bâtie et défi à l'égard des dieux qui avaient forgé les montagnes. Le même sentiment de défi qu'éprouvait Ardred pour le destin qui lui avait été réservé. Cette cité était l'affirmation de sa volonté et non un exercice de beauté.

Elle comprenait ce désir de défier le destin. Elle-même avait été projetée dans cette destinée sans le vouloir. Elle aussi portait des cicatrices que nulle science ou magie ne pourrait effacer.

Ce lieu était le théâtre parfait pour leur affrontement.

Archer se raidit sur sa selle et elle suivit son regard vers un visage qu'elle n'avait vu qu'en rêve.

Ardred était assis sur un trône noir étincelant, sans nul doute taillé dans le verre de la plaine. Mais il ne portait pas de vêtements noirs et rien sur son visage ne laissait transparaître le mal dont il était capable. Sa longue tunique dorée brillait dans la lumière blafarde de l'aube et son expression était celle d'un ange. De longues boucles blondes encadraient des yeux qui reflétaient une grande force intérieure. Elle comprenait parfaitement à présent comment cet homme avait réussi à dominer l'esprit de ses sœurs. Ce n'était qu'après avoir appris à le connaître qu'on pouvait découvrir la cruauté de son cœur.

— Mon frère, dit Archer dès qu'ils furent assez près.

— Mon frère, répondit Ardred en se levant.

Tess et Archer descendirent de cheval. L'espace d'un instant, Tess crut qu'ils allaient tomber dans les bras l'un de l'autre mais leurs yeux se durcirent aussitôt. Le regard d'Ardred se posa ensuite sur elle.

— Et tu es la Dame Filandière.

— Je suis Tess Birdsong.

— Un nom qui évoque le printemps, répondit Ardred en souriant.

Elle ne sourit pas en retour.

— Ma mère le choisit après avoir entendu des oiseaux chanter le jour de ma naissance. C'est en son honneur que je porte la marque d'une rose blanche.

Il hocha la tête.

— Je me souviens.

Elle comprit enfin. Il l'avait observé de ses yeux pleins de haine à chaque étape de sa vie. Il l'avait arrachée à son monde et l'avait amenée ici, comme il l'avait fait avec d'autres Idluins et comme il pourrait continuer de le faire.

— Libère ma sœur, dit Tess calmement. Tu as tiré d'elle tout ce que tu pouvais. Laisse-la mourir en paix.

Il leva les mains à son visage comme s'il réfléchissait à ses paroles.

— Je le ferais volontiers, Tess Birdsong, si je pouvais. Mais tu sais aussi bien que moi que si je t'obéissais, mon frère et toi me détruiriez, moi et cette cité. Nous sommes égaux aux yeux des dieux. Aucun de nous ne peut vaincre l'autre sans une aide extérieure.

— Les dieux ne l'ont jamais voulu ainsi, répondit Archer. Tu as fait ce choix, mon frère. Et le prix à payer pour ta folie fut très élevé.

— Mon choix ? répéta Ardred. Ma folie ? Je n'ai pas agi seul, mon frère. Je n'ai pas provoqué la pluie de feu. Tu as choisi, toi aussi, cette lutte. Si folie il y eut, nous en partageons la responsabilité. Mettons-y fin. Car seul un de nous peut survivre à cette journée.

Tess s'interposa entre eux.

— Libère… ma… sœur, dit-elle d'une voix décidée. Tu n'as aucun droit sur elle. Les Idluins sont les filles d'Elanor et n'appartiennent à aucun homme.

Ardred éclata de rire.

— Vraiment ? Mais mon frère ne t'a-t-il pas

brandie devant lui comme une torche enflammée ? N'avez-vous pas, avec tes sœurs, prêté allégeance à son armée, à Annuvil, et écrasé ceux qui s'opposaient à vous ? J'ai vu comment ton sang avait brûlé Lantav Glassidor, Tess Birdsong. Ne prétends pas être la fille des dieux, alors que tu agis selon la volonté d'un homme, un homme avec qui tu couches, non pas en tant qu'Idluin, mais en tant que femme.

Un sentiment de fureur envahit Tess à ces paroles. Rien de ce qu'elle avait fait n'avait échappé à cet homme. Rien n'était sacré à ses yeux. Pas même l'amour.

— Ta jalousie ne s'est pas atténuée, semble-t-il, dit-elle en s'approchant de lui, les yeux rivés aux siens.

— Tess, dit Archer en voulant lui prendre le bras. Il cherche à te mettre en colère afin de s'emparer de ton esprit. Ne le laisse pas faire.

— S'emparer de moi ? demanda Tess en repoussant Archer. Lui, s'emparer de la Dame Filandière ? Il n'est pas assez puissant pour cela. Pas avec son Idluin à bout de forces, ni même avec son armée ou ses yeux séducteurs. Les Idluins naissent d'un sacrifice. Celles qu'il a possédées s'en étaient remises à la volonté des dieux, même si elles l'ignoraient. Je ferai de même. Mais il ne m'aura pas.

Elle plongea son regard dans le sien, et à travers lui, dans la cellule obscure où une femme était assise sur un lit, vieillie, frêle, le cœur depuis longtemps vidé de toute lumière, le regard creux, et dont seule l'âme vivait encore, enchaînée.

— Ertalah versahmnalen ! cria-t-elle.

Ardred tressaillit à ces mots et dans ses yeux, elle vit la femme sourire une dernière fois avant de s'éteindre à jamais, ne laissant derrière elle qu'une enveloppe vide.

Une épée apparut dans la main d'Ardred comme par magie, bien qu'en réalité il l'eût sortie des plis de sa tunique. La lame brillait d'une lueur bleue et froide et un liquide doré coulait du métal. Chaque goutte qui tombait sur le sol se transformait en une tache noire puis émettait un petit sifflement.

Archer sortit Banedread de son fourreau mais Tess secoua la tête afin de l'en dissuader.

— Range-la, Annuvil ! Ton heure n'est pas encore venue.

Archer croisa le regard de Tess. Le visage de son frère ne reflétait plus cette bonté trompeuse qu'il arborait quelques instants auparavant. Il avait compris qu'il ne s'emparerait pas corps et âme de Tess et avait désormais l'intention de la tuer. Dame Filandière ou pas, Archer connaissait l'habileté de son frère à manier l'épée et il tenait entre les mains Banegeld... L'épée qu'il avait forgée jadis et trempée dans le feu émeraude de la jalousie. L'épée qui avait tué Thériel. L'épée qui allait tuer Tess.

Il devait l'arrêter.

Lorsqu'il tenta de sortir Banedread de son fourreau, Archer crut tirer tout le poids du monde. L'espace d'un instant, il se demanda par quelle terrible magie

Ardred pouvait l'empêcher de se défendre, mais en levant les yeux sur Tess, il comprit que ce n'était pas un sort d'Ardred mais de la jeune femme.

— Range-la, Annuvil ! répéta-t-elle.

L'épée de la Dame Filandière étincelait d'une lumière bleue. Elle ne fit pas le moindre geste pour s'en saisir. Ardred voulait la tuer et elle avait l'intention de le laisser faire.

Tess et Archer échangèrent un regard et il fut soudain ramené des siècles en arrière, au Premier Age. Thériel, elle aussi, avait eu entre les mains l'épée de la Dame Filandière. Elle aussi ne l'avait pas sortie quand Ardred s'était approché furtivement d'elle en brandissant Banegeld. Sa femme aurait pu échapper à la mort et elle avait laissé l'épée lui traverser la poitrine sans réagir.

Tess était prête à mourir de la même façon.

Pourquoi ? Quelle pouvait être l'utilité d'un courage aussi vain ?

Le sang de Thériel s'était répandu sur le sol et Ardred avait d'abord regardé, horrifié, ce qu'il venait de faire. Mais son visage s'était ensuite durci et il avait plongé Banegeld dans le cœur qui avait refusé de battre pour lui.

Archer retint son souffle en revivant la scène de la mort de son épouse, que la magie de Tess peignait sous ses yeux. Il vit le visage de Thériel, déformé par la douleur. Ce visage qu'il avait embrassé. La poitrine qu'il avait caressée lors de leur nuit de noces, déchirée et baignée de sang.

Ses yeux se brouillèrent avant son dernier souffle et Archer y vit son propre reflet. Puis elle s'éteignit.

Et il comprit.

Thériel était morte pour une promesse qu'Archer n'avait jamais comprise. Ses dernières pensées n'avaient pas été empreintes de peur et de souffrance, mais d'espoir et d'amour.

L'espoir que cet instant arriverait.

L'amour qu'elle lui portait.

Son cœur se serra tandis qu'il rangeait Banedread dans son fourreau. Les larmes coulaient sur ses joues alors qu'il regardait Tess faire face à son frère. Les minutes qui suivirent furent interminables, comme si le temps lui-même s'était arrêté.

Il vit la colère dans les yeux de son frère.

Et la détermination dans ceux de Tess.

Ardred leva Banegeld.

Tess ouvrit les bras.

Banegeld s'abattit sur elle.

Tess ne vacilla pas une seule seconde.

Et elle ne poussa qu'un faible cri lorsque la lame s'enfonça dans sa poitrine. Il crut un instant que la magie de la Dame Filandière allait repousser l'épée, l'arracher des mains d'Ardred ou la laisser traverser le tissu sans lui permettre de blesser.

Mais non…

Elle aurait pu repousser son attaque, réalisa Archer. La Dame Filandière aurait pu en finir avec son frère d'un simple murmure intérieur. Au lieu de cela, elle avait choisi de mourir et luttait pour respirer, la poitrine secouée de spasmes et les bras ballants.

Ardred retira alors son épée.

Le sang de Tess jaillit, bleu, coula sur la lame d'Ardred, puis sur lui, et finit par le submerger. Ses premiers cris rompirent le silence au moment où Tess s'écroula.

Son corps ne se consuma pas comme celui des hommes que son sang avait jugés car la Dame Filandière elle-même ne pouvait tuer un Premier Né. Elle pouvait néanmoins le juger et Archer regarda Ardred tomber à genoux et hurler l'agonie d'un millier d'âmes. Tous les hommes, toutes les femmes, tous les enfants qu'il avait tués au cours de ce terrible hiver semblaient torturer son âme à l'aide de griffes aussi acérées que des poignards.

Banegeld tomba sur le sol.

— Tue-moi ! cria-t-il à Archer. Tue-moi, mon frère ! Je t'en supplie !

Il serait si facile de le faire, songea Archer. Banedread traverserait le corps de son frère comme du beurre et ferait taire à jamais le mal qui le rongeait. Il vengerait ainsi Thériel.

Il vengerait les pauvres gens de Derda, morts de froid et empilés aux portes de la ville.

Il vengerait Tess, qui gisait immobile et pâle entre eux.

Son heure était venue.

Archer tira son épée mais cette fois, elle ne chantait plus.

Elle pleurait, comme lui pleurait.

— Tue-moi ! dit Ardred, le visage tordu par une douleur qui allait bien au-delà de la souffrance physique provoquée par la flamme bleue qui lui léchait peu à peu le visage. Epargne-moi ces tourments, Annuvil ! Tue-moi !

Archer leva son épée et au même instant, il sentit une présence à ses côtés. Le loup des neiges approchait, le fixant de ses yeux dorés. Fasciné, Archer le regarda avancer vers Ardred.

S'il voulait tuer son frère, il devrait tuer le loup.

Comme dans un rêve, il vit le monde autour d'eux devenir noir et se transformer, non en verre cette fois, mais en cendres qui ne laisseraient rien derrière elles, mis à part des débris flottant au vent.

Il s'était abandonné à la colère jadis. Et à la vengeance. Mais il n'avait pas débarrassé le monde du mal. Et il n'y parviendrait pas davantage aujourd'hui.

Le loup le regardait, impassible, sans broncher, les yeux fixés sur son épée, puis sur son bras.

Archer tendit le bras et posa la lame de Banedread dessus. Puis il la fit glisser lentement sur sa peau, se coupant profondément la peau et la chair. Il n'avait pas besoin du loup pour savoir ce qu'il devait faire ensuite.

Il s'approcha de son frère et laissa son sang couler sur ce dernier. A chaque contact du sang sur Ardred, le feu bleu brillait davantage puis s'éteignait. Ardred se tordait et hurlait. Puis ses cris s'apaisèrent au fur et à mesure que les dernières flammes s'évanouissaient.

Archer sentit les cendres noires reculer, remplacées par une obscurité qui l'envahit peu à peu. Il se trouvait face à face avec le loup et réalisa qu'il était à genoux. Le monde vacilla autour de lui. Il avait la tête si lourde…

Il la laissa retomber et vit qu'il était auprès de Tess. Il s'efforça de glisser les bras autour d'elle, de la serrer contre lui pour lui donner un dernier baiser mais n'en eut pas la force. Au lieu de cela, il se pencha afin de l'embrasser.

Ses lèvres étaient plus douces que jamais.

Et froides.

38.

Sara pleurait à l'approche des portes d'Arderon. Tom lui avait parlé pendant les deux jours de marche de l'armée mais elle ne se souvenait pas d'une seule parole qu'il eût prononcée. Elle était comme ahurie, le cœur vide et les jambes aussi lourdes que du plomb.

Elle le savait depuis le moment où c'était arrivé.

Elle regarda à côté d'elle et vit les mêmes sentiments se refléter dans les yeux de Cilla. Un gouffre s'était ouvert sous leurs pieds, un gouffre qui ne les laisserait jamais s'échapper. Un abîme qui s'était ouvert au moment où leur sœur leur avait été arrachée.

La fille de Maluzza, malgré son jeune âge, l'avait senti elle aussi. Elle était tombée dans les bras de Sara à plusieurs reprises, le visage baigné de larmes, cherchant un réconfort que Sara ne pouvait lui offrir.

Le soleil et la chaleur n'avaient pas adouci son chagrin. Les arbres ne semblaient plus lutter contre le froid. Au bout de leurs branches, des bourgeons d'un vert tendre avaient commencé à naître. A chaque pas, il devenait évident que l'hiver avait laissé la place au printemps et pourtant, Sara ne trouvait aucune joie dans son cœur à cette idée.

La mort avait été le prix à payer pour ce retour du printemps.

La forteresse d'Arderon ressemblait désormais à une coquille vide. Hommes et femmes déambulaient, hagards, sans but, le long des murs. En franchissant les portes, ils n'entendirent ni pluie de flèches ni cris de joie. Si des voix s'élevèrent, Sara ne les entendit pas.

Ils arrivèrent au centre de la ville, là où un trône noir était à présent couvert de buissons épineux.

Mais ce n'étaient pas de simples buissons épineux. Chaque branche portait une rose blanche.

Sara se pencha et en cueillit une, décidée à la poser sur la tombe de la femme qui s'était sacrifiée pour mettre fin à ce cruel hiver.

Si elle parvenait à trouver la tombe.

Elle se tourna vers une femme immobile qui marmonnait des paroles en silence et lui demandant où gisait la Dame Filandière. La femme lui répondit mais aucun son ne sortit de sa bouche. Sara sanglota mais la femme lui prit la main et lui indiqua le palais.

Sara hocha la tête ; son chagrin l'empêcha d'esquisser le sourire qu'elle aurait voulu lui offrir. Tom la guida doucement mais fermement vers le palais et ils franchirent une porte qui menait autrefois au repaire du cœur le plus sombre de la terre. Le lieu faisait à présent office de salle de réception : trois rangées de tables étaient recouvertes de plats mais malgré sa faim, Sara savait qu'elle serait incapable d'y toucher.

Son cœur bondit soudain dans sa poitrine. Bouche bée, elle vit trois personnes au fond de la salle. Elle en reconnut deux. Ses genoux se dérobèrent sous elle et Tom dut l'aider à retrouver son équilibre.

Archer et Tess. Mais un Archer et une Tess différents, plus sophistiqués, plus légers. Ils n'étaient plus des victimes accablées par leur destin et une terrible prophétie mais des êtres pleins de vie et de beauté. Jamais elle n'avait vu Archer si grand, si fier ou si heureux. Toutes ces années, ces épreuves et ces chagrins qui marquaient son visage semblaient avoir disparu.

Et quant à Tess, elle était radieuse. Elle souriait et son sourire s'élargit encore en voyant Sara et Tom.

— Mes chers amis, les appela-t-elle.

Sara courut vers elle, suivie de Tom.

— Tu es en vie, dit Sara en sanglotant. Oh, par Elanor, vous êtes tous les deux vivants ! Le lien s'était rompu et j'ai cru… j'ai cru…

Elle ne put finir sa phrase et étreignit Tess. A travers ses larmes, elle vit le noble visage d'Archer lui sourire.

— C'est fini, murmura Tess. La Dame Filandière n'est plus. Nous sommes libres. Nous sommes tous libres. Nous ne sommes plus les jouets des dieux et c'était cette destinée qui unissait nos esprits. Ce n'est plus nécessaire aujourd'hui.

Sara se dégagea et essuya ses larmes de joie.

— Nous ne sommes plus idluins ?

— Nous serons toujours sœurs, Sara. Nous serons toujours idluins. Mais nos dons ont changé. Je crois que tu vas te rendre compte que tu peux toujours guérir mais avec un moindre pouvoir.

Tess s'écarta et lui montra un homme assis. La peau de ce dernier semblait recouvrir ce qui avait été autrefois des traits parfaits. Des mèches de cheveux fins et presque blancs étaient visibles, dispersées, sur un cuir chevelu à vif. Il semblait affaibli et malade mais même lui souriait.

— Les Premiers Nés ne sont plus eux aussi. Voici Ardred. Comme nous, il est désormais mortel et malheureusement, je n'ai pas pu le guérir complètement. Il est aveugle.

— Ardred ! fut le cri qui échappa à Sara.

— Oui, dit Tess. Nous serons désormais seuls responsables du bien et du mal que nous ferons.

Un groupe s'était peu à peu formé autour d'eux, qui comprenait Cilla et Ratha, Tuzza et Alezzi, Jenah, ainsi que l'empereur et sa fille.

Ils semblaient tous transformés. Ils furetaient autour d'eux, telles des personnes qui venaient de se réveiller d'un long rêve, puis leurs yeux se posaient encore et encore sur Tess et Archer.

— C'est fini, dit Archer. Fini. Les dieux m'ont accordé tout ce que je désirais : je ne suis plus un Premier Né mais un simple mortel, tout comme mon frère.

Il posa la main sur l'épaule d'Ardred et ce dernier sourit de nouveau.

— Et Tess, ajouta Archer, m'a accordé sa main en

mariage. Tout sera différent à partir de maintenant. Plus aucune ombre ne planera sur le monde. Il nous incombe de le reconstruire et d'en faire le meilleur monde possible.

Des hochements de tête nombreux accueillirent ces paroles.

— Mon seigneur ? dit Ratha.

Archer secoua la tête.

— Je ne suis plus le seigneur de personne. Ni Annuvil. Je serai Archer Blackcloak jusqu'à la fin de mes jours.

— Pour moi, vous serez toujours mon seigneur, Maître Archer, dit Ratha en souriant.

— Et en mon nom, dit l'empereur, et au nom de tous ceux qui sont tombés sur le champ de bataille, j'ai une demande à vous faire.

Archer pencha la tête, dans l'expectative.

— Je vous demande, Archer Blackcloak, de devenir mon conseiller. Vous avez vu plus que quiconque en ce monde et comprenez sans doute mieux ce que nous devons éviter.

L'empereur éclata de rire.

— Evidemment, cela implique que vous deveniez seigneur une nouvelle fois !

Tous rirent mais seule Tess remarqua qu'Archer n'avait pas encore donné sa réponse.

Il prit enfin la parole.

— Si je dois devenir votre conseiller, Majesté, alors j'ai deux suggestions à vous faire d'ores et déjà.

— Oui-da ?

— Amnistiez les soldats d'Ardred car ils n'étaient pas eux-mêmes.

— Ils me paraissent en effet bien inoffensifs à cette heure. Accordé.

A ces mots, des cris de joie résonnèrent dans la salle et Ras Lutte, qui avait cru sa dernière heure venue, avança vers eux.

— Je suis le commandant Ras Lutte de l'armée d'Ardred. J'accepte l'amnistie. J'ai déjà ordonné à mes hommes de déposer les armes.

Il s'inclina ensuite profondément.

L'empereur fronça les sourcils.

— Ras Lutte ? Je me souviens de vous. Quand vous étiez plus jeune et moins raisonnable, vous avez fauté avec la femme d'un de mes commandants.

Lutte se raidit.

— Oui-da. Et je fus renvoyé de l'armée.

L'empereur leva une main apaisante.

— Erreur de jeunesse. Vous êtes pardonné, Lutte. Personne ne lèvera le petit doigt contre vous.

Lutte écarquilla les yeux.

— Vous êtes tellement bon !

Maluzza sourit.

— J'apprends. Il était grand temps.

Il se tourna de nouveau vers Archer.

— Et cette deuxième suggestion ?

— Des dizaines de milliers de gens sont morts à cause de ce terrible hiver. Toutes les fermes ont été abandonnées ici et au nord et les champs doivent être labourés, semés et travaillés si nous voulons avoir une récolte cet automne. Je vous propose de donner ces terres aux hommes des deux camps. J'espère en effet que nous n'aurons plus jamais besoin d'une si grande armée.

L'empereur hocha la tête, songeur.

— Excellente idée.

Il s'adressa alors à son scribe.

— Ecris cela et donne ordre à un groupe de diviser les terres afin de les offrir à qui les voudra. Autre chose, Archer ?

Ce dernier sourit.

— Seulement un peu de temps pour profiter de ma future épouse et de nos nouvelles vies.

— Et votre frère ? demanda Maluzza.

— Je m'occuperai de lui le restant de nos jours, répondit Archer fermement. Il ne fut qu'un instrument des desseins des dieux et le mal ne l'habite plus. Je voudrais lui offrir une vie meilleure.

Ardred se leva à ces mots et tâtonna à la recherche d'Archer.

— Pardonne-moi, mon frère.

Archer l'étreignit.

— Tu seras toujours mon frère.

— Toujours, répéta Ardred à travers ses larmes.

C'était bel et bien fini.

Épilogue

L'automne était de retour à Whitewater. Les préparatifs du Festival des Moissons battait leur plein. Tom et Sara dirigeaient désormais pratiquement seuls l'auberge du père de celle-ci, Bandylegs Deepwell, qui se déclarait prêt à laisser la place à la jeune génération et à passer le restant de ses jours à distiller sa fameuse bière en discutant avec ses amis dans la salle de l'auberge.

Cette année, la récolte était, de mémoire d'homme, exceptionnelle, et trouverait sa place dans les histoires qu'on racontait au cœur de l'hiver.

Mais à ces histoires s'ajoutaient d'autres, rapportées par Sara et Tom sur les contrées étranges qu'ils avaient vues et les scènes indescriptibles qu'ils avaient vécues. Des histoires d'aventure et de victoire. Ce serait mentir que de dire que toute la ville n'attendait pas le festival avec impatience, dans l'espoir de les entendre narrer de nouveau leurs voyages.

La grossesse de Sara était bien avancée et elle souriait sans cesse. Jem Downey avait accepté de ne pas voir son fils lui succéder en tant que gardien des portes de la ville et avait choisi un jeune garçon d'une autre famille pour successeur. Non pas que les portes fussent fermées souvent par les temps qui couraient : le gibier était si abondant que même les animaux ne s'aventuraient pas dans la ville à la recherche de poulets ou de restes de nourriture.

Le jour du festival, Sara se sentit nerveuse.

Tom l'interrogeait sans arrêt ; il avait peur pour sa santé. Il était trop tôt pour la venue du bébé mais quelque chose n'allait peut-être pas.

Elle se borna à secouer la tête chaque fois et, en souriant, à lui assurer que le bébé, un fils, allait bien. Elle lui avait dit qu'elle attendait un garçon il y avait des mois de cela. Ses pouvoirs idluins le lui permettaient, apparemment, en plus de ses dons de guérisseuse.

— Non, dit-elle enfin, lassée par son inquiétude. J'ai juste le sentiment qu'il va se passer quelque chose de spécial aujourd'hui.

— Quoi ?

— Je ne sais pas. Ce n'est qu'un pressentiment.

Tom dut se contenter de cela. Il continua à suspendre des lanternes, à l'aider à faire du pain et à cuisiner de grandes quantités de ragoût. Ils mangeraient plus qu'ils n'avaient pu le faire de tout l'hiver dernier. La terre les bénissait de nouveau de ses bienfaits.

Le festival battait son plein et les enfants couraient partout tandis que les hommes racontaient leurs histoires à divers groupes et que les femmes bavardaient joyeusement entre elles. Ce fut alors qu'un petit groupe de cavaliers franchit les portes de la ville.

Jem Downey, qui était sur le point d'abandonner son poste pour la nuit, leva les yeux.

— Par les dieux ! s'écria-t-il, bouche bée.

Une pièce d'or vola dans sa direction et atterrit dans la paume de sa main. Une voix familière lui parla derrière une capuche sombre.

— Achète quelque chose à ta femme, Jem Downey.

Jem hocha la tête et recula. Jamais il n'avait pensé voir pareille noblesse au Festival des Moissons. Ni en nul autre endroit, d'ailleurs.

Les deux premiers cavaliers avancèrent — d'abord l'homme qu'il connaissait, vêtu d'un manteau noir ; sauf que cette fois, le manteau n'était pas élimé mais fait de la plus belle laine. A ses côtés, une femme habillée de blanc, un sourire étincelant dans ses yeux bleus.

Derrière eux, deux gens du sud, des Anari, lui sembla-t-il. Deux Anari voyageaient jadis avec l'homme au manteau noir mais cette nuit, il était accompagné d'un homme et d'une femme. Ils sont magnifiques, se dit Jem Downey. Et leurs visages empreints de sagesse.

Deux seigneurs les suivaient, à en juger par leurs tenues. Des Bozandari, sans doute. Et derrière, un homme frêle, au visage couvert de cicatrices, et qui souriait néanmoins comme s'il était particulièrement heureux.

Jem les regarda s'éloigner, ahuri. Le monde avait

bel et bien changé, songea-t-il, si ces gens, si différents, pouvaient cheminer ensemble. Les histoires de son fils n'étaient donc pas exagérées. Il haussa les épaules puis, ne voyant plus personne sur la route, ferma les portes de la ville. Tout le monde s'amusait bien et buvait plus que de raison de la bonne bière de Bandylegs Deepwell, et il ne voulait pas qu'un renard en profitât pour saccager le poulailler d'un des villageois.

Les cavaliers arrivèrent à l'auberge et le garçon d'écurie accourut afin de prendre les rênes de leurs montures. Le silence tomba soudain sur l'auberge : à leur vue, les gens oublièrent leurs discussions et les fixèrent, émerveillés.

Sara sortit de l'auberge et poussa un cri de joie.

— Tess ! Archer ! Viens vite, Tom !

Tom arriva à toute allure, les mains chargées de chopes de bière et un sourire jusqu'aux oreilles. S'il portait toujours son masque de cuir, il ne parvenait pas à dissimuler son bonheur en cet instant. Ses yeux pâles brillaient de joie.

Alezzi et Tuzza accompagnaient Ardred. Ils retirèrent leurs capuches et se joignirent au bonheur des retrouvailles et aux étreintes, qui n'exclurent pas Ardred lui-même.

On leur fit bientôt une place dans la salle de l'auberge et lorsque Tess retira son manteau, son ventre enflé fut visible. Sara et elle se mirent à discuter gaiement des espoirs qu'elles plaçaient dans leurs enfants à naître.

La bière coula à flots et les plats passèrent de mains

en mains. Tom finit par demander comment se passait les choses dans le sud.

Cilla sourit. Elle tenait la main de Ratha dans la sienne.

— Anahar est magnifique, plus belle que jamais. Et Ratha est désormais prêtre. Nos prêtres ont toujours été des femmes mais à notre retour, les mères de clan ont vite reconnu la nécessité pour nos anciens soldats de bénéficier de la sagesse de l'un d'eux, afin de les aider à supporter les souvenirs de la guerre.

— Je les écoute plus que je ne parle, dit Ratha avec un geste de la main. Je n'en sais guère plus qu'eux.

— Tsss, répondit Cilla. Il est sage et les gens recherchent sa sagesse, voilà tout.

— Et vous deux ? demanda Sara à Tuzza et Alezzi.

— Nous passons bien moins de temps en campagne, dit Tuzza. Bozandar conserve une petite armée au cas où il y aurait un problème mais Alezzi et moi nous empâtons et en sommes heureux. Nous sommes mariés maintenant et nous occupons des domaines de nos familles, que nous négligions pendant que nous étions à l'armée.

Alezzi éclata de rire.

— On peut dire que nous profitons bien de notre retraite !

— Et vous deux ? dit Sara à Archer et à Tess. Comment allez-vous ?

Tess sourit à Archer et son expression en dit davantage que tous les mots du monde. Il lui rendit son sourire, le regard plein d'amour et de sérénité.

— Nous sommes heureux, dit-il. Que nous faut-il de plus ?

— Ne repartiras-tu jamais dans ton ancien monde ? s'enquit Tom.

Tess secoua la tête.

— Cette porte-là s'est refermée à jamais et je ne le regrette pas. La vie que j'avais… n'est pas celle que je veux. Je prie tous les jours pour que nous ayons assisté à la fin de toute guerre. Et dans ce monde, peut-être est-ce vrai.

Sara se tourna vers Ardred, qui était assis en silence au milieu du groupe, et posa une main sur la sienne.

— On dirait que tu vas mieux.

— Tess y travaille, dit-il en baissant la tête un instant. Puis il la releva et sa beauté passée apparut furtivement. J'apprends, ajouta-t-il, à vivre avec mes remords et avec ce que je suis aujourd'hui. J'ai appris que l'amour et le pardon d'un frère n'ont pas de limites. J'ai appris que la chose la plus importante du monde est la venue d'un nouvel être. Je me suis rendu compte que j'aimais travailler dans une ferme, avec les animaux, surtout les chevaux.

— N'oublie pas la musique, dit Tess avec fierté. Avant notre départ, il faudra demander à Ardred de jouer du luth pour vous. Sa renommée croît chaque jour.

— Aider un poulain à venir au monde est plus important. Mais il est vrai que j'aime la musique.

Ardred soupira et baissa de nouveau la tête.

— Mon aveuglement d'autrefois était bien pire que ma cécité d'aujourd'hui, dit-il doucement.

Tom posa une main sur son épaule.

— Je te comprends. Vraiment.

— Je crois que oui.

Le visage d'Ardred se fit plus détendu soudain.

— La mortalité est une chose merveilleuse.

Les mortels le regardèrent, surpris. Alezzi prit la parole.

— L'immortalité ne te manque donc pas ?

Ardred éclata de rire.

— Pourquoi me manquerait-elle ? Tu n'as aucune idée de la beauté que confère la mortalité à chaque jour qui passe. Des joies que je ne voyais pas autrefois et qui emplissent aujourd'hui mon cœur. J'en remercie les dieux.

Tess lui prit la main et reprit le fil de sa pensée.

— Nous sommes nés dans l'obscurité. Mythes et prophéties planaient sur nous, accablaient nos âmes, liaient nos chemins et attristaient nos cœurs. Nous vivons désormais dans la lumière. La lumière de vies ordinaires. Se réveiller chaque jour, planter, semer et récolter. Vivre hivers et printemps. Et en effet, naître et mourir.

— A la lumière des vies ordinaires, dit Archer en levant une chope de la bière de Bandylegs.

Les autres l'imitèrent, Tess la dernière.

— Oui-da. A la lumière.

Car à partir de cette nuit-là, l'ombre n'était plus.

DANS LA MÊME COLLECTION

Par ordre alphabétique d'auteur

CATHERINE ASARO	*La magicienne*•
P.C. CAST	*La prophétie maudite*
P.C. CAST	*La chasseresse*
P.C. CAST	*L'élue d'Epona*
GAIL DAYTON	*La rose des vents*
GAIL DAYTON	*La Rose et la Ronce*
LAURA ANNE GILMAN	*La magie de l'orage*
LAURA ANNE GILMAN	*La malédiction de l'ombre*
CHRISTIE GOLDEN	*La légende du dragon*
CHRISTIE GOLDEN	*La légende des glaces*
DEBORAH HALE	*La légende du royaume oublié*
DEBORAH HALE	*L'oracle de Margyle*
MICHELE HAUF	*La malédiction de l'ange noir*
MICHELE HAUF	*Gossamyr*
MICHELE HAUF	*Rhiana*
ANNE KELLEHER	*La dague d'argent*
ANNE KELLEHER	*L'amulette d'argent*
SUSAN KRINARD	*La malédiction du dieu de pierre*
MERCEDES LACKEY	*La magie de la Lune*★
MERCEDES LACKEY	*La chambre ensorcelée*•
RACHEL LEE	*Le secret de la rose blanche*
RACHEL LEE	*La prophétie de la Dame Blanche*
RACHEL LEE	*La clé de Morgania*•
RACHEL LEE	*L'ultime prophétie*
TANITH LEE	*La nuit des Sept Lunes*★
C.E. MURPHY	*Chamane*
C.E. MURPHY	*La lune rouge*★
C.E. MURPHY	*La magie de Siobhàn*

★ réunis dans le volume intitulé *Cœurs de lune* (Luna n° 16)

• réunis dans le volume intitulé *La légende des royaumes* (Luna n° 19)

.../...

DANS LA MÊME COLLECTION
Par ordre alphabétique d'auteur

ROBIN D. OWENS	*La prophétie de Lladrana*
MICHELLE SAGARA	*Le secret d'Elantra*
MICHELLE SAGARA	*La cité d'Elantra*
JERI SMITH-READY	*La messagère des deux mondes*
MARIA V. SNYDER	*Le poison écarlate*
MARIA V. SNYDER	*L'apprentie magicienne*

2 NOUVEAUTÉS À PARAÎTRE EN NOVEMBRE 2007

LUNA

Composé et édité par les
éditions Harlequin
Achevé d'imprimer en août 2007

par

LIBERDÚPLEX

Dépôt légal : septembre 2007
N° d'éditeur : 13022

Imprimé en Espagne